한국의 찻물

釜國茶文化叢書 03
부산대학교 국제차산업문화전공(석·박사과정)

한국의 찻물

Korea Tea Water

이병인 · 홍성철 지음

이른아침

책머리에

대학 시절 수질(水質)에 관한 자료조사를 하다가 옛 차(茶) 문헌들을 살펴보면서 차를 즐긴 지 어언 45년이 지났습니다.

2021년 부산대학교 국제차산업문화전공(석·박사과정)을 개설하면서 교과과정에 '찻물연구(Study on Tea Water)'라는 과목을 개설하면서 지난 40여 년간 수행해온 찻물에 관한 종합적인 연구하고 검토했던 내용들을 정리하게 되었습니다. 그 과정에서 '차를 마시는 데에 적합한 물이 무엇인가?'에 대한 과학적인 고민을 하게 되었고, 본서는 차인들을 위한 찻물에 대한 과학적인 연구결과들을 정리한 결과물입니다.

오늘날 물(Water)은 과학(科學)이기도 하지만, 생명(生命)이고, 철학(哲學)이기도 합니다. 인간의 삶에서 가장 중요한 필수요소가 물입니다. 특히 생명체에 있어 물은 생명(生命) 그 자체입니다. 그렇듯이 차를 즐기는 차인에게 '물은 차의 어머니(the mother of tea)'라는 말처럼 선택의 문제가 아니라, 필수적인 일입니다.

우리가 마시는 차(茶)는 통상 99.9% 이상이 물이며, 차 성분은 고작

0.1% 이하라는 사실입니다. 그리하여 명나라 때 장대복(張大復)은 『매화초당필담(梅花草堂筆談)』에서 "차의 성질은 물에 의해 나타나는데, 8의 차가 10의 물을 만나면 차도 10이 되고, 8의 물로 10의 차를 우려 낸다면 차 역시 8이 된다."고 물에 의해 차의 성질이 결정됨을 말하고 있습니다.

특히 물의 양(量)도 중요하지만, 물의 질(質)도 중요합니다. 수중에 들어있는 성분에 따라 물맛도, 차 맛도 다르기 때문입니다. 그리하여 옛날부터 제대로 된 차를 마시기 위해서는 물의 선택이 중요한 일로서 훌륭한 차인(茶人)들은 수질전문가(水質專門家)이기도 했습니다.

본서는 지난 2011년부터 「차인(茶人)」지의 「목우(木愚) 차문화 칼럼」에 실렸던 찻물 기행과 2018년에 발간한 『통도사 사찰약수』 책자와 우리나라 옛 문헌에 나타난 약수들과 지난 20여 년간 조사했던 우리나라 주요 산중(山中)의 약수들을 분석하고 정리한 것입니다.

'명산엔 명수가 있고, 명차가 있다(名山名水名茶).'고 오늘날에도 주위의 산에는 찻물로 활용할 수 있는 좋은 약수들이 많이 있습니다. 그러기에 좋은 차에 어울리는 좋은 찻물을 활용하는 것은 우리 시대 차인으로서 가져야 할 기본자세라고 봅니다. 그런 의미에서 본서가 차를 즐기는 차인들과 찻물에 관심 있는 사람들을 위해 조금이나마 도움을 주었으면 합니다.

마지막으로 본서를 발간하는 데 도움을 주신 이른 아침 김환기 사장님과 「차인」지 편집장인 김영희 편집장님께 고마움을 전하며, 본서를 집필하고 수질 조사와 실험에 도움을 준 부산대학교 대학원 국제차산업문화전공(석·박사과정) 박제성 조교와 권정환, 김민재, 박규용, 김수현, 이정후 박사과정생과 수자원공사 유상준 박사에게 고마움을 전합니다.

  우리 주위에 있는 좋은 찻물로 좋은 차를 우려서 모두들 평안하고 건강하기를 바랍니다.

2024년 8월

이병인(李炳仁)·홍성철(洪聖哲) 맑은 차 한잔 올림

차례

제7장 한국의 명수(名水) •203

제1장
시작하며

명산(名山)엔 명수(名水)가 있고, 명차(名茶)가 있다.

(名山 名水 名茶)

제1장
시작하며

최고의 물(Water)을 찾으려는 인간의 노력은 수천 년 전부터 시작되었다. 인류문명의 시작은 강이나 하천유역을 중심으로 발달하였고, 오늘날에도 물은 중요한 입지조건의 하나이며, 물이 자원(資源)인 시대에 살고 있다.

특히 차(茶)를 즐기는 차인(茶人)이라면 물의 중요성을 누구보다 잘 알고 있다. 중국에서는 예로부터 좋은 물을 가리는 '물 품평사(品評師)'가 있어 왔고, 오늘날에도 '워터 소믈리에(Water sommelier)'라고 물의 품질을 판별하는 전문 직종도 생겨나고 있다.

본서를 집필하는 저자들은 원래 대학부터 환경공학을 전공하며, 40여 년 이상을 차인(茶人)이자, 수질전문가(水質專門家)로서 종사해왔다. 대학 시절 수질 관련 옛 문헌들을 조사하다가 『다경(茶經)』 등 다서(茶書)들을 찾아보게 되었고, 그 과정에서 서울 인사동에서 전통 녹차를 접한 이후 지금까지 차를 즐기며, 차와 물에 대한 연구를 지속하여 왔다.

직업으로서 물과의 인연은 필연적이어서 지난 40여 년간 지자체의 수돗물 평가위원회와 상수수질 관리위원회, 환경부의 샘물 평가위원, 국립공원 위원 등을 수행하면서 수질관리와 상하수도공학, 하·폐수처리 등에 대한 연구와 교육, 기술자문 등을 수행하여 왔다.

처음에는 취미로 마셨던 차가 이제는 차(茶)학과(부산대학교 대학원 국제차산업문화전공 (석·박사과정))의 주임교수와 전임교수로서 '찻물연구(Study on Tea Water)'라는 교과목을 개설하고, 연구하며, 강의하고 있다. 어찌 보면 수질 전문가에서 차 전문가로 거듭나는 과정에서 과학적 관점에서 찻물을 살펴보게 되었고, 석·박사과정 대학원생들과 전국의 주요 약수들을 현장답사하고 조사하면서 이화학적으로 수질을 분석하고, 평가해보게 되었다. 그 과정에서 지난 30여 년간의 연구결과들을 종합적으로 정리해 보고자 하여 본서(本書)를 발간하게 되었다.

예로부터 중국의 대표적 차인인 육우(陸羽, 733~804) 선생이나, 우리나라의 초의(草衣, 1786~1866)선사 등 차를 즐기는 차인들은 기본적으로 물에 대한 관심을 갖고 품평을 할 줄 알았다. 그와 같이 차를 마시는 차인(茶人)이나, 차를 연구하는 차 전문가(專門家)에게 물은 매우 중요하다. '물은 차의 어머니(Water is the Mother of Tea)'라는 말처럼 21세기인 오늘날에는 물이 가진 과학적 특성을 알고, 차를 즐기는 것이 중요하다.

본서는 먼저 물에 관한 동서양(東西洋)의 철학과 사상인 수관(水觀)에 대해 살펴보고, 옛 다서(茶書)들에 나타난 찻물 이야기를 정리하였고, 물의 과학(科學)으로서 물에 대한 과학적 이론과 수자원으로서의 물과 수질적 특성에 대해 살펴보고, 찻물과 수질특성으로서 찻물에 영향을 미치는 수질인자와 찻물 선정 시 필요한 '찻물지수(Tea Water Index: TWI)'와 '찻물용수기준(Tea Water Standard: TWS)' 또는 '찻물 기준'에 대해 알아보고, 마지막으로 지난 20여년간 직접 현장을 답사하며 수질분석을 통한 이화학적 수질특성을 바탕으로 차인들이 현실적으로 활용할 수 있는 우리나라의 주요 찻물들에 대해 소개하고자 한다.

일러두기

먼저 본서에서 사용되는 용어에 대한 정의로서 '찻물'은 '차를 우리기 위해 사용하는 물'이라는 개념으로 사용하도록 한다. 참고로 우리나라의 먹는 물에 대한 기준은 다음과 같다.

수돗물: 자연 상태의 물을 먹기에 적합하도록 처리한 수돗물

먹는 샘물: 암반 대수층 안의 지하수 또는 용천수인 샘물을 먹기에 적합하도록 물리적으로 처리하는 등의 방법으로 제조한 물

먹는 염 지하수: 물속에 녹아있는 염분 등의 함량이 환경부령으로 정하는 기준(염분 등 총용존고형물의 함량이 2,000mg/L) 이상의 암반 대수층안의 지하수인 염지하수를 먹는 용도로 사용한 원수를 먹기에 적합하도록 물리적으로 처리하는 등의 방법으로 제조한 물

먹는 해양심층수: 해양수산부령으로 정하는 수심 200m 이하의 바다에 존재하면서 수질의 안전성을 계속 유지할 수 있는 바닷물인 해양심층수를 사람이 일상적으로 먹을 수 있도록 적합하게 제조 또는 가공한 물(먹는 해양심층수의 경우 「해양심층수의 개발 및 관리에 관한 법률」에 따라 해양수산부가 관리하는 품목이나 수질 기준은 먹는 물 관리법을 따름.)

연구과제

1. 찻물연구
2. 찻물의 중요성
3. 물의 과학
4. 물의 철학
5. 다서에 나타난 찻물
6. 찻물 지수
7. 찻물 기준
8. 우리나라의 찻물

제2장

물의 철학(哲學)-수관(水觀)

최상의 선(善)은 물과 같다.

(上善若水)

-노재(老子)

제2장
물의 철학(哲學)-수관(水觀)

수백만 년 전 인류(Homo sapiens)가 지구상에 출현한 이후 인류에게 있어 물은 모든 생명체의 생명활동과 인류의 생활을 위한 기본요소로 인류의 활동에 중요한 영향을 미쳐 왔다.

역사상 세계의 대표적인 고대 문명권은 대부분 하천유역을 중심으로 발달하였고, 이와 같은 물의 중요성에 대해 옛날부터 오늘날에 이르기까지 널리 인지되어왔다.

다음은 고대문명권이 형성된 이후 동서양(東西洋)의 철학상에 나타난 물에 대한 생각들-수관(水觀)-에 대해 살펴보도록 한다.

여기에서 한 가지 특이한 사항은 동서양을 막론하고 서기전(B.C.) 6세기를 전후한 시기에 각각 물을 중심으로 한 철학이 전개된다는 것이다.

동양의 경우 도교의 창시자인 중국 춘추시대의 노자(604?-?B.C.)는 소위 물의 철학이라는 「도덕경(道德經)」을 남기고 있으며, 서양에서도 근대적 의미에서 서양철학 및 과학의 아버지라 할 수 있는 그리스의 철학자인 탈레스(Thales)는 물이 만물의 근원이라고 주장하였다는 점이다.

동서양을 막론하고 인간과 자연이라는 관계에서 볼 때 자연현상의 하나로서 인간의 생활과 밀접하게 관계되는 물에 대한 관심과 철학은 이때 각기 정립된 시기가 아닌가 하며, 또한, 동양에서는 물에 대한 철학이 비교적 그대로 유지되어 온 반면, 서양에서는 고대 그리스의 철학이 근세 이후 과학과 철학으로 이원화된다.

1. 한국사상에 나타난 수관(水觀)

우리나라의 건국신화인 단군신화(檀君神話)에는 옛날에 환인(天帝)의 아들 환웅이 인간 세상에 뜻을 두므로 비(雨師), 구름(雲師), 바람(風伯)을 거느리고, 세상을 다스리게 했다는 이야기가 『삼국유사(三國遺事)』에 전해져 오듯이 한반도에 인류가 생활을 영위한 이후 물은 우리 민족의 생활과 밀접한 관계를 이루어 왔음을 구체적으로 확인해 볼 수가 있다.

특히 우리나라의 경우 전형적인 농경사회로서 치수(治水)는 중요한 국가적 목표가 되어왔다.

물이 우리의 생활과 밀접한 관련이 있는 것은 마을이 물과 관계되어 형성되는 것을 보아서도 알 수 있는데, 『삼국유사』에 의하면 진한 39개의 마을 이름 가운데 물과 관계되는 마을이 10개나 되는 것으로 보아서도 알 수가 있다.

물은 사람의 생활과 밀접한 관계가 있으므로 깨끗하게 보전하고, 물이 항상 풍요하기를 바라서 자연적인 신앙심으로까지 전개되어 우리의 정신생활과도 밀접한 관계가 있다.

1) 민속신앙에 나타난 수관(水觀)

물의 중요성과 신성성은 민속생활에서 여러 가지로 찾아볼 수가 있는데, 부뚜막에 있다는 조왕신에게 조석으로 정성껏 정화수(井華水)를 떠다 놓거나, 시골 아낙네들이 장독대에 물 한 대접 떠 놓고, 두 손을 합장하여 빌거나, 가난하여 가진 것이 없는 사람이 혼례식을 치르지 못 할 때에는 정화수 앞에서 일생을 맹서하는 등 물을 마셔 목을 축이는 이외에도 신성함이 인정되어 성스러운 자리에서 물 한 그릇에 인간이 성심(誠心)을 담아 부끄럼 없이 신과 대면할 수 있는 매개물 또는 증인으로 사용되어 왔다.

세시풍속에는 새해를 맞아 정월의 첫째 용날(辰日) 새벽에 여인들이 남보다 일찍 일어나서 우물에 물을 뜨러 가서 아직 아무도 떠가지 않은 물을 먼저 뜨면 용알(龍卵)을 얻게 되어 그해의 농사가 잘 되어 부자가 되고, 재수가 좋아 복된 일이 연달아 있다고 한다. 이것을 '용알 뜨기'라 부른다.

또한 우물에는 수신(水神)인 용왕이 좌정해 있는 것으로 여겼다. 용왕은 바다, 강, 호수 등 물이 있는 곳이면 어디에나 있는 것으로 인식되며, 우물에도, 물독에도 있어서 사람들이 먹는 우물물까지 관장하고 있는 것으로 믿었다. 그리하여 정초에는 우물물이 많이 나오고 맑고 깨끗하기를 바라는 마음에서 우물고사를 지내고, 용왕굿을 하기도 한다.

또한 마을 공동의 우물이 오염되면 안 되므로 속담에 '우물 곁에 똥 오줌을 싸면 벼락 맞는다.'라고 하여 우물물이 오염되거나 더럽혀지는 것을 방지하고자 하였다.

무당이 굿을 할 때에도 그릇에 물을 담아 들고 다니며 사방에 뿌리는 것은 물이 모든 것을 씻어 내고 정화하는 주력이 있다고 믿었기 때문이다.

그리고, 여름에 날이 가물면 기우제(祈雨祭)를 지내고, 또 장마가 계속되면 기청제(祈晴祭)를 지내기도 하였다. 옛 기록에 의하면 승려나 무당들에 의해서 하늘과 용왕께 빌어 적절한 비가 내리기를 기원했던 행사들이 종종 있었다.

이와 같이 민속신앙에 나타난 물은 단순히 자연 그대로의 존재로서뿐만이 아니라 의미를 가진 종교적·문화적 존재가 되었다.

2) 풍수사상(風水思想)에 나타난 수관(水觀)

풍수사상(風水思想)이란 기본적으로 자연을 자연 그대로 보는 것이 아니고, 인간과 자연의 깊은 관계 속에서 생각하려는 것을 말한다.

산이나 물은 사실 인간의 생존 조건인 동시에 중요한 환경의 중심체이다. 즉 물은 단순한 물리적인 '맹물'의 차원을 넘어서 인간의 길흉과의 관계가 정립됨으로써 훨씬 정신적으로 가까워지게 된다.

풍수(風水)란 문자 그대로 바람(風)과 물(水)의 힘을 이용하려는 사상이다. 조상의 유골이 잘 보존될 만한 이상적인 곳을 찾아서 그곳에 묘지나 주택을 만들어 사람들이 그 기운에 의해 잘 살도록 하는 것이다.

풍수(風水)의 기본원리는 '장풍득수(藏風得水)'인데, 장풍은 바람이 불어 나가는 것을 막는 것으로서 그 실체로는 산이나 언덕 등이 중요한 의미가 있다. 풍수에 있어 음양(陰陽)으로 말할 때 물은 음이고, 산은 양이다. 물의 음기는 산의 양기를 만나지 않으면 조화하지 않는다. 그리하여 산수(山水)가 만나는 곳을 길지(吉地)라 한다. 풍수에서 말하는 물의 기본적 성질은 동(動)이다. 인간의 몸에 비유하면 인체는 산이고, 물은 혈맥이다. 즉 물은 흐르는 것을 본질로 하면서 그 장단, 심천, 완급, 방향 등에 따라 길흉의 의미가 있다. 그러므로 물이 묘(穴)를 중심으로 흐르는 상태에 의해 길흉이 정해진다고 한다. 물은 곧게 흐르는 곳보다는 굴곡으로 흐르되, 깊고 소리를 내지 않는 것이 좋다고 한다. 흐르지 않고 부패한 물에서는 가정이 패하고 자손들이 망한다고 한다. 그리하여 묘지의 혈은 적당한 물이 있어야 길(吉)하다고 보는 것이다.

이와 같이 풍수에서 물은 매우 중요한 기능을 하며, 땅에 생명력(乘生氣)을 준다. 물이 산수와 또는 음수, 양수의 융결 등으로 인해서 땅이 생기를 갖게 되고, 죽은 사람의 유골이 여기에서 생기를 타게 되면 동기간인 후손에게 영향을 미친다는 것이다. 즉 죽은 자와 산 자는 동기(同氣)이기 때문에 영향관계가 있다는 사상인데, 이를 풍수에서는 감응(感應)이라 한다. 이와 같이 풍수란 땅의 생기를 타서 행복을 얻고자 하는 길흉의 신앙체계로서 일종의 역학이기도 하다. 그러나 풍수에서의 물은 자연물인 물을 신비화하여 우리의 인식세계로 끌어들이고 있다.

3) 선비사상에 나타난 수관

선비란 덕망과 학식이 있는 선인을 말하며, 특히 조선시대 도학자들의 시가 등을 중심으로 살펴보도록 한다.

조선시대의 대표적인 유학자인 퇴계 이황(退溪 李滉: 1501~1570)은 「도산십이곡(陶山十二曲)」에서

청산(靑山)은 어찌하여 만고에 푸르르며

유수(流水)는 어찌하여 주야에 그치지 아니한고

우리도 그치지 말아 만고상청(萬古常靑)하리라."

라고 하여 청산과 유수처럼 변함없는 굳은 지조를 지키겠다는 결의를 통한 도학에의 정진과 굳은 지조를 다짐하고 있다.

또한 고산 윤선도(孤山 尹善道: 1587-1671)는 「산중신곡(山中新曲)」 중 수석송죽월(水石松竹月)에 대한 노래 「오우가(五友歌)」에서

구름빛이 좋다 하나 검기를 자주한다.

바람소리 맑다 하나 그칠 적이 하노매라.

좋고도 그칠 뉘 없기는 물뿐인가 하노라.

라고 하여 물의 깨끗함과 무한함을 통하여 자연과 인생과의 조화를 노래하고 있다.

그리고, 조식(曹植: 1501-1572)은

두류산 양단수를 예 듣고 이제 보니

도화(桃花) 뜬 맑은 물에 산영(山影)조차 잠겼어라.

아희야, 무릉(武陵)이 어디요, 나는 옌가 하노라.

라고 하여 이상세계의 한 요소로서 나타나고 있다.

이와 같이 조선시대의 시가(詩歌)에 나타난 물은 자연과 인생과의 조화를 통하여 물의 깨끗함과 무한함을 노래하고, 도체(道體)로서의 물과 이상세계로 형상화되고 있다.

2. 동양사상에 나타난 수관(水觀)

1) 도교의 수관(水觀)

중국적 세계관에 있어 주요한 모든 원리 규범은 '자연(自然)'이란 아이디어가 그 근간을 이룬다. 이것은 만물(萬物)이 하나의 원천(Source)으로부터 자연적(Natural)이며, 순리적(Spontaneous)으로 생성한다고 보는 견해이다. 그리하여 이러한 동일한 원천으로부터 생성된 개개의 만물이 전체의 틀(Scheme) 속에서 개개의 사물과 모든 인간이 어떻게 적절히 위치하며, 어떠한 관계를 유지해야 되는가이다. 이러한 만물의 원천(Origin)을 유가는 '천(天)'이라 불렀고, 도가는 '도(道)'라 보았다.

도가에 있어서 물에 관한 생각 또한 자연의 한 대상으로서 뿐만이 아니라 도의 상징(Symbol)으로 구체화되고 있다. 이러한 생각은 혹자들이 '물의 철학'이라 부르는 노자(老子)의 『도덕경(道德經)』에 잘 나타나 있다. 노자는 『도덕경』 제8장에서

> 최상(最上)의 선(善)은 물과 같다.
> 물은 모두에게 이로움을 주며,
> 다투지 않고,
> 스스로 낮은 곳에 처(處)하므로
> 도(道)에 가깝다.
>
> (上善若水 水善利萬物不爭 處衆人所惡 故幾於道)

라고 하여 물에서 최상의 가치를 발견하여 인간 세상을 유지해 가는 도덕률 및 자연의 도리로 보았다. 또한 제78장에서는

물보다 부드럽거나, 약(弱)한 것은 없다.

그러나, 굳거나, 강(强)한 것을 공격하는 것으로서

물보다 나은 것은 없다.

그러므로 그 무엇으로도 물을 대신할 수 없다.

약(弱)한 것이 강(强)한 것을 이기고,

부드러운 것이 굳센 것을 이긴다는 것을

세상에서 모르는 사람이 없다.

그러나, 그 도리(道理)대로 실행하는 사람은 없다.

(天下莫柔弱於水 而攻堅强者 莫之能勝 其無以易之 弱之勝剛 天下莫不知 莫能行)

라고 하여 물의 구체적인 특성을 부연해 주고 있다.

이와 같이 도가에 있어 물은 자연의 한 대상물에서 인간의 삶을 영위해 가는 기본적인 가치의 준거로서 그리고, 자연의 순리를 이해하는 구체적 실물로서 도가사상을 나타내 주는 대표적인 상징물(Symbol & Image)이 되고 있다.

2) 유교의 수관(水觀)

자연물인 물에서 가치를 발견하려고 한 것은 도교뿐만이 아니라 유교에서도 비슷하였다. 유교의 기본은 중용에 나타난 바와 같이 중국 고대의 요임금과 순임금의 도를 멀리 조종으로 받들고, 문왕과 무왕의 도를 법도로 지키고, 위로는 하늘의 때를 법으로 따르고, 아래로는 수토(水土)의 이치를 쫓았다. 그리하여 도교와 마찬가지로 자연현상을 통해 인간의 가치를 발견하려고 하였다. 이러한 자연물의 하나로서 물에 대한 견해는 공자(孔子, 551–479 B.C.)의 언행록인 논어(論語)

에 잘 나타나 있다.

　공자께서 냇가에서 말씀하시기를,
　'가는 것이 이와 같구나. 밤낮없이 그치지 않는다.'

　(子在川上 日逝者如斯夫 不舍晝夜)

　－『논어(論語)』 자한(子罕) 16

　라고 하였다.

　주자(朱子)는 이것을 해석하여 "천지(天地)의 변화로 말하면 과거의 것이 흘러가면 미래의 것이 와서 계속하여 한번 숨 쉴 동안이라도 정지하는 일이 없으니, 이것은 도체(道體)가 본래부터 그러한 것이다. 그러나, 그것을 지적하여 쉽사리 볼 수 있는 것은 흐르는 냇물만 한 것이 없다. 그러므로 여기서 발견하여 사람에게 보여 주셨다."하였고, 또한, "도(道)가 무엇인지 알려고 하는 학자는 때때로 살펴보되 털끝만 한 간단(間斷)이 없어야 한다"고 하였다.

　정자도 "이것은 도체(道體)를 말씀하신 것이다. 하늘이 운행하여 마지않으니 해가 가면 달이 오고, 추위가 가면 더위가 오고, 물이 쉼 없이 흐르고, 만물이 다함 없이 생성하니 다 도(道)로 체를 삼아 밤낮으로 운행하여 일찍이 쉰 적이 없다고 하였다.

　맹자(孟子) 또한 이에 대해 "근원 있는 샘물이 솟아 나와 밤낮을 가리지 않고 흘러 움푹한 지대를 채운 뒤에 바다로 흘러 들어가니, 근본이 있는 것은 다 이러하다"고 하였다.

　또한 공자께서 말씀하시기를

　지자(知者)는 물을 좋아하고, 인자(仁者)는 산을 좋아한다.

지자는 동(動)적이며, 인자는 정(靜)적이다.

지자는 인생을 즐기며, 인자는 장수한다.

(知者樂水 仁者樂山 知者動 仁者靜 知者樂 仁者壽)

― 『논어(論語)』, 「옹야(雍也)」 21

라고 하여 물의 모습을 동태적인 변화의 상으로 파악하였다.

또한 공자(孔子)께서 물의 오염에 대하여 말씀하시기를

'창랑(滄浪)의 물이 맑으면 갓끈을 씻고,

창랑의 물이 흐리면 발을 씻으리라.'는 구절에 대해

이는 물이 맑으면 갓끈을 담그고, 흐리면 발을 담그게 되는 것이다.

스스로 그런 상태를 초래하는 것이다.

― 『맹자(孟子)』, 「이루장구(離婁章句)」 8

라고 하였다.

또한 맹자(孟子, 372−289 B.C.)께서 말씀하시기를

성(性)은 돌고 있는 물과 같습니다.

사람의 성(性)이 선(善)한 것은 마치 물이 아래로 내려가는 것과 같습니다.

사람처럼 선(善)하지 않는 사람이 없고, 물처럼 아래로 내려가지 않는 물

은 없습니다.

― 『맹자』, 「고자장구(告子章句)」 18

라고 하였다.

이와 같이 공자는 물에 도(道)가 있고, 물이 덕(德)·의(義)·용(勇)·법(

法)·정(正)·찰(察)·선(善)·지(志)의 모든 아름다운 품행을 갖추고 있다고
여겼기 때문에 "군자는 큰물을 보면 반드시 그것을 살펴야 한다."고
했다. 그리하여 물은 생명의 근원에서부터 널리 퍼져 수양의 근본,
도덕의 근본, 정신의 근본이 되었다.(왕총런, 2004)

이처럼 유교에서는 물이 쉬지 않고 자유롭게 흘러가는 모습을 통하
여 삶의 가치와 자연의 이치를 설명하였다.

3. 인도사상(印度思想)에 나타난 수관(水觀)

1) 고대인도의 수관

고대의 인도인들은 자연의 세계에 대하여 무한한 신비감과 경이감
을 가졌다. 그들은 자연현상을 현대인들이 보는 엄격한 인과의 법칙
에 지배되는 기계적인 체계로 본 것이 아니라 생동하는 신비스러운
힘에 지배되는 살아있는 존재로 보았다. 그리하여 이러한 신비스러
운 자연현상을 이해하는 데 있어 그들은 각 현상의 배후에 어떤 살아
있는 인격적인 힘이 지배하고 있다고 생각했으며, 기도와 찬양과 제
사를 통하여 이 힘들과 인격적인 관계를 갖고자 했다.

인도인들의 물에 대한 생각 또한 아리안(Aryan)족이 인도에 이주해
온 후에 그들이 접한 위대한 자연현상에 큰 감명을 받아 크고 작은
21개의 하천에 대해 찬가(讚歌)를 불렀다.

그중 대표적인 것이 고대인도의 대표적인 서사시 중 하나인 「리그
베다(Rig Veda)」에는 물의 아들인 아팡나파트(Apam Napat)와 물의 여신
인 아파스(Apas), 그리고, 대표적인 하천신(河川神) 중 하나인 사라스바

티(Sarasvati)를 신격화하였다.

먼저 리그베다의 「창조송(Hymn of Creation)」에는

"태초에 유(有)도 없고, 비유(非有)도 없었다. 공기도 없었고, 그 위의 하늘
도 없었다. 사(死)도 없었고, 불사(不死)도 없었으며, 밤이나 낮의 표징도 없
었다. 일자(一者만)이 그 자체의 힘에 의하여 바람도 없이 숨 쉬고 있었고,
그 외에 아무것도 없었다. 처음에 어둠이 어둠에 가려 있었고, 어떠한 표
징도 없이 모든 것이 물이었다."고 하였다.

이어 물의 아들인 아팡나파트(Apamnapat)에 대해서는

물의 아들은 성스러운 통치로서
일체만물(一切萬物)을 창조하셨도다.

어떤 것들은 합류하고 또 어떤 것들은 바다로 흘러가니
공통의 그릇(大洋)을 냇물들은 채우누나
청정하고 빛나는 물의 아들을
맑은 물들이 에워싸고 있도다.

성스럽고 영원한 물의 아들은
눈부신 신성으로 넓게 멀리 비추나니
그의 지류로서 다른 존재물과 식물들을
스스로 번식하여 자손을 늘이도다.

라고 자연현상의 하나인 물에 대한 찬가와 함께 물이 만물의 생성원

리로서 물의 아들이 일체만물을 창조하셨다고 찬양하고 있다.

물의 여신인 아파스(Apas)에 대한 찬가에서는

물의 여신 아파스는 모든 것을 정화하며

신에게로 나아간다.

결코 인드라(土神)의 뜻을 거스르지 않는다.

대양을 우두머리로 삼아 바다의 한가운데로부터

정화하면서 그들은 쉼 없이 흐르도다.

그대들을 위해 벼락을 가진 황소 인드라(Indra)는 길을 열었으니

물의 여신 아파스여, 우리를 도우소서.

하늘로부터 온, 또는 수로를 흐르는

또는 저절로 생겨난 물들은 맑게 정화하면서

대양을 그들의 목표로 하는 도다.

물의 여신 아파스여, 우리를 도우소서.

라고 찬양하고 있다.

또한 인도의 하천을 인격신화한 사라스바티(Sarasvati)에서는

그 물소리는 천지를 울리고,

한없는 변화는 햇빛과 같이 일어난다.

신두(Sindhu: 오늘날의 인더스강)가 거침없이 달려올 때에

구름과 더불어 비가 오게 하니

소와 같이 영각을 하는도다. (10:75)

사라스바티(Sarasvati)는 높은 뫼로부터 바다로 달리면서

뭇 강물 중에 혼자 빛나고 깨끗하도다.

모든 생물과 부를 바라보면서

강변의 주민들에게 젖과 향유를 주는도다.(7:95)"

라고 하천에 대해 노래하고 있다.

이와 같이 고대 인도사상에 있어서의 물은 창조(創造)와 정화(淨化)와 풍요(豐饒)로서의 물로 형상화되고 있다.

2) 불교의 수관

고타마 부다(Gautama Buddha)에 의해 창시된 불교는 인도에서 발생된 이후 여러 나라에 전파되어 많은 영향을 미치게 된다. 불교에서 물은 불성(佛性)-진리-의 이미지인 '청정(Purity)'을 나타내 주고 있다. 초기의 대표적인 경전으로는 관무량수경(觀無量壽經)과 선가(禪家)의 여러 어록(語錄)에 물과 관련된 이야기가 잘 나타나 있다. 관무량수경(觀無量壽經)에서는 먼저 물을 생각하는 관(觀)-水想觀-에

다음에는 물을 생각하시오. 물이 맑아서 투명함을 생각하여 그 영상이 분명하게 남아서 흩어지지 않도록 해야 합니다. 그리고, 이미 물을 보았으면 다음에는 얼음을 생각하시오. 그 얼음이 투명하게 비침을 보고 나서 다시 유리를 생각하도록 하시오. 그리고 이 생각 다음에는 유리로 된 땅의 안팎이 환히 꿰뚫어 비침을 생각하시오. 그리고 그 밑에는 금강과 칠보로 된 황금의 당(幢)이 유리 같은 대지를 팔방으로 받치고 있습니다. 또한 그 황금의 당은 팔모로 이루어지고, 그 낱낱의 면마다 백 가지 보배로

꾸며져 있으며, 알알의 보배구슬에서는 일천 가지 광명이 빛나고, 그 한 줄기의 광명마다 8만 4천의 빛이 있어 유리의 대지에 비치는 것이 마치 억천의 해와 같이 빛나서 눈이 부시어 볼 수 없습니다.

그리고, 유리의 땅 위에는 황금의 줄로 얼기설기 간(間)을 지어 7보의 경계가 분명히 구분되어 있습니다. 그 낱낱의 보배에는 5백 가지의 광명이 빛나는데, 그것은 아름다운 꽃과도 같고, 무수한 별이나 달 같기도 하여, 허공 중에 찬란한 광명대(光明臺)를 이루고 있습니다. 그리고, 그 광명대 위에는 온갖 보배로 된 천만의 누각이 있으며, 광명대의 양편에는 각기 백억의 꽃송이로 꾸며진 화려한 당(幢)과 헤아릴 수 없는 악기로 장식되어 있습니다. 여기에 찬란한 광명에서 저절로 여덟 가지 맑은 바람이 일어나서 무량한 악기를 울리면, 그 선율은 자연히 인생의 진리를 아뢰어, 괴롭(苦)고, 공허(空)하고, 무상(無常)하고, 무아(無我)한 도리를 연주합니다. 이와 같이 분명히 생각하고 보는 것을 물을 생각하는 수상관(水想觀)이라 합니다.

또한 공덕수(功德水)를 생각하는 관(觀)―寶池觀―은 다음과 같다.

다음에는 보배 못물을 생각하시오. 보배 못의 물을 관조(觀照)한다는 것은 저 극락세계에 여덟 가지 공덕을 갖춘 보배 못물이 있는데, 못물마다 일곱 가지 보배로 이루어지고, 그 보배는 부드럽고 연하여, 구슬의 왕인 여의보주에서 흘러나왔습니다. 그리고, 그 보배 못물은 나뉘어 열네 갈래가 되고, 하나하나의 갈래는 일곱 가지 보배 빛으로 빛나는 황금의 개울이 되어 있습니다. 그 개울 밑바닥은 눈부신 금강석이 깔리고, 황금의 개울마다 육십억의 일곱 가지 보배 연꽃이 피었는데, 그 연꽃은 둥글고 탐스러워 모두 한결같이 십이 유순(由旬)이나 됩니다.

또한 마니보주(摩尼寶珠)에서 흘러나온 황금의 물줄기는 연꽃 사이사이로 흐르며, 보배나무를 따라 오르내리고 있습니다. 그런데 그 물소리는 지극히 미묘하여, 인생의 진리인 괴롭(苦)고, 공허(空)하고, 무상(無常)하고, 무아(無我)한 도리를 아뢰기도 하고, 또는 모든 부처님의 상호(相好)와 공덕(功德)을 찬탄하기도 합니다.

그리고, 그 보배의 왕인 여의보주에서 미묘한 금색 광명이 솟아 나와 백가지 보배빛깔의 새(鳥)로 변화하여 노래하는데, 그 소리는 평화롭고, 애틋하고, 그윽하여 항시 부처님(佛)과 불법(法)과 승가(僧)를 생각하는 공덕을 찬양하고 있습니다. 이러한 것을 팔공덕수(八功德水)를 관조하는 보지관(寶池觀)이라 합니다.

여기에서 팔공덕수(八功德水)란 극락세계에 있는 이상적인 물로서 좋은 물이 가져야 할 여덟 가지 덕목인 수 팔덕(水八德) 즉, 가볍고(輕), 맑고(淸), 차고(冷), 부드럽고(軟), 맛있고(美), 냄새가 없고(不臭), 마시기 적당하고(調適), 마신 뒤에 탈이 없는(無患) 물을 말한다.

선(禪)은 불교가 인도에서 중국으로 전파되어 토착화되어 형성되는 인도적 사유와 중국적 사고가 결합된 불교의 한 형태로서 선가의 어록에는 다음과 같은 이야기가 전해 오고 있다.

『경덕전등록(景德傳燈錄)』에는 1,700여 가지의 공안(公案)이 전해져 오고 있다. 그중 물에 관련된 대표적인 공안(公案)은 다음과 같다.

마조(馬祖)스님에게 어느 스님이 여쭈었다.

'어떤 것이 큰 열반(涅槃)입니까?'

'급하구나.'

'급한 것이 무엇입니까?'

'물을 보아라.'

－『경덕전등록』 제6권

산은 산이요, 물은 물이니

부처가 어디에 있는가?

(山是山 水是水 佛在甚麽處)

－『금강경』 야부송

석문산(石門山) 소원(紹遠)선사에게 여쭈었다.

'어떤 것이 도(道)입니까?'

'산(山)이 깊으니 물이 차다.'

－『경덕전등록』 제24권

낭주자사(郎州刺史) 이호가 약산(藥山) 유엄(惟儼)스님에게 여쭈었다.

'어떤 것이 도(道)입니까?'

스님은 손가락으로 하늘을 가리켰다가 다시 곁에 있는 물병을 가리키며

말하였다.

'알겠는가?'

'모르겠습니다.'

'구름은 하늘에 있고, 물은 병에 있느니라.

(雲在青天 水在瓶)'

－『경덕전등록』 제14권

어떤 사람이 산중에서 길을 잃고 헤매다가 명주(明州) 대매산(大梅山)의 법

상(法常)선사(禪師)를 뵙고 여쭈었다.

'산을 벗어나려면 어떻게 해야 합니까?'

'물을 따라 가시게나(水流去)'

– 『경덕전등록』 제7권

구봉(九峰) 도건(道虔) 선사가 말씀하시기를

'여러분은 목숨을 알겠는가? 목숨을 알고자 하면 물의 흐름이 목숨이요, 맑고 고요함이 몸이요, 천 물결이 다투어 일어남은 문수(文殊)의 경계요, 맑은 하늘과 맞붙도록 뻗은 것은 보현(普賢)의 형상이다.'

– 『경덕전등록』 제16권

어느 스님이 현사(玄沙) 종일(從一) 선사에게 와서 여쭈었다.

'학인(學人)은 처음으로 총림(叢林)으로 들어왔으니 스님께서 나아 갈 길을 일러주십시오.'

선사께서 말씀하시기를

'저 시냇물 소리가 들리는가?'

'예 들립니다.'

'그럼 그 속에 들어가거라.'

'……'

– 『경덕전등록』 제18권

동네를 흐르는 내(川) 쪽빛 들인 듯

문밖의 청산(青山)이야 그림도 못 미쳐라.

산빛과 물소리에 진여(眞如) 온통 드러나니

이 중에 누구 있어 무생(無生) 곧 깨달으랴?

– 백운선사(1299–1375)

계족산(鷄足山) 그 밑의 천년의 도량(道場)

이제야 찾아오니 유달리 푸른 산빛

맑은 냇물 그대로 광장설(廣長舌)이니

내 굳이 도(道)에 대해 무얼 설(說)하랴.

(鷄足峰前古道場 今來山翠別生光 廣長自有淸溪舌 何必喃喃更擧揚)

– 원감국사(圓鑑國師, 1226–1292)

까닭 없이 천기(天機)를 누설하면서

내리는 저 빗소리 다정하여라.

앉아 누워 무심(無心)히 듣는 그 소리가

귀로만 듣던 것과는 아예 다르네.

(無端漏天機 滴滴聲聲可愛 坐臥聞似不聞 不與根塵作對)

– 진각국사(眞覺國師, 1178–1234)

사대(四大)는 주장이 없어 물과 같으니

곧거나 굽은 곳에 다투는 일이 없고

더럽고 깨끗한 데에 마음을 내지 않고

막히고 트인 일에 두 생각 없듯

경계를 당하여 물같이 무심하면

세상을 종횡한들 무슨 걱정 있으랴.

– 『경덕전등록』 제5권

또한 한산시(寒山詩)에는

나고 죽음 관계를 알고자 하면

물과 얼음 비유로 설명하리라.

물이 얼면 곧 얼음 이루고,

얼음 녹으면 도리어 물이 된다.

이미 죽었으면 반드시 날 것이요.

이미 났으면 반드시 죽으리니

물과 얼음 서로 해치지 않는 것처럼

남(生)과 죽음(死) 모두 다 아름다워라.

(欲識生死譬 且將氷水比 水結即成氷 氷消返成水 已死必應生 出生還復死 氷水不相傷 生死還
雙美)

그리고, 물에 대한 절약(節約) 정신과 관련하여 지봉(志峯)대사에 대한 이야기가 전해져 오고 있다. 지봉대사는 위장병이 있었는데, 어느 날 수호신이 나타나 말하기를 "발우를 씻은 물도 스님의 것인데 스님은 항상 쏟아 버리셨습니다. 그러시지 말아야 합니다. 그 이후 스님의 병(病)이 나았다고 한다.

－『경덕전등록』 제26권

불교에서의 물은 궁극적인 깨달음을 구하기 위한 구체적인 자연적 대상물로서 그리고, 청정(淸淨)함과 순수(純粹)함 등 깨달음의 세계를 나타내는 적정열반(寂靜涅槃)의 상태를 형상화해 주고 있다.

4. 서양사상에 나타난 수관(水觀)

1) 그리스 철학의 수관

그리스를 근원으로 솟아난 서양의 문명은 2,500년 전에 밀레토스에서 시작된 철학과 과학의 전통에 그 근원을 두고 있다.

그리스 철학에 흐르는 지도적 이념은 '로고스'이며, 이것은 '언어'와 '척도'를 의미한다. 그리하여 철학적 강화와 과학적 탐구가 밀접하게 관련되어 있다. 이와 관련하여 일어난 윤리적 이론은 객관적 탐구의 문제인 지식 속에서 선(善)을 찾고 있다.

오늘날 최초의 철학자이자 과학자인 그리스 밀레토스의 탈레스(Thales, BC640~546)는 지구는 반구 안의 물속에 떠 있는 원반이며, 그 반구는 끝없이 넓은 수면 위에 놓여 있다고 생각하였다. 그리고, '만물은 물로 이루어졌다.'고 하여 물이 우주의 근본물질로서 그것으로부터 생성되고 마침내는 그것으로 돌아간다고 믿었다. 만물이 물로 이루어졌다는 탈레스의 생각은 인기를 끌지 못하였지만, 단순한 상상력의 소산만은 아니다. 오늘날 물을 이루는 물질 중 하나인 수소는 모든 원소로 총합할 수 있는 원소의 하나로 생각되고 있으므로 결국 모든 물질이 하나의 원소로 이루어져 있다는 탈레스의 생각은 과학적 가설의 하나로 평가되고 있다.(버트란트 럿셀, 「서양철학사」)

아리스토텔레스(Aristoteles, BC384~322)가 '물은 모든 것의 근원이며, 언제나 모든 물질의 첫째 원인이다.'라고 한 것도 물이 어디에서나 존재한다는 사실을 인식한 데서 나왔다고 보인다.

고대 그리스의 철학 중에 '물은 만물의 으뜸이다(Water is the best of all thing)'라고 읊은 그리스의 시인 핀다(Pindar)의 말과 같이 고대 그리스 사람들에게는 보편화되고 있음을 알 수가 있다.

2) 근세 서양문학상의 수관(水觀)

'물이 만물의 근원이라'는 탈레스의 생각은 '물이 자연의 운전자 (Water is the driver of Nature)'라는 레오나르도 다빈치(Leonardo da Vinci) 의 말에서도 잘 나타나 있듯이 고대 그리스로부터 중세에 이르기까 지 2,000여 년 동안 유지되어 온다. 그러나 18세기 중엽 이후 영국 의 캐번디시(Henry Cavendish, 1731~1810)와 프랑스의 라브아지에(A. L. Lavoisier, 1743~91)가 과학적인 방법으로 화합물로서의 물을 발견한 이 후 서양사상에 있어 물은 과학과 철학으로 이원화된다. 그리하여 물 은 과학적으로 자연적인 연구 대상의 하나로 전환되고, 일부의 철학 자 및 낭만주의 문학상에 물에 대한 생각이 나타나게 된다. 독일의 문호인 괴테(Goethe)는 "만물은 물에서 생성되고, 물에 의해 유지된 다.(Everything originated in the water, everything is sustained by water.)"라고 하였으며, 또한 「물 노래」라는 시에서

사람의 마음은 물과도 같아
하늘에서 와서 하늘로 올라가고
다시 내려와서는 땅으로 돌아가네.
……
− 영원한 순환(循環)

라며 물을 만물의 근원으로서뿐 아니라 모든 생명활동의 유지 및 영 원한 순환의 개념으로 표현하고 있다.

독일의 소설가이자 시인인 헤르만 헤세(Hermann Hesse, 1877-1962)는 그의 소설 『싯다르타(Siddhartha)』에서 다음과 같이 물을 통하여 인생의 진리를 깨우치고 있다.

나는 무엇보다도 이 강을 좋아합니다. 가끔 강물이 흐르는 소리를 들으며, 강심(江心)을 들여다보곤 하는데, 그럴 때마다 배우는 것이 적지 않지요.
……
나는 강에서 모든 것이 되풀이된다는 진리를 깨달았습니다.
……
그는 정답게 흘러가는 강기슭에서 수정과 같이 투명하고 신비로운 물결을 물끄러미 들여다보았다. 빛나는 진주가 깊숙한 물속에서 솟아오르고, 물방울이 조용히 떠오르는 거울 같은 수면에는 고요히 푸른 하늘이 비치고 있었다. 강은 갖가지 눈초리로 그를 바라보고 있었다.
……
이 강물을 사랑하여라! 이 강가에 남아서 그 가르침을 배우도록 하여라.
……
이 흐르는 강물을 이해하는 사람은 다른 모든 인생의 비밀을 이해할 수 있을 것 같았다. 그는 물과 물의 많은 비밀 가운데서 오직 그의 영혼을 붙잡는 하나의 비밀을 엿보았다. 이 물과 물은 끊임없이 흐르고 있으나, 언제나 그곳에 머물고 있음을 보았다. 그리고, 항상 그곳에 있어 언제나 같은 물로 보이지만 순간마다 새로운 물임을 보았다.
……
이 강은 모르는 것이 없소. 누구나 이 강에서 모든 것을 배울 수 있소.
그는 이 강에서 조용히 기다리는 번뇌도, 욕망도, 그리고, 아무런 판단도 의견도 없이 오직 듣기만 하는 것을 배웠다.

......

강은 근원에서나, 강어귀에서나, 폭포에서나, 나루터에서나, 여울에서나, 바다에서나, 산에서나, 항상 동시에 있으며, 강에는 현재가 있을 뿐, 과거나 미래의 그림자가 없다.

......

강은 실로 여러 가지 목소리를 가지고 있소.

......

모든 창조물(創造物)의 소리가 이 강물 속에 있소.

......

그들에게는 물소리가 물소리가 아니라 생명과 존재의 목소리였으며, 영원히 변전하는 만물의 소리였다.

그리고, 생텍쥐페리(A. D. Saint-Exupery)는 『인간의 대지』에서 물을 본질적 가치로 다음과 같이 찬양하고 있다.

아아, 물! 물이여!

너는 맛도, 색깔도, 향기도 없어 너를 정의할 수가 없다.

사람들은 너를 알지도 못하면서 다만 마신다.

너는 생명(生命)에 필요한 것이 아니라 바로 그 생명 그 자체이다.

......

너는 이 세상에서 가장 큰 보화(寶貨)이며,

또 가장 섬세하여 대지의 배 속에서 그렇게도 순환한다.

......

너는 어떠한 혼합도 받아들이지 않으며,

어떠한 변질도 용납하지 않는

꽤 까다로운 여신(女神)이다.

……

그러나, 너는 무한히 단순한 행복(幸福)을 우리에게 부어 준다.”

　여기에서 보듯이 생텍쥐페리의 '물은 생명 그 자체'라는 말로 물의
중요성과 가치를 다시 일깨우고 있다.

참고문헌

최정호, 『물과 한국인의 삶』, 나남출판, 1994

노자, 김학주 옮김, 『노자』, 연암서가, 2011

장자, 김학주 옮김, 『장자』, 연암서가, 2010

이을호, 『한글 논어』, 올재, 2023

역경위원회, 『한글 대장경 182: 사전부 2(경덕전등록 2)』, 동국역경원, 1983

길희성 옮김, 『바가바드기타』, 웅진북센, 2022

알레브 라이틀 크루티어, 윤희기 옮김, 『물의 역사(Taking the Waters)』, 예문, 1992

헤르만 헤세, 박병덕 옮김, 『싯다르타』, 민음사, 2002

생텍쥐페리, 김모세 편역, 『인간의 대지』, 한국헤르만헤세, 2016

연구과제

1. 물의 철학–수관(水觀)–
2. 한국사상과 수관
3. 민속신앙과 수관
4. 풍수사상과 수관
5. 선비사상과 수관
6. 동양사상과 수관
7. 도교의 수관
8. 유교의 수관
9. 불교의 수관
10. 인도사상과 수관
11. 서양사상과 수관
12. 그리스철학의 수관
13. 동양문학의 수관
14. 서양문학의 수관
15. 한국문학의 수관
16. 한국의 수관

제3장
문헌에 나타난 찻물 이야기

물은 차의 어머니이다.

(Water is the Mother of Tea.)

제3장
문헌에 나타난 찻물 이야기

일반적으로 물로 차를 우리면 찻물 중 물이 99.9% 이상이고, 차 성분은 0.1% 이하가 된다. 그리하여 예로부터 차인들은 차를 우릴 때 사용하는 물의 중요성과 가치를 기본적으로 알았다.

명나라 때 허차서(許次紵)는 『다소(茶疏)』의 물 가리기라는 택수(擇水)에서 "정순한 차에 온축된 향기는 물을 빌려야 드러나니 물이 없으면 차를 말할 수 없다.(精茗蘊香 借水而發 無水不可與論茶也)"고 하였고, "내 일찍이 명산이 있으면 좋은 차가 있다고 했는데, 또한 명산이 있으면 반드시 좋은 샘도 있다.(余嘗言有名山則有佳茶 玆又言有名山必有佳泉)"라고 하였다.

물의 중요성에 대해서는 『다경』 등 여러 다서에서 언급하였지만, 장대복(張大復)은 『매화초당필담(梅花草堂筆談)』에서 "차에 성질은 물에 의해 나타나고, 8의 차가 10의 물을 만나면 역시 차도 10이 되고, 8의 물로 10의 차를 우려낸다면 차 역시 8이 된다."고 하며, 물에 의해 차의 성질이 결정됨을 강조하고 있다.

차를 마시는 일은 결국 대부분의 물과 물에서 우러나는 차의 성분을 마시는 일이다. 그리하여 옛날부터 제대로 된 차를 마시기 위해서는 물의 선택이 중요한 일로서 훌륭한 차인들은 수질전문가이기도 하였다. 본 장에서는 물과 관련된 옛 문헌과 오늘날에 실정에서 차에 좋은 물이란 무엇인지에 대해서 살펴보도록 한다.

1. 옛글에 나타난 찻물

예로부터 유명한 차인들은 좋은 물의 선택에 탁월한 감각이 있었다. 기존에 발간된 차에 관한 문헌 중에서 대부분 일부분이나마 물의 선정과 사용에 대한 글들이 실려 있다. 육우의 『다경(茶經)』, 초의선사의 『동다송(東茶頌)』, 『다신전(茶神傳)』, 장우신의 『전다수기(煎茶水記)』, 구양수의 『대명수기(大明水記)』, 『부차산수기(浮搓山水記)』, 전예형의 『자천소품(煮泉小品)』, 허차서(許次紓)의 『다소(茶疏)』, 장대복(張大復)의 『매화초당필담(梅花草堂筆談)』 등의 문헌이 있다.

오늘날의 입장에서 구체적인 사례에 대한 판단은 차치하고라도 과학적 관점에서 몇 가지 잘못이 있으므로 찻물에 대한 옛 문헌의 내용은 일방적으로 믿어야 할 것은 아니라고 생각된다. 특히 몇 문헌에 나타난 내용과 정보는 검증해서 보완·수정해야 될 것으로 판단된다.

주요 차(茶) 문헌에 나타난 찻물에 대한 기록은 다음과 같다.

1) 중국문헌에 나타난 찻물

차를 우리기 위한 찻물을 중요하게 여겼던 옛 선인들의 생활을 주요 문헌을 통해서 유추해 볼 수 있다. 문헌적인 면에서 찻물의 중요성을 강조하고 있는 부분을 살펴보면, 좋은 물을 떠나서는 좋은 차를 기대할 수 없음을 다음과 같이 언급하고 있는 주요 부분을 요약하면 다음과 같다.

(1) 육우(733-804) 『다경(茶經)』 「오지자(五之煮)」

육우는 다경에서 차 만드는 데에 있어서의 아홉 가지 어려움(茶有九難)의 하나로서 다섯 번째의 어려움으로 물을 선별하는 것을 이야기하였다.(茶有九難 一曰造, 二曰別, 三曰器, 四曰火, 五曰水, 六曰炙, 七曰末, 八曰煮, 九曰飮 ... 飛湍壅 非水也) 그중에서 다섯 번째로 품천(品泉)의 중요성을 다음과 같이 서술하였다.

그 물은, 산수가 상품이요, 강물은 중품이요, 우물물은 하품이다. 「천부(舛賦)」에는 소위 "물이라면 곧 민산 지역에서 유유히 흐르는 맑고 깨끗한 물이여야 한다"고 했다. 그 산수는 유천을 고르거나 돌로 된 연못에서 천천히 흐르는 물이 으뜸이며 물살이 용솟음치거나 소용돌이치는 물은 마시지 말아야 하며, (이러한 물을) 오랫동안 마시게 되면 목병이 생기게 된다. 또한 산골짜기에 여러 갈래의 물줄기에서 모인 물은 비록 맑다 할지라도 흐르지 않고 고여 있으므로, 여름부터 가을까지 혹은 물속의 잠룡들이 그 속에 독을 품어 (이를) 마시려면 물길을 터서 나쁜 물을 흘려보내고 새로운 물이 졸졸 흘러들어오게 한 후 떠야 한다. 강물은 인가에서 멀리 떨어진 것을 취하며, 우물물은 길어가는 사람이 많은 곳을 취한다.

(其水, 用山水上, 江水中, 井水下,『所謂』"水則岷方之注, 揖彼清流"其山水, 揀乳泉 石池慢流者上; 其瀑湧湍漱, 勿食之, 久食令人有頸疾. 又 午, 午咎, 召午子, 对於『易』"爷爷別本, 是智異"才是.多別流於山谷者, 澄浸不洩, 自火天至霜降以前, 或潛龍蓄毒於其間, 飲者可決之, 以

流其惡, 使新泉涓涓然, 酌之. 其江水取去人遠者, 井取汲多者)5)

(2) 장우신의 『전다수기(煎茶水記)』

당나라의 장우신이 강주자사에 있을 때 『전다수기(煎茶水記)』를 저술하였으며, 전체 900자로 구성되어 있다. 물이 차와 맞는 것을 비교하며, 유백추가 매긴 일곱 등급을 기록하고 있으며, 이계경이 육우와 만나 찻물에 대해 이야기를 나누는 일화에서 물을 감별하여 물에 대한 우열을 구별하는 등급을 스무 등급으로 찻물을 식별하는 기준을 기록하고 있다.

육우가 스무 가지 물을 시험해 보았더니, 차의 정하기나 거칠기와는 상관없이 이것보다 뛰어난 것을 알지 못한다.
본시 차란 산지에서 달여서 좋지 않은 것이 없다. 그럴 것이 물과 흙이 차와 걸맞기 때문인데, 그곳을 떠나면 물의 공은 절반으로 줄어든다. 그렇지만 잘 달이고 그릇이 깨끗하면 그 공은 완전하다."(此二十水 余嘗試之 非繫茶之精麤 過此不之知也 夫茶烹於所産處 無不佳也 蓋水土之宜 離其處 水功其半 然善烹潔器 全其功也 李置 諸笥焉 遇有言茶者 卽示之)4) 고하였다.

(3) 구양수의 『대명수기(大明水記)』

구양수는 음다문화가 일반 평민에 이르기까지 일상다반사가 된 송나라 사람으로 육우의 물의 평가의 적합성을 인정했던 사람이다. 구양수의 『대명수기』는 당대의 물 평가에 대한 자기의 견해를 다음과 같이 서술하였다.

세상에 전하는 육우의 『다경』에는 물을 평하여, "산의 물이 으뜸이요 강물이 버금가며, 우물물이 하등이다."라고 하였으며, 또 말하기를, "산의 물은 젖샘이나 돌못에 게으르게 흐르는 것이 으뜸이다. 폭포에서 떨어져 솟구치는 물이나 양치질 소리를 내면서 흐르는 여울물은 먹지 말아야 한다. 그런 물을 오래 먹게 되면 목병이 난다. 강물은 인가(人家)에서 멀리 떨어진 것을 취하며, 우물물은 많이 길어가는 것을 취한다."고 하였다. 육우의 말은 이에 그치며, 그 뒤로는 아직도 일찍이 천하의 물맛을 차례로 품평한 일이 없었다. 그런데 장우신이 『전다수기』를 짓기에 이르러 비로소 말하기를, "유백추(劉伯)가 이르기를, 차에 알맞은 물에는 일곱 등급이 있다."고 하였다. 또 육우가 이계경을 위하여 물을 평론한 차례에 스무 종류가 있다는 것도 실려 있다. 이제 두 가지 의견을 생각하여 보았더니 육우의 『다경』과 맞지를 않는다. 육우는 "산의 물이 으뜸이요, 젖샘이나 돌못을 으뜸으로 삼으며, 강물이 버금가고 우물물이 하등이다."라고 하였다. 그러나 백추는, "양자강 남령수를 제1로 삼고, 혜산의 돌샘을 제2로 삼고, 호구의 돌샘을 제3, 단양 절의 우물을 제4, 양주 대명사의 우물을 제5, 그리고 오송강이 제6, 회수가 제7"이라고 하였으니, 육우의 말과는 모두 상반된다. 이계경이 풀이한 스무 가지의 물은 여산 강왕곡의 물이 제1, 무석 혜산의 샘물이 제2, 기주 난계의 돌밑물이 제3, 협주 선자산 두꺼비입 물이 제4, 호구사의 우물물이 제5, 여산 초현사 하방교의 물이 제6, 양자강 남령의 물이 제7, 홍주 서산의 폭포수가 제8, 동백 회수의 근원이 제9, 여주 용지산의 봉우리 물이 제10, 단양 관음사의 우물물이 제11, 양주 대명사의 우물물이 제12, 한강 금주의 중령수가 제13, 귀주 옥허동의 향계수가 제14, 상주 무관 서쪽의 낙수가 제15, 오송강의 물이 제16, 천태산의 천길 폭포수가 제17, 침주의 둥근 샘물이 제18, 엄릉의 여울물이 제19, 눈물(雪水)이 제20이다. 두꺼비입물, 서산의 폭포수, 천태산의 천길 폭포수와 같은 것은 모두 육우가, "먹지 말지어다. 먹으면 병이 난다."고 경계시켰던 것이다.

그 밖의 강물이 산물의 위에 있거나 우물물이 강물의 위에 있는 것은 모두가 육우의 『다경』과 상반된다. 육우가 스스로 두 가지의 부당한 다른 주장을 하였을지 의심스럽다. 가령 진실한 육우의 말이었을지라도 어찌 믿을 수가 있겠는가. 우신이 실없이 유리하게 덧붙인 것이나 아닐는지. 특히 육우가 남령의 물과 강 언덕 가의 물을 가려내더라는 말은 허망하고 괴상하다. 그러나 이 대명사의 우물물은 양주물이 맛있는 것이다. 육우는 물을 평론하여 정체된 물이 나쁘고 샘의 근원을 좋다고 하였다. 그러므로 우물물은 많이 긷는 것을 취하며, 강은 길게 흐르더라도 많은 물이 섞여서 모였기 때문에 산물에 버금가는 것이다. 오직 이 말만이 사물의 도리에 가까운 것이라 하겠다.

(世傳陸羽茶經 其論水云 山水上 江水次 井水下 又云 山水乳泉石 池漫流者上 瀑湧湍漱勿食 食久令人有頸疾 江水取去人遠者 井水取 汲多者 其說止於此 而未嘗品第天下之水味也 至張 又新爲煎茶水記 始云 劉伯芻謂 水之宜茶者 有七等 又載羽爲李季卿論水 次第有二十種 今考 二說 與陸羽茶經皆不合 謂 山水上 而乳泉石池又上 江水次 而井水下 伯芻以揚子江南零水爲 第一 惠山石泉爲第二 虎丘石泉 爲第三 丹陽寺井爲第四 揚州大明寺井水爲第五 而吳松江第 六淮水 第七 與說皆相反 季卿所說二十水 廬山康王谷水第一 無錫惠山石 泉水第二 蘄州蘭谿 石下水第三 峽州扇子峽蝦蟆口水第四 虎丘寺井 水第五 廬山招賢寺下方橋潭水第六 揚子江南 零 水第七 洪州西山瀑 布水第八 桐柏淮源第九 廬州龍池山嶺水第十 丹陽觀音寺井第十一 揚 州大明 寺井第十二 漢江金州中零水第十三 歸州玉虛洞香溪水第十四 商州武關西洛水第十五 吳松江水第十六 天台千丈瀑布水第十七 郴州圓泉第十八 嚴陵灘水第十九 雪水第二十 如蝦蟆 口水 西山瀑布 天台千丈瀑布 皆戒人勿食 食之生疾 其餘江水 居山水上 井水居江水上 皆與陸 羽茶經相反 疑不當二說以自異(使誠說 何足信也) 得非又新妄附盒之耶 其述辭南零岸水 特怪 誕甚妄也 水味有美惡而已 欲舉天下之水——而次第之者 忘說也 故其爲 說前後不同如此 然

此井爲水之美者也 羽之論水 惡渟浸而喜泉源 故井取汲多者 江雖長流然 衆水雜聚 故次山水 惟此說 近物理云)

또한, 구양수는 1057년에 부차산에 은거하며, 『부차산수기(浮槎山水記)』를 기록하였는데, 내용을 요약하면 육우의 『다경』을 읽고 육우가 차를 우릴 때 쓰는 찻물은 "산의 물이 으뜸이요, 강물이 버금가며, 우물물이 하등이다. 산의 물과 젖샘이나 돌못에 게으르게 흐르는 것이 으뜸이다."하여 육우가 물에 대해 자세히 설명한 것이 좋았다고 하였다.

그러나 구양수는 부차산의 샘물이 육우가 주장하는 젖샘처럼 물이 달고 맛이 있음에도 불구하고 장우신이 물의 등급인 7등급에 넣지 않았음을 올바르지 않다고 하며 육우의 주장하는 바가 옳다고 기록하고 있다.

(4) 휘종의 『대관다론(大觀茶論)』

『대관다론』은 중국 북송인 8대 임금인 휘종황제가 편찬하였다. 문헌은 20항목으로 다음과 같이 구성되어 있다. 차의 산지, 채엽 시기, 차 만들기 좋을 때, 찌기와 누르기, 제조, 감별, 흰차, 체와 맷돌, 잔, 솥, 병, 구기, 물 달리기, 맛, 향기, 빛깔, 저장을 위한 말리기, 물품의 이름, 바깥 차판 등에 관한 내용이다. 그중 물의 중요성에 관해 기술한 부분은 다음과 같다.

물은 맑고 가볍고 달고 깨끗한 것을 맛있는 것으로 삼는다. 가볍고도 달콤한 것은 물의 천성이지만, 그것을 얻기가 어렵다. 옛사람이 물을 품평하여 중령의 혜산을 으뜸으로 삼았으나, 서로 멀거나 가깝게 떨어져 있는 사람도 있으니 언제나 얻을 수 있는 것은 아니다. 그러기에 다만 산에 있는 맑고 깨끗한 샘물을 취하는 것이 마땅하다. 그다음으로는 항상 긷는 우물물이 쓸 만하다. 만약 강이나 냇물이라면 물고기와 자라의 비린내나 진흙탕에 괴어 있는 물이니 가볍고 달더라도 취하지 않는다.

(水以淸輕甘潔爲美 輕甘乃水之自然 獨爲難得 古人品水 雖曰中零惠山爲上 然人相去之遠近 似不常得 但當取山泉之淸潔者 其次 則井 水之常汲者爲可用 若江河之水 則魚鼈之腥 泥濘之 汗 雖輕甘無取)

(5) 장대복 『매화초당필담(梅花草堂筆談)』

명나라 장대복은 『매화초당필담』에서 "차는 필히 물을 빌려야만 그 가치를 발현될 수가 있다. 80점짜리의 차를 100점짜리의 물로 우리면, 차탕이 100점짜리가 된다. 그러나 80점짜리의 물로 100점짜리의 차를 우리면 그 차탕은 80점짜리밖에 되지 않는다.(茶性必發於水, 八分之茶, 遇十分之水, 茶亦十分矣; 八分之水, 試十分之茶, 茶只八分耳)"고 하여 아무리 좋은 차일지라도 좋은 물로 받쳐주지 못한다면, 그 가치는 결국 떨어진다고 하면서 물의 중요성을 강조하고 있다.

(6) 허차서는 『다소(茶蔬)』

명대 허차서(許次舒)의 『다소(茶蔬)』는 총 4,700자로 된 산차 음다법(飮茶法)에 관한 저서로서 36항목으로 구성되어 있다. 차의 산지(産茶), 옛날과 지금의 만드는 법(古今製法), 가려 따기(採摘), 차 덖기(炒茶), 산골짜기의 제법(岕中製法), 저장(收藏), 두는 곳(置頓), 덜어 쓰기(取用), 싸서 꾸림(包裹), 일용차의 두는 곳(日用頓置), 물 가리기(擇水), 물의 저장(著水), 물 퍼내기(舀水), 물을 끓이는 그릇(煮水器), 불길 살피기(火候), 붓고 달이기(烹點), 수량재기, (秤量)물 살피기(湯候), 사발과 따르개(甌注), 흔들어 씻기(盪滌), 차 마시기(飮啜), 손님의 관장(論客), 차일을 처리하는 곳(茶所), 차 씻기(洗茶), 어린 사내아이(童子), 마시는 때(飮詩), 그치기에 알맞은 때(宜輟), 쓰기에 마땅치 않은 것(不宜用), 가까이하기에 마땅치 않은 것(不宜近), 좋은 벗(良友), 나가 놀기(出遊), 임기응변의 방편(權宜), 호림의 물(虎林水), 알맞은 정도(宜節), 잘못 바로잡기(辯訛), 근본 밝히기(考本)이다. 그중 물가리기인 「택수(擇水)」에 나와 있는 9항목에서 물의 중요성에 대해 다음과 같이 논하고 있다.

「물 가리기(擇水)」

정묘한 차에 감추어진 향기는 물을 빌려서 드러나는 것이므로 물 없이는 차를 왈가왈부할 수가 없다. 옛사람들은 물을 품평하여, 금산의 중령천을 첫째로 삼기도 하고, 혹은 여산의 강왕곡을 첫째로 삼기도 하였다. 나는 아직 여산에는 가본 일이 없지만, 금산 정수리의 우물도 어쩌면 중령의 옛날 샘이 아닐 것이다. 구릉이 계곡이 되고 계곡이 구릉이 되어, 옛 샘도 이미 흔적도 없이 사라져 버렸을 것이다. 그렇지 않으면 어찌하여 맛이 얇고도 담박하며 잔질하는 데 견디지 못한단 말인가. 지금의 품평으로는 반드시 혜산천을 으뜸으로 삼는다. 달고도 깨끗하며 맛이 좋아서 귀하게 여기기에 넉넉한 셈이다. 지난날 황하를 건넜을 때 처음에는 그 물이 흐린 것을 걱정하였으나, 뱃사공이 법도로써 맑게 하고 건넜는데, 마셨더니 달아서 더욱 차 달이기에 알맞고 혜산천보다 못하지는 않았다. 황하의 물은 하늘에서 오는 것으로 흐린 것은 흙빛이다. 맑게 하면 이윽고 깨끗해져서 향기와 맛은 저절로 드러난다. 나는 일찍이 '이름난 산이 있으면 좋은 차가 있다'고 말하였는데, 이에 또 '이름난 산이 있으면 반드시 좋은 샘물이 있다'고 말하련다. 서로 도와서 말한 것이니, 아마도 역설은 아닐 것이다. 내가 가본 일이 있는 곳은 우리 양절(兩浙)을 비롯하여 두 서울(북경·남경), 제로(산동성 지방), 초(호북·호남성 지방), 월(광동·광서성 지방), 예장(강서성), 전(운남성), 검(귀주성) 등으로서 모두 일찍이 그 산천을 조금씩 돌아다니면서 그 물과 샘의 맛을 보았는데, 물이 솟아나는 곳이 길고도 멀며, 깊은 물가의 맑디맑은 물은 영락없이 달고도 맛이 좋았다. 즉 강과 호수, 산골짜기에 흐르는 시냇물로서 맑은 물가와 큰 못을 만나면 맛은 모두 달고도 차갑다는 것이다. 다만 센 물결이나 급하게 흐르는 여울물, 폭포나 힘차게 솟아오르는 샘, 혹은 배의 왕래가 많은 곳의 물은 쓰고도 흐려서 마시기를 견디어 내지 못한다. 모두 상하고 지친 때문이며, 어찌 언제나 변하지 않는 성질이라 하겠는가. 대저 봄과 여름에 물이 번창하면 맛이 줄고, 가을과 겨울에 물이 줄면 맛이 좋다.

(精茗蘊香 借水而發 無水不可與論茶也 古人品水 以金山中洽爲第 一泉 第二或曰廬山康王谷第一 廬山余未之到 金山頂上井 亦恐非中 洽古泉 陵谷變遷 已當湮沒 不然 何其漓薄不堪酌也 今時品水 必首惠泉 甘鮮膏腴 至足貴也 往日渡黃河 始憂其濁 舟人以法澄過 飲而甘之 尤宜煮茶 不下惠泉 黃河之水 來自天上 濁者土色也 澄之旣淨 香味自發 余嘗言 有名山則有佳茶 又言有名山必有佳泉 相提而論 恐非臆說 余所經行 吾兩浙兩都齊魯楚粵豫章滇黔 皆嘗稍涉其山川 味其水泉 發源長遠 而潭止澄澈者 水必甘美 卽江湖溪潤之水 遇澄潭大澤 味咸甘 洌 唯波濤湍急瀑布飛泉 或舟楫多處 則苦濁不堪 蓋傷勞 豈其恒性 凡春夏水漲則減 秋冬水落則美.)

이처럼 중국에서는 좋은 샘을 평하는 '중국의 5대 명천(名泉)'으로 '중령천(中泠泉)·혜천(惠泉)·호구(虎丘)·호포천(虎跑泉)·표돌천(杓突泉)'이라 불렸고, 수질을 감별하는 방법으로 송나라 휘종의 대관다론에 맑고 가볍고 달고 깨끗한 '청(淸)·경(輕)·감(甘)·결(潔)'을 바탕으로 흐르는 활(活)과 찬 열(冽)을 포함하여 맑고 흐르고, 가볍고, 달고, 찬 '청(淸)·활(活)·경(輕)·감(甘)·열(冽)'의 오자법(五字法)이 과학적인 것으로 드러나고 있다.(왕총런, 2004)

2) 한국문헌에 나타난 찻물

우리나라의 옛 샘물에 대한 기록으로는 원효방, 기림사 오종수, 통도사 다천, 삼타수, 감로수, 장군수, 다산약천, 유천 등에 관한 이야기가 전해져 오고 있다.

먼저 이규보의 『동국이상국집』 23권, 『남행일월기』에 원효방과 원효(元曉, 617~686)스님, 사포성인에 관한 일화가 실려 있다. 이규보는 33세부터 34세까지 전주에서 전주목사록(全州牧司錄) 겸 장서기(掌書記)에 임명되어 지방관 생활을 한 적이 있다. 그때 전주에서 그다지 멀지 않은 부안의 원효방을 찾았던 것 같다.

경신년(庚申) 8월 20일 부안 현령 이군 및 다른 손님 예닐곱 명과 원효방에 이르렀다. 높이가 수십 층이나 되는 나무 사다리가 있어서 발을 후들후들 떨며 조심조심 올라갔는데, 정계(庭階)와 창호(窓戶)가 수풀 끝에 솟아나 있었다. 이따금 범과 표범이 사다리를 타고 올라오다 마침내 올라오지 못한다고 들었다. 곁에는 암자가 하나 있는데, 세상에서 말하기를 사포성인(蛇包聖人)이란 사람이 옛날에 머물었던 곳이라고 한다.

원효스님이 와서 살자 사포가 또한 와서 모시고 있었는데, 차를 달여 원효스님께 드리려고 하였지만, 샘물이 없어 안타까워할 때 이 물

원효방 전경

이 바위틈에서 갑자기 솟아 나왔다고 한다. 맛이 매우 달고, 젖과 같아서 늘 차를 끓였다고 한다.

(1) 『기림사 사적기』(643년 창건)에 나타난 오종수(五種水)

『기림사(祇林寺) 사적기』에 의하면,19) 기림사 창건시(선덕여왕 12년, 643) 광유성인에게 사라수대왕이 차를 달여 공양하는 이야기가 전해지고 있으며, 조선 후기에 조성됐을 것으로 추정되는 급수봉다(汲水奉茶)의 그림이 현 기림사 약사전에 벽화로 존재하고 있다.

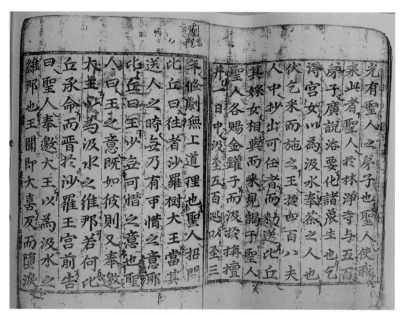

『기림사 사적기』중 '급수봉다(汲水奉茶)'의 기록

기림사 약사전 급수봉다도(汲水奉茶圖)

또한 기림사에는 '오종수(五種水)'라 부르는 다섯 가지 명수(名水)가 있었으나, 현재는 유실되어 복원하려는 노력이 진행되고 있다.

(2) 『통도사 사적기』(646년 창건)에 나타난 다천(茶泉)

　『통도사 사적기』 가운데 『사지사방산천비보(寺之四方山川裨補)』에는, "북쪽의 동을산 다소촌은 곧 차를 만들어 통도사에 차를 바치는 장소이다. 차를 만들어 바치던 차부뚜막과 차샘이 지금에 이르도록 없어지지 아니하고 있으니 후인이 이로써 다소촌이라 했다.(北冬乙山茶村乃 造茶貢寺之所也 貢寺茶烟茶泉至今猶存不泯 後人以爲茶所村也)"는 기록이 전해지고 있다.

　통도사는 『사적기』에 '다촌(茶村)', '다천(茶泉)', '다소촌(茶所村)' 등이 언급되어 있을 만큼 우리나라 옛 차 성지의 하나로 매우 중요한 위치를 차지하고 있다. 오늘날에도 부처님의 진신사리를 모신 적멸보궁 주위와 산중에 일부나마 차나무들이 자라고 있고, 곳곳에 훌륭한 샘물들이 남아 있다.

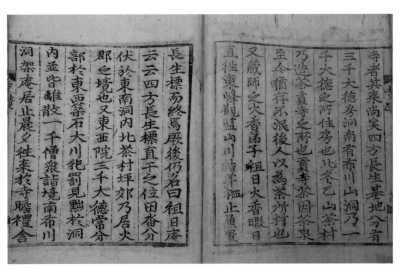

통도사사적기중 '다소촌(茶所村)'과 '다천(茶泉)'

(3) 『삼국유사(三國遺事)』 권 제3, 88. 대산오만진신(臺山五萬眞身)

자장법사가 신라로 돌아왔을 때, 정신대왕(淨神大王) 태자 보천(寶川)·
효명(孝明)의 두 형제가 하서부(河西府: 지금의 명주(溟州))에 이르러 세헌
(世獻) 각간의 집에서 하룻밤을 머물렀다. 이튿날 대령(大嶺)을 지나 각
기 무리 천명을 거느리고 성오평(省烏坪)에 이르러 여러 날을 유람하
더니, 문득 하루 저녁은 형제 두 사람이 속세를 떠날 뜻을 은밀히 약
속하고, 아무도 모르게 도망하여 오대산에 들어가 숨었다. 시위하던
자들이 돌아갈 바를 알지 못하여 이에 서울로 돌아갔다.

두 태자가 산속에 이르니 푸른 연꽃이 땅 위에 문득 피었다. 형 태
자가 그곳에 암자를 짓고 머물러 살게 되면서 이를 보천암(寶川庵)이
라고 하였다. 동북쪽을 향하여 6백여 보를 가니, 북대의 남쪽 기슭에
또한 푸른 연꽃이 핀 곳이 있으므로 아우 태자 효명도 그곳에 암자를
짓고 머물면서 저마다 부지런히 정업을 닦았다……

두 태자는 매양 골짜기의 물을 길어와 차를 다려서 공양하고, 밤이
되면 각기 암자에서 도를 닦았다.

(4) 허백당(虛白堂) 성현(成俔)의 『용재총화(慵齋叢話)』

성현의 『용재총화』에서는 기우자(騎牛子) 이행(李行)이 찻물에 대해
품평하는 일화가 기술되어 있다. 그는 차를 좋아해서 수품(水品)에 조
예(造詣)가 깊었고, 상곡 성석인(桑谷, 成石珚)의 집안은 유명한 차인이
많았는데 다음과 같은 일화가 전해 온다.

상곡(桑谷, 成石珚)은 기우자 이행과 서로 좋아했는데, 이행은 성남쪽에 살

고, 상곡은 서산에 살았다. 기우자(騎牛子) 이행(李行)과 상곡공 성석인의 집 거리는 5리밖에 되지 않았으며, 서로 친하게 지냈다. 상곡공은 위생당이 라는 작은 재실을 정원에 지어 종들을 모아 약을 조제하기도 하였다. 기 우자 이행이 위생당을 방문하였을 때 상곡공 성석인 아들인 공도공 성엄 을 시켜 차를 달이게 하였는데, 찻물이 넘치자 성엄이 다른 물을 더 부었 다. 이행이 차맛을 보더니 "이 차에 네가 두 가지 물을 부었구나"라고 했 다. 이처럼 이행은 물맛을 잘 판별했는데, 공은 충주 달천수(達川水)를 최 고로 치고, 금강산에서 흘러나와 한강 한가운데로 흐르는 우중수(牛重水)를 둘째, 속리산의 삼타수(三陀水)를 세 번째로 쳤다.

(李公嘗到堂, 桑谷爺恭度公烹茶於窓外, 茶水溢更添他水. 李公嘗之曰, "此茶女添二生水," 公能辨水味, 以忠州達川水爲第一, 自金剛山出來漢江 中之牛重水爲第二, 俗離山之三陀水 爲第三)

(5) 초의선사(艸衣禪師)의 『다신전(茶神傳)』

초의선사의 『다신전(茶神傳)』은 중국의 백과사전인 『만보전서(萬寶全 書)』의 내용을 정리한 글이다. 『다신전』 「품천(品泉)」에서는 "차는 물의 신이 되고, 물은 차의 모체가 된다. 유천이나 석지의 좋은 물이 아니 면, 차의 신령스러움이 나타나지 않고, 정다(精茶), 또는 진다(眞茶)가 아니면 그 수체(水體)를 엿볼 수 없다."라고 하여 물의 선택에 있어 진 수(眞水)를 얻을 것을 권하고 있으며, 차는 일반적으로 물에 우려내어 음용하는 것으로 좋은 차맛을 내기 위해서는 좋은 물의 중요성을 「품 천(品泉)」에서 다음과 같이 기술하고 있다.

차는 물이 신(神)이 되고, 물은 차의 모체가 된다. 유천이나 석지(石池)의 좋은 물이 아니면 차의 신령스러움이 나타나지 않고, 정다(精茶), 또는 진다(眞茶)가 아니면 그 수체(水體)를 엿볼 수 있는가. 산꼭대기에서 솟아나는 자연 청수(淸水)는 맑고 가벼우며, 산 아래서 나는 샘물은 맑으며 무겁다. 석간수(石澗水)에서 나는 샘물은 맑으면서도 달고 부드러우며, 모래에서 나는 샘물은 맑고 차갑다. 흙 속에서 나는 샘물은 맑고 담백하다. 황석(黃石)의 유천수는 좋고, 청석(靑石)에서 솟아나는 물은 쓸 수 없으며, 마시지 말아야 한다. 흐르는 물은 고여 있는 물보다 좋고 음지에서 나는 물이 양지의 물보다 진수(眞水)이다. 또한 오염되지 않은 참된 원천수(源泉水)는 맛이 무미(無味)하고, 진수는 아무런 향기가 없다.

(茶者水之神 水者茶之體 非眞水莫顯其神 非精茶曷窺其體 山頂泉淸而輕 山下泉淸而重 石中泉淸而甘 砂中泉淸而烈 土中泉淡而白 流于黃爲佳 砂出靑石無用 流動者愈于安 靜 負陰者勝于向陽 眞源無味 眞水無香)

우물물은 찻물로 마땅치 않다. 「정수불의차(正水不宜茶)」

육우의 『다경(茶經)』에 이르기를 "산수는 차의 물로 제일 좋고, 강물은 버금가며, 우물물이 가장 아래라 하였다." 하나의 방안은 강이 멀고 높은 산 주변에 샘이 없으면 오직 봄에 내리는 매우(梅雨)를 많이 받아두면 된다. 그 물맛은 매우 달고 부드러울 때 맞추어 내리는 물로 만물(萬物)을 기르는 물이라 좋으며, 성장에 도움이 된다. 설수는 비록 맑기는 하나 성미가 무거우며 차가워서, 사람의 비장과 위장을 차갑게 하여 모아두기 마땅치 않고, 많이 마시면 해롭다.

(茶經云 "山水上 江水次 井水最下矣" 第一方 不近江山卒無泉水 惟當多積梅雨 其味甘和 乃長養萬物之水 雪水雖淸 性感重陰 寒人脾胃不宜多積)

(6) 초의선사(艸衣禪師)의 동다송(東茶頌)

『다경(茶經)』에 이르기를, 차에는 아홉 가지 어려움이 있다. ① 차 만드는 것 ② 차의 품질을 감별하는 것 ③ 차를 만드는 그릇과 차를 마시는 도구 ④ 불을 다루는 법 ⑤ **차에 사용되는 물** ⑥ 차를 덖는 일 ⑦ 가루를 만드는 일 ⑧ 물을 끓이는 법 ⑨ 차를 마시는 법이다.

음산한 날씨에 찻잎을 따서 밤에 말리는 것은 차를 만드는 법(造法)에 어긋나며, 차 부스러기를 이로 깨물어 혀끝으로 맛을 보거나 코에다 대고 냄새를 맡는 것은 식별(識別)이 아니며, 노린내 나는 솥이나 비린내 나는 것은 그릇이 아니며, 풋나무나 덜 탄 숯은 연료라 할 수 없고, **세차게 떨어지는 폭포수와 장맛비로 고인 물은 물이라 할 수 없고**, 겉은 익었으나 속이 설익은 것은 자(炙)라 할 수 없다. 푸르스름한 가루가 먼지처럼 나는 것은 가루를 만든 것(作末)이 라 할 수 없다. 급히 서둘러 휘젓는 것은 물 끓이는 법이 아니며, 여름엔 실컷 마시고 겨울에 그만두는 것은 차(茶) 마시는 법이 아니다.

(茶經 云茶有九難 一曰造, 二曰別, 三曰器, 四曰火, 五曰水, 六曰炙, 七 曰末, 八曰煮, 九曰飮 陰采夜焙 非造也 嚼味嗅香 非別也 鼎腥 非器也 膏薪庖炭 非火也 飛湍壅 非水也 外熟內生 非炙也 碧粉飄塵 非末也 操艱攪遽는 非煮也 夏興冬廢 非飮也)

15송에 물과 차가 잘 어우러져야 한다(제15頌 莫分體神)에서

그 가운데 현미함 묘하여 말하기 어려우니
참되고 묘한 맛은 물과 차가 잘 어우러져야 하네
물과 차가 잘 어우러져도 중정(中正)을 잃을까 두려워
중정은 茶神과 水靈이 함께함에 있네.

(中有玄微妙難顯 眞精莫敎體神分 體神雖全猶恐過中正 中正不過健靈倂)

「천품(泉品)」에 이르기를, "茶는 물의 신(神)이요, 물은 茶의 체(體)이니, 진수(眞水)가 아니면 다신(茶神)을 나타낼 수 없고, 진다(眞茶)가 아니면 수체(水體)를 나타낼 수 없다."고 하였다.

「포법(泡法)」에 말하기를, "탕(湯)이 완전히 끓었을 때 화로에서 내려 먼저 차관 안에 조금 부어 냉기를 가셔낸 뒤에 부어 버리고 적절한 양의 차를 넣어 중정(中正)을 잃지 않아야 한다. 차의 양이 지나치면 쓴맛이 나고 향기가 묻혀 버리며, 물이 차의 양에 비해 많으면 차의 맛이 적어지고 빛깔이 맑아진다. 두 번 쓴 차관은 냉수로 깨끗하게 씻어야 한다. 그렇지 않으면 차의 향이 떨어진다. 차관의 물이 너무 뜨거우면 다신(茶神)이 온전하지 못하고 차관이 깨끗하면 수성(水性)이 영(靈)해진다. 차의 빛깔이 잘 우러나면 베에 걸러서 마신다. 너무 일찍 거르면 다신(茶神)이 우러나지 않고, 지체하였다가 마시면 향기가 사라진다."라고 하였다. 이를 총평하면, 차를 딸 때에는 그 오묘함을 다하고, 차를 만들 때에는 정성을 다하여야 한다. 물은 진수(眞水)이어야 하고, 탕(湯)은 중정(中正)을 얻어야 한다. 체(體)와 신(神)이 잘 어울리고 건(健)과 영(靈)이 함께하여야 한다. 여기에 이르면 다도는 완전히 이루어졌다고 할 수 있을 것이다.

(註 泉品 云茶者 水之神 水者 茶之體 非眞水 莫顯其神 非眞茶 莫窺其體 泡法 云探湯 純熟便取起 先注壺中 小許 冷氣 傾出然後 投 茶葉多寡宜酌 不可過中失正 茶重則味苦香沈 水勝則味寡色清 兩 壺後 又冷水蕩滌 使壺凉潔 不則減茶香 盖罐熱 則茶神不健 壺清則水性當靈 稍候茶水庶和然後 令布 飲 不宜早 早則茶神不 發 飲不宜遲 遲則妙馥先消 評日 朵盡其妙 造盡其精 水得其眞 泡得其中 體與神 相和 健與靈 相倂 至此而茶道盡矣)

3) 옛 다서에 대한 평가

앞에 언급한 육우의『다경』과 초의선사의『동다송』과『다신전』이외에도 많은 물에 관한 자료들이 있으나, 기본적으로 개괄적인 내용으로 구체적인 지역과 특성에 대한 기술이지, 실제적으로 오늘날의 차생활에 도움이 될 만한 자료는 부족하다.

특히 오늘날에는 환경오염 현상으로 인하여 옛날에 좋았다던 샘물과 강물에 대한 자료가 현실적으로는 맞지 않을 경우가 많다는 점이다. 그리고, 정신적인 차원의 문제에 관해서라면 모르지만, 과학적 관점에서의 올바른 찻물에 대한 지식은 오늘날의 관점에서 몇 가지 오류도 발견되고 있다는 사실이다.

그런 면에서 기본적으로는 육우의『다경』의 총론적인 내용을 바탕으로 중국에서 그 내용을 보완한 구양수의『대명수기(大明水記)』,『부차산수기(浮搓山水記)』, 전예형의『자천소품(煮泉小品)』, 명나라『서헌충(徐獻忠)』,『수품전질(水品全秩)』등의 문헌이 있고, 우리나라에도 육우의 내용을 바탕으로 그 내용을 구체적으로 부연한 초의선사의『동다송(東茶頌)』,『다신전(茶神傳)』을 바탕으로 여러 차인들이 개별적으로 찻물을 평해 놓은 것들이 있다.

그러므로 기본적으로는 육우의『다경』과 초의선사의『다신전』등의 내용을 과학적인 측면과 현실적 변화를 토대로 오늘에 맞게 재해석하여야 할 것으로 판단된다.

그러기 위해서 찻물의 선택은 앞에 언급한 여러 기록들에 의하면, 대부분은 산물을 이상적으로 여겼으며, 산의 물 중에서도 산마루의 물을 더 좋은 것으로 간주했다. 우물물은 인가에서 가까우므로 적합하지 않으며, 강물은 물고기의 비린내 등이 날 수 있으며, 모든 물이 모이기 때문에 좋지 않다고 되어 있다. 이러한 점은 오늘날의 입장에서도 큰 차이가 없는 것으로 판단되며, 현실적인 입장에서 좋은 찻물을 선택하여야 하는 관심과 노력이 필요하다고 본다.

그런 관점에서 오늘날 좋은 찻물은 우선 오염되지 않은 지역의 산물(山水)이 좋다고 볼 수 있다. 그리고, 우물물이고, 대부분의 강물은 오염에 노출되어 있어 마시기 적당한 물을 구하기가 어렵다고 판단된다. 그리고 현실적인 대안으로 생수와 수돗물의 적절한 활용방안이다.

결국 오늘날과 같이 대부분이 도시생활을 하는 입장에선 적당한 산수를 구하기가 어렵다고 본다면, 생활 속에서 물을 선정하는 방법과 물을 이용하는 방법, 그리고, 물을 저장하여 잘 사용하는 방법에 대하여 고민하여야 한다.

분명히 우리는 좋은 물은 차치하고, 마셔서 탈이 없는 안전한 물에 대한 우려가 많은 시대에 살고 있기 때문이다. 그런 의미에서 옛 기록에 대한 평가도 중요하지만, 현실적인 활용으로서 각 차인들이 살고 있는 지역적 특성을 살리면서 생활 속에서 적당한 물을 택하는 지혜가 필요하다고 판단된다.

참고문헌

『기림사 사적기』

『통도사 사적기』

김명배, 『중국의 다도』, 명문당, 1985

왕총런, 김하림·이상호 옮김, 『중국의 차문화』, 에디터, 2004

치우지핑, 김봉건 옮김, 『그림으로 읽는 육우의 다경: 다경도설』, 이른아침, 2003

강인구 외, 『역주 삼국유사 3』, 한국정신문화연구원, 2002

정민·유동훈, 『한국의 다서』, 김영사, 2020

송해경, 『송해경 교수의 알기 쉬운 동다송』, 이른아침, 2023

변영순, 「찻물의 문헌고찰과 차의 침출성분에 관한 연구」, 원광대학교 대학원 박
    사학위 논문, 2021

김민재, 「가야지역 찻물의 이화학적 수질 특성연구」, 부산대학교 산업대학원 석
    사학위논문, 2023

연구과제

1. 『다경』에 나타난 찻물
2. 『대명수기』에 나타난 찻물
3. 『부차산수기』에 나타난 찻물
4. 『자천소품』에 나타난 찻물
5. 『대관다론』에 나타난 찻물
6. 『다소』에 나타난 찻물
7. 『매화초당필담』에 나타난 찻물
8. 기림사 오종수
9. 통도사 다천
10. 『삼국유사』에 나타난 찻물
11. 『동다송』에 나타난 찻물
12. 『다신전』에 나타난 찻물
13. 중국의 찻물
14. 한국의 찻물
15. 일본의 찻물
16. 한·중·일 3국의 찻물
17. 중국 다서에 나타난 찻물
18. 한국 다서에 나타난 찻물
19. 일본 다서에 나타난 찻물
20. 21세기 한국의 찻물

제4장

물의 과학

물은 H₂O 수소 두 개와 산소 하나
하지만 물을 구성하는 제3의 것이 있다.
다만 그것이 무엇인지 아무도 모를 뿐.

(Water is H₂O, hydrogen two parts, oxygen one, but there is also a third thing, that

makes it water, and nobody knows what it is.)

D. H. 로렌스(Lawrence), Pansies

제4장
물의 과학(科學)

1. 물의 과학(科學)

1) 물의 구조

지구상에서 생물의 생명활동에 필수적인 물은 어디에나 존재한다. 물은 무색, 무미, 무취의 물질이며, 화학적으로도 매우 독특한 물질이다.

통상 물은 2개의 수소원자와 1개의 산소원자가 결합하여 1개의 물분자를 이루고 있으며, 화학식으로는 다음과 같이 나타낸다.

$$H_2 + O \rightarrow H_2O$$

이러한 물의 분자 구조적 특징을 좀 더 자세하게 살펴보면 그림 1과 같다.

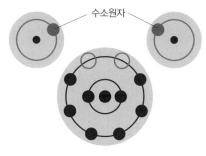

수소원자

산소원자

그림 1. 물분자의 결합

그림에서 보듯, 수소원자(H)는 각각 핵의 둘레를 돌고 있는 전자를 1개씩 가지고 있는데, 안정된 상태가 되기 위해서는 전자가 1개 더 필요하다. 산소원자(O)도 또한 외각에 6개의 전자를 가지고 있으나, 안정된 상태를 유지하기 위해서는 전자가 2개 더 필요하다.

그리하여 이 3개의 불안정 상태의 원자가 서로의 전자를 받아들여 안정된 1개의 물분자(H_2O)를 이루게 된다.

결합된 물분자의 두 소수원자와 산소원자 사이의 길이는 다음 그림 2에서 보듯이 약 0.95Å(10~8cm)이며, 이들 사이의 결합각도는 105°이다.

그림 2. 물분자의 구조

산소원자와 측면에 붙은 수소원자들도 불균형하게 이루어진 물분자의 특이한 구조는 전하의 분포를 불균등하게 만들어 극성(極性)분자를 이루게 된다.

즉 물분자의 수소 쪽은 양전하(+)이고, 산소 쪽은 음전하(−)가 되어 전기적으로 막대자석과 같은 쌍극자(双極子)를 이루게 된다.

이것을 쌍극자모멘트(dipole moment)라 부르며, 막대자석이 자기에 이끌리는 것과 같이 전하에 대하여 반응한다. 그리하여 이들의 전하는 서로 없어지게 되면서 결국은 수용액 중의 전기장을 중성화하게 된다. 이러한 능력이 물이 어떤 종류의 혼합물과 반응하여 손쉽게 용해시키는 효과를 나타내는데, 특히 이온결합으로 이루어진 물질들을 잘 녹이는 성질을 설명하여 준다.

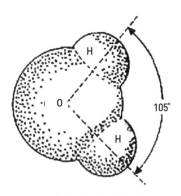

그림 3. 물분자의 쌍극자모멘트

그러나 물분자의 쌍극자모멘트가 용매로서의 물의 성질을 모두 설명할 수는 없으며, 물분자들 간의 정전기적인 결합으로 촘촘히 연결된 특이한 구조를 이루는 수소결합으로 설명될 수 있다. 그림 1의 물분자의 구조에서 보듯, 두 수소원자들이 그들의 전자를 산소 원자와 공유함으로써 그들의 핵이 노출됨을 알 수 있는데, 이 노출된 양전하 (+) 각각이 비결합전자쌍에 인력을 미칠 수 있다. 또한 물분자 중 산소원자는 두 쌍의 비결합 전자쌍을 갖고 있으므로 각 물분자는 4개의 수소결합을 형성하여 4면체 구조를 이룬다.

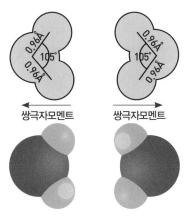

그림 4. 물분자의 4면체 구조

그런데 따로따로 움직이고 있는 두 쌍극자분자는 이것들이 결합해서 한 복합체를 형성했을 때보다 전기장을 중성화할 수 있는 능력이 훨씬 적다.

통상 복합체를 형성한 분자들의 쌍극자모멘트가 2배가 되며, 둘이 수소결합을 형성하는 특이성으로서 물이 가지고 있는 용매로서의 뛰어난 능력을 설명할 수 있게 된다.

2) 물의 특성

앞의 물의 구조에서 살펴보았듯이 두 개의 수소원자와 한 개의 산소 원자가 결합하여 이룬 물분자의 독특한 구조는 다른 화합물들과 비교해볼 때 여러 가지 독특한 성질을 가지게 된다. 다음은 물분자가 가지고 있는 대표적인 특성 몇 가지에 대하여 알아보도록 한다.

(1) 두드러진 빙점 및 비등점

화학식이 H_2O인 물분자는 화학식이 H_2Te, H_2Se 및 H_2S인 물질들과 분자구조는 비슷하다. 4가지 물질 중 분자량이 가장 무거운 H_2Te가 가장 높은 비등점과 빙점을 가질 것이며, 가장 가벼운 H_2O가 가장 낮은 비등점과 빙정을 가질 것이나. 실제로는 분자량이 129인 H_2Te는 −4℃에서 끓고, −51℃에서 얼며, 분자량이 80인 H_2Se는 −42℃에서 끓고, −64℃에서 얼며, 분자량이 34인 H_2S는 −64℃에서 끓고 −82℃에서 언다. 그러나 분자량이 18인 H_2O의 경우 비슷한 분자구조를 가진 다른 화합물에 비추어 볼 때, 대략 −100℃에서 얼고, −80℃에서 끓어야 하나, 실제로는 0℃에서 얼며, 100℃에서 끓고 있다.

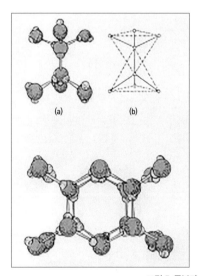

(a)   (b)

(위) 물분자간의 수소 결합으로 이루어진 결합 상태
(아래) 0℃ 이하에서의 물분자 결합 상태

얼음 결정은 이 그림에서와 같은 4면체 구조를 갖는다. 큰 구는 산소원자를, 작은 구는 수소 원자를 나타낸다.

그림 5. 물분자의 빙점 및 비등점

(2) 특이한 밀도 변화

일반적으로 어떤 물질이 고체, 액체, 기체 중 어느 상태이든 냉각되면 부피가 줄어들게 된다. 물 또한 대부분의 온도에서는 예외가 아니며, 물의 온도를 100℃에서 4℃까지 낮추면, 부피가 점점 줄어든다. 그러나, 4℃에서 갑자기 반대 현상이 일어나 어는점(0℃)까지 내려가는 동안 부피가 점점 커진다. 즉 밀도가 감소하여 단위 부피의 물이 4℃에서 보다 3℃에서 더 가볍고, 0℃가 될 때까지 계속 가벼워진다. 물은 4℃와 0℃의 온도 범위에서 부피의 증가(또는 밀도의 감소)가 급격하게 일어나는데, 물이 얼음으로 변할 때 액체 부피의 약 9%가 증가한다. 이와 같은 얼음의 팽창으로 겨울에 수도관이 파열되는 현상이 발생되기도 하나, 생물권의 생명유지를 위해서는 다행스러운 현상이다. 만일 물이 다른 동결하는 액체들과 똑같은 작용을 한다고 한다면, 지상의 모든 물은 바다와 호수와 강의 밑바닥부터 얼어붙어 결국은 수면까지 동결하게 됨으로써 수중의 생명체 또한 모두 얼어 죽게 된다.

그러나, 실제로는 겨울에 물이 얼어 얼음이 되어도 수면 위로 떠올라 밀도가 높은 얼음 밑의 물이 그 이상 동결하는 것을 막는 절연피막(絶緣皮膜)을 형성하여 액체인 물 상태를 유지함으로써 수중의 생물들이 생명활동을 영위하게 되는 것이다.

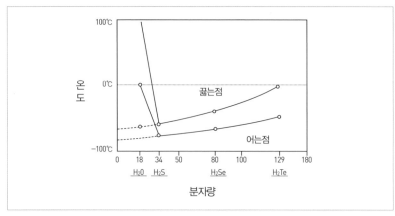

그림 6. 물분자의 밀도변화

(3) 큰 열용량

사막 지역의 경우 낮에는 매우 더운 반면, 밤에는 심한 추워지는 등 기온의 일교차가 매우 크다. 이것은 사막의 대기 중에 수증기가 없기 때문인데, 이는 대기 중에 수증기를 공급하고, 대낮의 열을 흡수했다가 밤의 찬 공기로 방출하여 그 지역의 기온을 완화시키는 물이나 호수, 강 또는 식물 등이 적어서이다.

그것은 물이 매우 큰 열용량을 갖고 있기 때문인데, 물은 많은 양의 열을 흡수해도 그렇게 쉽게 뜨거워지지 않는다. 사막 지역에서 기온의 일교차가 심한 것은 모래보다 다섯 배나 더 큰 열용량을 가진 물이 없기 때문이다.

일반적으로 물체의 열용량을 측정하는 단위는 칼로리(calorie)인데, 이것은 물 1g의 물을 14.5℃에서 15.5℃까지 올리는 데 필요한 열량이다. 또한 어떤 물질 1g 또는 어느 단위 무게에 대한 열용량을 그 물질의 비열(比熱)이라 하는데, 이것은 보통 g당 칼로리의 단위로 나타내므로 물의 비열은 1이 된다. 모래의 열용량은 물의 열용량의 1/5이므로 모래의 비열이 0.2이고, 철의 열용량은 물의 열용량의 1/10이므로 철의 비열은 0.1이다.

또한 열용량과 관련되어 물이 가지고 있는 특이성의 하나는 높은 융융열과 증발열이다. 고체물질이 녹는점(melting point)에 있거나, 액체물질이 끓는점(boiling point)에 있을 때, 두 상들(고체와 액체, 액체와 기체)이 공전하는 전이단계가 있다.

이 단계는 고체가 완전히 액화하거나, 액체가 완전히 기화할 때까지 계속되는데, 이 기간 동안 열은 흡수되지만, 물질의 온도는 변하지 않는다. 이때의 열을 잠열(latent heat)이라고 하며, 그 양은 물질에 따라 다르다.

그림 7에서 보듯 녹는점에서 1g의 물은 온도가 변화하지 않으면서 79.7칼로리의 열을 흡수하며, 끓는점에서는 539.4칼로리의 열을 흡수한다.

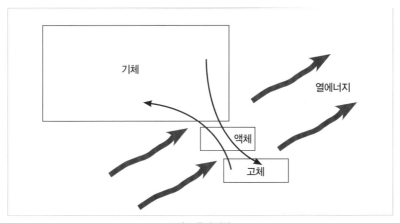

그림 7. 물의 잠열

물이 큰 열용량을 가졌다는 사실은 물이 다른 어느 물질보다도 원자와 분자의 운동이 적으면서도 더 많은 열에너지를 저장할 수 있음을 나타낸다. 그리하여 주위의 온도가 내려가면 그것은 열로서 방출되어 온도의 강하를 완화시키게 된다.

이러한 사실이 지구의 표면 온도에 매우 중요한 영향을 미치게 되는 것이다.

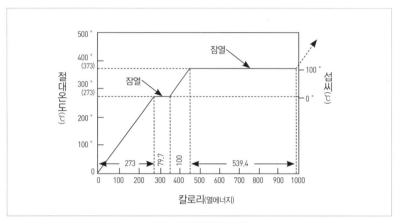

그림 8. 물의 잠열(열 에너지)

(4) 만능용매로서의 물

물은 모든 천연물 중 가장 보편적인 화학용매로, 거의 모든 물질이 물에 녹을 수 있다. 지구상에 알려진 원소들 중 약 반 정도가 자연 수중에 녹아 있는 것으로 알려져 있으며, 실제로 자연 중에 존재하는 모든 호수와 강 및 바다의 물은 정도의 차이는 있으나, 여러 이온, 금속 및 비금속, 유기화합물 및 무기화합물 등 수천 종의 화합물질이 용해되어 있다.

더욱 물은 그것이 녹이는 대부분의 물질들에 의해 그 자신은 화학적으로 변하지 않는다는 점에서 비활성 용매이다.

이러한 현상으로 인해 생물체가 필요로 하는 물질들이 비교적 변화되지 않은 상태로 전달될 수 있으며, 물 자체는 용매로서 반복해서 사용될 수 있다.

(5) 높은 표면장력

물은 수소를 제외한 모든 물질 중에서 가장 높은 표면장력을 가지고 있다. 수도꼭지로부터 물방울이 천천히 떨어지는 것을 볼 때 물의 표면장력이 작용하는 것을 볼 수가 있다.

물의 막이 꼭지에서 마치 액체의 무게 때문에 늘어나고 있는 얇은 고무막처럼 부풀어 오른다. 이 막은 그 윗부분이 꼭지의 가장자리에 붙은 채 계속 늘어남으로써 무게가 갑자기 커지게 된다. 그러나 과중한 무게를 받고 있는 고무판 등의 물질과는 달리 이 막은 파괴되지 않고, 꼭지의 가장자리에서 떨어지면서 물의 양이 적은 부분에서 갈라져 자유낙하하는 방울을 형성하는데, 그 모양이 언제나 둥근 형태의 구형이다.

이것은 구형이 주어진 부피에 대해 넓이가 최소인 모양이므로 꼭지에서 떨어지는 물은 구형을 형성함으로써 가장 밀집한 형태로 뭉칠 수 있기 때문이다. 여기에서 물이 저희끼리 한데로 뭉치려는 경향, 즉 강한 응집력을 볼 수가 있다.

또한 물은 응집할 뿐만이 아니라 그것이 접속하는 고체물질에 부착한다. 물과 같은 응집력이 강한 액체가 부착되는 고체 표면과 접촉할 때, 표면장력은 일종의 막의 역할을 하여 액체를 지탱하고, 이 막을 끌어올린다.

이러한 현상은 생물학적으로 매우 중요하며, 일명 모세관현상이라고 부른다. 이것은 토양 중에서의 물의 순환, 식물의 뿌리와 줄기를 통한 용액들의 순환 및 인체 내 혈액의 순환과 큰 관계가 있음을 확인할 수가 있다.

3) 물과 건강

물에 대한 걱정이 많은 세상이다. 특히 물과 건강과 관련하여 이미 우리는 확실한 물값을 지불하며 살고 있다.

우리는 이미 휘발유과 맞먹는 정도의 가격의 생수를 구입하는 시대를 살고 있다.

참고로 수돗물은 지역에 따라 다소간 차이가 있으나, 보통 1톤당 800원 전후이다. 그러나 생수는 1L에 1,000원 정도이다. 수돗물과 비교해 볼 때, 천 수백 배 이상의 물값을 지불하고 있다.

그러면서도 우리가 생수를 사 먹는 것은 오염된 물에 대한 불안감과 우리 자신의 건강 때문이다. 이 점은 선진국일수록 더 보편적인 일로 되어가는 것 같다.

사람의 몸은 평균적으로 60~70% 정도가 물로 이루어져 있다. 그러나, 사람에 따라, 몸의 각 부분에 따라 상당한 차이가 있다. 임신 초기 태아의 수분량은 97%이다. 그리고, 태어난 후엔 77% 정도로 줄고, 어른이 되면 60% 정도로 큰 변화가 없게 된다.

결국 나이가 들어간다는 것은 우리 체내의 물이 빠져나가는 현상이라고 볼 수도 있다. 마치 봄에 튼 싹이 푸른 잎이 되어 가을이면 말라서 결국은 낙엽으로 떨어지는 것과 같이 말이다. 이러한 현상은 물의 존재 여부와 그에 따른 기능 중 하나이다.

인체 내에서도 혈액은 83%, 신장은 82.7%, 근육은 75.6%, 뇌는 74.5%, 그리고, 뼈는 22% 정도로 장기에 따라 다르게 나타나고 있다.

체내에서의 물의 기능은 체내의 노폐물을 몸 밖으로 배출하는 세탁 및 해독기능을 한다. 물이 몸 안에 충분하면 혈액량이 늘어나 유해물질을 몸 밖으로 손쉽게 배출시켜 주고, 피가 엉기는 현상인 혈전을 예방하여 뇌경색과 심장질환의 위험을 예방시켜 줄 수 있다.

또한 물은 땀을 통한 체온조절과 피부 보호 기능을 담당하고 있으며, 신장 결석뿐 아니라 방광암도 예방할 수 있다.

의료팀의 조사에 따르면 녹차 등을 하루 한 잔 이하로 마시는 사람은 하루 4~5잔 마시는 사람에 비해 신장 결석 발생률이 50~60% 높은 것으로 나타났으며, 방광암 발생과 수분섭취 조사에서도 대부분의 환자들은 홍차나 맥주의 섭취량이 정상인에 비해 30~40% 정도 낮은 것으로 나타나고 있다.

이러한 물이 체내에 부족하게 되면, 여러 가지 부작용이 나타나게 된다. 몸에 물이 부족하게 되면, 구강점막의 건조, 피부의 긴장 등 이상 현상이 나타나며, 심할 경우, 혈압감소, 빈맥, 빈호흡, 청색증 등의 증상이 나타난다.

표 1에서 보듯이 우리 체내의 물이 1~2% 정도만 부족해도 심한 갈증을 느끼게 되며, 5% 이상이 되면 탈수현상으로 체온조절 기능장애와 혼수상태 등을 초래하며, 10%를 넘게 되면 생명을 잃게 될 수도 있다.

표 1. 수분손실에 따른 인체 변화

수분 손실량(%)	인체 변화
1%	갈증
2%	심한 갈증, 불쾌감과 중압감, 식욕 상실
3~4%	운동능력 감소, 입 마름, 구토감, 무력감
5~6%	체온조절능력 상실, 맥박 증가, 호흡 증가
8%	현기증, 혼돈, 극심한 무력감
10%	근육경련, 눈감은 상태에서 균형감각 상실
11%	열사병 상태, 사망

그리하여 적절한 양의 물을 마시는 것은 몸의 건강함을 유지하는 한 방법이다.

통상적으로 사람들이 하루에 마셔야 하는 물의 양은 계절에 따라 다르고, 사람에 따라 다르지만, 보통 2~3L 정도이다.

사람들이 하루에 필요한 수분량은 다음 그림 1에서 보듯이 음료수로 마시는 물이 1,650ml, 음식 속에 들어 있는 물이 750ml, 영양물질의 산화대사에 의해 부산물로 생기는 물이 350ml로서 총 2,750ml 정도이다.

이와 같은 양의 물이 섭취된 후 배설되는 양도 총 2,750ml 정도로서 소변으로 1,700ml, 대변으로 150ml, 땀으로 500ml, 그리고, 호흡 시 증발되는 양으로 400ml인 것으로 나타나고 있다. 이처럼 몸 안 수분의 총량은 인체 내의 조절기능에 의하여 매우 정확하게 조절되고 있다.

그렇다면 물은 어떻게 마시는 것이 좋은 것인가?

성인 남성 기준으로 하루 여덟 잔가량의 물을 마시는 것이 좋다. 마실 때의 적당한 물의 온도는 체온보다 20~25℃ 낮은 12~15℃가 좋으며, 물은 잠자리에 들기 전에, 아침에 일어나서 한 컵을 마시는 것이 좋다. 특히 아침 공복에 마시는 한 잔의 생수는 위벽에 잔존하는 노폐물을 씻어줘 위장기능을 촉진시킨다.

물을 마실 때, 음식 씹듯이 마시면, 타액 속의 아밀라아제가 물과 함께 위 속으로 들어가 소화에 도움이 되고, 우리 몸의 면역력을 높이게 되므로 물은 급하게 마시지 말고 몇 분 동안 천천히 조금씩 나누어 마시는 것이 좋다. 또한 물을 한꺼번에 많이 마시면 심장과 신장에 부담을 주므로 적당히 마시는 것이 좋다.

적어도 하루 2L 정도(페트병 1과 3분의 1병, 한 병은 1.5L)로 충분히 마셔서 건강한 몸 상태를 유지할 수 있도록 하여야 한다. 그런데 맹물을 그렇게 마시기가 쉽지 않은 경우가 많다. 그래서 물을 쉽게 질리지 않게, 분위기 있게 효과적으로 마시는 방법은 매일 차를 마시는 것이다. 그러면 차에 포함된 이로운 성분과 함께 충분한 수분을 공급함으로써 우리 체내의 기능을 활성화할 수 있다.

2. 우리나라의 수자원(水資源)

1) 지구상의 수자원 현황

물은 지구의 대류현상에 의해서 지표의 물(하천, 바다 등)이 태양에너지에 의하여 수증기의 상태로 증발되어 구름이 형성되고, 구름 입자가 결합하여 무거워지면 중력에 의해 다시 떨어지는 순환과정을 통해 생성된다.

지구상에 있는 자연의 물 중에서 사람이 자원으로 이용할 수 있는 물을 수자원(水資源)이라고 하며, 사람의 생활과 산업에 직접 또는 간접적으로 쓰이는 물을 말한다.

호수, 강, 바다의 맑은 물은 보는 것만으로도 생활에 활력을 주기도 하고, 조용히 흐르는 냇물은 물속에 사는 수많은 생물의 삶의 터전이 될 뿐만 아니라, 사람의 생활에 교통수단이 되기도 한다.

역사적으로 인류문명의 발달의 중요한 요인으로서 작용했으며, 오늘날에도 산업의 발달에 따라 물은 더욱 중요한 자원이 되었고, 이에 따라 세계 여러 나라는 수자원의 개발과 보존에 힘을 기울이고 있다.

물은 지구상에서 가장 풍부한 자원이다. 바다는 지구 표면(510×106 ㎢)의 71%는 바다이며, 지구의 표면을 공처럼 평평하게 만들 경우 약 2440m의 수심으로 뒤덮을 수 있다.

또한 육지 중에서도 하천, 호수, 지하수, 토양수분, 생물에 존재하고 있는 수분 등을 생각할 때, 우리 주변에서 가장 흔하게 접할 수 있는 것이 물이다.

지구상의 물은 대기 중 수증기인 기체상태와 해수, 호소수(담수와 염수). 하천수, 토양수분, 지하수 등 액체 상태, 그리고, 고체의 형태로서 빙하와 눈 등이 있다.

지구 내 존재하는 수자원의 총량은 담수와 해수를 포함하여 13억 8천 6백만㎢ 정도로 추정되고 있다. 이중 해수인 바닷물이 97%인 13억 5천 1백만㎢이고, 나머지 3%인 3천 5백만㎢가 담수인 민물 상태로 존재하고 있다. 총 3천 5백만㎢인 담수 중 69% 정도인 2천 4백만㎢는 빙산, 빙하 형태이고, 지하수는 30%인 1천 1백만㎢ 정도이며, 나머지 1%인 1백만㎢가 담수호수나 강, 하천, 늪 등의 지표수와 대기층에 있다. 이 양은 지구상의 전 수자원에 비하면 대단히 미비한 양이나 이수면에서 볼 때 대단히 중요한 수자원이다.

위에서 살펴본 지구상의 총 수자원을 요약하면, 다음 표 2와 같다.

표 2. 지구상의 수자원 부존량

구분		부피(백만)	비율(%)	비고(담수비율%)
총량		1,386	100	–
해수		1,351	97.5	–
담수	담수 총량	35	2.5	100
	빙산, 빙하 등	24	1.76	69.59
	지하수	11	0.76	30.07
	하천, 호수 등	0.1	0.0086	0.34

2) 우리나라의 수자원 이용현황

우리나라의 연평균 이용 가능한 수자원량은 760억 톤으로 수자원 총량 1,323억 톤(남한 국토면적(99.7㎢) × 연평균 강수량 1,299.7㎜(1986~2015년) + 북한 지역 유입량(23억㎥))의 57%이며, 나머지는 증발산 등으로 손실된다. 5대강 권역별로 보면 한강의 경우 연평균 이용 가능한 수자원량이 296억 톤으로 가장 많으며, 영산강 권역은 58억 톤으로 5대강 권역 중 가장 적다.

연평균 강수량에 국토면적을 고려한 강수 총량과 북한지역 유입량을 포함한 수자원 총량은 연간 1,323억 톤으로 이 중 이용 가능한 수자원량 760억 톤 중 72%인 548억 톤은 홍수기에 편중되어 있으며, 평상시 유출량은 212억 톤에 불과하다. 또한 가뭄 시에는 강수량이 줄어들어 과거 최대 가뭄 상황에서는 이용 가능한 수자원량이 평년 46% 수준인 351억 톤으로 대폭 하락하였다. 물 이용량의 증가와 함께 계절별로 편중된 가용 수자원분포 특성(수요와 공급의 시간적 불균형)은 물 수급을 더욱 악화시키는 요인이다.

우리나라의 수자원 총량은 1,323억 톤이고, 이용 가능한 수자원량

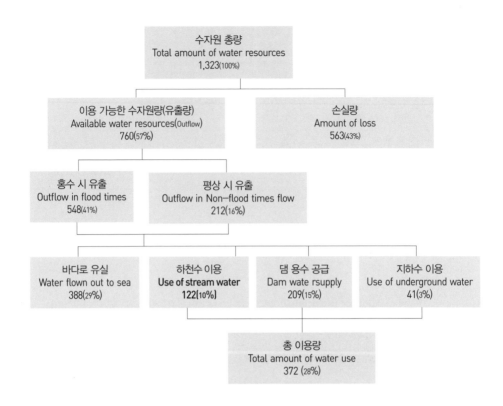

수자원 총량 Total amount of water resources 1,323(100%)

이용 가능한 수자원량(유출량)
Available water resources(Outflow)
760(57%)

손실량
Amount of loss
563(43%)

홍수 시 유출
Outflow in flood times
548(41%)

평상 시 유출
Outflow in Non-flood times flow
212(16%)

바다로 유실
Water flown out to sea
388(29%)

하천수 이용
Use of stream water
122(10%)

댐 용수 공급
Dam wate rsupply
209(15%)

지하수 이용
Use of underground water
41(3%)

총 이용량
Total amount of water use
372 (28%)

용도별 이용량 및 수원별 공급능력

구분 Classification	용수별 Usage Type					수원별 Water Type			
	계 Total	생활용수 For domestic use	공업용수 For industrial use	농업용수 For agricultural use	유지용수 For maintenance use	계 Total	하천수 Stream water	지하수 Underground water	댐 Dam
수량(억㎥) Amount (Unit : 100million ㎥)	372	76	23	152	121	372	122	41	209
비율(%) Ratio	100	20	6	41	33	100	33	11	56

우리나라의 수자원 부존량 및 이용현황(단위:억㎥/년)
자료: 환경부, 수자원 통계 현황, 2021

은 760억 톤이나, 총 이용량은 수자원 총량의 28%인 372억 톤으로, 이는 평상시 유출량의 1.7배 수준으로 홍수 시 유출량을 댐 등의 저류시설을 통해 저장하였다가 이용하고 있다. 총 이용량은 하천 122억 톤, 댐 209억 톤, 지하수 41억 톤을 통해 공급하고 있으며, 용도별로는 생활·공업용수 99억 톤, 농업용수 152억 톤, 하천유지용수 121억 톤을 이용 중이다.(수자원장기 종합계획, 2016)

3. 우리나라의 5대강 발원지(發源地)

물을 마실 때 그 물이 어디서 왔는지 그 근원을 생각하라는 '음수사원(飮水思源)'이라는 말이 있다. 그런 의미에서 우리나라 국토를 흐르는 주요 강의 발원지를 찾아가 보는 일도 중요하다. 옛날 강물이 오염되지 않았던 시절에는 강물을 음용수로 사용한 적이 있다. 그리하여 육우의 『다경』 등에서도 찻물을 사용하는 강물에 대한 평가를 수

산중의 샘물

행하기도 하였으나, 요즘 수질오염이 진행되어 대부분의 나라에서는 강물을 상수원으로 이용하나, 직접 음용수로 사용하는 경우는 거의 없다. 그렇지만, 오염되지 않은 상류 지역, 특히 강물이 발원되는 상류 지역의 발원지는 많은 경우 수질도 오염되지 않고 청정해서 찻물로 활용해도 좋기에 우리나라 5대강이 시작되는 주요 발원지에 대해 소개하도록 한다.

우리나라의 강은 한국수자원공사의 한국 하천 정보시스템에 의하면, 우리나라의 대표적인 강은 5대강으로서 ①한강, ②낙동강, ③금강, ④섬진강, ⑤영산강이 있다. 이 중에서 재미있는 사실은 우리나라 주요강의 발원지가 이웃하여 있다는 사실이다. 우리나라를 대표하는 한강과 낙동강의 발원지가 태백산에서 발원하고, 금강 발원지와 섬진강 발원지가 서로 이웃하고 있다는 사실이다.

우리나라를 대표하는 5대강의 발원지에 대해 살펴보면 다음과 같다.

표 3. 우리나라의 5대강 발원지

강 이름	발원지	위치	비고
한강	검룡소	강원도 태백시 창죽동	상류 지역에 제당굼샘, 고목나무샘이 있음.
낙동강	황지연못	강원도 태백시 황지동	상류 지역에 금샘, 은샘이 있음.
금강	뜬봉샘	전북 장수군 장수읍 수분리	–
섬진강	데미샘	전북 진안군 신암리	–
영산강	용소	전남 담양군 용현리	–

1) 한강의 발원지 '검룡소(儉龍沼)'

한강의 발원지로 예부터 오대산 우통수로 알려져 왔으나, 1987년 국립지리원에 의해 검룡소가 최장의 발원지로 인정되었다. 검룡소는

오대산 우통수

금대봉 기슭의 제당굼샘·고목나무 샘·물골의 석간수·예터굼에서 솟
아난 물이 지하로 스며들었다가 이곳에서 다시 솟아나 한강의 발원
지를 이루는 곳이다. 검룡소에서 석회암반을 뚫고 나온 지하수는 용
틀임하듯이 계곡을 흘러내리며, 약 20m에 걸쳐 계단상 폭포를 형성
하고 있다. 이곳은 하루 2천 톤가량의 지하수가 솟아 나오는 냉천(冷
泉)으로 사계절 9℃ 정도의 수온을 유지한다.

　전설에 의하면 옛날 서해에 살던 이무기가 용이 되고자 한강을 거
슬러 올라와 최상류의 연못을 찾아 헤매었다. 이무기는 최상류의 연
못이 이곳임을 확인하고 들어갔는데, 용틀임하는 것처럼 암반이 파
인 것은 이무기가 연못으로 들어가기 위해 몸부림을 친 자국이라고
전해진다.(국토해양부, 한국의 아름다운 하천 100선, 2008.12.)

　검룡소에서 발원한 물은 골지천, 조양강, 영월의 동강을 거쳐 단양,
충주, 여주로 흘러 경기도 양수리의 두물머리에서 북한강과 만나 교

하(交河)에서 임진강과 합쳐져 조강을 이루어 서해로 흘러 들어간다.

앞에서 언급하였듯이 일반적인 한강의 발원지는 검룡소이나 그 상류 지역에 시원지(始原地)로서 태백산 내에 제당굼샘과 고목나무샘이 위치하고 있으며, 역사·문화적 발원지로 우통수가 있다.

한강의 시원지인 제당굼샘과 고목나무샘은 태백산 검룡소 상류 지역에 위치하여 한강의 시작되는 샘물이다. 지금은 태백산 국립공원 지역 내에 위치하고 있으며, 우리나라에서 가장 굿당이 많은 지역이기도 하다.

2) 낙동강의 발원지 '황지연못'

황지연못은 낙동강의 발원지는 태백 시내 중심부에 위치하며, 이 못에서 솟아나는 물이 영남지역 1,300리를 흘러가고 있다. 연못은 둘레가 100m인 상지(上池), 50m인 중지(中池), 30m인 하지(下池), 이렇게 세 개의 연못으로 구성되어 있다. 상지에 깊이를 알 수 없는 수굴이 있어 매일 약 5000톤의 물이 솟아 나오는데 예전에는 취수원으로 이용되기도 하였다. 황지연못에서 용출된 물은 황지천(黃池川)을 이루고 구문소(求門沼)를 거쳐 낙동강과 합류하여 경상북도, 경상남도 및 부산광역시의 을숙도에서 남해로 유입된다.

황지연못이 낙동강의 발원지라는 인식은 동국여지승람을 비롯한 고서에 황지연못이 낙동강의 발원지라고 하였기 때문이다. 전통적으로 황지연못을 발원지로 인식해 왔지만 그 위 지역에 있는 작은 샘물인 너덜샘이 낙동강의 최장 발원지로 보기도 한다.

황지연못에 대한 유래를 보면, 황부자 집터가 연못이 되었다 하여 황지(黃池)라고 부르는데 훨씬 이전에는 하늘 못이란 뜻으로 천황(天潢)

낙동강 발원지 황지연못

이라고도 하였다 한다.

　황부자 전설은 옛날에 욕심 많고 심술궂은 황부자가 살았는데, 어느 날 황부자의 집에 시주(施主)를 요하는 노승에게 시주 대신 소의 볼일을 퍼 주었는데 이걸 며느리가 보고 깜짝 놀라면서 시아버지의 잘못을 빌며 소의 볼일을 털어내고 쌀을 한 바가지를 시주하니 "이 집의 운이 다하여 곧 큰 변고가 있을 터이니 살려거든 날 따라오시오. 절대로 뒤를 돌아다 봐서는 아니 되오."라는 노승의 말을 듣고 뒤따라 가는데 도계읍 구사리 산등에 이르렀을 때 자기 집 쪽에서 갑자기 천둥과 번개가 치며 천지가 무너지는 듯한 소리가 나기에 놀라서 노승의 당부를 잊고 돌아다 보았다. 이때 황부자 집은 땅 밑으로 꺼져 내려가 큰 연못이 되어버렸고 황부자는 이무기가 되어 연못 속에 살게 되었다. 며느리는 돌이 되어 있는데 흡사 아이를 등에 업은 듯이 보인다. 집터는 세 개의 연못으로 변했는데 큰 연못인 상지가 집터,

중지가 방앗간터, 하지가 화장실 자리라 한다.

한강 발원지와 마찬가지로 낙동강도 황지연못의 상류 지역에 시원지로서 금샘과 은샘, 그리고 너덜샘이 현대적 발원지로 위치하고 있다.

3) 금강의 발원지 뜬봉샘

금강의 발원지는 전북 장수군 장수읍 수분리에 위치한 신무산의 뜬봉샘이다.

장수 뜬봉샘에서 발원한 물은 장수를 시작으로 천천과 용담댐(진안)과 무주, 그리고 영동을 거쳐서 충청남북도를 흘러가서 공주에서 시작되는 백마강을 따라 부여와 강경으로 이어져서 서천과 군산 앞바다로 흘러 들어간다.

금강은 호수처럼 잔잔하다고 호수 같은 강 즉 호강이라고 불리기도 하였고, 금산군에서는 적벽강, 부여군에서는 백마강, 공주시에서는 웅진강(熊津江)이라고 부르기도 한다.

태조 이성계가 100일 기도 이후에 하늘에 보이는 무지개 너머로 날아오른 봉황이 가리킨 곳에 가보니 샘이 있다 하여 이름 붙인 뜬봉샘이 대표적인 설화로 전해진다.

뜬봉샘이 위치한 장수군에서는 금강 첫물 뜬봉샘 생태관광지를 조성하여 관리하고 있다.

4) 섬진강의 발원지 '데미샘'

섬진강(蟾津江)은 전라북도 진안군 백운면의 팔공산(1,151m) 자락의 옥녀봉 아래 데미샘이 발원지로서 재첩이 유명하다. 길이는 223km

금강의 발원지 '뜬봉샘'

로 소백산맥과 노령산맥 사이를 굽이쳐 흐르면서, 보성강과 여러 지류와 합쳐 광양만으로 흘러든다. 대한민국 5대강 중 수질이 가장 깨끗한 강으로 알려져 있다.

금남호남정맥의 산줄기인 안군 백운면 원신암마을 북쪽 계곡에 있는 팔공산 북서쪽의 하늘에 오르는 봉우리라는 의미의 '천상데미'에 섬진강의 발원샘인 '데미샘'이 자리 잡고 있다. 섬진강은 데미샘에서 남해의 광양만까지 223km를 흘러가는 호남 지방의 옥토를 가꾸는 젖줄로, 데미샘은 전국에서 네 번째로 긴 섬진강의 발원지로서의 상징성을 지니고 있다.

섬진강을 현지에서 부르던 옛 이름은 모래내, 두치 등으로 모래사장이 넓게 발달하여 불린 이름이었다. 고려 우왕 때 왜구가 침략하였다가 수만 마리의 두꺼비가 한꺼번에 울어서 놀라 물러났다는 전설에서 '섬진(蟾津, 두꺼비 나루)'이라는 이름이 유래가 되었고, 이것이 강

섬진강 발원지 데미샘

이름으로 굳어졌다고 한다.

섬진강의 시작인 데미샘은 데미는 봉우리를 뜻하는 '더미'에서 왔다고 한다. 주민들은 샘 동쪽에 솟은 작은 봉우리를 천상데미라 부르는데, 이는 섬진강에서 천상으로 올라가는 봉우리라는 뜻으로 데미샘을 풀이하면, 천상봉에 있는 옹달샘, 즉 '천상샘'이라고 한다.

5) 영산강의 발원지 '용소(龍沼)'

광주광역시를 가로질러 나주, 무안, 영암을 지나 목포 앞바다로 흘러가는 영산강의 발원지는 전남 담양 가마골 용소(龍沼)이다. 지금은 영산강 시원 가마골이라고 생태공원이 조성되어있다. 담양군 용면에 있는 용추산(523m)을 중심으로 사방 4km 주변을 가마골이라 부르며,

영산강 발원지 용소

계곡이 깊어서 6·25 당시 북한군들이 숨어들어 5년간 활동했던 장소로 유명하다. 소설 남부군의 현장이기도 하다. 1986년부터 생태공원으로 조성되었으며, 계곡길을 따라 10여 분을 올라가다 보면, 용소를 만나게 된다. 석비로 영산강의 시원(始原) 용소(龍沼)가 새겨져 있고 계곡물이 폭포로 내려오며 물이 고여 있는 용소가 있다. 용소보다 위쪽인 병풍산 천자봉 아래 커다란 바위 밑을 시원지로 보기도 한다.

전해져오는 전설에 의하면, 옛날 담양 고을에 풍류를 좋아하는 어떤 부사가 부임해서 가마골 풍경이 너무 아름다워 다음날 찾겠다고 하고 잠을 자는데 꿈에 백발 신령이 나타나 내일은 자신이 승천하는 날이니 오지 말라고 간곡히 부탁하고 사라졌다 한다. 그러나 부사는 신령의 부탁을 져버리고 다음 날 행차하여 못에 이르러 그 경치에 감탄하고 있는데, 갑자기 못의 물이 부글부글 소용돌이치고 안개가 피어오르면서 황룡이 하늘로 솟아올랐다고 한다. 그런데 황룡은 다 오르지 못하고 그 부근 계곡으로 떨어져 피를 토하고 죽었고, 이를 본 부사도 기절하여 죽었다고 한다.

가마골은 용이 피를 토하고 죽은 계곡이라 하여 '피잿골'이라 부르다가, 원래 그릇을 굽는 가마터가 많아서 '가마곡'이라 부르다가 지금의 '가마골'이 되었다고 한다.

표 4. 5대강 발원지의 수질분석 결과

지점	pH	DO (mg/L)	경도 (mg/L)	과망간산칼륨 소비량 (mg/L)	총고형물 (mg/L)
먹는 물 수질기준	5.8~8.5	–	300mg/L	10mg/L	–
제당굼샘 (한강 시원지)	7.0	15.82	15.0	0.9	25.0
고목나무샘 (한강 시원지)	7.8	12.73	127.0	0.9	304.4
검룡소 (한강 발원지)	7.8	14.61	122.0	1.0	297.1
금샘 (낙동강 시원지)	6.8	15.04	17.0	0.8	36.60
은대샘 (낙동강시원지)	6.5	13.74	18.0	0.8	22.11
황지연못 (낙동강 발원지)	7.7	9.62	165.0	1.0	485.56
뜬봉샘 (금강 발원지)	6.8	14.22	10.0	0.4	43.5
데미샘 (섬진강 발원지)	7.3	10.63	22.0	0.7	20.8
용소 (영산강 발원지)	7.5	6.04	22.0	1.3	50.1
범위 (평균)	6.5~7.8 (7.2)	9.62~15.82 (12.49)	10.0~127.0 (57.56)	0.4~1.3 (0.87)	22.11~485.56 (68.71)

5대강 발원지의 수질 특성을 살펴보면, 수온이온농도(pH)는 7.2로서 중성상태이고, 용존산소(DO)는 12.49로 풍부한 편이며, 경도는 평균 57.56mg/L이나, 고목나무샘과 검룡소, 황지연못을 제외하면 매우 연한 단물이고, 총고형물도 68.71mg/L로 비교적 적은 물로 매우 맑은 물로 나타나고 있다.

4. 물과 환경

1) 물의 오염과 관리

수질오염(Water pollution)이란 일반적으로 물의 자정 능력을 초과하는 오염물질이 수중에 유입되어 물의 이용목적에 적합하지 않게 된 상태라고 말할 수 있다.

산업이 발달되지 않은 근대 이전의 경우 자연 수중의 오염물질은 자연계 내에서 자연적으로 용출된 미량의 광물질을 포함하여 주로 사람과 가축들에 의한 전염성 병원균에 관한 것이었다.

그러나, 근대 이후 인구의 증가 및 여러 종류의 인공합성 화학물질들이 고농도로, 그리고 다량으로 발생하여 수계(水系)를 오염시키고 있다.

일반적으로 수중에 존재하는 오염물질들을 간단히 정리해 보면 표5와 같다. 표에서 보듯 그 성상에 따라 물리적 성분에 의한 물의 오염은 인체 건강상 해를 끼치지 않을 수도 있으나, 주로 미관상으로 보아 물의 청정도를 저하시키는 성분들이며, 그중에서 온도는 어느 한도까지는 수중생물의 생장을 촉진시키는 등 바람직한 역할을 담당하나, 그에 따라 수중의 용존산소를 고갈시킴으로써 수질을 악화시키게 된다. 그러한 현상은 특히 여름철에 하천 수중의 용존산소가 고갈되어 물고기가 떼죽음을 당하는 경우도 생길 수 있다.

우리나라의 경우에도 원자력 발전소의 냉각수 등으로 인한 열오염(Thermal pollution)과 방사성 물질에 대한 오염문제가 제기되기도 한다.

생물학적 성분 또한 주로 미생물에 의한 물을 매개로 하여 전염되는 수인성 전염병(Water-borne disease)으로 인해 옛날부터 많은 관심을 가져왔다.

표 5. 수질에 영향을 미치는 오염물질

성분	오염물질		영향
물리적 성분		온도 색, 냄새, 맛, 탁도 부유물질	수중 생태계에 영향 미관상 미관상, 퇴적
화학적 성분	무기물	pH 영양물질 중금속류 염류	부식, 산화 부영양화 생물농축, 독성 생장 저해 DO 소모
	유기물	탄수화물, 단백질, 지방 농약 휘발성 유기화합물	생물농축, 발암물질 발암물질
생물학적 성분	병원성 미생물 조류		수인성 전염병 부영양화, 냄새와 맛
방사능 물질	라듐-226, 스트론튬-90, 전베타방사능		유해 및 생장 저해

오늘날에도 여름철에 콜레라, 장티푸스, 이질 등 수인성 전염병에 대한 예방은 공중보건상 매우 중요한 역할을 담당하고 있는데, 국제연합(UN)의 통계에 의하면, 세계적으로 볼 때 아직도 아프리카, 동남아 등 수도시설이 완비되지 않은 제3세계에서는 기아와 함께 질병과 영아 사망률의 원인의 대부분은 오염된 물에 의한 사망률로 나타나

고 있다.

그러나 전통적으로 물이 오염되어 거품이 발생되고, 쓰레기가 떠다니고, 악취가 나고, 탁해지는 등 눈에 띄면 문제를 알고, 또한 쉽게 대처할 수 있으나, 아직도 대부분이 눈에 띄지 않는 유해한 물질들이 수중에 포함되어 알게 모르게 축적되어 가고 있다.

최근에 와서 문제가 되는 오염물질들은 바로 그러한 인공합성 화합물질들에 대한 우려가 많이 제기되고 있다. 세계보건기구(WHO)의 보고에 의하면, 수중에 존재하는 오염물질의 종류는 수천 여종 이상의 화합물질이 있는데, 이 중에서 약 750여 종은 음료수에서도 확인되었다고 한다.

그중 600종 이상의 물질이 유기화합물질이고, 여기에는 발암성 물질(Carcinogens)과 돌연변이성 물질(mutagen), 그리고 기형성 물질(defor-mity)이 포함되어 있다고 하며, 최근에는 분석기술의 향상으로 인해 그 수가 증가하는 추세이다.

특히 첨단 산업의 경우 고도의 과학 기술로 인해 오염 발생을 가능한 저감시키는 노력도 없지 않으나, 오늘날 첨단산업이라 하는 반도체 산업의 경우에도 미국의 실리콘 밸리에서 보듯 컴퓨터 칩(chip)을 제조하는 과정에서 사용되는 유기용매로서 발암물질인 트리클로로에틸렌(Trichloroetlylenene)을 사용하는데 이것이 제대로 처리되지 않고, 환경 중으로 방출됨으로써 공장 주위의 토양 및 지하수가 오염되어 심각한 문제가 되고 있다.

결국 앞으로도 새로운 물질의 개발 및 첨단 산업은 또한 새로운 첨단 공해를 유발할 소지를 안고 있다고 볼 수 있다.

물을 오염시키는 수질 오염원으로는 크게 점오염원(point source)과 비점오염원(nonpoint source)으로 구분되는데, 점오염원은 가정하수와 공장폐수와 같이 오염이 발생되는 장소를 명확히 구분할 수 있는 오염원을 말하며, 비점오염원은 오염원이 분산되어 있거나 구분하기 어려운 산림이나 농경지 유출수 등과 같이 주로 강우에 의해 씻겨 내리는 오염원을 말한다.

우리나라의 경우에는 점오염원인 가정하수와 공장폐수에 대한 처리가 이루어지고 있는 편이나, 비점오염원에 대해서는 아직도 제대로 관리가 되고 있지 못한 실정이므로 이에 대한 대책이 요청되고 있다.

표 6. 수질 오염원

오염원	주요 오염물질
점오염원(Point source)	
가정하수	유기물(BOD), 세균, 영양물질, 암모니아 등
공장폐수	독성물질(Toxics), 유기물(BOD) 등
축산폐수	유기물(BOD), 영양물질 등
비점오염원(Nonpoint source)	
농경지 유출수	영양물질, 탁도, 부유물질, 독성물질(농약) 등
도시 유출수	탁도, 세균, 영양물질, 부유물질, 독성물질 등
산림 유출수	영양물질, 탁도, 독성물질 등
기타	영양물질, 탁도, 독성물질 등

(1) 수질오염물질의 발생 및 수질 특성

생활오수 및 산업폐수는 각 가정에서 배출되는 가정오수와 상가 및 공공시설에서 배출되는 영업 오수가 포함되며, 그 지역의 생활 수준, 토지이용현황 및 주거 양식에 따라 그 양과 질이 변화한다.

일반적으로 오폐수의 적절한 관리를 위해서는 우선 폐수의 특성을 파악하는 일이 무엇보다도 중요하다.

일반적으로 폐수의 특성은 물리적(physical), 화학적(chemical), 그리고 생물학적(biological)으로 구분하여 파악할 수 있다.

표 7은 폐수 중에 포함될 수 있는 주요 물리적 성질과 화학적, 생물학적 성분 및 발생원들(sources)을 나타낸 것이다.

표 7. 폐수의 특성과 발생원

특성	발생원
물리적 성상(physical properties)	
색(color)	생활오수 및 공장폐수, 유기물의 자연부폐
냄새(odor)	오폐수의 분해
고형물(solid)	상수, 생활오수 및 공장폐수, 토양 침식, 유입수/침투수
온도(temperature)	생활오수 및 공장폐수
화학적 성분(chemical constituents)	
유기물(organics)	
탄수화물(carbohydrates)	
유지류(fats, oils, and grease)	생활오수 및 공장폐수
살충제(pesticide)	생활오수 및 공장폐수
단백질(proteins)	농업폐수
독성물질(toxics)	생활, 상업 및 공장폐수
계면 활성제(surfactants)	생활, 상업 및 공장폐수
휘발성 유기화합물	생활, 상업 및 공장폐수
기타(others)	생활, 상업 및 공장폐수
무기물(inorganics)	유기물의 자연부폐
알카리도(alkalinity)	
염화물(salts)	생활오수, 상수, 지하수 침투
중금속(heavy metals)	생활오수, 상수, 지하수 침투
질소(nitrogen)	공장폐수
pH	생활 및 농업폐수
인(phosphorus)	생활, 상업 및 공장폐수
독성물질(toxics)	생활, 상업 및 공장폐수 : 자연적인 유출
황(sulfate)	생활, 상업 및 공장폐수
기체(gases)	상수 : 생활, 상업 및 공장폐수
황화수소(H2S)	
메탄(CH4)	생활폐수의 분해
산소(O2)	생활폐수의 분해
생물학적 성분(biological constituents)	상수, 지표수 침투
동물(animals)	
식물(plants)	개방 수역과 처리시설
원생생물(protista)	개방 수역과 처리시설
Eubacteria	
Archaebacteria	생활오수, 지표수 침투, 처리시설
바이러스(virus)	생활오수, 지표수 침투, 처리시설
	생활오수

(2) 폐수의 물리적 특성

폐수의 물리적 특성은 주로 외관상으로 보이는 것으로 온도, 색, 냄새, 그리고 고형물 등이 포함된다.

(가) 온도(temperature)

일반적으로 폐수의 온도는 일반 수계나 상수의 온도보다 높다. 가정이나 산업활동 중에 더운물이 첨가되기 때문이다. 또한 물의 비열은 대기의 비열보다 매우 크므로 폐수의 온도는 대부분 대기 온도보다 높은 편이다.

폐수의 물리적 특성 중 하나로 수온은 수생생물, 화학반응 및 반응속도, 물의 이용 등에 중요한 영향을 끼치게 된다. 가령, 수온이 올라가면, 유입 수역의 물고기의 종류가 달라질 수도 있다. 더구나 더운물에는 찬물에서보다 산소가 덜 용해된다. 수온이 올라가면 생화학 반응속도는 증가하는데 지표수 중 산소의 양은 감소하게 되므로, 특히 여름에는 수중의 용존 산소 농도의 심각한 고갈 현상을 일으키게된다. 수역에 더운물이 다량 배출되면, 이러한 영향은 더욱 커지며, 또한 수온이 급변하면 수생생물의 사멸률이 높아진다. 더구나 비정상적으로 고열이 되면, 원하지 않는 수생식물이나 곰팡이류(fungus)가 빠르게 증식될 수 있다.

(나) 색(color)

가정에서 배출된 하수는 보통 밝은 회색이다. 하지만 하수가 하수관거 내에서 이동 시간이 길어짐에 따라 좀 더 혐기성 상태로 되고, 하수의 식은 회색에서 검회색, 그리고 마침내 검은색으로 변하게 된다. 하수의 색이 검게 되었을 때 일반적으로 하수가 부패되었다고 말한다. 산업폐수가 생활하수에 유입되면 하수의 색이 변한다. 대부분 폐수의 회색, 검회색, 검은색은 금속성 황화물의 형성에 기인한다. 황화물 형태의 이것은 혐기성 상태에서 폐수 내 금속과 반응하여 생성된 것이다.

(다) 냄새(odors)

폐수에서 발생되는 냄새는 폐수 내에 유입된 물질의 분해 시 야기되는 기체로 인한 것이다. 냄새는 인체에 미치는 유해성보다도 낮은 농도에서도 사람의 정신적 스트레스를 초래하는 감각 공해로서, 식욕저하와 호흡곤란 및 멀미와 구토를 야기시킨다.

(라) 고형물(Solids)

폐수 중 고형물은 보통 현탁 고형물(Suspended solids, 약칭 SS)이다. 이것은 폐수 중에 혼합되어 있는 입자군을 가리키며, 수면에 떠 있거나, 여과지를 통과한 용해성 입자들은 제외한다. 폐수 중 총고형물(total solid, TS)은 105℃에서 1시간 동안 증발시켰을 때 남는 모든 물질이다.

총고형물은 일정량의 폐수를 2㎛의 공극 크기를 갖는 유리섬유 여과지로 여과하여 통과한 여과액(filterate)과 남는 잔류물을 합한 것이다.

여과성 고형물 중에는 콜로이드 및 용존 고형물(dissolved solids)이 포함된다. 콜로이드는 지름이 0.001~1㎛ 범위인 입자상 물질이며, 용존 고형물은 용해 상태로 존재하는 무기물 및 유기물 분자와 이온으로 이루어진다. 콜로이드 부분은 침전시켜서 분리할 수 없으며, 생물학적 산화나 응집(coagulation)을 거친 뒤에 침전으로 제거한다.

고형물은 550±50℃에서 가열시킨 후 휘발성(volatility) 유무를 판별하게 된다. 이 온도에서 유기물은 산화되어 기체로 날아가고, 무기물은 재가 되어 남게 된다. 따라서, '휘발성 부유 고형물(volatile suspended solids)'과 강열잔류 부유고형물(fixed suspended solids)'은 부유 고형물 중에 각각 유기물질과 무기물질(광물질)에 해당한다.

(3) 폐수의 화학적 특성

(가) 유기물질

가정폐수와 산업장으로부터 배출되는 자연계의 유기물질은 탄수화물, 지질, 단백질 등이며, 이들 물질은, 각 분해단계에서, 많은 화학영양계 미생물의 기질로 사용된다.

요즘은 인공적으로 합성된 유기화합물이 폐수 중에 점차로 증가하고 있는데, 가정폐수와 섬유, 직물 및 의류공장의 폐수에는 합성세제가 많이 있고, 합성화합물질을 제조하거나 가공하는 공장에서는 각기 다양한 합성화합물질을 배출하며, 농경지 배수에는 살충제와 제초제 등이 포함되어 있다. 그리고 이러한 물질 중에는 생물학적으로 난분해성인 것이 많다.

유기물량의 측정

폐수 중 유기물 함유량을 정량화하기 위한 여러 방법이 개발되었다. 현재 실험실에서 폐수내의 유기물질을 측정하기 위하여 흔히 사용되는 방법으로 ① 생화학적 산소 요구량(biochemical oxygen demand, BOD), ② 화학적 산소 요구량(chemical oxygen demand, COD), ③ 총 유기탄소량(total oganic carbon, TOC)이 있다.

① 생화학적 산소요구량

생물학적 산소요구량은, 영어로 biochemical oxygen demand(속칭 BOD)라고 하며, 폐수 중 기기물질을, 화학유기 영양계의 미생물이, 호기성 상태에서 분해할 때 소요되는 용존산소의 양을 나타낸다. 유입폐수 중 유기물질은, 여러 성분의 혼합체인데, 그 생물분해 가능성이 다양하다. 섬유소, lignin 등의 다당류와 불용성유지, 그리고 많은 합성화합물질은 대체로 난분해성이며, 포도당 같은 단당류는 이분해성으로, 즉 쉽게 분해된다.

BOD 시험은 총유기물질 농도 중에서 생물분해 가능한 성분농도를 측정한다. 이것은 유기물질이 세균의 물질대사에 의하여 에너지원으로 사용되고, 세포로 합성되고, 다시 산화되는 과정에서 호흡용으로 섭취된 산소량을 측정하는 방법이다. BOD는 유기물질로 인한 수질오염도, 생물학적 폐수처리 대상물질의 농도, 호기성 처리 시의 산소소요량, 폐수처리 효율 등을 나타내는 파라미터로 이용된다.

오늘날 일반적으로 인정되고 있는 BOD 측정법은, 5일간 20℃에서 시험수를 배양하는 방법으로서, 그 결과를 BOD_5 또는 BOD로 표시한다.

② 화학적 산소요구량

화학적 산소요구량은, 영어로 chemical oxygen demand(약칭 COD)라고 하며, 폐수 중 유기물질을 화학적으로 분해하고 산화하는데 소요되는 산소량을 나타낸다. 이때 산화제로 사용되는 시약에는 과망간산칼륨(COD_{Mn})과 중크롬산칼륨(COD_{Cr})의 두 가지가 있다. COD는 3시간 이내에 분석시험이 끝나므로, 측정시간이 짧게 소요되고, 중크롬산칼륨법의 경우 유기물질이 거의 다 분해, 산화되는 등의 장점이 있다. 그러나 난생물분해성 유기물질의 함양과 이생물분해성 유기물질의 분해속도를 파악할 수 없는 등의 단점이 있다.

③ 총유기탄소량

총유기탄소량(TOC)의 농도는 기기에 의하여 짧은 시간 내에 분석되므로 분석시험에 걸리는 시간을 단축할 수 있는 이점이 있다.

TOC는 시험수 중에 있는 총 용존탄소를 연소시킨 후 발생된 CO_2 가스를 정량하고, 그로부터 시험수 중 총 탄소량을 결정한다. 시험수는 연소관에 주입되어 일정유량의 운반기체 속에서 950℃로 가열되는데 이때 유기물질은 CO_2와 수증기로 전환된다. 수증기는 물로 냉각되어 제거되고, CO_2는 연속류분석실로 이송되어 적외선으로 분석되고, 그 양이 다음의 기록계에 기록된다. 그리고 미리 작성된 표준곡선에 의하여 시험수 중의 탄소량이 판독된다. 시험수를 미리 산처리하고 포기하여 무기질탄소와 휘발성물질을 제거함으로써 방해물질을 없애고 시험 오차를 극소화한다.

이 기기분석 방법은, 최근에 인기도가 증가하고 있지만, 정량된 TOC가 시험수의 실제농도보다 약간 적게 나타나는 경향이 있다. 시험수 주입량이 매우 적으므로, 그 속의 고형물 유무가 시험오차를 유발할 수 있다. 고로 TOC 측정은 원칙적으로 여과된 용존탄소만을 정량하도록 되어 있으나, 최근에는 어느 정도의 고형물이 함유된 시험수도 측정할 수 있는 기기가 개발되고 있다.

(나) 무기물질(Inorganic Matter)

폐수와 자연수 중 무기물질 중에는 수질상 중요한 것들이 있다. 암석이나 광물질이 용해되면 무기물질의 농도가 증가한다. 또 특정 공장폐수를 제외하고는 하수처리 과정 중에 무기물질을 제거하는 일은 드물다. 무기물질의 농도는 자연증발 때문에도 증가하게 된다. 이는 지표수의 일부가 증발될 때 무기물질이 그대로 남기 때문이다. 물의 이용에 크게 영향을 미치는 주요 무기물질에 대해 살펴보면 다음과 같다.

1) pH(수소이온 농도)는 수질의 주요 지표이다. 대부분의 생물생존에 적절한 pH 범위는 아주 좁아서 pH가 적절하지 못한 폐수는 생물학적으로 처리하기 어렵다. 처리수의 수소이온 농도를 조정하여 방출하지 않으면 자연수에 영향을 미치게 된다.

수소이온 농도는 일반적으로 pH로 나타내는데 이는 다음과 같이 수소이온 농도의 −로그로 정의되는 것이다.

$$pH = -\log 10[H^+]$$

2) **염화물**(Chloride) 중요한 또 하나의 수질지표로서 염화물 농도를 들 수 있다. 자연수 중의 염화물은 염화물 함유 암석이나 암석의 용출에 기인하거나, 해안지역에서는 염수 침입(saltwater intrusion)의 결과이다. 지표수에 방출되는 농업용수, 산업폐수 및 생활하수 등도 염화물의 발생원이 된다.

인분 중에는 약 6g/인·d의 염화물이 첨가되어 있다. 전통적인 폐수처리 방법에서는 염화물을 별로 제거하지 않으므로 염화물의 농도가 정상 농도보다 높다는 것은 그곳으로 처리된 유출수가 방류되고 있음을 나타낸다. 염수 근처 하수거로 침투되는 지하수도 역시 황산염과 염화물의 발생원이다.

3) **알칼리도**(Alkalinity) 폐수의 알카리도는 칼슘, 마그네슘, 나트륨, 칼륨 또는 암모니아의 산화물, 탄산염 및 중탄산염 등 때문이다. 이 중에서 일반적인 것은 칼슘중탄산염 및 마그네슘중탄산염이다. 붕소염, 실리카염 및 인산염 비슷한 화합물은 알칼리도를 유발한다. 폐수의 알칼리도는 산의 첨가로 pH의 변화를 저지하는 데 도움을 준다. 폐수는 상수, 지하수, 생활용수로 사용 중 첨가되는 물질 등으로 인한 알칼리도 때문에 대개 알칼리성이다. 알칼리도는 표준 산용액으로 적정하여 측정하며 그 결과는 $CaCO_3$로 환산하여 나타낸다. 폐수를 화학적으로 처리하거나, 생물학적으로 영양염류를 제거하거나, 물리적인 방법으로 암모니아를 제거하고자 할 때는 폐수의 알칼리도가 중요하다.

4) **질소**(Nitrogen) 질소와 인은 원생생물(protista)과 식물의 성장에 필수적인 것으로서 영양염류(nutrient)라 한다. 생물의 성장에는 철과 같은 다른 미량 원소도 필요하지만 질소와 인은 대개 가장 중요한 영양소가 된다.

질소는 단백질 합성의 필수 원소이므로 폐수의 생물학적 처리 가능성을 평가하고자 할 때 질소에 관한 자료가 필요하다. 질소의 양이 불충분하면 첨가하여야 한다. 수역에서의 조류의 성장을 조절하려면 폐수 중의 질소를 제거하거나 감소시킨 후 처리수를 배출하여야 할 것이다.

질소의 형태 총 질소는 유기질소, 암모니아, 질산염, 아질산염으로 구성된다. 유기질소는 킬달 방법(kjeldahl method)에 의해서 측정된다. 수용액의 시료는 암모니아를 제거하기 위해 먼저 끓이고 다음에 소화시킨다. 소화되는 동안 유기질소는 암모니아로 전환된다. 총 킬달

질소는 암모니아가 소화되는 단계 전에 날려 보내지 않는 것을 제외하고는 유기질소와 같은 방법으로 측정된다. 따라서 킬달질소는 유기질소와 암모니아성 질소의 합이다.

질산성 질소는, 폐수 중의 질소 중에서 고도로 산화된 형태이다. 2차 처리수를 지하수에 재충전(recharge)하고자 하는 질산염 농도가 중요하다. 미국 EPA의 음용수 기준에서는 유아에 대한 치명적 영향의 가능성 때문에 질산염의 농도를 $45mgNO_3-/L$ 이하로 규제하고 있다. 처리된 유출수 중 질산염 농도는 $0-20mgN/L$ 범위로서 평균 약 $15-20mgN/L$이다. 이 질산성 질소의 농도 역시 일반적으로 비색법으로 측정한다.

5) 인(Phosphorus) 인 역시 조류나 생물의 성장에 필수적이다. 수체 내에 유해한 조류가 급성장하는 수화현상(algal bloom)을 야기시키기 때문에 생활하수, 산업폐수 및 지표유출에 의하여 지표수에 유입되는 인 화합물의 양을 규제하는 문제가 관심의 대상이 되고 있다. 도시하수 중 인 함유량은 약 $4-15mgP/L$ 정도이다.

인의 형태는 주로 orthophosphate, 폴리인산염 및 유기 인산염 등이다. PO_43-, HPO_42-, H_2PO_4-, H_3PO_4 등의 orthophosphate는 그대로 생물의 신진대사에 이용된다. 폴리인산염은 2개 이상의 인 원자와 산소 원자 그리고 경우에 따라서는 수소 원자가 같이 결합된 복잡한 분자인데, 수용액 중에서 가수분해되어 ortho 형으로 되돌아가지만 이 가수분해 반응은 아주 느리다. 유기물 중 인의 양은 대부분의 생활하수에서는 그 비중이 크지 않지만, 산업폐수나 폐수슬러지에서는 중요한 성분이 된다.

Orthophosophate는 인산염과 결합하여 발색 착화합물을 만드는 몰리브덴산암모늄과 같은 물질을 가하여 직접 측정한다. 같은 방법으로 폴리인산염이나 유기인산염을 측정하려면 이들을 미리 올도인산염으로 변화시켜야 한다.

6) **독성 무기화합물**(Toxic inorganic Compounds) 양이온 중에는 독성 때문에 폐수의 처리와 처분에서 중요한 것들이 있다. 이 화합물 중 상당수는 특정 유기물질들이다. 구리, 납, 은, 크롬, 비소 및 불소 등은 정도는 다르지만 미생물에 대하여 독성을 나타내므로 하수처리장 설계에 고려하여야 한다. 이러한 이온이 폐수처리장에 어느 정도 이상 도입되면 미생물들이 사멸하여 처리가 정지된다. 슬러지 소화조의 경우 구리는 100mg/L 이상, 크롬과 니켈은 500mg/L 이상, 나트륨은 더 높은 농도에서 독성을 나타낸다. 기타 칼륨 및 암모늄 이온은 4000mg/L에서 독성이 있다. 칼슘이온은 독성을 나타낼 정도의 농도에 이르기 전에 소화슬러지 중 알칼리도 성분과 결합하여 침전하게 된다.

시안 및 크롬산염 등 독성이 있는 음이온도 산업폐수 중에 들어 있다. 이런 것들은 주로 금속 도금폐수 중에 들어있는데 현장에서 전처리하여 제거함으로써 도시하수와 혼합되지 않도록 하여야 한다. 또 다른 독성 음이온인 플루오르 화합물은 흔히 전자제품 제조시설이 폐수에서 발견된다. 산업폐수에 들어있는 유기물질 중에도 독성이 있는 것들이 있다.

7) **중금속**(Heavy Metals) 니켈(Ni), 망간(Mn), 납(Pb), 크롬(Cr), 카드뮴(Cd), 아연(Zn), 구리(Cu), 철(Fe) 및 수은(Hg) 등의 금속은 대부분 물의 중요한 구성 성분이다. 이들 중 상당수는 특정 유해물질이다. 이들 중에는 생물의 성장에 필요한 금속도 있으며 충분한 양이 들어있지

않으면 조류의 성장이 제한을 받기도 한다. 그러나 그 양이 어느 한계 이상이 되면 독성을 나타내므로 규제되어야 한다. 따라서 수시로 그 농도를 측정하여 조절하여야 한다. 이러한 물질의 측정은 폴라로그래피(polarography)나 원자흡광광도계(atomic absorption spectrophotometry) 등의 분석 기기를 이용하면 아주 낮은 농도까지 측정할 수 있다.

8) **용존산소**(Dissolved Oxygen, DO)는 호기성 미생물의 호흡을 비롯하여 모든 호기성 생물에게 필요한 것이다. 그러나 산소는 물에 조금 밖에 녹지 않는다. 용액 중에 존재할 수 있는 산소(다른 기체도 마찬가지이다)의 양은 (1) 기체의 용해도, (2) 기체의 대기중 분압, (3) 온도 및 (4) 물의 성분(염, 부유 고형물 등)에 따라 달라진다.

산소를 소비하는 생화학반응은 온도가 증가하면 빨라지므로 여름에 용존산소의 농도가 더욱 문제가 된다. 여름에는 대개 강물의 유량이 적어서 이용할 수 있는 산소의 전체 양 역시 적어지므로 더 문제가 어려워진다. 악취 발생을 막으려면 하수 중에 용존산소가 있어야 한다.

(4) 폐수의 생물학적 특성

생활오수 중 미생물은 진핵생물(eucaryotes) 및 진정세균(eubacteria), 고세균(archaebacteria)으로 구분한다. 대부분 박테리아는 진정세균으로서 분류된다. 진색생물 내에 포함되는 원생생물에는 조류(algae), 곰팡이류(fungi) 및 원생동물(protozoa)이 포함된다. 식물은 종자식물 및 양치류(fern) 이끼류(moss)로 분류되며, 다세포 진핵생물로 분류된다. 무척추동물(invertebrate)과 척추동물(vertebrate) 등 다세포 진핵동물로 분류한다. 바이러스(virus) 역시 하수 중에서 발견되는데 이는 감염된 숙주에 따라서 분류한다.

5. 물에 관한 기준

물에 대한 기준으로는 나라마다 여러 기준이 정해져 있다. 일반적으로 물을 효과적으로 관리하기 위해서 물에 대한 환경기준과 규제기준들이 정해져 있다. 환경기준은 국가에서 환경의 질을 유지하기 위한 목표기준으로 정해 놓은 것이고, 규제기준은 수질환경을 효과적으로 관리하기 위해 강제성 있는 기준으로 정해 놓은 것이다. 우리나라에서는 국가의 주요 하천환경을 보존하고, 관리하기 위한 수질환경기준과 공장폐수와 공공하수처리장, 그리고 수돗물과 생수 등 먹는 물에 대한 기준들이 정해져 있다.

1) 수질환경기준 및 규제기준

(1) 수질환경기준

우리나라의 '수질 및 수생태계 환경기준'은 국민의 건강을 보호하고 쾌적한 물환경을 조성하기 위한 국가의 수질관리 목표로서 산업폐수 관리체계, 수질오염총량제, 수생태계 보전 등 각종 정책수립의 기본이 되며, 수자원 상태, 행정적 관리여건, 경제수준 및 국민의 의식수준에 따라 나라와 시대별로 그 항목과 기준치를 달리 정하고 있다. 현재 우리나라의 수질 및 수생태계 환경기준은 하천, 호소 및 지하수로 나누어 정하고 있다. 하천·호소의 경우 공통적으로 적용되는 건강보호항목(20개 항목)과 하천(7개 항목)·호소(8개 항목)에 달리 적용되는 생활환경항목으로 구분하되, 생활환경항목은 수질상태에 따라 7

등급으로 구분하고 있으며, 오염물질의 이화학적 농도와 함께 수생
태계 내에 존재하는 생물이 받는 영향을 고려하여 정하고 있다.

하천: 사람의 건강보호 기준

항목	기준값(mg/L)
카드뮴(Cd)	0.005 이하
비소(As)	0.05 이하
시안(CN)	검출되어서는 안 됨(검출한계 0.01)
수은(Hg)	검출되어서는 안 됨(검출한계 0.001)
유기인	검출되어서는 안 됨(검출한계 0.0005)
폴리클로리네이티드비페닐(PCB)	검출되어서는 안 됨(검출한계 0.0005)
납(Pb)	0.05 이하
6가 크롬(Cr6+)	0.05 이하
음이온 계면활성제(ABS)	0.5 이하
사염화탄소	0.004 이하
1,2-디클로로에탄	0.03 이하
테트라클로로에틸렌(PCE)	0.04 이하
니클로로메탄	0.02 이하
벤젠	0.01 이하
클로로포름	0.08 이하
디에틸헥실프탈레이트(DEHP)	0.008 이하
안티몬	0.02 이하
1,4-다이옥세인	0.05 이하
포름알데히드	0.5 이하
헥사클로로벤젠	0.00004 이하

등급		상태 (캐릭터)	수소 이온 농도 (pH)	생물 화학적 산소 요구량 (BOD) (mg/L)	화학 적산 소 요구 량 (COD) (mg/L)	총유 기탄 소량 (TOC) (mg/L)	부유 물질량 (SS) (mg/L)	용존 산소 량 (DO) (mg/L)	총인 (T-P) (mg/100mL) 수/100mL	대장균군 (군수/100mL)	
										총 대장균군	분원성 대장균군
매우 좋음	Ia		6.5~8.5	1 이하	2 이하	2 이하	25 이하	7.5 이상	0.02 이하	50 이하	10 이하
좋음	Ib		6.5~8.5	2 이하	4 이하	3 이하	25 이하	5.0 이상	0.04 이하	500 이하	100 이하
약간 좋음	II		6.5~8.5	3 이하	5 이하	4 이하	25 이하	5.0 이상	0.1 이하	1,000 이하	200 이하
보통	III		6.5~8.5	5 이하	7 이하	5 이하	25 이하	5.0 이상	0.2 이하	5,000 이하	1,000 이하
약간 나쁨	IV		6.0~8.5	8 이하	9 이하	6 이하	100 이하	2.0 이상	0.3 이하		
나쁨	V		6.0~8.5	10 이하	11 이하	8 이하	쓰레기 등이 떠 있지 않을 것	2.0 이상	0.5 이하		
매우 나쁨	VI			10 초과	11 초과	8 초과		2.0 미만	0.5 초과		

등급별 수질 및 수생태계 상태

가. 매우 좋음: 용존산소(溶存酸素)가 풍부하고 오염물질이 없는 청정상태의 생태계로 여과·살균 등 간단한 정수처리 후 생활용수로 사용할 수 있음.

나. 좋음: 용존산소가 많은 편이고 오염물질이 거의 없는 청정상태에 근접한 생태계로 여과·침전·살균 등 일반적인 정수처리 후 생활용수로 사용할 수 있음.

다. 약간 좋음: 약간의 오염물질은 있으나 용존산소가 많은 상태의 다소 좋은 생태계로 여과·침전·살균 등 일반적인 정수처리 후 생활용수 또는 수영용수로 사용할 수 있음.

라. 보통: 보통의 오염물질로 인하여 용존산소가 소모되는 일반 생태계로 여과, 침전, 활성탄 투입, 살균 등 고도의 정수처리 후 생활용수로 이용하거나 일반적 정수처리 후 공업용수로 사용할 수 있음.

마. 약간 나쁨: 상당량의 오염물질로 인하여 용존산소가 소모되는 생태계로 농업용수로 사용하거나 여과, 침전, 활성탄 투입, 살균 등 고도의 정수처리 후 공업용수로 사용할 수 있음.

바. 나쁨: 다량의 오염물질로 인하여 용존산소가 소모되는 생태계로 산책 등 국민의 일상생활에 불쾌감을 주지 않으며, 활성탄 투입, 역삼투압 공법 등 특수한 정수처리 후 공업용수로 사용할 수 있음.

사. 매우 나쁨: 용존산소가 거의 없는 오염된 물로 물고기가 살기 어려움.

아. 용수는 해당 등급보다 낮은 등급의 용도로 사용할 수 있음.

자. 수소이온농도(pH) 등 각 기준항목에 대한 오염도 현황, 용수처리방법 등을 종합적으로 검토하여 그에 맞는 처리방법에 따라 용수를 처리하는 경우에는 해당 등급보다 높은 등급의 용도로도 사용할 수 있음.

(2) 수질규제기준

수질규제기준은 환경기준을 달성하기 위한 규제수단의 하나이며, 그 대표적인 것으로는 공장폐수에 적용되는 폐수 배출허용기준과 공공하수처리장 등에 적용하는 방류수수질 기준, 그리고 먹는 물과 먹는 샘물에 관한 기준 등이 있다. 찻물과 관련하여 먹는 물에 대한 기준을 중심으로 살펴보면 다음과 같다.

먹는 물 수질 기준

수돗물과 생수 등 사람들이 직접적으로 음용하는 물에 대한 기준으로 먹는 물 기준이 있다. 세계보건기구(WHO)의 권고기준과 각 나라마다 먹는 물에 대한 기준을 적용하여 관리되고 있다.

옛날부터 물이 갖고 있어야 할 기본 특성에 대해 많은 언급이 있어 왔다. 4,000여 년 전 산스크리트(Sanskrit) 원전에 의하면, 먹는 물에 대한 처리기준은 더러운 물을 끓이고 햇빛에 쪼이며 뜨거운 구리조각에 일곱 번 담근 후 여과하여 토기에 차갑게 보관하도록 하였다고 한다. 또한 이러한 방법이 의학의 신에 의해 지시되었다고 전한다. 서양 의학의 아버지라 부르는 히포크라테스(Hippocrates B.C.460~354)도 물에 대한 위생조사의 필요성을 인정하였으며, 낯선 사람이 도시에 왔을 때 도시인들이 사용하는 물에 대해 주의 깊게 고려해야 한다고 전하고 있다.

『정토삼부경(淨土三部經)』에 보면, '팔공덕수(八功德水)'라 해서 물이 가져야 할 기본 특성으로서 여덟 가지 덕목(水八德)을 꼽고 있다. 즉 가볍고(輕), 맑고(淸), 시원하고(冷), 부드럽고(軟), 맛있고(美), 냄새가 없으며(不臭), 마시기 적당하고(調適), 마신 후 탈이 없어야 한다(無患)는 것이다.

또한 『수품전록(水品全錄)』에 기록되기를 물을 논함에 있어서 제일 좋은 물은 다음의 여섯 가지를 갖추어야 비로소 좋은 물이라 할 수 있다고 기록되어 있다.

① 원(源) : 물이 나오는 곳이 어떤 곳인가를 알아야 한다.
② 청(淸) : 물이 맑고 깨끗해야 한다.
③ 류(流) : 물은 흘러가야 한다.
④ 감(甘) : 물은 감미로워야 한다.
⑤ 한(寒) : 물은 차가워야 한다.
⑥ 품(品) : 물은 앞에서 말한 5가지를 갖추어야 비로소 품(品)이라 한다.

현대의 과학적 의미에서 보면, 이것은 오늘날 우리나라와 세계의 모든 국가에서 규정하고 있는 '먹는 물 수질 기준(drinking water quality standard)'과 같은 개념으로 봐도 좋을 듯하다. 세계보건기구(WHO)의 보고에 의하면, 수중에 존재하는 오염물질의 종류는 2,000여 종 이상의 화합물질이 있는데, 이 중에서 약 750여 종은 음료수에서도 확인되었다고 한다. 최근에는 분석기술의 발달로 최소한 천 수백여 종 이상의 화합물질들이 수중에서 검출되고 있다. 그래서 최근에는 생수 등 오염되지 않은 약수를 찾는데, 그 이유가 여기에 있다고 할 것이다. 물에 대한 연구는 꾸준히 발전해 왔으며, 오늘날 과학적인 입장에서 볼 때, 물의 분자 구조적 특성과 수질적 특성으로 물의 특성에 대해 논해지고 있다.

법주사 감로수

    물의 구조적 특성으로서는 물 환경설 등이 있으며, 이는 우리 생체 구조 내의 물분자 구조가 육각형 구조를 이루고 있으므로 이런 구조의 물을 많이 복용하는 것이 결국 몸에 이롭다는 것이다.

    수질적 관점에서는 인체에 영향을 줄 수 있는 성분들에 대한 분석 결과를 바탕으로 인체에 유용한 적당한 양의 성분이 있는 물을 마시면 결국 인체를 건강하게 할 수 있으며, 인체에 유해한 성분은 가능한 한 마시지 않아야 한다는 것이다. 이러한 점에서 세계 각국에서는 '먹는 물에 대한 수질규제기준'이 설정되어 관리하고 있다.

    먹는 물이란 통상 먹는 데 사용하는 자연 상태의 물과 자연 상태의 물을 먹는 데 적합하게 처리한 수돗물, 먹는 샘물, 먹는 해양심층수 등을 말한다. 먹는 물 수질 기준은 인체에 미치는 영향을 고려하여 안전한 수준의 함량을 설정한 것으로 우리나라는 2022년 기준으로 먹는 물 종류에 따라 일반세균 등 48~61개 항목(방사능 기준 제외)으로 운영하고 있으며, 미규제 미량 유해물질 모니터링 결과 등을 토대로 수질 기준 항목을 확대하는 등 관리를 하고 있다.

우리나라에서는 ① 미생물에 관한 기준(6 항목) ② 건강상 유해영향 무기물질에 관한 기준(14 항목) ③ 건강상 유해영향 유기물질에 관한 기준(17 항목) ④ 소독제 및 소독 부산물에 관한 기준(11 항목) ⑤ 심미적 영향물질에 관한 기준(15 항목) ⑥ 방사능에 관한 기준(3 항목) 등으로 구분하여 총 66 항목이 설정되어 있다.

여섯 가지 항목 중 다섯 번째로 지정되어 있는 ⑤ 심미적 기준에 대해서는 건강상 그리 큰 문제를 야기하지 않지만, 나머지 다섯 가지 수질 기준 항목들은 인체 건강에 중대한 영향을 초래할 수 있으므로 관련 항목들이 기준치 이내인 것이 바람직하다. 우리나라의 먹는 물에 관한 수질 기준과 규제이유에 대해 구체적으로 살펴보면, 다음 표 8과 같다.

표 8. 우리나라 먹는 물 수질 기준과 규제이유

항목	기준(mg/L)	규제이유
Ⅰ. 미생물에 관한 기준		
1. 일반 세균	1mL 중 100CFU (Colony Forming Unit)	수인성 전염병 예방
2. 총 대장균군	100mL(샘물 250mL) 불검출	수인성 전염병 예방
3. 대장균·분원성 대장균군	100mL 불검출	수인성 전염병 예방
4. 분원성 연쇄상구균·녹농균·살모넬라 및 쉬겔라	250mL 불검출	식중독, 장염 등
아황산환원혐기성포자형성균	50mL 불검출	수인성 전염병 예방
6. 여시니아균	2L 불검출	식중독, 복통, 발열, 설사 등
Ⅱ. 건강상 유해영향 무기물질에 관한 기준		
7. 납	0.01mg/L	두통, 현기증, 뇌손상 등

8. 불소	1.5mg/L(샘물 2.0mg/L)	반상치, 신장기능저하 등
9. 비소	0.01mg/L(샘물 0.05mg/L)	독성, 피부암, 폐암 발생
10. 셀레늄	0.01mg/L(염지하수 0.05mg /L)	간경변, 빈혈, 탈모 등
11. 수은	0.001mg/L	미나마타병, 마비, 우울증 등
12. 시안	0.01mg/L	심혈관계, 신경계 손상 등
13. 크롬	0.05mg/L	신장장애, 코와 폐 손상 등
14. 암모니아성 질소	0.5mg/L	오염지표
15. 질산성 질소	10mg/L	청색증(blue baby) 유발
16. 카드뮴	0.005mg/L	간과 신장장애, 골격계 장애, 이타이이타이병 등
17. 붕소	1.0mg/L	생식장애, 발육장애 등
18 브롬산염	0.01mg/L	오존소독 부산물, 잠재적 발암물질
19. 스트론튬	4mg/L	골암과 백혈병유발 등
20. 우라늄	30μg/L	신장손상, 편두통, 메스꺼움, 기형아, 발암유발 등

Ⅲ. 건강상 유해영향 유기물질에 관한 기준		
21. 페놀	0.005mg/L	중추신경계 마비 등
22. 다이아지논	0.02mg/L	맹독성 발암물질, 신경마비 등
23. 파라티온	0.06mg/L	맹독성 발암물질, 신경마비 등
24. 페니트로티온	0.04mg/L	맹독성 발암물질, 신경마비 등
25. 카바릴	0.07mg/L	구토, 설사, 기관지수축 등
26. 1,1,1-트리클로로에탄	0.1mg/L	눈점막 자극, 마취 등
27. 테트라클로로에틸렌	0.01mg/L	의식불명, 간종양 유발 등
28. 트리클로로에틸렌	0.03mg/L	두통, 간장애 등
29. 디클로로메탄	0.02mg/L	중추신경계 및 심장독성
30. 벤젠	0.01mg/L	빈혈, 면역기능저하 등
31. 톨루엔	0.7mg/L	중추신경계기능 저하 등
32. 에틸벤젠	0.3mg/L	현기증, 호흡곤란 등
33. 크실렌	0.5mg/L	구토, 신장 및 간장 손상 등

34. 1,1-디클로로에틸렌	0.03mg/L	간, 신장, 폐 축적 등
35. 사염화탄소	0.002mg/L	황달, 간 손상 등
36. 1,2-디브로모-3-클로로 프로판	0.003mg/L	신장 및 신경계 손상
37. 1,4-다이옥산	0.05mg/L	신장 및 신경계 손상, 암 유발
IV. 소독제 및 소독부산물질에 관한 기준(샘물 제외)		
38. 잔류염소(유리잔류염소)	4.0mg/L	소독효과 및 이취미 발생
39. 총트리할로메탄	0.1mg/L	발암 물질
40. 클로로포름	0.08mg/L	심장, 신장, 간 장애
41. 브로모디클로로메탄	0.03mg/L	발암물질
42. 디브로모클로로메탄	0.1mg/L	발암물질
43. 클로랄하이드레이트	0.03mg/L	변이원성, 염색체분열저해
44. 디브로모아세토니트릴	0.1mg/L	호흡기관 장애
45. 디클로로아세토니트릴	0.09mg/L	호흡기관 장애
46. 트리클로로아세토니트릴	0.004mg/L	유산, 체중감소, 폐암 유발
47. 할로아세틱에시드	0.1mg/L	간종양, 신경계통문제
48. 포름알데히드	0.5mg/L	호흡곤란, 신경손상, 발암물질
V. 심미적 영향물질에 관한 기준		
49. 경도(硬度)	1,000mg/L(수돗물의 경우 300mg/L)	물때 및 비누 소비량 증대
50. 과망간산칼륨 소비량	10mg/L	유기물 오염
51. 냄새와 맛	소독으로 인한 냄새와 맛 이외의 냄새와 맛이 있어서는 아니될 것.	이취미 등
52. 동	1mg/L	간장장애 등
53. 색도	5도	심미적 영향
54. 세제(음이온 계면활성제)	0.5mg/L(샘물·먹는 샘물은 불검출)	거품 및 생체독성
55. 수소이온 농도	pH 5.8 이상 pH 8.5 이하(샘물, pH 4.5 이상 pH 9.5 이하)	부식 등
56. 아연	3mg/L	근육통, 발열, 구토 등
57. 염소이온	250mg/L	불쾌한 맛, 부식유발 등

58. 증발 잔류물	500mg/L	맛, 경도, 부식성에 영향
59. 철	0.3mg/L	설사, 구토, 혈색증
60. 망간	0.3mg/L(수돗물의 경우 0.05mg/L)	신장, 간기능 저하, 만성간염, 금속성 맛 등
61. 탁도	1 NTU (Nephelometric Turbidity Unit)	심미적 영향
62. 황산이온	200mg/L(샘물, 먹는 샘물 250mg/L)	설사유발, 부식 등
63. 알루미늄	0.2mg/L	뼈 축적 등
VI. 방사능에 관한 기준(염지하수의 경우에만 적용한다)		
64. 세슘(Cs-137)	4.0mBq/L	발암 및 유전장애 유발 등
65. 스트론튬(Sr-90)	3.0mBq/L	골암과 백혈병유발 등
66. 삼중수소	6.0Bq/L	방사선피폭가능성, 발암원인

표 9. 항목별 기준과 영향

항목별 기준(다중 이용수—목욕장, 수영장)

검사항목	기준	원인	영향	비고
pH	5.8~8.6	조류번식에 의한 pH증가, 공장 및 광산폐수의 영향	높은 pH에 노출시 눈, 피부 등 자극을 경험할 수 있음	알칼리제, 산성제처리
과망간산 칼륨 소비량	12 mg / L (수영장) 10mg/L((목욕장원수) 25mg/L(욕조수)	수중의 유기물의 산화에의해 소비되는 양으로 오염물질을 총체적으로 짐작할 수 있음	수돗물의 착색, 이·취미 등에 관계 있으나 인체에 직접적인 영향은 없음	활성탄처리 오존처리
유리잔류 염소	0.4~1.0mg/L(수영장) (오존처리 시 0.2mg/L 이상)	염소소독 후 잔류	과다 시 눈코 피부 자극	이온교환
탁도	2.8 NTU 이하(수영장) 1.0 NTU(목욕장원수)) 1.6 NTU(욕조수)	부유물질의 빛 산란	소독장애를 일으켜 질병유발세균이 포함될 가능성이 있음	여과응집침전
색도	5도 이하(목욕장원수)	착색 유기물질과 철, 망간존재	인체에 직접적인 영향은 없음	응집침전, 활성탄흡착, 오존산화

총대장균 군수	10mL 5개 중 양성 2개 이하(수영장) 100mL불검출(목욕장원수) 1mL 중 1개 이하(욕조수)	자연생태계, 인간 또는 동물의 장관	일반적으로 무해한 잡균으로 알려지고 있으나 병원균이 존재할 가능성이 있음	염소소독, UV, 오존 처리
비소	0.05mg/L(수영장)	토양 및 암석의 침식과 수원 유리 및 전자제품 폐기물	피부손상, 순환기계통, 암발생 위해성 증가	염소산화+응집+여과이온교환
수은	0.007mg/L(수영장))	자연적 토양 및 암석의 침식, 제련소 및 공장매립지 및 경작지	신장손상	석회연화, 이온교환, 응집침전, 역삼투막법
알루미늄	0.5mg/L(수영장)	산업폐기물, 광물과 토양	인체에 미치는 영향이 거의 없음	이온교환, 응집침전 여과

항목별 기준(정수기)

검사항목	기준	원인	영향	비고
탁도	0.5NTU 이하(정수) 1.0 NTU 이하(지하수)	물속의 부유물질과 관련하여 수질오염을 나타내는 지표	소독장애를 일으켜 질병유발세균이 포함될 가능성이 있음	여과응집침전
총대장균 군수	불검출/100mL	자연생태계, 인간 또는 동물의 장관	일반적으로 무해한 잡균으로 알려지고 있으나, 병원균이 존재할 가능성이 있음	염소소독, UV, 오존 처리

항목별 기준(분수)

검사항목	기준	원인	영향	비고
pH	5.8~8.6	조류번식에 의한 pH 증가, 공장 및 광산폐수의 영향	높은 pH에 노출시 눈, 피부 등 자극을 경험할 수 있음	알칼리제, 산성제 처리
탁도	4.0NTU 이하	부유물질의 빛 산란	소독장애를 일으켜 질병유발세균이 포함될 가능성이 있음	여과응집침전
대장균	200 이하/100mL	사람이나 동물 배설물	설사, 경련, 구역질, 두통 또는 기타증상 등 단기간에 영향을 줄 수 있음	염소소독, UV, 오존 처리

유리잔류 염소	0.4~4.0mg/L (염소 소독시)	염소소독 후 잔류	과다 시 눈코 피부 자극	활성탄처리

항목별 기준(먹는 물)

	항목	원인	영향	비고
1	일반세균	환경에 일반적으로 존재하며, 하수, 폐수 등에서 환경으로 배출	직접 병을 일으키는 경우가 없으나 많으면 배탈, 설사 일으킬 수 있음	잔류염소, 자외선, 오존, 가열 등의 소독
2	총대장균군	사람, 동물의 분변에서 유래, 영양이 풍부한 물, 토양 등에 존재하는 종류도 포함	대부분 비병원성이나 병원성대장균 등 일부는 장관출혈 나타날 수 있음	잔류염소, 자외선, 오존, 가열 등의 소독
3	분원성대장균 군/대장균	사람, 동물의 분변에서 유래, 산업폐수 혹은 부패한 식물 찌꺼기 등에서 기원	대부분 비병원성이나 병원성대장균 등 일부는 장관출혈 나타날 수 있음	잔류염소, 자외선, 오존, 가열 등의 소독
4	납	석회암지대에 미세하게 함유, 납을 사용하는 공장, 정련소의 배출수	소화기, 호흡기, 피부로부터 흡수되어 뼈에 침착, 골수에 영향, 빈혈, 두통 유발	응집침전여과, 석회연화, 이온교환
5	불소	화강암지대, 알루미늄 생산과정, 우라늄 정련, 유리가공, 전자공업	저농도(0.5-2 mg/L/) 충치감소, 고농도시 반상치 유발	선택적 이온교환법, 역삼투법
6	비소	광물로부터 용해, 광천, 광산폐수, 관련 산업폐수	메스꺼움, 설사, 심장박동 이상, 혈관 손상	염소산화, 응집여과, 석회연화
7	셀레늄	금속제련소, 금속광산, 셀레늄 제조업소	탈모, 비장손상, 기관지염, 폐렴, 빈혈 등 유발	화학적 침전, 활성탄, 생물학적 처리
8	수은	수은제의 제조공장, 수은사용 공장, 병원	신경학적 장애, 신장장애 유발, 만성중독(미나마타병)	석회연화, 이온교환, 응집침전여과
9	시안	도금공업, 금·은 정련, 청색 안료, 사진공업, 산업폐수	호흡마비, 경련, 질식, 갑상선종 발생률 증가	알칼리염소법, 오존산화법
10	크롬	피혁, 나염, 화장품, 금속산업 공장폐수	호흡곤란, 구토, 빈혈, 황달을 거쳐 간염 유발	석회연화, 이온교환

11	암모니아성 질소	분뇨, 부패한 동식물의 사체, 무기비료, 생활하수	암모니아성 질소 자체는 무해하나, 질산성 질소로 변할 경우 청색증 유발	파과점 염소투입, 이온교환, 공기산화
12	질산성질소	질소비료, 부패한 동식물, 생활하수, 공장폐수	농도가 10 mg/L 이상이면 유아기(특히, 생후 3개월 이하)에서 청색증 유발	이온교환법, 생물처리법
13	카드뮴	화산활동, 광업, 제련, 비료제조, 산업폐수	폐와 신장에 영향, 골연화증(이타이이타이병), 전립선암, 신장암 유발	석회연화, 이온교환, 응집침전여과
14	붕소(보론)	제철, 목재 및 피혁의 방부제, 조류 제거제, 살충제	조울증, 경련, 위장관 장애	이온교환, 응집침전여과
15	페놀	의약품, 농약, 합성수지, 폭약, 염료 등의 공장폐수	중추신경계, 심장, 혈관, 폐 등에 손상	활성슬러지처리, 오존, 활성탄처리
16	다이아지논	침투성 농약으로 사용, 농경지 및 토양의 유출수	흡입, 피부흡수, 경구흡입 시 치명적, 교감신경 파괴유발	활성탄처리, 역삼투압법
17	파라티온	유기인계 농약으로 사용, 농경지 및 토양의 유출수	흡입, 피부흡수, 경구흡입 시 치명적, 중추신경장애 유발	활성탄처리, 역삼투압법
18	페니트로티온	파라티온을 대신한 살충제, 진드기구충제로 사용, 농경지 및 토양의 유출수	급성독성은 알려진 바 없음, 중독 시 구토, 호흡곤란, 청색증, 경련 유발	활성탄처리, 역삼투압법
19	카바릴	방제용 살충제, 제조제, 진드기구충제로 사용, 농경지 및 토양의 유출수	흡입, 피부, 눈으로 노출 가능, 설사, 침흘림, 뇨의 불규칙배출 유발	활성탄처리
20	1,1,1-트리클로로에탄	금속세정용, 접착제, 에어로졸 등의 제조과정, 사용과정에서 배출	중추신경계 기능 저하, 심장 섬유성 연축 유발	활성탄처리, 폭기
21	테트라클로로에틸렌	공업용 세정제 및 섬유공업 등의 폐수	중추신경계 저하, 간, 허파, 심장, 신장 영향	활성탄처리, 폭기
22	트리클로로에틸렌	전자제품, 1차 금속산업 제조과정이나 관련 산업폐수	피부와 눈에 자극성, 중추신경을 억제하여 마취작용	활성탄처리, 폭기
23	디클로로메탄	화학제품 제조과정 등	구토, 어지럼증, 중추신경계, 간에 영향	활성탄처리, 폭기

24	벤젠	석유화합물, 안료 등의 폐수	저농도인 경우에도 수생생물에 영향 줄 수 있음	활성탄처리, 폭기
25	톨루엔	화학제품 제조, 플라스틱 제품 제조할 때 배출	현기증, 두통, 신장, 위장장애 유발	활성탄처리, 폭기
26	에틸벤젠	운송장비, 염료 등 산업폐수	기침, 피부 및 눈 염증	활성탄처리, 폭기
27	크실렌	페인트, 석유정제용제 등의 폐수	구토, 간장 장애, 백혈구 감소 등	활성탄처리, 폭기
28	1.1-디클로로 에틸렌	반도체 제조, 합성섬유 제조시 배출	현기증, 간, 신장 손상	활성탄처리, 폭기
29	사염화탄소	섬유제품, 화학제품 제조과정 중 배출	중추신경계 기능 저하, 복통 등	활성탄처리, 폭기
30	1,2-디브로 모-3-클로로 프로판	토양 훈증제, 유기합성 중간체	두통, 동공축소, 중추신경장애	고도응집처리
31	1,4-다이옥산	화학물, 화학제품 제조업 등에서 배출	눈, 코, 목 염증, 중추신경계 억제	오존처리, 분말활성탄 주입
32	경도	자연 원천은 퇴적층의 암석 침출수	인체의 건강에 크게 해를 주지 않으나, 물맛에 관계함	pH, 알칼리도 적정조절
33	과망간산칼륨 소비량	동식물 부패물질에서 유래하는 휴민질, 공장폐수 등	수돗물의 착색, 이·취미 등에 관계 있으나 인체 유해성에 대한 자료는 없음	침전법, 부상법, 활성탄 흡착법
34	냄새	유기물질, 미생물 등 이물질 유입	불쾌감 초래, 특이한 냄새는 잠재적 유해물질 존재 암시	염소처리, 오존처리
35	맛	해수의 혼입, 미생물의 번식 등	불쾌감 초래, 특이한 맛은 수원의 수질변화 등을 알리는 신호	포기처리, 분말활성탄 처리
36	구리(동)	동 제련소, 광산, 도금 공장	구토, 위경련 및 설사	이온교환, 응집, 침전, 여과
37	색도	유기물 부패에서 오는 휴민산과 풀빅산에 기인	시각적으로 불쾌감 초래	응집침전, 활성탄흡착, 오존처리
38	세제 (음이온계 면활성제)	공장폐수 및 가정하수의 혼입	주부습진, 카드뮴이나 유기수은의 체내 흡수 촉진	분말, 입상활성탄 처리

39	알루미늄	알루미늄 광산 및 제련소, 광물질 정제과정 등 폐수	인체에 미칠 수 있는 유해한 영향에 대해 알려진 것이 없음	이온교환수지, 응집, 침전, 여과
40	수소이온농도	하수, 공장폐수 등으로부터 오염물질 혼입	인체와 pH와의 직접적 연관성은 확인되지 않음	알칼리성, 산성 수처리제 사용
41	아연	1차 금속산업, 화합물 화학제품 제조업	구토, 설사, 현기증, 신장에 영향	석회연화, 이온교환, 응집, 여과
42	염소이온	무기비료, 도로의 제설 작업 등	인간에게 미치는 염소이온의 독성은 관찰된 바 없음	역삼투압, 이온교환
43	철	광산배수, 산성하천에서 황산 등에 의해 배출	인체에 큰 해는 없으나, 구토, 설사, 간독성 등	응집. 침전, 생물산화
44	망간	관련 산업폐수, 망간전지의 폐기 등에 의한 누출	미량으로 물에 색 유발, 복통, 신경계 영향	염소나 과망간산칼륨에 의한 산화법
45	탁도	모래, 진흙, 화학 침전물 등에 의해 유발	인체에 직접적인 해는 없으나 심미적 불쾌감을 주어 불안감 초래	완속여과, 막여과
46	황산이온	광산, 제련소, 펄프 공장 등으로부터 배출	독성이 가장 적은 음이온이며, 다량 섭취시 설사, 탈수 등 증상	이온교환

출처: 먹는 물 수질 기준 해설서(2017. 환경부)

6. 좋은 물의 조건

최근에는 단순한 수질적 관점에서 성분의 제한으로서뿐만 아니라 '맛있는 물'의 조건으로서 물의 특성에 대한 연구도 진행되고 있다. 여기에서 '맛있는 물'이란 개인차가 심하다고 볼 수 있다. 개인마다 미각의 차이가 있고, 온도 등의 환경에 따라 맛의 평가가 다르게 나오는 게 사실이다. 그러나 일반적으로 **물속의 칼슘(Ca)이온이 나트륨, 칼륨, 마그네슘 이온보다 많으면, 맛있고 건강한 물**이라고 할 수 있다. 참고로 일본 후생성의 맛있는 물 연구회에서 제시한 맛있는 물의 조건은 표 10과 같다.

표 10. 맛있는 물의 조건(일본 후생성 맛있는 물 연구회)

성 분	맛있는 물	먹는 물 기준(한국)
증발 잔류물(칼슘, 염소이온 등)	30~200mg/l	500mg/l 이하
경도(탄산칼슘의 양)	10~100mg/l	300mg/l 이하
유리탄소(용존 탄산가스)	3~30mg/l	기준 없음
과망간산칼륨 소비량	3mg/l 이하	10mg/l 이하
취기도	3 이하	이상 없으면 됨
잔류염소	0.4 mg/l 이하	0.1mg/l 이상
수온(℃)	20도 이하	기준 없음

이 밖에도 물에 대한 연구로는, 맛있는 물에 대한 지수분석으로서 1972년 이래 세계와 일본이 수돗물과 음료수에 대하여 **'광물질수지(Mineral Balance)'**를 조사하여 수질을 평가하였다. 여기에서는 물을 맛있게 하는 미네랄 성분과 맛없게 하는 성분, 적합한 지질, 온도 등을 고려하여 다음과 같은 계산식으로 **'맛있는 물지수(O Index)'**를 제시하였다.

$$O\ Index_{(OI)} = \frac{Ca + K + SiO_2}{Mg + SO_4^{-2}} \quad \text{(단위: mg/l)}$$

이 지수에 의해 계산하여 OI≥2이면 **'맛있는 물'**로 평가된다. 또한, 건강에 이로운 물의 지수분석으로서 1972년 일본이 수돗물과 음료수에 대하여 광물질 수지(Mineral Balance)를 조사하여 수질을 평가한 방법에 의하면, **Ca가 많을수록 건강에 좋고 Na가 적을수록 건강에 좋다**고 한다. 앞서 언급한 것과 같이 뇌졸중 사망률은 물의 밸런스에 관계하여 Na, K, Mg에 비해 Ca가 적은 지역의 사망률이 높고, Ca, Na, Mg의 밸런스가 적절한 지역의 사망률은 낮다고 한다. 이와 같이 물이 인체에 영향을 미치는 인자 등을 고려하여 정립한 **'건강에 좋은 물지수(K Index)'**는 다음과 같다.

$$K\ Index\ (KI) = Ca - 0.87Na \text{(단위 : mg/l)}$$

이 지수에 의해 계산하여 KI≥5.2이면 **'건강에 좋은 물'**로 평가된다. 이 계산법을 바탕으로 맛있고 건강에 이로운 물의 밸런스 지표로 개발된 것은 표 11에 나타난 바와 같다.

표 11. 맛있고 건강한 물의 밸런스 지표(OI와 KI 지수 비교)

지수	비고
KI≥5.2, OI>2	맛있고 건강한 물
KI<5.2, OI≥2	맛있는 물
KI≥5.2, OI<2	건강한 물
KI<5.2, OI<2	어느 쪽에도 속하지 않는 물

먹는 물 수질 기준에 적합하다고 하여 모두 맛있는 물이라고 생각할 수는 없다. 우리가 이온들이 전혀 녹아 있지 않은 물을 마시면 물맛이 없으며, 흡수되는 미네랄 및 이온들이 적기 때문에 건강과도 관련이 있다. 그러므로 먹는 물에는 적당량의 이온들이 들어 있는 것이 좋으며, 세균을 포함하여 유해성분들이 기준치 이하로 함유되면 건강한 물이라고 할 수 있다. 그러므로 앞에서 살펴본 내용을 바탕으로 맛있고 건강한 물을 구분하여 물의 등급을 정리해 보면 표 12와 같다.

표 12. 먹는 물의 등급평가

구분	먹는 물 수질검사 항목(66개 항목) 적합	KI지수≥5.2	O지수≥2
A등급	○	○	○
B등급	○	○	×
C등급	○	×	○
D등급	○	×	×
F등급	×	–	–

7. 물의 처리

물의 처리는 수중에 포함된 오염물질들을 효과적으로 정화하기 위해 물리적, 화학적, 생물학적 방법을 이용하여 물을 깨끗하게 만드는 과정이다.

통상 수돗물 등 생활용수를 공급하기 위한 정수처리와 하·폐수를 처리하기 위한 하·폐수처리로 구분된다.

1) 정수처리

정수처리의 목적은 인간의 생활에 필요한 이용목적에 따른 수돗물로서의 수질을 만족하기 위하여 원수수질의 상황에 따라 물을 정화하는 것이다. 통상 일상생활 속에서 사용하는 수돗물을 처리하는 정수장이 있으며, 반도체 공정 등 초순수가 필요한 공장용수의 경우에는 좀 더 고도처리를 하며, 수원지의 수질에 따라 처리 정도가 달라진다.

일반적으로 수돗물을 만드는 정수처리는 수원지로부터 물을 가져와서 앞에서 살펴본 먹는 물 수질 기준에 적합하도록 물리화학적 방법으로 처리하여 각 가정으로 공급하게 된다. 우리나라의 경우에는 관련 지역의 지자체와 한국수자원공사(K water)에서 수돗물을 공급하고 있다.

참고로 2022년 말 우리나라의 급수인구는 51,456천 명이며, 이를 총인구 52,629천 명으로 나눈 상수도 보급률은 97.8%로 1999년 이후 약 11.7%가량 증가했다. 2022년 우리나라의 상수도 보급률을 지역별로 보면 서울, 대구는 100%로 나타났다.

전국 평균(97.8%)에 비해 다소 낮은 지자체는 강원(93.9%), 충북(93.5%), 충남(93.8%), 전남(93.1%), 경북(94.8%), 경남(95.7%), 제주(76%) 등이다. 한편 1일 1인당 급수량(L)은 전국 평균 355.1L로, 강원(464.2L), 충북(502.6L), 충남(405.2L), 전북(410.4L), 전남(393.9L), 경북(455.0L), 경남(357.2L), 제주(643.9L)는 전국 평균에 비교해 높은 것으로 나타났다.

2022년 전국 평균 수도요금은 747.8원/㎥으로 생산원가 1,027.5원/㎥의 72.8% 수준으로 나타나고 있다.

정수처리는 기본적으로 수돗물로서의 수질을 만족하기 위하여 원수수질의 상황에 따라 물을 정화하는 것이다. 고액분리공정과 소독공정을 조합시킨 것이 중심이 된다. 일반적으로 정수처리를 하여도 정수수질의 관리목표에 적합하지 않은 경우에는 활성탄처리법, 오존처리법, 생물처리법 등 고도정수공정을 조합한다.

정수처리 방법에는 소독만 하는 방식, 완속여과방식, 급속여과방식, 막여과방식, 고도정수처리방식 또는 기타의 처리방식을 추가하는 방식이 있으며, 이와 같은 처리방법을 선정하는 것은 어떠한 원수수질에 대해서도 정수수질의 관리목표를 만족시킬 수 있는 적절한 정수처리방법이어야 함은 물론이고, 정수시설의 규모나 운전제어 및 유지관리 기술의 수준 등을 고려하여 선정하는 것이 바람직하다. 참고로 우리나라에서 적용되는 정수처리 시스템은 다음과 같다.

▶ 표준정수처리공정

원수 → 혼화 → 응집 → 침전 → 모래 여과(완속, 급속) → 소독 → 공급

약품주입 및 혼합 / 이물질 응집 / 응집물 침전 / 안정성확보 (세균 살균 등)

▶ 고도정수처리공정

원수 → 혼화 → 응집 → 침전 → 모래여과 — 고도처리 [오존 처리 / 활성탄 여과] → 소독 → 공급

맛, 냄새 제거 / 안정성확보 (세균 살균 등)

▶ 막 여과 공정

원수 → 혼화 → 응집 → 침전 → 막 여과 → 소독 → 공급

약품주입 및 혼합 / 이물질 응집 / 응집물 침전 / 이물질, 세균 제거 / 안정성확보 (세균 살균 등)

정수처리 시스템 비교

　한국수자원공사에서 제공한 수돗물 만드는 표준정수처리 과정은 다음과 같다.

(1) 취수장과 착수정

　취수원은 수돗물의 원료가 되는 일종의 물 창고로 강이나 호수, 댐, 저수지 등의 물을 말하며, 착수정은 취수장으로부터 전해 받은 원수를 안정시키는 곳으로 흙탕물을 가만히 두면 바닥에 흙이 가라앉는 것과 같은 원리로 물속에 있는 모래 등 큰 입자를 가라앉히는 기능을 한다.

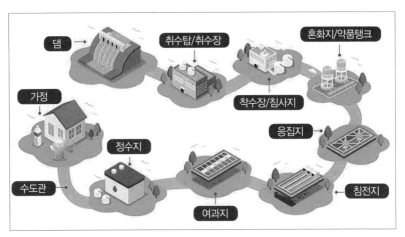

한국수자원공사 표준정수처리 과정

(2) 혼화지와 응집지

혼화지는 착수정을 거쳐 나온 물에 '응집제'라는 약품을 섞어주는
단계이다. 자갈, 모래, 흙 등의 크고 무거운 알갱이들은 시간이 지나
면 금방 가라앉게 되지만, 수중의 작은 입자들은 물이 조금만 흔들려
도 이리저리 물속을 떠다니게 된다. 이런 작은 입자들을 뭉쳐주는 것
이 바로 응집제이며, 이렇게 형성된 덩어리를 '플록(Floc)'이라고 하는
데, 응집지에서는 혼화지에서 생성된 플록들을 더 크고 무겁고 단단
하게 만드는 단계를 거친다.

(3) 침전지

침전지는 물속에 함유된 각종 부유물질을 응집, 침전시켜 깨끗한
물을 여과지로 보내는 시설이다. 침전지로 들어온 물은 4시간 정도
머무르는 동안 부유물은 바닥으로 가라앉고, 침전지 위에 있는 깨끗
한 물은 다음 과정으로 넘어가게 되는데, 여기서 바닥에 가라앉은 플
록의 덩어리를 '슬러지'라고 한다. 슬러지는 수분을 뺀 뒤 시멘트 등

의 원료로 재활용된다.

(4) 여과지

침전지를 지나온 물에도 아직 거르지 못한 미세한 입자들이 남아 있다. 여과지에서는 미세한 입자를 거르기 위해 물을 모래와 자갈층에 통과시켜 맑게 걸러내는 작업을 한다.

(5) 염소 소독조

지금까지의 단계를 모두 거친 물은 깨끗한 상태이지만, 이 물을 우리가 바로 마실 수는 없다. 여과지에서 깨끗하게 걸러진 물이라도 그 속에는 세균이나 미생물이 남아 있을 수 있으므로 여과지를 거친 물에 세균 등 미생물을 살균하기 위해 아주 소량의 염소로 소독하게 되며, 염소 농도는 엄격한 기준치로 관리되고 있다.

(6) 소독시설 및 정수지 공정

정수지는 완성된 제품, 즉 수돗물을 임시 저장하는 곳으로 깨끗하게 정수한 물이 이제 여러분 집으로 찾아갈 준비를 하는 곳이다. 정수지에서 보내온 물은 배수지에 저장되며, 배수지는 펌프를 이용하여 보통 주변에서 가장 높은 지대에 설치한다. 배수지에서 수돗물을 송수관을 통해 각 가정에 보내는 역할을 한다.

그리고, 취수원의 수질이 악화되어 더 깨끗한 수돗물을 만들기 위한 고도정수처리를 하게 된다.
'고도정수처리'는 표준정수처리 과정에서 제거되지 않는 냄새 물질과 유기오염 물질 등을 오존처리, 활성탄 흡착 등의 방식으로 제거하

여 좀 더 안전한 수돗물로 만드는 추가적인 정수처리 방법으로 다음과
같이 오존처리와 활성탄여과, 그리고 막여과를 이용하여 처리한다.

오존처리	활성탄여과	막여과
소독력과 산화력이 강한 오존을 사용하여 오염물질을 파괴하거나 미생물을 살균한다.	모래여과된 물이 숯 알갱이로 된 여과층이 통과하면서 미세 오염물질이 제거된다.	막에 있는 촘촘한 구멍을 통해 순수한 물만 통과시키는 공법으로 구멍 크기에 따라 MF, UF, NF, RO 등으로 구분한다.

2) 하·폐수의 처리

폐수처리(wastewater treatment)의 목적은 물리적, 화학적, 생물학적
수질오염방지기술을 적용하여 오염된 수환경(water environment)을 정
화시키는 것으로서 궁극적으로는 국민의 공중보건의 향상과 쾌적한
환경의 질을 유지시키는 데 있다.

우리나라에서는 수질환경보전법 등 법적으로 요구되는 수질 정도
에 따라 수처리의 목표가 달라질 수 있다. 가정하수의 경우 하수처리
장에서 요구되는 법적 기준치로서 방류수 수질 기준이 적용되고 있
으며, 공장폐수의 경우에는 폐수배출 허용기준에 따라 처리하여 배
출하는 등 처리 정도가 법적으로 설정되어 있다.

일반적으로 폐수처리장의 설계를 위해서는 방류수역의 수환경을
보전하기 위한 법적 기준치를 달성하기 위하여 주요 처리대상 물질은
BOD로 대표되는 유기물질, 부유물질(SS), 영양물질(주로 질소와 인), 대
장균, 그리고, 유해물질의 감소에 있다.

역사적으로 폐수처리의 기본이 되는 하수도의 등장은 기원전 3000
여 년 전 모헨 조다로 등의 고대유적을 통하여 확인해 볼 수가 있다.

그러나, 근대적 의미에서의 하수도시설을 포함한 폐수처리는 산업화 이후 영국과 미국을 중심으로 시작되었다.

1875년 영국의 프랭클린(Franklin)에 의해 최초의 생물학적 폐수처리법으로서 부착성 미생물을 이용한 모래여상법이 시작되었으나, 공극이 막히는 등 어려움이 발생되어 1890년 자갈을 이용한 살수여상법이 개발되어 오늘날에도 많이 사용하고 있다.

그리고, 1914년 영국의 아덴(Arden)과 로켓(Lockett)에 의해 생물학적 폐수처리법의 하나로서 우리나라와 구미제국에서 많이 사용되고 있는 활성슬러지법이 개발되었으며, 1940년대 이후, 엑켄펠더(Ecken-felder)와 맥킨리(Mckinney)에 의해 반응이론이 정립된 이후 대표적으로 사용하고 있다.

1960년대 이후 폐수처리 분야의 기술개발이 진행되어 고정화 미생물을 이용한 생물반응기가 등장하였으며, 1970년대에는 재래식 하폐수처리의 경제성 및 효율향상, 그리고, 난분해성 물질의 처리를 위한 생물학적 처리법이 적용되기 시작하였다.

1980년대에는 부영화에 의한 수질오염을 저감시키기 위한 질소와 인 등의 영양물질을 고도처리하기 위한 제거법이 개발되었으며, 최근에는 반응조의 수리학적 특성을 고려하여 설계된 처리법의 개선과 고정화처리법에 대한 연구가 진행되고 있으며, 유전공학을 이용한 난분해성 오염물질의 제거에 대한 연구가 추진되고 있다.

우리나라의 경우에도 1960년대 이후, 산업화과정에서 부산물로서 야기되는 수질오염을 해결하기 위한 노력이 부분적으로 추진되어 오다가, 1976년 서울시의 하수를 처리하기 위한 청계하수처리장이 준공된 이후, 1996년 현재 79개소의 하수처리장과 28,012개소의 공장에서 적절한 폐수처리법을 선택하여 운영하고 있다.

(1) 폐수처리 개요

여러 가지 물리, 화학적 처리기술을 이용하여 폐수를 효과적으로 처리하기 위해서는 폐수의 수질 특성 및 기술 수준, 그리고 법적 기준 등 요구되는 조건에 따라 적절하게 조합하여 처리되어야 한다. 그러기 위해서는 전처리, 1차 처리, 2차 처리, 고도/3차 처리, 그리고, 슬러지 처리 등의 처리방법을 구분하여 처리할 수 있다.

여기에서 물리적 작용으로 처리하는 것을 단위조작(unit operation)이라 하고, 화학적, 또는 생물학적 반응으로 처리하는 방법을 단위공정(unit process)이라고 한다. 결국 폐수처리란 이러한 단위조작과 단위공정을 적절히 조합하여 수행하게 된다.

표 13은 가정하수와 공장폐수처리 시 적용되는 대표적인 단위공정과 단위조작들을 나타낸 것이다.

표 13. 가정하수와 공장폐수처리시 단위공정과 단위조작

단위공정/조작	가정하수	화학공장폐수	우유공장폐수
물리적 전처리	조정(equalization) 조목스크린 세목스크린 grit제거	조정(equalization) 탈기 부상	조목스크린 세목스크린 grit제거 부상
화학적 전처리		중화(neutralization)	중화(neutralization)
1차 처리	1차 침전	산화/환원	
2차 처리	활성슬러지법 살수여상법 산화지	1차 침전 활성슬러지법	활성슬러지법
3차 처리	회전원판법(2차 침전 포함) 생물학적 질소/인 제거 모래여과	모래여과 활성탄 흡착 화학적 산화 오존처리 이온교환	모래여과
슬러지처리/처분	슬러지처리/처분	슬러지처리/처분	슬러지처리/처분

전처리(pretreatment)란 일명 예비처리라고도 하며, 폐수 발생원으로부터 폐수가 유입되기 전에 본 처리에 도움을 줄 수 있도록 조절하는 것을 말한다. 그 목적은 본 처리에 해를 미치거나 처리장 운영에 지장을 초래할 물질들을 중화, 조절, 또는 제거하는 것이다.

처리 대상물질로는 목재, 넝마 조각, 플라스틱, 비닐, 모래 등이 있으며, 처리방법으로는 조정조, 스크린, 파쇄장치 등이 있다.

1차 처리(primary treatment)는 전처리한 폐수를 대상으로 하여 폐수 내의 부유성(floating) 또는 침전성(settleable) 고형물질을 주로 침전(sedimentation)에 의해 제거하는 것이다. 1차 처리로는 유입 BOD의 30%와 부유물질의 60% 정도를 제거할 수 있으나, 콜로이드성 고형물질과 용해성 고형물질은 제거되지 않는다.

2처 처리(secondary treatment)는 생물학적, 화학적 단위공정을 이용하여 주로 용존 유기물질을 제거한다.

고도처리(advanced treatment)는 단위조작과 단위공정을 추가로 조합하여 2차 처리에서 제거되지 않는 질소와 인 등의 영양물질과 난분해성 유기물질 등을 제거한다.

그리고, 슬러지처리(sludge treatment)는 폐수처리 과정에서 발생되는 침전물질들을 농축, 소화 등의 방법을 이용하여 처리하는 것을 말한다.

다음 그림은 일반도시하수처리장(광주환경공단)을 중심으로 한 대표적인 폐수처리 계통도를 나타낸 것이다.

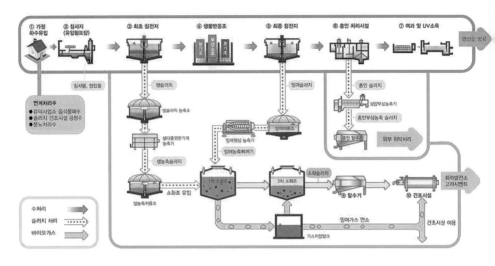

일반적인 도시하수처리장의 처리계통도(광주환경공단)

위 그림에서 각 단위조작과 공정의 역할은 다음과 같다.

1) **스크린**(screen) 폐수 내의 큰 물체인 협잡물질 등을 제거한다.

2) **침사지**(grit chamber) 모래와 쇄석 등을 포함한 grit를 침전 제거시킨다.

3) **1차/최초 침전지**(primary sedimentation tank) 폐수 내의 침전 가능한 고형물질을 침전 제거시킨다. 이때 고형물질 내에 포함된 BOD도 함께 제거된다.

4) **포기조**(aeration tank) 1차 침전지에서 침전되지 않는 유기물질이 미생물의 세포로 합성되며, 합성된 미생물이 잘 침전될 수 있도록 한다.

5) **2차 침전지**(secondary 혹은 sedimentation tank) 포기조에서 합성된 미생물을 침전 제거시킨다.

6) **총인처리시설**: 부영양화의 원인이 되는 총인(T-P)을 제거하기

위한 고도처리시설이다.

7) **소독**(chlorination) 주로 염소(chlorine)에 의해 수중의 미생물을 제거하기 위해서 행해진다.

8) **1차 슬러지**(primary sludge) 1차 침전지에서 침전된 슬러지를 말하며 대체로 2~7%의 고형물질을 포함하고 있으며 평균 4% 정도이다. 따라서 농축조에서 농축시킬 필요성이 없으므로 혐기성 소화조로 유입된다.

9) **반송슬러지**(return sludge) 침전지 내에 침전된 슬러지의 양을 내호흡에 의하여 감소시키고 포기조에 있어서 충분한 미생물을 확보시키기 위하여 포기조로 반송된다. 2차 침전지에 침전된 슬러지를 2차 슬러지라고 부르며 침전된 농도는 10,000mg/L 정도인 고형물질에 지나지 않으므로 나머지 반송되지 않은 폐슬러지는 농축시키게 된다.

10) **농축조**(thickener, thickening tank) 여기서는 2차 침전지에서 폐기되는 2차 슬러지 같은 저농도의 슬러지를 농축시켜서 고형물 함량을 약 3%의 농도로 만들어 폐기시킬 슬러지의 양을 감소시키기 위해 설치되며, 또한 소화조의 용적을 감소시켜 주기 위함이다. 소규모처리장에서는 소화시키지 않고 농축된 슬러지를 직접 건조상으로 보내는 경우도 있으며, 또한 연소방법에 의하여 처리시키는 경우에는 농축된 슬러지를 직접 연소시키기도 한다.

11) **1차 소화조**(primary digester) 혐기성 조건하에서 슬러지를 분해시켜 폐기시킬 슬러지 의 양을 감소시킨다.

12) **2차 소화조**(secondary digester) 1차 소화조에서 생성된 미생물을 유출수로부터 제거시키기 위하여 침전시키며 침전된 미생물을

다시 1차 소화조로 반송시켜 1차 소화조에 충분한 미생물이 있도록 하며 또한 슬러지 양도 감소시킨다. 농축조의 상징액과 2차 소화조의 상징액는 BOD가 높기 때문에 다시 폐수처리시설로 반송시켜서 재처리되고 2차 소화조에서 생산된 슬러지만 처리된다.

13) **슬러지 개량**(sludge conditioning) 2차 소화조에서 생산된 슬러지 내에는 고형물질이 약 6~12%, 평균 10%로 그대로 탈수시키기는 매우 힘들다. 따라서 $FeCl_3$라던가 혹은 기타 응집제를 가하여 탈수가 잘 되도록 슬러지의 성질을 개량시킨다.

14) **탈수**(dewatering) 개량된 슬러지를 진공여과기(vacuum filter), 벨트 프레스(belt press) 등으로 탈수시켜서 버리기에 알맞은 양으로 슬러지의 양을 감소시킨다. 이때 고형물질의 농도는 약 15~10% 정도이다.

15) **건조상**(sand bed, sludge drying bed) 탈수된 슬러지를 최종처리 전에 건조시킨다. 슬러지 이외에도 스크린에서 제거되는 찌꺼기와 침사지로부터의 모래가 이곳으로 모인다. 건조상의 바닥으로 나도는 유출수는 오염도가 높아서 다시 폐수처리를 받아야 한다. 탈수된 슬러지도 케이크(cake) 상태로 차량에 의해 매립지로 보내져 최종처분한다. 결국 수중 오염물질은 여러 폐수처리 과정의 슬러지로 생산되어 제거되는 것이다.

8. 먹는 샘물(생수)에 대하여

먹는 샘물 등의 제조업을 영위하기 위해서는 먼저 시·도지사의 샘물 등의 개발허가를 받은 후 먹는 샘물 등의 제조업 허가를 받아야 한다. 이때 샘물 등의 개발로 인하여 주변 환경에 미치는 영향과 주변 환경으로부터 발생하는 해로운 영향을 줄이기 위해 샘물 등의 개발허가 신청 시 환경영향조사서를 작성하여 함께 제출하여야 한다. 샘물 등의 개발허가신청서를 제출받은 시·도지사는 유역(지방)환경청장의 종합의견을 들어 허가 여부를 결정하며, 샘물 등 개발허가의 유효기간은 5년이다.

먹는 샘물 등의 수입판매업을 하고자 하는 자는 시·도지사에게 등록하여야 하며, 매 수입시마다 시·도지사에게 신고하여 수질검사를 실시하고 수질검사결과 기준 이내인 제품에 대하여만 수입을 허용하고 있다.

먹는 샘물 등의 제조업체는 1995년 「먹는 물 관리법」 시행 당시 14개소에서 2023년 말 기준 58개소로 국민소득과 생활수준의 향상에 따라 먹는 샘물 판매량도 꾸준히 늘어나 있는 추세이다.

아직까지 국내에서 샘물에 대한 특별한 구분은 없다. 대부분의 먹는 샘물이 수원이 양호한 암반 대수층의 지하수이거나, 오염이 되지 않은 지역의 계곡수를 취수하여 일차 처리 후 밀봉하여 판매하기 때문이다.

유럽에서도 생수라 함은 아래의 'natural water'를 의미하고, 아무런 처리공정 없이 바로 채취, 제품화한 것을 의미한다.

먹는 샘물은 원수도 중요하지만, 처리공정, 유통상의 보관상태, 보관기간 등의 외부조건이 중요하다.

표 14. Mineral Water류의 품질표시 가이드라인(1991년 4월 일본 농림수산성)

구분	특성
1. Natural Water	특정한 수원에서 채수한 자연수를 원수로 하며, 침전, 여과, 가열살균 이외의 물리적, 과학적 처리를 하지 않는 것.
2. Natural Mineral Water	Natural Water 중에서 광화한 지하수 (지표에서 침투해 지하를 이동 중 아니면 지하에서 체류 중에 지층의 무기염류가 용해한 지하수)를 원수로 하는 것. (천연의 이산화탄소가 용해하여, 발포성이 있는 지하수를 포함)
3. Mineral Water	특정한 수원에서 채수한 지하수를 원수로 하며, 품질을 안정하게 하기 위해 미네랄의 조정, 폭기, 복수의 수원에서 채수한 원수의 혼합 등이 실시되는 것.
4. Bottled Water	Natural Water, Natural Mineral Water, Mineral Water 이외의 물, 음용에 적하는 물. 처리방법의 한정이 없다.

국내에서 시판되는 주요 생수의 성분과 특징은 다음 표 15와 같다.

표 15. 시판생수비교

이 름	제조사	성분	특징	수원지 (유통기한)
퓨리스	하이트맥주㈜	Ca(25.1mg/l) Na(8.5mg/l) F(ND) Mg(4.5mg/l) K(0.3mg/l)	암반수(온도 마크) 암반대수층 지하수	충남 천안시 목천면 덕전리 (6개월)
석수	진로종합식품	Ca(25.1mg/l) Na(6.16mg/l) F(0.27) Mg(2.82mg/l) K(1.64mg/l)	미 FDA수질검사합격 일본 후생성수질검사합격 암반대수층 지하수	충북 청원군 가덕면 내암리 (12개월)
제주 삼다수	제주도 지방개발공사	Ca(2.9mg/l) Na(5.3mg/l) F(ND) Mg(2.1mg/l) K(2.1mg/l)	미 FDA수질검사합격 일본 후생성수질검사합격 화산 암반수(약 알칼리수)	제주도 북제주군 조천읍 교래리(한라산) (12개월)
가야	건영식품㈜	Ca(17.0mg/l) Na(10.0mg/l) F(0.5) Mg(0.43mg/l) K(0.30mg/l) 탄산이온(ND) pH(7.0~8.0) 경도(47.0)	미국 NSF Int.180개 항목 수질 시험합격 일본 식품분석센타 수질 시험합격 알파방사능성분 불검출여과, 자외선살균 알칼리성 화강암, 규장반암	경북 상주시 화북면 용유리(속리산) (12개월)

백산수	농심	Ca(3.83.1mg/l) Na(7.13mg/l) Mg(4.01mg/l) K(3.83mg/l) 실리카(40.6)	몽드셀렉션(Monde Selev-tion) 대상 수像 국제식음료품평원(ITI) 3 Star 수상 화산 암반수	중국 길림성 안도현 이도진 내두천
스파클	제일제당	F1 : Ca(8.38mg/l) Na(8.74mg/l) F(0.20mg/l) Mg(0.76mg/l) K(0.57mg/l)	97 베스트 패키지 디자인	F1 경기도 포천군 화현면 명덕리423-4 (6개월)
		F2 : Ca(10.6mg/l) Na(6.43mg/l) F(0.43mg/l) Mg(1.90mg/l) K(0.21mg/l)		F2 경남 김해시 상동면 묵방리 132-2 (6개월)
아이시스	롯데칠성음료	Ca(11.7mg/l) Na(1.6mg/l) F(0.5mg/l) Mg(3.9mg/l) K(0.6mg/l)	암반대수층 지하수	충북 청원군 미원면 성대리 (12개월)
내설악샘물	(주)내설악샘물	Mn(0.035mg/l) F(1.2mg/l) Al(0.08mg/l)	미8군 공식납품 샘물 지정 환경평가 및 수질검사 최고점 획득	강원도 인제군 북면 한계리 531
풀무원샘물	(주)풀무원샘물	Ca(16.90mg/l) Na(16.60mg/l) K(0.78mg/l) Mg(4.19mg/l) 경도(65)	30여 종이 미네랄과 산소가 많이 녹아 있는 약 알카리성 건강생활 음료	충북 괴산군 문광면 유평리 445번지(어방골)

9. 정수기(淨水器)의 정수방법

국내에는 여러 회사에 의해서 많은 종류의 정수기가 나와 있다. 일반적으로 널리 알려진 정수기들에 대해서 그 원리와 정수기의 종류와 특징은 정리해 보면 다음과 같다.

정수기는 필터를 사용해서 수중에 있는 불순물과 유해물질을 제거하는 것이다. 단순히 여과에 의한 것으로 물의 상태에는 아무런 영향이 없다. 여기에는 활성탄이나 중공사막, 역삼투막을 이용한 정수기들이 포함된다.

활성탄(흔히 숯)은 미네랄 성분을 함유하고 있어서, 물이 활성탄 컬럼을 통과하면서 활성탄에 있던 무기물을 녹여내서 통과한 물은 약알칼리성을 띠게 된다. 알칼리성 물은 환원력이 있어서 물속의 염소를 무해한 염소이온으로 환원시키고, 활성탄 자체에는 많은 구멍이 있어서 그 표면적이 매우 넓다. 여기에 유해물질이 흡착되어 물속의 불순물이나 유해물질을 제거해 줄 수 있다. 그러나 활성탄은 녹이나 세균 등을 제거하는 능력은 떨어진다고 알려져 있다. 세균이 오히려 물속에 잠겨 있는 활성탄 주위에 번식할 가능성이 있어서 활성탄에 은을 코팅하는 경우도 있다. 그러나 은을 코팅하면 활성탄의 흡착능력이 떨어지고, 은의 코팅이 제대로 되지 않으면 세균번식을 막을 수 없다는 단점이 있다.

중공사막은 원래는 인공신장기에 사용되던 것으로 주로 폴리에틸렌을 사용한다. 주로 세균이나 미세한 물질 등을 제거하는 용도로 사용이 된다. 중공사막은 무기염류를 제거하는 능력은 없다. 용해된 무기염류는 제거하지 않고, 이보다 큰 유해 세균과 불순물을 제거한다. 폴리에틸렌수지로 제조된 중공사막은 열에 약한 단점이 있고, 장기간 사용 시 미세한 구멍에 세균이 번식할 가능성 큰 점이 단점이다.

역삼투막을 이용하는 정수기도 많이 보이는데, 역삼투막은 원래 바닷물을 담수화시키기 위한 연구목적으로 개발되었다. 즉, 물속에 녹아 있는 염류까지 제거하기 위해서 개발되었다. 이후 화학실험용, 반도체 제조용으로 그 용도를 넓혀 왔으며, 최종적으로 일반 정수기로도 응용되고 있다. 역삼투막은 약 0.01nm 정도의 미세 구멍을 통해서 물분자만을 통과시키고, 용존 염류는 통과하지 못하도록 미세한 구멍을 낸 것이다. 일반적으로 역삼투막은 가격이 비싸고, 정수를 위해서 들어간 물의 일부만을 먹을 수 있도록 정수하고, 나머지는 그냥 흘려 내버려야 하는 단점이 있다. 요즘은 대부분의 역삼투막 정수기에 미네랄을 용출시키기 위한 2차 단계를 결합하고 있다. 2차 단계에는 대체로 맥반석이나 세라믹 등의 무기염류 용출을 위한 첨가제나 원적외선을 방출한다고 하는 것들을 통과하도록 제조되고 있다

정수기에 대한 구체적인 특성은 다음 표 4.16과 같다.

표 16. 정수기의 종류 및 특성

정수방법	특성
1. 역삼투막	**1. 원리** 생물의 가장 핵심적인 삼투압 현상을 응용한 것으로, 초기에는 과학산업 및 정밀부품을 세척하기 위한 초순수제조에 사용될 목적으로 개발되어 최근에는 가정용 정수기에 응용되고 있다. 삼투현상이란 반투막을 사이에 둔 두 용액의 농도 차에 의해 저농도용액 속의 용매인 물이 고농도용액 속으로 이동하는 현상으로 양쪽의 농도가 같아질 때까지 용매의 이동이 계속되는데, 이때 고농도 측에 삼투압이 발생한다. 삼투현상은 생물에게는 없어서는 안 될 중요한 기능으로, 식물이 뿌리를 통해 물을 흡수하는 것이나 짠 바닷물에서 물고기가 살 수 있는 이유가 여기에 있다. 이에 반해, 역삼투 현상이란 자연계의 삼투현상을 거꾸로 응용한 것으로 고농도용액 측에 생기는 삼투압 이상의 압력을 가하면 삼투현상과는 반대로 고농도용액 측의 물이 저농도용액 쪽으로 빠져나가는 현상이다. 역삼투 현상을 이용하여 물질을 분리하는 역삼투 공정은 막의 물리화학적 특성, 분리대상이 되는 물질의 물리화학적 특성 그리고 양측간의 압력 차이를 추진력으로 하는 세 가지가 조합되어 이루어진다. 역삼투막은 1970년대에 바닷물 중의 소금을 제거하여 공장용수로 사용하는 해수담수화나 반도체 세척용이나 화학약품 제조공정 등에 사용되는 초순수제조용으로 많이 사용된다. **2. 역삼투막의 특징** 역삼투막은 막 표면의 기공 크기가 0.001미크론(사람 머리카락 굵기의 100만분의 1)인 필름 형태의 막을 여러 장 겹친 상태에서 둘둘 말아 두루마리 휴지처럼 만든 필터를 이용하는데, 표면의 기공 크기가 0.001미크론으로 매우 작아서 – 수돗물을 거르기 위하여 자연압이 아닌 인위적인 고압의 펌프가 필요하고 – 수돗물 속의 불순물인 박테리아, 바이러스나 미립자, 철 녹뿐만 아니라, 인체에 유익한 미네랄까지 제거하는 역기능 발휘 – 미네랄까지 제거하기 때문에 정수된 물이 산성화되는 문제점이 발생 – 순간적으로 정수되는 물의 양이 너무 적기 때문에 일정량을 모아 쓰기 위한 정수탱크가 필요하고 – 불순물뿐만 아니라 미네랄까지 모두 거르기 때문에 걸러지는 물질들이 많아 막의 기공이 금방 막히는 현상이 발생 – 따라서, 막의 기공 막힘 현상을 줄여 필터의 수명을 연장시키기 위한 일환으로 모든 물을 거르는 것이 아니고 전체 물 중 약 80% 정도의 물은 거르지 않고 그냥 폐수로 버리는 물 낭비가 발생 – 정수량과 폐수량의 비율을 변화시킬 때에는 막의 정수능력도 변화하는 일정치 못한 제거 능력을 가지고 있다. 역삼투막은 보통 셀룰로우즈막과 TFC(Thin Film Composite) 막으로 구분하는데, 이것은 막의 재질에 따라 구분한 것으로 셀룰로우즈막은 이온 제거율이 보통 95% 정도이고 염소 소독약 성분에는 강하지만 막 표면에서 세균이 증식하는 경우에는 막에 큰 구멍이 생겨 이온 제거 기능이 떨어져 불순물까지도 거를 능력을 상실하며, TFC막은 이온 제거율이 셀룰로우즈막보다 커서 약 98% 정도이고 세균에는 강하지만 반대로 염소성분에는 매우 약하여 막표면에 염소성분이 묻을 때에는 이 또한 막면에 큰 구멍이 생겨 이온 제거 능력이 거의 없어지기 때문에 TFC막은 반드시 활성탄에 의한 완벽한 염소 전처리가 필수적이다.

1. 역삼투막	**3. 저압형 역삼투막**(Nano Filtration) 저압형 역삼투막은 원래 고압에서만 사용해야 하는 역삼투막의 문제점을 해결키 위해 저압에서도 작동이 될 수 있도록 막 표면의 기공 크기를 기존의 역삼투막보다 크고 UF막보다 작은 0.00~0.0001미크론 사이가 되도록 만든 것이다. 막 표면의 기공 크기가 종래의 역삼투막보다 크기 때문에 물속의 1가이온(예를 들어 소금 NaCl) 보다는 2가이온(예를 들어 황산마그네슘 MgSO4) 제거용으로 산업분야에 많이 적용된다. 가정용 정수기로 적용한 경우에는 수돗물 속의 미네랄은 50% 정도 제거되며, 별도의 고압펌프 없이 수도압으로 바로 사용한다고 하지만 정수량이 적기 때문에 종래의 역삼투막과 같이 별도의 저장 탱크가 꼭 필요하다.
2. 중공사막	**1. UF 중공사막의 원리** UF 중공사막은 미국 아미콘사에서 고분자 플라스틱 소재를 원료로 비대칭 구조의 중공사막을 다발형으로 집속하여 모듈화함으로써 실용화되었다. UF막은 최초에는 인체의 혈액중에 독소를 제거하기 위한 인공신장 혈액투석기용으로 적용되었으며, 최근에는 박테리아, 바이러스 및 미립자 제거하기 위해 가정용 정수기 필터로 많이 적용되고 있다. 막 표면의 기공의 크기가 0.001~0.01미크론(사람 머리카락 굵기의 10만분의 1만분의 1) 정도이기 박테리아, 바이러스 및 미립자 등 불순물은 제거하지만 미네랄같이 유익한 물질은 거르지 않고 정수 중에 포함되는 선택적인 여과기능을 가지고 있다. **2. UF 중공사막의 종류** 중공사막의 크기는 일반적으로 내경 0.2~1.0mm/외경 0.3~1.5mm 정도이며, 크게 막의 구조, 재질 및 여과방향에 따라 구분한다. –막의 구조에 따른 분류: 대칭막, 비대칭막 –막의 재질에 따른 분류: 단일막, 복합막 –여과 방향에 따른 분류: 내압여과막, 외압여과막 **3. UF 중공사막의 특징** UF 중공사막은 표면의 기공 크기가 0.01미크론으로 그 크기가 수돗물을 거르기에 적당한 크기를 가지고 있으며, –인위적인 고압의 펌프가 아닌 수돗물의 자연압으로도 작동이 가능하고 –수돗물의 불순물인 미립자와 박테리아 등은 제거하나 유익한 미네랄은 제거하지 않는 선택적인 여과기능과 –물속에 미네랄 등 유익한 물질이 포함되어 있어 마시는 물로써 체내의 균형을 유지시킬 수 있으며 –정수량이 풍부하여 별도의 정수탱크가 필요 없고 –정수탱크가 없어 2차 오염의 문제가 없으며 –버리는 물이 없어서 물낭비가 없고 –기공이 균일하므로 불순물 제거성능이 일정하게 유지된다.
3. 이온교환수지	이온교환 수지란 주로 폴리스티렌 화합물이 사용되는 프라스틱 수지로 물속에 녹아 있는 철, 납, 아연, 카드뮴, 구리 등의 금속이온을 분리시켜 경수(센물)를 연수(단물)화하여 공업 및 산업용수 제조의 목적으로 사용하는 연수기를 의미한다. 바이러스, 발암물질, 중금속 등 물속에 녹아 있는 유기물질을 제거하지 못하고, 연수장치에는 소금이 사용되므로 물속의 나트륨 함량이 급격히 증가하여 염분으로 인한 질병(고혈압)의 원인이 될 수도 있다. 현재 사용되는 주요 용도는 샤워기에 부착해서 씻는 물로 이용하기도 하고, 목욕탕, 여관에서는 대량으로 연수화하여 목욕물로 사용하기도 한다. 특히 지하수를 많이 쓰는 공장 같은 곳에서는 물의 경도가 너무 높은 경우, 공업용수 확보 차원에서 연수기를 많이 쓰기도 한다. 가정에서도 씻는 물로 이용하는 경우에는 연수화되어 매끄러운 감촉을 느낄 수 있다.

4. 필터	저장된 물을 중력을 이용하여 필터를 통과하게 하는 방법과 수도꼭지에 직접 연결하여 수압에 의해 물이 필터를 강제로 지나게 하는 정수 방식이다. 주로 침전 필터나 카본 필터, 은도금 필터를 사용하는데 각종 이물질을 완전하게 제거하지는 못한다. 왜냐하면, 필터의 구멍 크기가 이물질보다 크기 때문이다. 또한, 걸러진 오염물질과 찌꺼기가 축적되므로 필터를 한 주 한 번 이상 갈아주어야 하고 청소를 해야 하며, 열흘에 1회 이상 맥반석을 삶아 햇볕에 말려주어야 하는 번거로움이 있다. 활성탄 필터 활성탄을 사용하여 정수하는 방식이며, 활성탄은 야자수 열매껍질이나 코코넛 껍질을 태워 만든 숯으로 만든다. 이 정수기는 미생물로부터 안전한 물에만 사용할 것을 권장한다. 필터기공이 1미크론에서 20미크론이기 때문에 미생물에 대한 여과 성능은 없다. 그래서 은카본을 부착하여 세균을 억제시키는 정수방법을 사용하고 있다. 이 정수법은 물 토출량이 어떤 것보다 많고 정수기 가격이 저렴하다. 설치도 간편하고 유지비도 적게 든다. 그러나 성능의 한계 때문에 정확한 필터 교체 시기를 준수해야 하고 원수가 좋지 못한 곳에는 권장할 수가 없다. 세라믹필터 다공질의 분말을 성형하여 고온에서 소성시켜 만든 필터인데, 그 속에 활성탄 및 은 코팅을 한 성분을 추가하기도 해서 만들고 있다. 이 필터를 자연 하중 방식 정수나 직수식으로 연결해서 사용하고 있는데, 이것의 기공은 주로 0.1미크론에서 1미크론 정도가 많다. 평균적으로 기공의 크기는 0.5미크론 정도이다. 이 필터로 대장균은 걸러 낼 수 있으나 그 외의 세균은 사실상 여과 성능이 의심스럽다. 그래서 은 코팅 카본을 사용함으로 세균의 번식을 막고, 활동을 억제시키고자 시도하고 있다. 그리고 어떤 회사에서는 양이온과 음이온을 혼합하여 사용해서 중금속을 제거한다고 광고하는 회사도 있다. 그렇지만 소량의 양으로는 한 달도 성능이 유지되지 않을 때가 많다. 그래서 세라믹 필터를 브러시로 문질러 껍데기는 청소가 가능하나 안에 있는 내용물이 문제가 많을 수밖에 없다. 이 필터를 다른 정수방법의 전처리 필터로 사용하면 유지 비용 절감에 효과가 있다. 이 방식도 물 토출량이 많아 물 소모를 많이 하는 곳에 사용하면 경비 절감 효과가 있다. 생수 회사같이 지하수의 원상태를 보존하면서 찌꺼기나 부유물질을 제거하면서 물 정수량이 많을 때 사용할 만한 방식이다. 다공질의 세라믹(알루미나 또는 실리카) 입자를 원통형 모양으로 성형하여 고온에서 소결하여 만든 것으로 이때, 세라믹 입자들 간의 간격이 기공으로 형성되며 보통 기공의 크기가 최소 0.5 μm 정도이다. 따라서, 0.5μm 이상의 입자는 제거가 가능하나, 그 이하의 박테리아, 바이러스 및 유기화학물질들은 제거가 불가능하다. 보통, 표면 솔질로 반영구적으로 사용할 수 있다고 하나, 그 솔질로 표면이 손상되기 때문에 기공이 커지면 여과 효과가 상당히 떨어져 반영구적으로는 사용이 불가능하다.
5. 증류	물을 끓여 생기는 수증기를 냉각하여 순수한 물을 제조하는 방식으로, 유기화학물질 및 박테리아 등은 제거가 가능하나, 끓는 점이 물보다 낮은 휘발성물질(예를 들어 트리할로메탄)들은 정수된 물에 혼합될 가능성이 있으며, 인체에 유용한 미네랄 및 용존산소까지 제거하는 문제점이 있다. 주로 산업 분야의 초순수 등에 사용된다.

6. 전기분해	이온수기는 물을 전기 분해하여 알카리수와 산성수로 분류하는 것으로 우리 나라에서는 통상적으로 정수기로 취급되나 정수기능은 별로 없다. 약간의 불순물과 냄새만 제거할 뿐 물속의 무기성 물질이나 불순물이 더욱 농축되어 인체에 해로울 수 있다. 따라서 이온수는 질병 치료의 목적으로 의사의 처방에 따라 단기간만 사용하는 것이 좋으며 계속 강한 알카리성 물만을 마시는 것은 인체의 조화를 해칠 수 있다.
7. 오존	O_3이온을 통하여 물속의 물질을 산화분해시키는 방식이다. 오존은 살균력과 산화력이 강하므로 예전에는 살충제를 대신하여 곡식보관 창고 같은데 사용하였다. 그리고 가정용으로는 그저 과일이나 도마를 살균하는 정도로 사용했다. 근래에 와서는 오존기술이 더욱 발전해서 정수법으로도 사용하고 있다. 식수용에 있어서는 오존 농도가 가장 중요하다. 너무 세거나 약해도 기능과 이용에 문제가 생긴다. 오존분자가 물속의 불순물과 화학반응을 일으켜 세균, 산화유기물 또는 중금속을 분해한다. 포자성 미생물도 살균된 정도로 살균력이 강하나, 오존량의 조절이 어렵고, 과다하게 사용하였을 경우 오존 특유의 비린내가 나며 인체에 해롭다.

10. 찻물의 보관과 관리

좋은 물을 선택하여 가져왔다고 해도 적절히 보관하지 못하면 좋은 물로서의 기능을 달성할 수가 없다. 그런 의미에서 좋은 물의 선택과 함께 좋은 물을 적절하게 보관하는 작업도 중요하다. 특히 수돗물에 대한 잘못된 인식과 보관방법은 매우 중요하다고 판단된다. 일반적으로 수돗물의 경우 찻물로 사용하기에는 적당하지 않다. 그 이유는 수돗물의 안전성을 확보하기 위해 투여하는 잔류염소로 인한 냄새 때문이다.

수돗물 중에 포함된 잔류염소는 자연 중에서 서서히 휘발할 수 있다. 그러기 때문에 수돗물을 찻물로 사용하기 위해서는 적절히 처리하고 보관하는 것이 중요하다.

물을 끓일 때도 뚜껑을 열고 끓일 경우 99% 이상의 염소는 가스 상태로 대기 중으로 날아가서 없어지게 된다.

그리고 실온에서 보관할 경우에도 뚜껑을 덮고 보관하기보다는 열어둔 상태로 하루 이틀 보관하게 되면, 일정량의 염소는 대기 중으로 사라지게 된다.

여기에서 우리는 몇 가지 잘못된 지식이 있다. 소위 전통가마에서 구운 옹기나 도자기에 보관하면 모든 물이 다 좋다고 하는 것과 만병통치식의 방안이라는 식의 관리는 잘못된 것이라고 본다. 도자기나 옹기는 물의 수질을 좋게 한다기보다는 좋은 물을 오랫동안 큰 변화 없이 보관시켜 준다고 보는 것이 더 정확하다.

그런 의미에서 일반 산수(山水)의 경우 항아리에 보관하는 것이 바람직하다고 볼 수가 있으나, 수돗물의 경우에는 수질적 관점에서 항아리에 보관한다고 큰 수질적 변화가 있는 것은 아니다.

자연수의 보관과정과 수돗물의 보관과정이 같을 수는 없다는 점이다. 그러기에 수돗물을 찻물로 사용할 경우에는 물을 끓인 후, 보관하여 사용하거나, 가능하면 적절한 시간 동안이라도 밀폐된 공간이 아니라 개방된 공간에서의 보관이 바람직하다는 점이다.

참고문헌

월간 「Tea & People」, 2003. 4－2003. 10.

육우, 『다경』

초의, 『동다송』, 『다신전』 외

김우겸, 『인체의 생리』, 서울대출판부, 1986.

이병인외, 『수질 및 수자원관리』, 대학서림, 1999.

이병인외, 『폐수처리공학』, 동화기술, 1997.

환경부, 『환경백서』, 2023

김동민외, 『폐수처리공학』, 동화기술(1997)

건설부, 하수도시설기준(1992.10.)

국토교통부, 국가하천 발원지 조사보고서, 2020.11

환경부 홈페이지(http://www.me.go.kr)

한국수자원공사 홈페이지(http://www.kowaco.or.kr)

한국민족문화대백과사전 https://100.daum.net/encyclopedia/view/14XXE0069845

https://namu.wiki/w/황지연못

AWWA, Water Quality & Treatment 4th Ed., McGraw－Hill, 1990.

G. Tchobanoglous, F. L. Burton, *Wastewater engineering-treatment*, disposal, and reuse 3rd ed., McGraw－Hill(1992)

L. G. Rich, Wastewater treatment systems, McGraw－Hill(1980)

W. W. Eckenfenfelder, Jr., *Industrial wsatewater pollution control*, McGraw－Hill(1994)

연구과제

1. 물의 과학

2. 물의 분자 구조적 특성

3. 공유결합과 수소결합

4. 물의 특성

5. 우리나라의 수자원

6. 수자원의 종류와 특성

7. 지구상의 수자원 부존량

8. 우리나라의 수자원 부존량과 이용현황

9. 물과 건강

10. 인체 내 물 수지

11. 5대강 발원지

12. 물의 오염과 관리

13. 수질오염원

14. 수질환경 기준과 규제 기준

15. 먹는 물 기준과 규제 이유

16. 좋은 물의 조건

17. 맛있는 물 지수(O-Index)

18. 건강한 물 지수(K-Index)

19. 일반적인 정수처리

20. 고도 정수처리

21. 일반적인 하수처리

22. 고도 하수처리

23. 정수기의 정수방법

24. 찻물의 정수방법

제5장
찻물의 과학

차에 성질은 물에 의해 나타나고,
8의 차가 10의 물을 만나면 역시 차도 10이 되고,
8의 물로 10의 차를 우려낸다면 차 역시 8이 된다.

— 장대복(張大復), 『매화초당필담(梅花草堂筆談)』

제5장
찻물의 과학

1. 찻물에 영향을 미치는 수질인자

1) 차의 성분과 차맛

차는 문화와 역사가 담긴 음료로서, 물 다음으로 세계에서 가장 많이 소비되는 음료이다. 차를 즐기는 차인들에게 좋은 명차를 제대로 만드는 것도 중요하지만, 제대로 만든 차를 잘 우려서 제맛을 내는 것도 중요하다.

먼저 차의 주요 성분들에 대해 살펴보면, 6대 차류로 구분되는 차의 종류는 다양하다. 그 중요 차이점은 제다 과정 중에 발생하는 잎의 산화 정도이다. 녹차와 백차는 거의 산화되지 않고, 청차류는 산화 정도가 다양하며, 홍차류는 완전히 산화된다. 이와 같은 가공과정에서 발생하는 생화학적 변화는 신선한 찻잎의 쓴맛을 감소시키게 되며, 수분함량이 낮아져서 보관 시의 안정성이 높아지고, 효소가 비활성화되어 단맛과 다양한 색상들이 나타나게 된다. 물리적으로는 찻잎이 튼튼한 잎에서 시들어가며 축 늘어지며 부드러운 잎으로 변하고, 화학적으로는 카페인 함량이 증가하고, 소수성 탄수화물의 가수분해가 시작되며 갈화되지 않는 카테킨과 방향족화합물이 형성되고, 엽록소와 다양한 효소들이 증가하게 된다. 그리하여 홍차는 시든 잎을 으깨어서 산화 속도를 높이게 된다. 이 단계에서 효소 산화가 카테킨을 테아플라빈과 테아루비긴으로 전환시켜서 적갈색 색상이 나타난다.

차에서 발견되는 주요 폴리페놀은 플라보노이드인데, 플라보노이드는 식물대사 과정에서 합성되는 생리활성화합물이다. 플라보노이드는 과일과 채소, 특히 시금치, 사과, 블루베리뿐만 아니라 차와 와인과 같은 음료에서도 발견되며, 건강과 관련된 연구가 진행되어 왔다. 플라보노이드는 칼콘 구조라부르는 3탄소 단위로 연결된 2개의 6탄소 고리를 포함하고 있으며, 카테킨(플라바놀이라고도 함)은 플라보노이드의 하위 클래스인 생리활성화합물이며, 차의 주요 2차 대사산물이다. 차의 주요 카테킨은 카테킨, 에피카테킨, 에피카테킨 갈레이트, 에피갈로카테킨, 에피갈로카테킨-3-갈레이트 및 갈로카테킨이다. 차의 카테킨 함량은 차 종류나 스타일에 따라 다른데, 녹차에 함유된 카테킨은 가공과정에서 산화되지 않기 때문에 상대적으로 안정적이며, 녹차 특유의 쓴맛과 떫은맛을 나타내고, 홍차의 카테킨은 테아플라빈과 테아루비긴으로 산화되어, 녹차에 비해 카테킨 함량을 약 85% 감소시켜 차의 색상이 더 어둡고 쓴맛도 감소한다.

신선한 찻잎의 25~35%는 페놀성 화합물로 구성되며, 이 중 80%는 플라바놀이다. 페놀성 화합물과 카페인과 같은 알칼로이드는 모두 차의 쓴맛에 기여하지만, 카테킨은 쓴맛의 주요 원인이 된다. 차의 단맛은 포도당, 과당, 자당, 아라비노스 등으로 구성되어 있는데,

유리 아미노산은 마른 잎의 약 1~3%를 구성하며, 녹차에서는 감칠맛을 나타낸다. 그리고 떫은맛은 카테킨 함량에서 발생한다.

이와 같은 여러 종류의 차를 마시는 사람이라면 잘 알겠지만, 동일한 온도에서, 같은 무게의 차를 각각 다른 찻물에 넣고 우려 보면, 서로 다른 차맛이 난다. 맛이 다르다는 것은 물의 특성과 깊은 관계가 있다. 물속에 많은 양의 미네랄이 포함되어 있으면, 차 본연의 맛을 느낄 수 없다. 그러나 미네랄 함량이 적절한 물은 차맛을 그대로 살려주기 때문에 맛있다고 느껴진다는 보고도 있다.

2) 차맛에 영향을 미치는 찻물의 주요 수질인자

차를 우릴 때, 차맛에 영향을 미치는 인자로는 끓는 물의 온도, 우리는 시간, 사용하는 도구, 물의 양과 차의 비율, 그리고, 물의 수질 특성 등이 있다.

물에 용존되어 있는 양이온은 칼슘, 마그네슘, 나트륨, 칼륨, 이산화규소 등이 있다. 소량이지만 물맛에 영향을 주며, 각 성분의 함량은 지질적 환경이나 지하수의 상태에 따라 영향을 받는다. 물맛은 물에 녹아 있는 음이온의 분포와도 관련이 있으며, 탄산이온(CO_3^{2-}), 염소이온(Cl^-), 황산이온(SO_4^{-2}), 중탄산이온(HCO_3^-) 등이 있으면 물맛을 나쁘게 한다.

찻물의 침출에 실질적인 영향을 미치는 수질인자는 수질적 특성에서 본다면, 수소이온 농도(pH), 용존산소, 총고형물, 경도, 미네랄 성분, 이온성 성분, 유기물 등이 있다.

이에 대해 구체적으로 살펴보면 다음과 같다.

(1) 수소이온 농도(pH)

인체에 중요한 영향을 미치는 pH는 물이 산성인지 알칼리성인지 물의 산도를 나타낸다. pH 값이 7이면 중성, 7 이하이면 산성, 7 이상이면 알칼리성이다. pH의 여부에 따라서 차 성분이 침출되어 차맛이 진하거나, 빨리 침출될 가능성이 있으므로 가능한 pH 7 전후가 바람직하다. 산성일 경우 신맛, 알칼리성 물질은 쓴맛이 나고 미끈한 느낌이 나며, 중성일 경우 단맛이 느껴진다.

(2) 용존산소량(Dissolved oxygen: DO)

용존산소(DO)는 오염지표의 하나이며, 물속에 포함된 산소의 양을 의미한다. 보통 물 1L 중 산소량을 부피(ml) 또는 무게(mg)로 표시한다. 수중의 산소는 수중 생물체의 생존을 위해 필수적이다. 이러한 산소는 호기성 박테리아와 다른 미생물들의 대사과정에서 매우 중요하며, 수중에 존재하는 오염물의 분해를 가능하게 한다. 산소가 많이 녹아 있으면 높은 값을 나타내고, 그 값이 클수록 깨끗한 물로 평가된다. 수중의 유기물, 세균, 미생물 등은 산소의 소비를 촉진시키므로, 다량 포함되면 낮은 값을 나타낼 경우가 많다. 일반적으로 2mg/L 이상이면 물에서 냄새가 나지 않고, 4mg/L 이상이면 물고기의 생존이 가능하다.

(3) 총용존고용물(Total dissolved solids: TDS)

시료수를 0.45μm 공극의 여과지를 사용하여 여과시킬 때, 여과되지 않고 여과지에 남아 있는 고형물의 농도를 나타낸다. 리터당 밀리그램(mg/L)으로 나타낸다. 물속에 있는 다양한 무기염류들이 포함될 수 있으므로 농도가 높은 경우 차맛에 영향을 초래할 수 있으므로 적은 양이 포함된 것이 좋다. 총용존고형물은 물속에 녹아 있는 칼슘·마그네슘·칼륨·염소·황산·탄산이온 등 양이온 및 음이온과 같은 전해성 이온물질, 유기물질의 총량을 뜻한다.

국제보건기구(WHO)에 따르면, 생수 맛의 등급은 총용존고형물의 농도와 관련이 있다. 농도가 300mg/L 미만의 경우 맛이 좋고, 300~600mg/L 정도는 좋으며, 600~900mg/L 경우 적당하고, 900~1200mg/L는 나쁜 맛이 나고, 그 이상은 맛이 매우 나빠 먹을 수 없는 것으로 등급을 구분하고 있으며, 국제보건기구에서는 500mg/L 이하의 농도를 권장하고 있다.

찻물의 경우에는 차맛을 온전하게 우려내기 위해서는 가능한 고형물 농도가 적은 것이 바람직하다.

(4) 경도(Hardness)

물의 경도(硬度)는 약산성(pH 5.6)의 빗물이 주로 토양과 암석층을 통과할 때 많은 물질을 용해시키면서 얻어진다. 경도를 유발하는 용해능력은 흙에서 이루어지는 박테리아의 작용으로 CO_2가 용해되고, 탄산과 평형을 이루게 되며, 여기서 생긴 낮은 pH의 토양수는 염기성 물질인 석회암 등을 용해시키고, 석회암 속의 탄산염, 황산염, 규산염 등을 포함시키게 된다. 따라서 센물은 주로 표토층이 두텁고 석회암층이 존재하는 곳에서 발생하기 쉽고, 단물은 표토층이 얇고 석회암이 없거나 드문 지역에서 발생한다. 유럽 대부분의 지역에서는 비교적 경도가 300mg/L 이상 높은 편이고, 일반적으로 지표수보다 지하수의 경도가 높다.

경도는 물속에 용해되어 있는 Ca^{+2}, Mg^{+2} 등의 2가 양이온 금속이온에 의하여 발생하며, 이에 대응하는 $CaCO_3$mg/L로 환산하여 표시하는 값으로 물의 세기를 나타낸다. 경도의 함량에 따라 분류하면, 통상적으로 0-75mg/L이면 단물(soft)인 연수, 75~150mg/L이면 약한 센물(moderately)인 중연수, 150~300mg/L은 센물(hard)인 경수, 300mg/L 이상이면 매우 센물인 고경수로 구분한다.

표 1. 경도의 구분

농도(mg/L)	경도 정도
0~75	단물(Soft)
75~150	보통 센물(Moderately hard)
150~300	센물(Hard)
300 이상	매우 센물(Very hard)

경도 물질의 자연원천은 퇴적층의 암석에서 용출되는 침출수 등이며, 주로 토양이나 암석과의 접촉과정에서 발생하고, 칼슘과 마그네슘이 주요 이온성분으로 존재한다.

(5) 과망간산칼륨 소비량(Consumption of KMnO₄)

물속에 존재하는 유기물뿐만 아니라 산화되기 쉬운 무기질을 산화하는 데 소비되는 과망간산칼륨의 양을 의미한다. 과망간산칼륨의 소비량은 수질판정에 있어 중요한 지표로 작용한다. 과망간산칼륨 소비량은 먹는 물 수질 기준 10mg/L을 초과할 경우, 좋지 않는 냄새와 맛을 유발하며, 일본에서는 그 값이 3mg/L 이하일 경우 맛있는 물에 속하는 것으로 알려져 있다.

3) 차맛과 건강에 영향을 미치는 미네랄 인자

미네랄은 자연상태에서 많이 존재하고 있다. 칼슘이 가장 많고, 인(P), 칼륨(K), 나트륨(Na), 염소(Cl) 및 마그네슘(Mg)의 순으로 분포되어 있다. 인체에서의 미네랄은 흡수된 후 다른 물질과 결합하여 몸의 성분을 이루기도 하고, 이온상태로 체액의 밸런스를 유지하기도 한다. 미네랄은 몸을 구성하는 원소 중 인체의 96%를 차지하는 산소, 탄소, 수소, 질소를 제외한 나머지 4%로서 생명 활동에 대단히 중요한 영향을 미치는 원소를 말한다. 대부분 작은창자에서 흡수되나, 아연의 일부는 위에서, 나트륨의 일부는 큰창자에서 흡수된다. 칼슘은 작은 창자에서 비타민 D나 유당(乳糖), 단백질과 함께하면 흡수율이 증가한다. 흡수된 이후에는 간으로 보내져서 혈액을 통해 각 조직으로 보내지며, 일정량은 소변이나 땀으로 배설된다.

(1) 나트륨(Na)

나트륨(Sodium)은 짠맛을 내며, 인체에 미치는 영향은 체액의 pH, 체액량 조절 및 근육이나 신경의 흥분작용 조정역할을 한다. 과량 섭취 시 장내 수분흡수를 방해하고, 신장의 배설기능을 저하시키기도 한다.

(2) 칼슘(Ca)

칼슘(Calcium)은 쓴맛과 신맛을 내며, 미네랄 중에서 가장 중요한 뼈 조직을 형성, 유지하는 역할을 하며, 1% 정도의 소량이지만, 효소의 활성화, 혈액응고, 심장과 신경조직의 활성, 근육조직에 필수적인 역할을 한다.

(3) 마그네슘(Mg)

마그네슘(Magnesium)은 쓴맛을 내며, 골격을 구성하는 성분으로 체내에서 매우 중요한 역할을 하는 광물질들의 하나로 60%는 뼛속에 나머지 40%는 세포의 체액 중에 녹아서 존재하며, 칼슘의 체내흡수에 영향을 끼치며, 단백질, 지질, 당질을 분해하여 효소활성을 유지하기 위해 중요한 역할을 한다.

마그네슘은 탄수화물 대사에 관여하며, 에너지 생성과정에 중요한 역할을 하고 칼슘과 더불어 천연의 진정제라 불리며, 칼슘과 같은 2가 양이온이다.

마그네슘은 항스트레스 무기질로 정신의 흥분을 가라앉히는 작용을 한다. 부족하면 신경과민, 집중력 부족, 현기증, 두통이나 편두통이 일어날 수 있다.

(4) 칼륨(K)

칼륨은 쓴맛을 내며, 적당량이 있으면 물맛을 좋게 한다. 세포내액에 가장 다량으로 들어있는 양이온으로 세포막을 전위를 유지하고, 세포내액의 이온의 세기를 결정한다. 칼륨은 에너지 발생과 글리코겐 및 단백질의 합성에 관여하며, 세포 내에서 삼투압의 조절 및 근육이나 신경의 작용을 조절하고 나트륨과 균형을 맞추어 혈압을 조절한다.

(5) 이산화규소(SiO_2)

이산화규소는 규소 산화물로서 규산 무수물(硅酸無水物)이라고도 하고 실리카(Silica)라고 부르기도 하며, 석영이나 다양한 생물체에서 쉽게 발견할 수 있다. 이러한 이산화규소(二酸化硅素, silicon dioxide)는 모래의 주요 성분으로 전 세계적으로 가장 풍부한 물질 중 하나이다. 규소화를 통해 얻어지는 미네랄은 생리환경에 의해서도 형성되며, 세포벽이나 지질, 단백질, 그리고 탄수화물에서 볼 수 있다. 이산화 규소가 동물에 어떠한 영향을 주는지 정확하게 확인되지는 않았지만, 뼈와 치아, 세포내 효소 등에 영향을 주는 것으로 알려져 있다.

(6) 황산이온(SO_4^{-2})

황산이온(Sulfate)은 수중에 용해되어 있는 황산염(황산나트륨, 황산칼슘, 황산마그네슘 등)으로 많은 광물에 존재한다. 비료, 화학약품, 염료, 비누, 섬유, 항균제, 살충제, 금속 도금산업, 제련소, 수돗물 생산 시 응집제(황산알루미늄), 제철 등에 쓰인다. 자연수 중 황산이온은 주로 지질에서 기인한다. 황산이온은 독성이 가장 적은 음이온이다. 농도는 신선한 물에 매우 낮게 들어있다. 먹는 물 수질시험 기준에서는 250mg/L 이하로 규정하고 있다.

표 2. 차맛에 영향을 미치는 수질 성분들

함유물질	차맛의 변화
수소이온농도(pH)	중성(pH 7), 높으면 쓴맛
용존산소(DO)	포화도 80% 이상, 물속에 포함된 산소의 양, 클수록 깨끗한 물
총고형물(TDS)	100 mg/L 이하, 너무 많으면 물맛을 나쁘게 한다.
경도(Hardness)	50 mg/L 전후, 높을 경우 불쾌감 유발
과망간산칼륨 소비량 (Consumption KMnO4)	10 mg/L 이하, 물의 유기물 오염도를 나타내는 상대적 지표
칼슘(Ca)	신맛과 쓴맛, 경도가 높은 샘물일 때는 물맛을 떨어뜨리지만 단 일 때는 물맛을 좋게 한다.
마그네슘(Mg)	쓴맛, 물맛을 나쁘게 한다.
나트륨(Na)	짠맛, 적당량은 물맛을 좋게 한다.
칼륨(K)	쓴맛, 적당량은 물맛을 좋게 한다.
이산화규소(SiO2)	물맛을 좋게 한다.
황산이온(SO_4^{-2})	물맛을 나쁘게 한다.

2. 찻물 지수(TWI: Tea Water Index)와 찻물용수기준((TWS: Tea Water Standard)

찻물에 대한 평가를 알기 쉽게 하기 위해서 전문가만의 전문적인 수질평가가 아니라, 일반인들도 쉽게 좋은 찻물을 확인할 수 있도록 0에서 100에 이르는 찻물 지수(TWI: Tea Water Index)를 개발하여 제안하였다.

찻물 지수와 관련하여 차를 우릴 때 관련하여 중요한 수질인자는 수소이온농도(pH)와 총고형물(TDS), 경도, 유기물(KMnO4/TOC) 등이 있다. 물의 산성이냐 알칼리성이냐에 따라 차의 용출도가 다르고, 무기물과 유기물을 개략적으로 파악할 수 있는 총고형물과 무기물의 대표인 경도와 유기물을 대표할 수 있는 과망간산칼륨 소비량($KMnO_4$)과 총유기탄소량(TOC)을 중심으로 하여 찻물 지수를 개발하여 적용하였다.

우리가 마시는 찻물은 수중의 여러 수질인자들과 차성분들간의 화학결합에 의해 매우 복합적으로 작용하지만, 기본적으로 찻물 지수를 적용할 때 단일 수질항목으로는 일반적으로는 유기물과 무기물을 개략적으로 판별할 수 있는 총고형물 농도(간이측정기기로 측정 시 전기전도도도 가능함)와 경도가 바람직하고, 전체적으로는 고려해볼 때, 수소이온농도(pH)와 총고형물, 경도, 유기물($KMnO_4$/TOC) 등을 종합적으로 고려하는 것이 바람직하며, 현실 속에서 쉽게 단일항목으로 선택할 경우 총고형물과 경도, 또는 전기전도도가 바람직하다고 본다.

참고로 미국커피협회인 SCAA(Specialty Coffee Association of America)에 의하면, 커피용수로서 이상적인 수질 기준으로 총고형물(TDS) 150mg/L(허용범위 75~250mg/L), 경도 68mg/L(허용범위 17~85mg/L), pH 7.0이 권장되고 있다. 커피와 달리 차는 상대적으로 용출성분이 적고, 보다 맛과 향에 예민하므로 커피기준을 적용하기보다는 보다 엄격한 기준을 적용하는 것이 바람직하다고 판단된다.

표 3. 미국 커피협회(Specialty Coffee Association of America) 커피용수 기준

수질 특성	목표기준	허용 범위
향	맑고 신선한(Clean/Fresh), 무향 (Odor free)	–
색	맑은 색(Clear color)	–
총염소	0mg/L	–
총고형물(TDS)	150mg/L	75~250 mg/L
칼슘 경도	68mg/L	17mg/L~85mg/L
총 알칼리도(Total Alkalinity)	40mg/L	40mg/L 전후
pH	7.0	6.5~7.5
나트륨(Sodium)	10mg/L	10 mg/L 전후

물 품질 평가로는 미국수도협회기준(AWWA, American Water Works Association)과 한국 국제소믈리에 협회 기준 등이 있다. 미국 수도협회 기준으로는 이화학적 수질 기준도 있지만, 물에 대한 관능평가기준으로 시각으로 투명도와 거품 정도, 후각으로 무취여야 하며, 그리고 미각 기준으로 청량감과 풍미 등 8가지가 제시되어 있고, 한국 국제소믈리에 협회 기준으로는 미국수도협회 기준에 추가하여 레벨 정보와 주요성분과 수원지 등과 여러 요소를 고려한 총체적 품질기준이 제시되고 있다.

차 전문가인 진제형 씨는 찻물의 적정 조건으로 경도 25mg/L, TDS 45mg/L 이하인 물로 권장하고 있다.

표 4. 물 품질 평가기준

미국수도협회(AWWA)	시각	투명도, 거품정도
	후각	무취
	미각	청량감, 신맛, 풍미, 구조감, 균형감, 무게감, 부드러움, 지속성
한국 국제소믈리에 협회	레벨정보(수원지, 주요 성분표기, 가독성 등)	
	총체적 품질(여러 요소 고려한 평가)	

　기본적으로 찻물을 위한 수질지수 산정 시 적절한 수질 조건은 주요 항목별로 우선 외관상으로 색(Color)은 맑고 투명해야 하며, 향(Odor) 또한 맑고, 향이 없어야 하고, 수소이온농도(pH)는 중성인 7.0 전후, 총용존고형물(TDS)은 0~50mg/L, 경도(Hardness)는 0~30mg/L, 과망간산칼륨(KMnO₄) 소비량은 0~3mg/L 정도의 물이 적정한 것으로 판단된다. 그리고, 찻물로서 적용 가능한 허용기준으로는 외관상으로 색(Color)은 맑고 투명해야 하며, 향(Odor) 또한 맑고, 향이 없어야 하고, 수소이온농도(pH)는 6.0~8.0, 총용존고형물(TDS)은 50~100mg/L, 경도(Hardness)는 30~75mg/L, 과망간산칼륨(KMnO₄) 소비량은 3~5mg/L이 바람직한 것으로 판단된다. 찻물 용수의 수질기준(Tea Water Standard, TWS), 또는 찻물기준은 다음 표와 같다.

표 5. 찻물 용수의 수질 기준(Tea Water Standard)

수질 특성		먹는 물 기준	목표 기준	허용 범위
관능 평가	색(Color)	–	맑고 투명함(Clear & transparent)	맑고 투명함(Clear & transparent)
	향(Odor)	–	맑고, 향이 없음(Clean & Odor free)	맑고, 향이 없음(Clean & Odor free)
수소이온농도(pH)		5.8~8.5	7.0	6.0~8.0
총용존고형물(TDS)		–	0~50mg/L	50~100mg/L
경도(Hardness)		300mg/L	0~30mg/L	30~75 mg/L
과망간산칼륨(KMnO4) 소비량		10mg/L	0~3mg/L	3~5mg/L

찻물로 사용하기 좋은 물은 물 이외의 다른 성분물질이 포함되지 않는 연한 단물이 차중의 여러 성분을 온전하게 용출시켜서 차 본래의 맛과 향을 드러낼 수 있다는 사실이다.

그런 의미에서 찻물 지수로 평가할 경우, 단일항목으로의 평가 시에는 총용존고형물(TDS) 또는 경도(Hardness) 등으로 평가할 수 있으며, 복합적으로 평가할 경우에는 총용존고형물(TDS)과 경도, 그리고 수소이온농도(pH)와 과망간산칼륨(KMnO4) 소비량을 고려하여 평가하는 것이 바람직하다고 판단된다. 이에 대해서는 추후 과학적 연구결과를 바탕으로 구체적인 수치로 평가할 예정이다.

참고문헌

이병인·이영경, 『통도사 사찰약수』, 조계종출판사, 2018

이병인 외, 『수질 및 수자원관리』, 대학서림, 1999

최성민, 『샘 샘 생명을 마시러 간다』, 1995, 웅진출판

혜우스님, 『혜우스님의 찻물기행』, 초롱, 2007

한국수자원연구소, 『수자원백서』, 한국수자원공사, 1996.12.

루나 B. 레오폴드, 케네스 S. 데이비스, 『WATER 물의 본질』, 타임 라이프 북스, 1980

한국수자원공사, 『물의 과학』, 1991

민병준, 『한국의 샘물』, 대원사, 2000

최성민, 『우리 샘 맛난 물』, 한겨레신문사, 1993

공승식, 『워터 소믈리에가 알려주는 61가지 물 수첩』, 우등지, 2012

허정, 『약이 되는 물 독이 되는 물』, 중앙일보사, 1992

王秋墨, 『名山名水名茶, 中國輕工業出版社』, 2006

환경부, 「수돗물 불신해소 및 음용률 향상방안 연구」, 2013.2

한국소비자원 안전감시국 식의약안전팀, 「먹는 샘물 내 미세플라스틱 안전실태 조사」, 2019.12.

이병인외, 「찻물의 이화학적 수질 특성에 관한 연구」, 한국차학회지 21 (2), 2015, 45-53

이병인외, 「차(茶)문헌에 나타난 약수의 수질 특성에 관한 연구」, 한국차학회지 23 (2), 2017, 31-3

이병인외, 「국내 차(茶)문헌에 나타난 샘물의 물맛평가에 관한 연구」, 한국차학회 지 23 (4), 2017, 27-34

이병인외, 「통도사 지역 차샘의 이화학적 수질 특성에 관한 연구」, 한국차학회지 24 (3), 2018, 48-56

이병인외, 「물맛 평가지표를 이용한 우리나라 물의 수질 특성 연구」, 한국차학회 지, 제21권 제4호, pp. 38-45, 2015.12.31.

이병인외, 「자연공원 내 주요 음용수의 수질환경평가」, 한국도시환경학회지, 제 18권 제4호, 2018.12.

이병인외, 「가야 지역 샘물의 수질 특성연구」, 한국차학회지, 제28권 제2호, 2022.6

권정환, 「고문헌에서 찻물로 이용된 약수의 적합성 연구」, 부산대학교 대학원 석사학위논문, 2016

김민재, 「가야 지역 찻물의 이화학적 수질 특성 연구」, 부산대학교 산업대학원 석사학위논문, 2023. 8.

변영순, 「찻물의 문헌고찰과 차의 침출성분에 관한 연구」, 원광대학교 대학원 박사학위논문, 2022.6.

전동복, 「문헌을 통한 찻물고찰」, 목포대학교 대학원 석사학위논문, 2007

김은아, 「중국의 찻물평가와 지리배경」, 계명대학교 대학원 석사학위논문, 2011

손순희, 「가열방법에 따른 찻물의 관능적 평가」, 경북대학교 과학기술대학원 석사학위논문, 2012

국경숙, 「물과 차의 치유적 활용방안 고찰」, 목포대학교 대학원 석사학위논문, 2019

R. Kent Sorrel, ET AL, *In—Home Treatment Methods for Removing Volitile Organic Chemicals*, Journal AWWA, May 1985, 72—78

Michael Spiro, William E. Price, *Kinetics and equilibria of tea infusion— Part 6: The effects of salts and of pH on the concentrations and partition constants of theaflavins and caffeine in Kapchorua Pekoe fannings*, Food Chemistry, Volume 24, Issue 1, 1987, Pages 51—61

Aurélie Mossion, Martine Potin—Gautier, Sébastien Delerue, Isabelle Le Hécho, Philippe Behra, *Effect of water composition on aluminium, calcium and organic carbon extraction in tea infusions*, Food Chemistry Volume 106, Issue 4, 15 February 2008, Pages 1467—1475

Sihan Deng, Qing—Qing Cao, Yan Zhu, Fang Wang, Jian—Xin Chen, Hao Zhang, Daniel Granato, Xiaohui Liu, Jun—Feng Yin, Yong—Quan Xu, *Effects* of natural spring water on the sensory attributes and physicochemical properties of tea infusions, Food Chemistry, Volume 419, 1 September 2023, 136079

Melanie Franks, Peter Lawrence, Alireza Abbaspourrad, and Robin Dando, *The Influence of Water Composition on Flavor and Nutrient Extraction in Green and Black Tea*, Nutrients. 2019 Jan; 11[1]: 80.

Fuqing Bai, Guijie Chen, Huiliang Niu, Hongliang Zhu, Ying Huang, Mingming Zhao, Ruyan Hou, Chuanyi Peng, Hongfang Li, Xiaochun Wan, Huimei Cai, *The types of brewing water affect tea infusion flavor by changing the tea mineral dissolution*, Food Chemistry: X Volume 18, 30 June 2023, 100681

미국수도협회 https://www.awwa.org/

연구과제

1. 찻물의 과학
2. 찻물에 영향을 미치는 수질인자
3. 차의 성분과 차맛
4. 수소이온 농도와 차맛
5. 종고형물과 차맛
6. 경도와 차맛
7. 유기물과 차맛
8. 무기물과 차맛
9. 이온성 물질과 차맛
10. 찻물 지수(TWI: Tea Water Index)
11. 찻물 용수의 수질 기준(TWC: Tea Water Criteria)

제6장
21세기 한국의 찻물

사막이 아름다운 것은
어딘가에 샘이 숨겨져 있기 때문이다.

(What makes the desert beautiful is that it hides a well somewhere.)

– 생텍쥐페리(Antoine de Saint-Exupéry), 『어린왕자(The Little Prince)』

제6장

21세기 한국의 찻물

21세기인 지금 물에 대한 관심은 나날이 높아지는 상황이다. 생활 수준이 높아지고, 건강에 대한 관심이 높아지면서 건강한 물, 좋은 물에 대한 관심도 증대되고 있다. 즐거운 건강관리(healthy pleasure)라는 트렌드에서 마시는 물도 마시는 건강기능식품이란 인식이 자리 잡으며 물의 성분, 물맛과 식감까지 꼼꼼하게 따져 고르는 소비자들도 늘어나고 있다.

글로벌 시장조사기관 유로모니터 조사 결과, 국내 식수 시장규모는 2018년 1조 5,738억 원에서 지난해 2조 6,838억 원으로 70.5% 커졌으며, 프리미엄 식수에 대한 수요도 증가하고 있다. 글로벌 시장조사 기관 그랜드 뷰 리서치(Grand View Research)에 따르면, 전 세계 프리미엄 식수 시장규모는 194억 4천만 달러(약 26조 301억 원)로, 연평균 7%씩 성장을 거듭하고 있다.

그런 측면에서 차를 마시는 차인들은 차를 마실 때 우리는 물에 대한 관심이 높을 수밖에 없고, 특히 차맛과 향기에 예민한 사람일수록 물이 가진 중요성을 잘 알고 있다.

찻물에 대한 관심과 중요성은 다음과 같은 일화를 통해 구체적으로 확인해 볼 수가 있다.

용정차(龍井茶)는 중국 저장성 항저우시에서 재배하는 대표적 녹차이다. 원나라에서 처음 재배했는데, 용정차는 호포천의 물로 재배한다. 호포천의 물은 차고 깨끗하며 깊다. 용정차와 호포천을 합쳐 '용차호수(龍茶虎水)'라 부른다. 또 용정차와 호포천은 서호의 쌍절(雙絕)로서, 호포천 물에 용정차를 우려 마시면, 그 차맛이 특히 좋다고 한다. 2000년대 초반 중국 항조우시에 있는 차박물관장 일행이 한국에 왔다가 한국 최고(最古)의 다서(茶書)인 『다부(茶賦)』를 지은 한재 이목(寒齋 李穆, 1471~1498) 선생의 사당이 있는 김포의 한재당(寒齋堂)에 와서 헌다례를 하고 싶다고 해서 왔다 간 적이 있었다. 그때 일행 중에 용정차 만드는 회사의 사장이 같이 와서 자기가 만든 용정차로 차를 우려 헌다를 했는데, 용정차와 함께 한 통의 물을 가져와서 그 물로 차를 우려 올렸다. 대부분 차는 많이 가져오지만, 물까지 가지고 온 적은 드물어서 그 물이 어떤 물이냐고 물었더니 동전을 꺼내 물을 담은 사발 위에 동전을 올려놓더니 물의 표면장력이 좋아서 가라앉지 않는다고 자랑하면서 용정차엔 호포천 물이 잘 어울려서 차맛이 난다고 하였다. 말 그대로 신토불이적 특성을 알 수가 있었고, 용정차와 호포천 물이 궁합이 잘 맞아 용차호수(龍茶虎水)라는 말이 다시 새겨지게 되었다.

지난 2010년 11월부터 지금까지 「차인(茶人)」지에 '목우(木愚) 차문화 칼럼'이라는 차에 관한 칼럼을 쓰면서 직접 답사했던 우리나라의 주요 약수들을 수십 곳을 소개하였다. 그리고 몇 년이 지나 오설록의 연구소에서 연락이 왔다. 연구원 두 사람이 내 연구실을 방문해서 찻물에 대한 의문점을 질의하였다. 기본적인 내용은 제주도 오설록 찻집의 차맛과 서울 오설록의 차맛이 다른데, 처음에는 차가 변한 걸로 알고 새 차로 차를 마셔도 제주와 서울의 차맛이 다르다는 것이었다. 그러면서 그것은 차의 문제가 아니라, 물로 인한 영향인 것 같은데 교수님께서 수질전문가이고, 「차인」지에 '목우(木愚)차문화칼럼'라는 칼럼에서 찻물에 대한 글을 연재하고 계셔서 수중의 어떤 성분이 차에 영향을 미치는지에 대한 자문을 구하고자 왔다고 하였다. 수중의 유기물과 무기물, 그리고, 수소이온농도 등 찻물에 영향을 미치는 수질인자들은 다양하다.

　예를 들어 유럽여행을 해본 차인들은 잘 알겠지만, 에비앙(evian) 같은 유럽의 생수로 녹차나 청차 등 향과 맛에 예민한 차들을 우려 마시면 왠지 심심한 것으로 나타나는데, 그것은 에비앙의 수질 특성이 경도가 300mg/L 이상의 높은 센물이어서 칼슘(Ca++)과 마그네슘(Mg++) 등 이가의 양이온의 경도 물질이 차 성분과 결합하여 차맛을 변화시켜 차맛이 밋밋하게 하기 때문이다.

　같은 브랜드의 차맛을 유지하고자 한다면, 차뿐만 아니라, 차를 우리는 물도 같아야 차맛이 일정해서 같은 회사의 생수나, 같은 종류의 정수기를 사용하여 비슷한 수질의 일정한 물을 사용하는 것이 바람직하다. 그 이후 오설록에서는 같은 정수기(淨水器)로 정수한 물로 차를 우려내는 것으로 알고 있다.

　이번 장에서는 21세기 우리나라에서 차를 우릴 때 사용할 수 있는 찻물에 대해 소개하고자 한다.

1. 찻물의 종류와 특성

찻물로 사용할 수 있는 물로는 천수(天水)와 지표수(地表水)와 지하수(地下水) 등이 있다. 천수는 하늘에서 내리는 빗물과 이슬 등이 있고, 지표수로는 샘물과 계곡수, 하천수 등이 있으며, 지하수로는 하천 바닥을 흐르는 복류수와 심층수 등이 있다.

일반적으로 빗물이나 이슬 등은 태양의 열에너지에 의해 지표와 식물, 그리고, 대기 중의 수분이 하늘에서 내린 것이므로 순수한 물 그대로의 상태를 유지하고 있다. 일부 오염된 지역이나, 황사 등 대기 오염이 심한 지역의 경우 초기 강우 시에는 불순물 등이 포함될 수가 있지만, 대부분의 빗물이나 이슬은 맑고 순수하다. 그리하여 어떤 차인들은 빗물이나 증류수를 사용하는 것이 차 본래의 맛을 그대로 드러낼 수 있다고 하나 많은 사람이 이용하는 것은 아니다.

대기 중의 빗물이나 눈 등이 내려 지표면을 흘러가는 물을 통칭해서 지표수라 한다. 산 위의 계곡물로부터 시냇물, 하천물과 강물, 그리고, 저수지나 호숫물 등이 있으며, 일반적으로 사람들이 쉽게 이용할 수 있다.

지표수의 경우 주위에서 쉽게 이용할 수 있어 편리하나, 오늘날에는 환경오염으로 인해 청정한 수원을 찾기가 어려운 상황이다.

지하수의 경우에는 지층을 흐르는 물이 지하로 침투해서 지층의 구성 성분에 의한 영향을 받아서 광물질 등의 성분이 용출될 수도 있다.

20세기 후반부터 물에 대한 우려가 증대되면서 청정한 지역의 수원을 이용한 생수들이 시장을 형성하면서 많은 사람이 수돗물에 대한 불신 등으로 생수를 이용하고 있는 실정이다.

예전에는 차인들의 경우, 지표수나 지하수를 많이 이용하였으나,

오늘날에는 환경오염 현상으로 인해 하천수나 강물 등 지표수는 사용되지 않고 있으며, 산중에서 자연 용출되는 샘물이나 약수, 석간수, 계곡수 등 지표수와 지하수를 이용하거나, 시판되는 생수, 또는 수돗물을 정수하여 이용하는 경우가 많아지는 실정이다.

2. 한국의 주요 산중 약수

우리나라는 물에 관한 한 상대적으로 좋은 나라 중 하나라고 본다. 등산을 좋아하는 사람들은 잘 알겠지만, 어느 산에 가더라도 약수터와 계곡물을 마셔도 좋기 때문이다.

큰 산이건 작은 산이건 간에 우리 주위에 있는 산에 가면, 괜찮은 약수터가 있다. 가끔은 대장균 검출로 인해 음용이 불가할 수도 있으나, 대부분 찻물로 이용하기엔 지장이 없다. 요즘은 해당 지자체에서 약수터에 대한 수질관리도 정기적으로 해줘서 안전하게 마실 수가 있다.

우리 주위에 있는 크고 작은 산이나, 국립공원, 도립공원, 군립공원의 자연공원, 그리고, 산중 사찰에 가면, 기존에 사용하던 약수터들이 있다. 그중에서 적당한 물을 골라서 찻물로 활용하면 건강도 챙기고, 차생활도 즐기는 일석이조의 삶을 살 수가 있다.

역사적으로 봐도 문헌에 언급된 유명한 산 지역은 명산명수(名山名水)라고 약수로 유명해서 이름있는 사찰도 있고, 수백 년 이상 이용하는 약수터들도 있다.

그 대표적인 지역으로 오대산과 속리산, 가야산, 영축산, 두륜산, 한라산, 지리산 지역 등이 있다.

오대산은 『삼국유사』에 오대산 계곡물로 차를 올렸다는 기록이 있고, 속리산은 삼타수와 관련 있고, 영축산 『통도사 사적기』에 다천(茶泉)이라는 이름이 있을 정도로 유명하고, 두륜산은 초의선사 일지암 유천 등이 있고, 지리산은 칠불사 유천과 우리나라 최초의 차시배지와 관련되어 있고, 가야산은 왕이 마셨다는 어정수가 있고, 한라산은 화산 암반수로 물이 맑기로 유명한 것으로 전해지고 있다.

이 밖에도 지난 30년간 전국 주요 산 지역의 약수터를 조사해본 결과, 의외로 우리나라는 전국의 웬만한 산치고 괜찮은 약수터가 많다는 사실이다. 그런 면에서 차를 제대로 즐기고자 하는 차인이라면, 자기가 사는 지역 주위의 산에 있는 산중의 약수터를 찾아서 좋은 찻물을 택해서 차를 마시는 것이 바람직할 것 같다.

3. 한국의 주요 생수

우리나라의 생수는 이제 국민의 생활 속으로 들어와서 필수품이 되는 시대에 살고 있다. 차인의 경우에도 많은 사람이 생수를 사용하여 차를 우리고 있는 실정이다.

우리나라에서도 생수를 제조하는 크고 작은 회사가 56개로 먹는 샘물 등의 제조업체는 1995년 「먹는 물 관리법」 시행 당시 14개에서 2023년 말 기준 58개로 국민소득과 생활 수준의 향상에 따라 먹는 샘물 판매량도 꾸준히 늘어나는 추세이다.

아직까지 국내에서 샘물에 대한 특별한 구분은 없다. 대부분의 먹는 샘물이 수원이 양호한 암반 대수층의 지하수이거나, 오염이 되지 않은 지역의 계곡수를 취수하여 일차 처리 후(소독) 밀봉하여 판매하기 때문이다.

국내에서 생산되는 주요 시판 생수의 성분과 특성은 다음 표와 같다.

표 1. 국내 시판 주요 생수의 성분과 특성

제품명	수원지	수원	칼슘 (Ca)	마그네슘(Mg)	칼륨 (K)	나트륨 (Na)	불소 (F)
제주 삼다수	제주시 조천읍 교래리	화산 암반 지하수	2.5~ 4.0	1.7~ 3.5	1.5~ 3.4	4.0~ 7.2	불검출
아이시스 8.0	충북 청주	암반 대수층 지하수	11.2~ 16.9	3.7~ 5.4	0.4~ 0.8	1.3~ 2.0	불검출
백산수	백두산 내두천	화산 암반 지하수	3.0~ 5.8	2.1~ 5.4	1.4~ 5.3	4.0~ 12.0	0~ 1.0
스파클	충남 천안	암반 대수층 지하수	20.6~ 63.2	3.7~ 13.8	0.7~ 2.7	5.7~ 14.8	0~ 1.1
동원샘물	경기 연천	암반 대수층 지하수	20.~ 54.9	1.3~ 8.4	0.5~ 2.3	4.0~ 13.0	0.1~ 1.7
강원 평창수	강원 평창	암반 대수층 지하수	5.8~ 34.1	0.8~ 5.4	0.3~ 1.4	2.5~ 10.7	0~ 1.2
풀무원 샘물	경기 포천	암반 대수층 지하수	12.3~ 18.4	1.7~ 2.6	0.4~ 0.7	6.2~ 9.3	0~ 0.1

* 자료: 생수 제품 라벨 및 해당 회사 홈페이지 참조

1) 제주삼다수

제주삼다수는 제주 한라산 국립공원 내 1,450m 부근 청정지역 위에 내린 빗물이 약 18년에서 22년 동안 아주 천천히, 깊은 땅속에서 스며들어 맑은 지하수를 지하 420m 깊이에서 취수하여 만들었다. 1998년 제주삼다수 공장 준공한 후 제주삼다수라는 이름으로 출시하였고, 미국 FDA, 일본 후생성 수질검사 기준에 합격하였고, 1999년 국내시장점유율 40%를 달성하였고, 2000년 ISO9001(품질경영시스템) 인증을 취득하였으며, 2023년 ITI 국제식음료품평회 최고등급 3 Star

제주 한라산 백록담

1,450m(진달래밭대피소)

삼다수

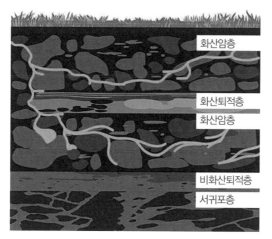

화산암층

화산퇴적층

화산암층

비화산퇴적층

서귀포층

삼다수의 지층구조(자료: 삼다수)

를 6년 연속 획득하였다.

제주삼다수는 제주도를 구성하는 화산암 대부분이 다공질 현무암이어서 빗물이 지하로 잘 흘러들어 자연 그대로의 빗물로 이루어진 풍부한 지하수가 생성되어 수질이 맑고 좋다.

제주도 삼다수는 사람의 발길이 닿지 않는 한라산 국립공원 내 청정지역에서 내린 맑은 빗물이 뛰어난 흡착능력으로 오염물질을 걸러

제주 삼다수 공장

주어 맑은 지하수로 만들어 주는 다공성의 현무암, 그리고, 오염원이 없는 산림과 초지로 이루어진 자연상태의 청정한 주변환경으로 자연의 물맛을 간직한 청정한 수질의 물이 만들어지게 된다.

지속적인 지하수위 모니터링과 더불어, 주변 환경을 청정하게 유지하기 위해 2002년부터 제주삼다수 취수원 주변의 사유지를 매입하였고, 현재까지 총 71만 평의 토지를 매입하였으며, 매입한 사유지는 자연상태 그대로를 유지하여 지하수 수질오염을 방지하고 있다.

제주도 전체 지하수 함양량 연간 16억 3백만 톤(1일 438만 톤) 중에서 삼다수의 취수허가량은 1일 4,600톤으로 제주도 전체 지하수 함양량 대비 0.1% 정도를 취수하고 있다.

삼다수는 제주도 한라산 지역의 화산 암반수로 다공질의 암반특성으로 인해 거의 빗물과 같은 청정한 수질을 유지하고 있다. 물이 기본적으로 미네랄 함량이 적어서 경도도 20.0mg/L 정도로 매우 연한

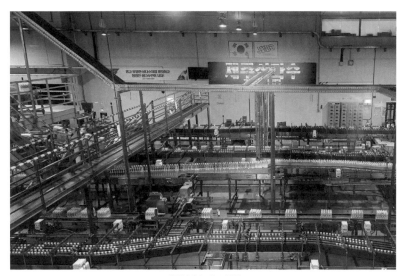

제주삼다수 제조 공정

단물이어서 차를 우릴 경우 차의 향과 맛을 온전하게 드러내어서 찻물로 사용하기에 적절하다.

표 2. 삼다수 수질분석결과

항목	기준	결과
(저온)일반세균(Total Colony Counts in 21 ℃)	100CFU/mL 이하	0
(중온)일반세균(Total Colony Counts in 35 ℃)	20CFU/mL 이하	0
질산성질소(Nitrate as N)	10mg/L 이하	0.4
경도(Hardness)	1000mg/L 이하	20.0
냄새(Odor)	없음	없음
색도(Color)	5도 이하	0
수소이온농도(pH)	4.5–9.5	8.0
염소이온(Chloride)	250mg/L 이하	6.7
탁도(Turbidity)	1NTU 이하	0.04
기타 물질	–	불검출

2) 백두산 백산수

백산수는 농심에서 개발한 생수로 백두산 청정원시림에서 함양된 물을 백두산 화산암반층이 오랜 세월 거른 물로서 수백만 년 동안 형성된 화산암반층을 따라 약 40년을 흘러 여과되어 만들어진 생수이다. 수원지가 있는 백두산 줄기인 해발 670m의 내두천에서 평균 6~7℃를 유지하며, 용출되는 용천수로 만들어진다.

백산수는 사람의 손이 닿지 않는 스마트 팩토리의 최첨단 무인 자동화 설비로 취수, 생산, 출고까지 모든 공정이 이루어져서 생산되고 있다. 취수 시에도 의료기기에 사용되는 SUS316L 스테인리스를 사용하여 외부와의 오염을 원천으로 차단하고, 원수 그대로의 물을 담아서 생산한다.

백산수의 수질 특성은 여러모로 제주삼다수와 수질 특성이 비슷하다. 그것은 기본적으로 두 곳 모두 화산 암반수가 가지고 있는 지질적 특성으로 기인한다. 전반적으로 보면, 삼다수보다 백산수의 수질 분석값이 미네랄 등이 약간 높게 나타나고 있다. 그렇다 하더라도 그것은 상대적인 수치이고, 두 생수 모두 찻물로 사용하기에 매우 좋다고 볼 수가 있다.

백두산 해발 2,744m

백두산 해발 670m
내두천 용천수

백산수의 수원지

표 3. 백산수 수질분석결과

항목	기준	결과
(저온)일반세균(Total Colony Counts in 21 ℃)	100CFU/mL 이하	0
(중온)일반세균(Total Colony Counts in 35 ℃)	20CFU/mL 이하	0
질산성질소(Nitrate as N)	10mg/L 이하	0.3
경도(Hardness)	1000mg/L 이하	28.0
냄새(Odor)	없음	없음
색도(Color)	5도 이하	0
수소이온농도(pH)	4.5~9.5	7.3
칼슘(Ca)	–	3.83
실리카	–	40.6
총 미네랄	–	59.4

백산수 제조공장 전경(자료: 백산수)

백산수와 삼다수는 비슷한 수질 특성을 가지고 있다. 백산수는 백두산의 화산 암반수이고, 삼다수는 한라산의 화산 암반수이다. 그러다 보니 다공성 지층으로 이루어진 암반층의 여과 효과로 빗물 그대로의 순수함을 간직한 맑은 수질 특성을 간직하고 있어서 다른 생수들보다 수질적으로 안정적이고, 맑은 편이다.

4. 외국의 주요 생수

외국의 주요 생수로 대중적으로 많이 알려진 것은 프랑스 다논사에서 만드는 에비앙(Evian)과 볼빅(Volvic), 그리고, 남태평양 피지에서 나오는 피지워터(Fiji Water)인 것 같다.

유럽을 여행해 본 사람은 잘 알겠지만, 유럽의 생수들은 대부분이 미네랄 함량이 우리나라보다 매우 높은 생수들이 대부분이다. 그리고 유럽에서 미네랄워터(mineral water)는 탄산수(sparkling water)와 맹물(still water) 모두를 아우르는 말이어서 Still water라 하지 않고 그냥 주문하다 보면 탄산수를 주는 경우도 많다.

우리가 잘 아는 삼다수의 경도가 20mg/L 정도지만 에비앙의 경도는 300mg/L가 넘고, 유럽의 다른 생수들도 에비앙보다 높은 생수들이 많다. 반면에 프랑스 오베르뉴(Auvergne) 지역의 산맥과 휴화산의 영향으로 인해 비옥한 호수와 목초 지대가 발달하여 풍부하고 깨끗한 지하수로 유명한 화산 암반수로 만드는 볼빅은 에비앙에 비하면 우리나라 생수와 비슷한 정도거나, 약간 높은 수질 특성이 있다.

표 4. 국내 시판 주요 생수의 성분과 특성

제품명	수원지	수원	칼슘 (Ca)	마그네슘 (Mg)	칼륨 (K)	나트륨 (Na)	불소 (F)
에비앙 (Evian)	프랑스 에비앙	빙하 퇴적층 지하수	54~87	20.3~26.4	1.0~1.3	4.4~15.6	0~0.1
피지워터 (Fiji Water)	피지 비티레부야카라	암반 지하수	12~19	3.7~5.4	0.4~0.8	1.3~2.0	불검출
볼빅 (Volvic)	프랑스 오베르뉴(Auvergne)	화산암반 지하수	12	12	6	12	1.0

1) 에비앙(Evian)

에비앙 생수(Evian)는 프랑스와 스위스가 접하고 있는 빙하가 녹은 청정한 레만호수 주변의 알프스 지역의 물로 만들어서 유럽사람들에게는 청정한 이미지로 부각되어 있고, 18세기에 레세르 후작의 병을 나았다는 이야기로 인하여 많은 사람이 즐겨 마셨다고 한다. 그리하여 생수 이름도 그 지역명을 따서 에비앙(Evian)이라 지었다고 한다.

레만호 뒤로 우뚝 솟은 알프스산맥이 에비앙 물의 발원지이다. 험준한 산에 내린 눈과 비가 빙퇴석층을 통과해 만들어지는 것이 에비앙 생수이다. 빙퇴석은 빙하에 의해 운반돼 하류에 쌓인 돌무더기를 뜻하는데, 눈과 비가 스며들어 이 층을 통과하는 데 걸리는 시간이 대략 15년에 달하며, 빙퇴석이라는 자연의 필터를 거치며 칼슘과 마그네슘을 비롯한 천연 미네랄이 풍부하게 함유하게 된다.

오늘날에도 레만호와 주변의 알프스 지역은 청정한 지역으로 잘 관리되고 있고, 에비앙 마을에는 물이 나오는 30개의 원천 가운데 '카샤샘물(Source Cachat)'과 '코르디에샘물(Source des Cordeliers)' 두 곳은 일반 사람들에게 공개되어 많은 사람이 즐겨 찾아서 물을 마시고 떠 가고 있다. 나머지 샘물은 지하에 매설된 파이프 100여 개를 통해 에비앙에서 6㎞ 떨어져 있는 생수 공장으로 관을 이용해 끌어다가 생수로 만들어진다.

에비앙 생수는 수중의 미네랄 함량이 풍부하여 사람의 건강과 관련하여 긍정적인 효과를 보여준다고 한다. 이것은 1789년 프랑스의 레세르 후작이라는 사람이 오랜 신장결석으로 고통을 받아 오던 중 물 좋고 공기 좋은 곳에서 지내고자 에비앙 마을에 사는 친구인 카샤의 집에 머물면서 카샤 소유의 샘에 있는 물을 마시고, 신장결석을 치료

에비앙 로고

에비앙 생수공장 입구

한 데에서 비롯한다. 이후 1829년부터 카샤의 물로 판매된 것이 에비앙 샘물의 시초라고 한다.

　에비앙 생수는 수질 특성이 유럽의 일반 생수들처럼 미네랄 함량이 비교적 매우 높은 편이다. pH는 7.2, Ca이 54~87mg/L, Mg이

에비앙을 품고 있는 레만호 전경

카샤샘물(Source Cachat)과 코르디에샘물(Source des Cordeliers)

20.7~26.4mg/L, Na가 12~20mg/L, K이 1.0~1.3mg/L이고, 경도가 323mg/L로 국산 생수(삼다수 20mg/L, 백산수 28mg/L)들보다 10배 이상으로 매우 높다.

2) 피지워터(Fiji Water)

피지워터와 피지전경(자료: 피지워터)

　피지워터(Fiji Water)는 미국의 프리미엄 생수 브랜드로 남태평양 청정지역 피지섬에서 수 세기 동안 빗물이 화산암을 통과하여 천천히 걸러지면서 미네랄 성분이 풍부한 알칼리 천연 화산 암반수이다. 특히 암석과 점토 등의 층층이 쌓인 지반 밑의 천연 암반수라 외부 노출이 거의 없어서 청정한 생수로서 미국에서는 에비앙을 제치고 프리미엄 생수 시장 1위를 차지하고 있다. 특히 할리우드 스타들과 오바마 대통령 등이 좋아해서 더욱 유명해진 생수이다.

피지워터 제조공장(자료: 피지워터)

    피지워터는 이산화규소, 마그네슘, 칼슘과 같은 광물 성분이 들어 있는데, 수중에 포함된 이산화규소가 물을 좀 더 부드럽게 만들어줘서 물맛이 부드럽고 깨끗하다고 한다.

    피지워터의 수질은 pH는 7.1, Ca이 12~19mg/L, Mg이 10~16mg/L, Na가 12~20mg/L, K이 4.0~5.6mg/L이고, 경도가 109mg/L로서 국산 생수(삼다수 20mg/L, 백산수 28mg/L)들보다 다소 높다.

5. 한국의 수돗물

수돗물은 우리 생활 중에서 가장 쉽게 사용하는 음용수이다. 중금속과 합성화학물질 등 수돗물과 관련한 여러 사고가 있어서 일부 시민들에겐 선입견이 있을 수도 있지만, 대부분의 나라에서는 현실적으로 안전하게 마실 수 있는 물이기도 하다. 대부분의 나라에서는 수돗물의 건강상의 안전기준인 먹는 물 수질 기준을 제정하여 안전하게 처리하여 공급하고 있다.

우리나라에서도 먹는 물 수질 기준이 제정되어 각 지방자치단체와 한국수자원공사 등이 안전한 처리방법에 따라 처리하여 시민들에게 공급하고 있다. 우리나라의 수돗물은 대부분 광역 댐 지역 등의 지표수를 수원으로 취수하고 있으며, 하류로 갈수록 수질오염으로 인해서 고도처리를 하여 수질적 안정성을 확보하여 안전하게 공급하고 있다.

수돗물의 경우 먹는 물 기준 이내로 처리하여야 하므로 수원특성에 따라 처리수준이 결정되어야 하므로 일부 하류 지역일 경우 수돗물에 대한 불신으로 수돗물을 사용하지 않을 수가 있고, 수돗물을 정수하여 정수장에서 각 가정으로 보내는 사후관리를 위해 주입하는 잔류염소로 인한 냄새 문제가 지적될 수가 있다.

찻물을 수돗물로 이용할 경우 수돗물에 잔류되어 있는 염소 냄새에 대한 반감이 있다. 미생물 등의 오염에 대한 안전조치를 위한 최소한의 미량 농도를 주입시키지만, 냄새에 예민한 사람들은 수돗물을 이용하는 것을 주저하고 있다. 수돗물 중의 잔류염소를 제거하기 위해서는 물을 하루 이틀 전에 받아서 저장시켜두는 방법도 있다. 그러나 이보다 효과적인 방법은 물을 끓일 때, 뚜껑을 열고 끓이면

염소 대부분이 가스 상태로 날아가게 된다. 그래도 불안하다면 활성탄여과와 막공법을 이용한 정수기를 사용하여 정수하여 마시는 방법이 있다.

　현행법상 수돗물은 안전한 기준으로 처리하여 공급하게 되어 있으므로 생수와 비교하여 매우 저렴하고(수돗물 생산은 1톤에 1,000원이나 요금은 700원 정도이다. 생수는 1L에 1,000원으로 생수 가격이 수돗물 가격보다 1,000배 이상임.), 쉽게 이용할 수 있으므로 수돗물을 효율적으로 이용하려는 지혜도 필요하다고 본다.

참고문헌

이병인·이영경, 『통도사 사찰약수』, 조계종출판사, 2018

이병인 외, 『수질 및 수자원관리』, 대학서림, 1999

최성민, 『샘 샘 생명을 마시러 간다』, 1995, 웅진출판

혜우스님, 『혜우스님의 찻물기행』, 초롱, 2007

국토교통부, 「국가하천 발원지 조사보고서」, 2020.11

국토교통부, 「한국하천일람」 2018, 2020.1

한국수자원연구소, 「수자원백서, 한국수자원공사, 1996.12.

루나 B. 레오폴드, 케네스 S. 데이비스, 『WATER 물의 본질』, 타임 라이프 북스, 1980

한무영 역, 「WHO 음용수 수질 가이드라인」, 대한상하수도학회 수도연구회, 1999

공승식, 『워터 소믈리에가 알려주는 61가지 물 수첩』, 우등지, 2012

王秋墨, 『名山名水名茶』, 中國輕工業出版社, 2006

대한불교조계종 환경위원회 사찰상수연구팀, 「사찰상수 수질관리 방안연구, 2014. 12.

Robin Clarke and Jannet King, *The WATER ATLAS*, The New Press, 2004

Colin Ingram, *The drinking water book: A complete guide to safe drinking water*, Ten Speed Press, 1991

이병인 외, 「찻물의 이화학적 수질 특성에 관한 연구」, 한국차학회지 21 (2), 2015, 45–53

이병인 외, 「차(茶)문헌에 나타난 약수의 수질 특성에 관한 연구」, 한국차학회지 23 (2), 2017, 31–3

이병인 외, 「국내 차(茶)문헌에 나타난 샘물의 물맛평가에 관한 연구」, 한국차학회지 23 (4), 2017, 27–34

이병인 외, 「통도사지역 차샘의 이화학적 수질 특성에 관한 연구」, 한국차학회지

24 (3), 2018, 48-56

이병인 외, 「물맛 평가지표를 이용한 우리나라 물의 수질 특성 연구」, 한국차학
회지, 제21권 제4호, pp. 38-45, 2015.12.31.

이병인 외, 「자연공원내 주요 음용수의 수질환경평가」, 한국도시환경학회지, 제
18권 제4호, 2018.12.

이병인 외, 「가야지역 샘물의 수질 특성연구」, 한국차학회지, 제28권 제2호,
2022.6

권정환, 「고문헌에서 찻물로 이용된 약수의 적합성 연구」, 부산대학교 대학원 석
사학위논문, 2016

R. Kent Sorrel, ET AL, *In-Home Treatment Methods for Removing Volitile
Organic Chemicals*, Journal AWWA, May 1985, 72-78

격월간 차인(茶人), 「목우차문화칼럼」 1~82, 2011~2024.7/8

월간 등불, 「통도사 약수를 찾아서: 차지종가 통도명수(茶之宗家 通度名水)」 ①~⑫,
2018

삼다수 홈페이지 https://www.jpdc.co.kr/samdasoo/index.htm

백산수 홈페이지 https://www.baeksansoo.com/

에비앙 홈페이지 https://ieviankorea.cafe24.com/

피지워터 홈페이지 https://www.fijiwater.com/ https://www.fijiwater.co.kr/

연구과제

1. 21세기 한국의 찻물
2. 찻물의 종류와 특성
3. 한국의 주요 산중 약수
4. 한국의 주요 생수
5. 한국 생수의 수질 특성
6. 외국 생수의 수질 특성
7. 삼다수의 수질 특성
8. 백산수의 수질 특성
9. 에비앙의 수질 특성
10. 피지워터의 수질 특성
11. 한국의 수돗물
12. 수돗물과 잔류염소
13. 호포천과 용정차
14. 우리 주위의 산수(山水)/약수터/찻물

제7장
한국의 명수(名水)

물을 마셔보아야 물맛을 안다.

(You have to drink water to know what it tastes like.)

– 『완릉록(宛陵錄)』32

제7장
한국의 명수(名水)

1. 한국의 명산명수(名山名水)

'명산(名山)에는 명수(名水)가 있다.(名山名水)'는 말처럼 대부분의 이름
난 산에는 그에 어울리는 좋은 약수터들이 있다. 우리나라에서도 산
좋고, 물 좋은 그야말로 금상첨화의 산수(山水)들을 추천하고자 한다.

산을 좋아하는 사람들은 잘 알겠지만, 우리나라 곳곳에는 좋은 산
과 그 속에 묻혀있는 좋은 약수터들이 있다. 그중에서도 옛 문헌과
오늘날의 현장실사를 통해 검증된 지역 7곳(육지의 경우 6대 지역이고, 제
주 한라산 포함 7대 지역)을 추천하고자 한다.

약수가 좋고 산도 좋은 **'우리나라 7대 명산명수(名山名水)'** 지역은 오
**대산과 속리산과 영축산과 가야산과 지리산, 두륜산, 그리고, 한라산
지역**이다. 이 지역들은 한두 군데가 아니며, 적어도 10여 곳 이상의
약수터가 있고, 역사적으로도 전래 되어온 지역으로서 차문화와 연
관된 기록도 있으며, 오늘날에도 현실적으로 많이 사용되고 있는 지

역이기도 하다.

1) 오대산 지역 약수

『삼국유사(三國遺事)』권 제3, 88. 대산오만진신(臺山五萬眞身)에 의하면, "자장법사가 신라로 돌아왔을 때, 정신대왕(淨神大王) 태자 보천(寶川)·효명(孝明)의 두 형제가 하서부(河西府: 지금의 명주(溟州))에 이르러 세헌(世獻) 각간의 집에서 하룻밤을 머물렀다. 이튿날 대령(大嶺)을 지나 각기 무리 천명을 거느리고 성오평(省烏坪)에 이르러 여러 날을 유람하더니, 문득 하루 저녁은 형제 두 사람이 속세를 떠날 뜻을 은밀히 약속하고, 아무도 모르게 도망하여 오대산에 들어가 숨었다. 시위하던 자들이 돌아갈 바를 알지 못하여 이에 서울로 돌아갔다.

두 태자가 산속에 이르니 푸른 연꽃이 땅 위에 문득 피었다. 형 태자가 그곳에 암자를 짓고 머물러 살게 되면서 이를 보천암(寶川庵)이라고 하였다. 동북쪽을 향하여 6백여 보를 가니, 북대의 남쪽 기슭에 또한 푸른 연꽃이 핀 곳이 있으므로 아우 태자 효명도 그곳에 암자를 짓고 머물면서 저마다 부지런히 정업을 닦았다.

두 태자는 매양 골짜기의 물을 길어와 차를 달여서 공양하고, 밤이 되면 각기 암자에서 도를 닦았다."

이 이야기에서 보듯이 오대산 계곡물은 청정해서 예로부터 자주 사용했고, 그 물로 차를 달여 공양하였다는 이야기에서 보듯이 오늘날에도 오대산에는 한강의 역사적 발원지라 부르는 우통수(于筒水)와 오대명수(五臺名水)가 유명하다. 오대명수는 남대 지장암의 총명수(聰明水), 동대 관음암의 청계수(淸溪水), 중대 사자암의 옥계수(玉溪水), 서대 수정암의 우통수(于筒水), 북대 미륵암의 감로수(甘露水)의 다섯 약수를

오대산 계곡

말한다. 현재에도 오대명수 외에 월정사의 각 암자와 산중의 여러 약수가 곳곳에 있다. 그중에서도 적멸보궁 주위의 좌우 용안수(龍眼水), 그리고 상원사 선원약수와 월정사의 불유천 등이 있다.

　그대로의 순수한 상태를 간직하고 있다. 약수마다 약간의 수질 차이가 나타나나, 오대산 약수들은 평균적으로 pH 7.38, 용존산소(DO) 10.03mg/L, 경도 12.80mg/L, 총용존고형물(TDS) 31.34mg/L, 과망간산칼륨(KMnO₄) 소비량은 1.16mg/L로서 전체적으로 매우 연한 단물로서 청정한 것으로 나타났다.

표 1. 오대산 지역 주요 약수의 수질 특성

약수명	pH	DO (mg/L)	과망간 산칼륨 소비량 (mg/L)	경도 (mg/L)	TDS (mg/L)	물맛평가	
						O-index	K-index
먹는 물 수질 기준	4.5~ 9.5	–	10.0	300.0	–	2.0	5.2
남대 총명수	7.70	10.08	0.9	11.0	22.75	32.16	2.62
동대 청계수	7.40	9.26	1.0	19.0	40.5	3.55	5.44
상원사 지혜수	7.77	10.64	0.8	14.0	26.0	3.85	2.78
상원사 선원약수	7.03	8.90	0.4	10.0	26.6	5.30	2.47
북대 감로수	7.41	12.31	불검출	8.0	25.35	5.27	1.58
좌 용안수	7.56	8.29	2.4	7.0	24.05	26.32	1.08
중대 옥계수	7.76	8.54	1.5	11.0	20.15	3.12	3.57
우통수	7.51	9.11	1.7	15.0	47.80	16.92	3.96
서대 선원약수	7.62	11.95	불검출	17.0	38.35	3.11	−2.41
월정사 불유천	6.08	11.23	2.9	16.0	41.80	6.17	4.78
전체 범위 (전체 평균)	6.08~ 7.77 (7.38)	8.29~ 12.31 (10.03)	불검출 ~ 2.9 (1.16)	7.0~ 19.0 (12.80)	20.15~ 47.80 (31.34)	3.12~ 32.16 (10.58)	−2.41~ 5.44 (2.59)

2) 속리산 지역 약수

허백당(虛白堂) 성현(成俔)의 『용재총화(慵齋叢話)』에 의하면, 기우자(騎牛子) 이행(李行)이 찻물에 대해 품평하는 일화가 기술되어 있다.

상곡(桑谷, 成石珚)은 기우자 이행과 서로 좋아했는데, 이행은 성남 쪽에 살고, 상곡은 서산에 살았다. 기우자(騎牛子) 이행(李行)과 상곡공 성석인의 집 거리는 5리밖에 되지 않았으며, 서로 친하게 지냈다. 상곡공은 위생당이

속리산 법주사 계곡

라는 작은 재실을 정원에 지어 종들을 모아 약을 조제하기도 하였다. 기우자 이행이 위생당을 방문하였을 때 상곡공 성석인 아들인 공도공 성엄을 시켜 차를 달이게 하였는데, 찻물이 넘치자 성엄이 다른 물을 더 부었다. 이행이 차맛을 보더니, "이 차에 네가 두 가지 물을 부었구나"라고 했다. 이처럼 이행은 물맛을 잘 판별했는데, 공은 **충주 달천수를 최고로 치고, 금강산에서 흘러나와 한강 한가운데로 흐르는 우중수(牛重水)를 둘째, 속리산의 삼타수(三陁水)를 세 번째로 쳤다.**(李公嘗到堂, 桑谷爺恭度公烹茶於窓外, 茶水溢更添他水. 李公嘗之曰, "此茶女添二生水." 公能辨水味. 以忠州達川水爲第一, 自金剛山出來漢江 中之牛重水爲第二, 俗離山之三陁水爲第三)

속리산 약수는 옛 문헌에 '삼타수(三陁水)'라 하여 '우리나라 3대 명수'로 거론될 만큼 유명한 곳이다. 화강암의 단맛이 담긴 맑은 물이 곧 산의 정령인 양, 좋은 물이 고이고 흘러 주요 수원이 되고 있다. 복천암의 복천약수는 부처님 전에 올리고, 상고암과 상환암의 약수도 맑고 깊다. 복천암과 상고암은 화강암반에서 나오는 석간수(石間水)여서 더욱 맑고 단맛이 나는 좋은 약수이다. 상환암과 큰절의 감로수는 오염되지 않은 인근의 계곡수를 취수하여 사용하나, 그 또한 맑고 단 것으로 나타나고 있다. 전반적으로 속리산 약수는 화강암 암반 위에서 나오는 맑고 순수한 물이기에 수질도 청정하다.

속리산 지역의 약수는 약수마다 약간의 수질 차이가 나타나나, 약수마다 약간의 수질 차이가 나타나나, 속리산 약수들은 평균적으로 pH 6.68, 용존산소(DO) 8.58mg/L, 경도 21.2mg/L, 총용존고형물(TDS) 61.9mg/L, 과망간산칼륨(KMnO₄) 소비량은 0.3mg/L로서 전체적으로 매우 연한 단물로서 맑은 것으로 나타났다.

표 2. 속리산 지역 주요 약수의 수질 특성

약수명	pH	DO (mg/L)	과망간산칼륨 소비량 (mg/L)	경도 (mg/L)	TDS (mg/L)	물맛평가	
						O-index	K-index
먹는 물 수질 기준	4.5~9.5	-	10.0	300.0	-	2.0	5.2
법주사 감로천	6.6	7.4	0.6	16.0	49.4	2.90	3.89
복천암 복천약수	7.4	9.0	불검출	46.0	116.3	66.41	17.33
상고암약수	6.1	9.0	불검출	8.0	33.0	3.59	1.21
상환암 계곡수	6.2	8.0	0.9	10.0	38.2	4.35	2.59
상환암약수	7.1	9.5	불검출	26.0	72.6	287.63	9.34
전체 범위 (전체 평균)	6.1~7.4 (6.68)	7.4~9.5 (8.58)	불검출~0.9 (0.3)	8.0~46.0 (21.2)	33.0~116.3 (61.9)	2.90~287.63 (72.98)	1.21~17.33 (6.87)

3) 영축산 지역 약수

『통도사 사적기』 가운데 「사지사방산천비보(寺之四方山川裨補)」에는, "북쪽의 동을산 다소촌은 곧 차를 만들어 통도사에 차를 바치는 장소이다. 차를 만들어 바치던 차부뚜막과 차샘이 지금에 이르도록 없어지지 아니하고 있으니 후인이 이로써 다소촌이라 했다.(北冬乙山茶村乃造茶貢寺之所也 貢寺茶烟茶泉至今猶存不泯 後人以爲茶所村也)"는 기록이 전해지고 있다.

통도사는 『사적기』에 '다촌(茶村)', '다천(茶泉)', '다소촌(茶所村)' 등이 언급되어 있을 만큼 우리나라 옛 차 성지의 하나로서 매우 중요한 위치를 차지하고 있다. 오늘날에도 부처님의 진신사리를 모신 적멸보궁 주위와 산중에 일부나마 차나무들이 자라고 있고, 곳곳에 훌륭한 샘물들이 남아 있다.

2018년 『통도사 사찰약수』 책자를 발간하면서 영축산 통도사 지역의 30여 곳의 약수들을 1년 동안 조사한 적이 있다. 그때 통도사 사찰약수는 찻물로 사용하기에 정말 좋은 약수이고, 많은 차인들이 물을 길어다 차를 마시고 있음을 실제로 확인하게 되었다.

그중에서도 비로암의 산정약수와 옥련암의 장군수와 백련암의 백련옥수, 안양암의 영천약수, 자장암의 자장수, 서운암 늦재석간수 등이 유명하다. 백련암 백련옥수는 한방병원에서 길어다 약을 달일 정도로 유명하고, 옥련암 장군수 또한 부산·울산의 차인들이 받아다 찻물로 사용하고 있다. 방장이신 성파스님께서 말씀하시듯이 창건 당시 습지였기에 곳곳에서 물이 나고, 산의 영역이 넓어 물을 잘 간직하고 있다. 영축산의 통도사 약수는 인근의 자수정광산의 맥이 영축산을 관통하며 물맛을 좋게 하고, 맑게 하는 것 같다.

영축산 전경

통도사 약수는 전체적으로 봐서 영축산의 청정한 환경에서 함양된 물이어서 그런지 맑고 부드럽다. 무엇보다 그 어느 생수와도 견줄 수 있는 수질적 특성이 있다.

우선 통도사약수의 수원적 특성을 살펴보면, 총 32개의 조사된 약수 중 산중수 15개소, 지하수 8개소, 계곡수 5개소, 석간수 4개소로 나타나고 있듯이 전체의 반 정도가 영축산에서 나오는 토층수이다. 이 점은 창건 당시의 설화에서 보듯이 영축산이 가지고 있는 고산 습지에서 우러나오는 물임을 다시 확인해 볼 수가 있다.

또한 영축산 약수의 수질적 특성을 살펴보면, 수소이온농도(pH)가 6.42~8.60으로 평균적으로 7.11 정도로 중성에서 약 알칼리성 상태에 있으며, 물의 세기를 나타내는 경도도 2.0~61.2mg/L로 평균이 20.19 mg/L 정도로 매우 부드러운 단물인 것으로 나타나고 있다. 기타 광물질(minerals) 등도 미량이 존재하고 있고, 그중에서도 피부재생 및 노화방지, 모발건강에 좋은 이산화규소(SiO_2) 성분이

7.7~32.72mg/L로 평균 22.25mg/L로 다른 성분보다 서너 배 정도 높게 나타나고 있다. 그러나, 칼슘은 0.1~23.9mg/L로 평균 6.0mg/L로 다소 낮은 편이나, 다른 미네랄보다는 높게 나타나고 있다. 이 점을 볼 때, 통도사 지역의 약수는 수질도 좋고, 거의 순수에 가까운 단물로서 물맛 또한 매우 좋은 것으로 나타났다.

이 점은 특히 실리카(이산화규소, SiO_2) 성분이 많이 나타나는 것은 영축산의 동쪽 능선에서 남쪽 능선으로 이어지는 통도사 지역과 언양 자수정동굴에 이르는 많은 지역이 자수정 광맥이 존재하는 지질적 특성에 기인하는 것으로 판단된다.

결론적으로 통도사 지역의 약수 특성은 순수상태의 청정한 단물로 상대적으로 이산화규소(SiO_2) 성분이 많은 편이며, 칼슘성분 등 경도 물질도 비교적 낮은 단물로서 전체적으로 물맛이 좋고, 부드러우면서도 건강한 물로 확인되고 있다.

표 3. 영축산 지역 주요 약수의 수질 특성

약수명	pH	DO (mg/L)	과망간산칼륨 소비량 (mg/L)	경도 (mg/L)	TDS (mg/L)	물맛평가	
						O-index	K-index
먹는 물 수질 기준	4.5~9.5	–	10.0	300.0	–	2.0	5.2
백운암 좌룡수	8.60	7.41	2.3	13.0	35.10	4.51	2.20
은샘	7.63	6.34	1.4	9.0	31.53	4.86	1.46
백운암 우룡수	7.46	8.10	1.6	9.0	25.68	2.92	1.20
백운암 용왕수	7.22	7.86	2.2	12.0	26.65	2.89	1.50
반야암 반야수	7.64	6.71	1.7	44.0	90.68	11.82	13.10
백련암 백련옥수	6.92	8.59	1.0	9.0	33.48	145.11	0.73
옥련암 방군수 1	6.75	7.66	1.8	9.0	33.96	98.83	1.03

옥련암 방군수 2	6.64	7.83	1.3	10.0	33.02	97.69	1.13
사명암 약수	6.42	8.26	1.1	8.0	27.63	60.33	0.41
수도암 약수	6.48	7.45	0.9	9.0	37.38	77.48	0.36
안양암 영천약수	6.64	9.25	1.5	6.0	25.35	122.15	0.18
서운암 참샘	6.85	8.53	1.7	12.0	53.65	60.50	1.80
취운암 금천약수 1	7.17	7.06	1.6	61.0	118.95	10.25	20.94
취운암 금천약수 2	7.35	6.26	1.6	60.0	118.63	8.58	20.54
보타암 약수	7.77	8.19	2.1	7.0	25.68	8.43	−0.43
비로암 약수	7.41	6.45	2.8	10.0	30.33	3.73	1.92
비로암 산정약수 1	7.21	6.68	1.2	21.0	40.93	27.26	3.96
비로암 산정약수 2	7.09	8.53	1.2	21.0	42.25	28.40	4.27
극락암 산정약수	7.40	7.62	1.3	57.0	97.75	15.04	14.27
서축암 약수	7.64	8.55	2.2	14.0	28.32	4.74	1.70
금수암 금수	6.93	9.88	2.3	32.0	64.35	10.83	8.13
자장암 지장수	7.15	4.84	0.6	2.0	8.40	2.90	−0.78
자장암 감로수	6.98	7.64	1.5	5.0	24.70	51.34	−0.42
자장암 약수	7.26	7.45	2.4	30.0	59.80	11.86	8.07
자장암 수곽수	7.28	6.81	2.5	32.0	62.73	12.13	8.29
축서암 약수	6.42	8.39	1.6	25.0	73.13	7.96	4.00
관음암 약수	6.66	6.25	1.3	23.0	61.10	8.33	4.04
통도사 약수	7.77	6.60	1.6	57.0	146.58	9.13	13.43
용유천 1	6.49	8.45	1.5	10.0	36.73	99.16	−0.10
용유천 2	6.42	7.86	1.1	8.0	35.75	97.78	−020
늪재석간수	6.94	6.72	2.4	9.0	32.18	47.71	0.88
평산마을 약수	6.79	6.43	2.0	12.0	43.88	144.69	1.49
전체 범위 (전체 평균)	6.42~ 8.60 (7.11)	4.84~ 9.88 (7.52)	0.60~ 2.80 (1.67)	2.00~ 61.00 (20.19)	8.40~1 46.58 (50.20)	2.89~ 145.11 (40.60)	−0.78~ 20.94 (4.35)

4) 가야산 지역 약수

가야산 지역은 해인사 경내지가 절반 정도 된다. 해인사는 법보사찰로서 팔만대장경을 지난 성지이기도 하지만, 세계문화유산과 국보, 보물 등을 간직한 문화유산이기도 하다. 해인사는 창건 당시부터 왕이 와서 물을 마셨다는 어수정이 있고, 고운 최치원선생 등의 유적지가 있으며, 현대에 와서도 다경원 등 차를 즐기는 스님들이 많아서 차가 활성화된 대표적인 사찰이기도 하다. 차를 즐기게 된 것은 사찰의 다반사이기도 하였지만, 해인사에서 보듯이 가야산 지역의 좋은 물들의 영향도 있다고 본다.

해인사에는 어수정(御水井)과 장군수(將軍水)와 약수암(藥水庵) 등 각 암자의 물이 좋다. 해인사를 창건하신 애장왕이 원당암에 머물며, 물을 길어다 마셨다고 해서 왕이 마신 우물물이라 하여 어수정이라 한다. 원래 어수정은 신 장경각을 조성하던 자리에 있었는데, 지금의 선방 지대방 둘째방 아래인데 매몰되어 십수 년 전에 다시 복원하였다고 한다. 부안 월명암처럼 암물과 숫물이 있으며, 암물은 뿌옇고, 숫물은 맑고 투명했다고 한다.

해인사 장군수는 지금의 선방위, 장경각 뒤로 10분 정도 올라가면 사람이 다니지 않는 깊은 산중에서 나오는 산중물이다. 깊은 산중의 샘물을 스테인리스 통 두 개를 설치하여 물을 저장하고 월류하도록 만들었다. 해인사에서 60년 이상을 사신 총도감이신 종성스님의 말씀에 의하면, 장군수를 마시면 도력이 나서 해인사에서 도인들이 많이 나온다고 한다.

전해오는 말에 의하면, 통도사스님은 부자스님이 살아 신심이 없어 밥중이고, 범어사스님은 권승이고, 해인사스님은 구좌스님들이

야산 계곡

살고, 부처님법대로 수행을 잘했다고 한다. 해인사스님들이 그 물을
먹으니까 힘이 좋고 도의 힘이 길어진다. 그리하여 장군수라 한다.
그래서 도인이 많이 난다고 한다.

가야산 지역 주요 약수의 수질 특성은 표 4에 나타난 바와 같이 pH
는 평균 7.26으로서 대부분 중성보다 약간 높은 것으로 나타나고, 수
중에 녹아있는 용존산소(DO)의 양은 7.95mg/L로 비교적 풍부하며,
과망간산칼륨 소비량도 0.7mg/L로 유기물 오염도 거의 없고, 총고형
물농도(TDS)도 33.17mg/L로 낮으며, 경도도 17.1mg/L로 매우 낮은
단물 상태인 것으로 나타나고 있다.

또한 물맛 평가 결과도 '맛있는 물 지수(O index)'가 13.62이고, '건강
한 물 지수(K index)'가 −0.74로서 모두 맛있는 물로 나타나고 있다.

표 4. 가야산 지역 주요 약수의 수질 특성

약수명	pH	DO (mg/L)	과망간산칼륨 소비량 (mg/L)	경도 (mg/L)	TDS (mg/L)	물맛평가	
						O-index	K-index
먹는 물 수질 기준	4.5~9.5	–	10.0	300.0	–	2.0	5.2
약수암계곡 약수	7.9	8.7	0.7	8.0	18.9	21.4	0.1
어수정(숫물)	7.3	5.1	0.6	6.0	22.8	26.0	0.8
어수정(암물)	7.4	5.7	0.7	10.0	22.1	26.1	0.8
홍제암 약수	7.5	7.3	1.1	11.0	18.9	20.9	1.2
해인사 장군수	7.4	9.2	0.7	12.0	28.6	7.2	0.1
고불암 약수	7.14	10.04	0.5	26.0	45.50	8.58	−2.39
약수암 약수	7.01	10.32	0.6	35.0	64.35	5.65	−4.09
일주문 약수	6.75	6.77	0.8	11.0	18.20	3.60	−0.78
원당암 약수	6.94	8.39	0.7	35.0	59.15	3.11	−2.41
전체 범위 (전체 평균)	6.75~7.9 (7.26)	5.1~10.32 (7.95)	0.5~1.1 (0.7)	6.0~35.0 (17.1)	18.2~64.35 (33.17)	3.11~26.1 (13.62)	−4.09~1.2 (−0.74)

해인사 지역 약수에 대한 수질적 특성을 살펴보면, 전체적으로 해인사 약수는 오염원이 없는 깊은 산중의 계곡에서 나오는 물이기에 수질 또한 좋고, 물맛 또한 시원하고 맑다.

5) 지리산 지역 약수

지리산 지역은 가야 차문화의 역사가 전해지고 있는 칠불사와 신라 흥덕왕 때 중국에 사신으로 갔던 김대렴 공이 차 씨앗을 가져다가 심었다는 기록이 전해져 오고 있다. 차 시배지로는 하동의 차 시배지와 구례 화엄사의 장죽전이 언급되고 있다. 하동과 구례 지역을 포함하여 산청지역 등에는 좋은 샘물들이 많다.

오늘날에도 지리산 청정한 자연환경 속에서 나오는 하동차와 구례차, 그리고 산청차 등이 유명하고, '명산명차명수(名山名茶名水)'라는 구절이 생각날 정도로 한국을 대표하는 차산지이기도 하다. 중국의 유명한 호포천과 용정차처럼, 하동녹차와 칠불사 유천수, 구례녹차와 화엄사 옥천수 등이 잘 어우러져 '명산명차명수(名山名茶名水)'의 새 시대를 열어 가기를 고대하게 된다.

지리산 지역의 약수는 약수마다 약간의 수질 차이가 나타나나, 지리산 약수들은 평균적으로 pH 6.7, 용존산소(DO) 7.89mg/L, 경도 16.30mg/L, 총용존고형물(TDS) 22.4mg/L, 과망간산칼륨(KMnO₄) 소비량은 0.8mg/L로 전체적으로 매우 연한 단물로서 맑은 것으로 나타났다.

표 5. 지리산 지역 주요 약수의 수질 특성

약수명	pH	DO (mg/L)	과망간산 칼륨 소비량(mg/L)	경도 (mg/L)	TDS (mg/L)	물맛평가	
						O-index	K-index
먹는 물 수질 기준	4.5~9.5	–	10.0	300.0	–	2.0	5.2
칠불사 유천수	6.62	8.51	0.5	10.0	11.1	64.36	0.73
칠불사 선원약수	6.36	8.68	0.0	11.0	15.1	21.03	2.02
쌍계사 수각수	6.87	7.07	1.2	8.0	11.6	38.01	1.94
쌍계사 금당 음수	6.42	7.78	1.3	11.0	17.2	7.43	1.81
쌍계사 금당 양수	6.56	7.15	1.6	21.0	26.2	5.92	6.18
쌍산재 당몰샘	6.82	5.51	0.0	49.0	64.3	13.73	12.30
화엄사 옥천	6.80	9.31	0.5	17.0	26.8	5.81	2.83
화엄사 수각수	6.88	9.09	1.2	8.0	11.5	19.28	1.57
천은사 수각수	7.00	7.92	1.2	12.0	18.2	3.45	1.82
전체 범위 (전체 평균)	6.36~7.00 (6.70)	5.51~9.31 (7.89)	0.0~1.2 (0.8)	8.0~49.0 (16.3)	11.1~64.3 (22.44)	3.45~64.36 (19.89)	0.73~12.30 (3.47)

6) 두륜산 지역 약수

두륜산 대흥사는 초의선사가 계셨던 곳으로서 차인들이 잘 알고 있
는 일지암(一枝庵)이 있다. 오늘날에도 해남차인회 등을 중심으로 차
활동이 왕성한 곳으로서 한국 차문화의 부흥이 이루어지는 곳이기도
하다. 중국의 유명한 용정차와 호포천의 샘물처럼 초의선사께서 만
든 차(東茶)와 유천(乳泉) 등의 산중 약수가 잘 어울릴 것 같은 곳이기
도 하다. 초의선사는 북미륵암이나 만일암터, 일지암, 남미륵암, 진
불암, 상원암, 도선암터, 심적암터, 남암, 관음암, 청신암 샘터 물맛
은 달고 맛이 있다고 하였다.

두륜산 계곡

　현재에는 복원된 두륜산 일지암의 유천뿐 아니라, 북미륵암(北彌勒庵)과 남미륵암(南彌勒庵)의 물이 좋다. 큰절의 성보박물관 앞에 있는 장군수(將軍水)는 옛날 임진왜란 때 승병장이셨던 사명대사가 계셨던 곳의 샘물을 장군수라 하여 유명하지만, 수년 전에 보수하면서 길보다 낮게 복원되면서 비가 올 때 물이 흘러들어 오염될 수가 있어 안타까웠다.

　그렇지만 아직도 두륜산 곳곳에는 좋은 샘물들이 있다. 일지암의 유천도 맑고, 남미륵암와 북미륵암의 물도 그러하다. 특히 최근의 답사 결과, 만일암터의 만년수(萬年水)와 표충사 옆 계곡 건너편에 있는 샘물인 서래수(西來水), 큰절 일주문 아래 나무아미타불 샘물이 좋고, 남미륵암 가기 전 바위 속을 흐르는 물은 또 다른 세상에 온 것 같은 느낌이 든다. 물 그 자체로 마셔도 맑고 청정하지만, 그 물로 차를 마

시면 차맛이 더 그윽할 것 같다. 최근에 대흥사에서는 조선 후기 한
국 차문화의 중흥조였던 아암 혜장선사와 초의선사의 뒤를 이어 차
문화를 부흥시키고자 노력하고 있는데, 초의 선차(艸衣禪茶)와 두륜산
약수가 새롭게 이어가면 의미 있을 것 같다.

두륜산 지역의 약수는 약수마다 약간의 수질 차이가 나타나나, 두
륜산 약수들은 평균적으로 pH 6.28, 용존산소(DO) 7.08mg/L, 경도
13.4mg/L, 총용존고형물(TDS) 27.1mg/L, 과망간산칼륨(KMnO₄) 소비
량은 0.68mg/L로 전체적으로 매우 연한 단물로서 맑은 것으로 나타
났다. 초의선사의 선차바람이 대흥사에서 일어난 것은 차가 잘 우러
나는 물의 영향도 있을 것으로 판단된다.

표 6. 두륜산 지역 주요 약수의 수질 특성

약수명	pH	DO (mg/L)	과망간 산칼륨 소비량 (mg/L)	경도 (mg/L)	TDS (mg/L)	물맛평가	
						O-index	K-in-dex
먹는 물 수질 기준	4.5~ 9.5	-	10.0	300.0	-	2.0	5.2
일지암 유천	6.13	6.80	0.5	7.0	23.0	25.79	-0.88
일지암 수각수	6.25	7.25	0.0	8.0	21.1	16.57	-0.23
대흥사 장군수	6.33	7.37	1.5	26.0	38.4	3.85	5.13
대흥사 수각수	6.39	6.90	0.7	12.6	25.9	8.25	1.84
전체 범위 (전체 평균)	6.13~ 6.39 (6.28)	6.80~ 7.37 (7.08)	0.0~ 1.5 (0.68)	7.0~ 26.0 (13.4)	21.1~ 38.4 (27.1)	3.85~ 25.79 (13.62)	-0.88~ 5.13 (1.47)

7) 한라산 지역 약수

제주도의 한라산 지역은 우리나라 녹차의 주산지이자, 새로운 차 바람이 불고 있는 곳이다. 조선 후기 추사 김정희 선생이 유배 온 이후, 초의선사와 추사 선생과 아름다운 차담은 오늘날에도 후배 차인들에게 많은 귀감이 되고 있다.

사람들이 제주도에 와서 한번은 방문하는 곳이 오설록 티뮤지엄이다. 태평양그룹의 고 서성환 회장이 "나라마다 독특한 차가 하나씩은 있는데 우리나라에는 내세울 차가 없다. 어떤 희생을 치르더라도 우리의 전통 차문화를 정립하겠다."는 말씀이 가슴에 새겨진다. 오설록 찻집과 다원을 볼 때마다, 한국 고유의 차문화와 차를 만들겠다는 유지가 지켜지고 있는 것 같고 매우 존경스러운 일이다.

한라산 지역의 약수는 약수마다 약간의 수질 차이가 나타나나, 한라산 약수들은 평균적으로 pH 7.67, 용존산소(DO) 8.50mg/L, 경도 34.67mg/L, 총용존고형물(TDS) 80.27mg/L, 과망간산칼륨(KMnO₄) 소비량은 0.73mg/L로서 전체적으로 매우 연한 단물로서 맑은 것으로 나타났다. 산방굴사와 같이 일부 지역과 중산간 이하 지역의 경우에는 지층 구조상 미네랄 성분이 어느 정도 함유되어 있으나, 존자암 약수와 같이 중산간 이상의 한라산 지역의 경우에는 화산암반층의 영향으로 대부분 경도물질이 적은 단물인 것으로 나타나고 있다.

표 7. 한라산 지역 주요 약수의 수질 특성

약수명	pH	DO (mg/L)	과망간산 칼륨 소비량(mg/L)	경도 (mg/L)	TDS (mg/L)	물맛평가	
						O-index	K-index
먹는 물 수질 기준	4.5~ 9.5	–	10.0	300.0	–	2.0	5.2
관음사 약수	7.56	8.62	1.0	24.0	79.5	6.61	2.26
산방굴사약수	7.34	7.78	1.3	61.0	184.4	0.93	−3.99
약천사 굴법당약수	8.11	6.66	0.5	35.0	67.4	9.00	3.99
약천사 원수	7.60	8.11	0.5	48.0	69.0	5.29	6.56
절물 약수	7.81	10.13	0.5	29.0	52.7	7.53	3.48
존자암 약수	7.61	9.68	0.6	11.0	28.6	23.5	−0.80
전체 범위 (전체 평균)	7.56~ 8.11 (7.67)	6.66~ 10.13 (8.50)	0.5~ 1.3 (0.73)	11.0~ 61.0 (34.67)	28.6~ 184.4 (80.27)	0.93~ 23.5 (8.81)	−3.99~ 6.56 (1.92)

'한국 7대 주요 산중 약수의 수질적 특성'은 기본적으로 농약이나 중금속, 기타 인공화합물질이 검출되지 않은 거의 순수상태의 물로서 수중의 pH는 대부분 중성상태 전후로서, 유기물 오염이 거의 없고, 수중의 용존산소도 풍부하며, 경도도 매우 낮은 단물인 것으로 나타나고 있다. 또한 물맛 평가 결과도 대부분 맛있는 물이거나 건강한 물로 나타나고 있다.

요즘에는 수돗물에 불신 때문에 많은 사람이 생수를 사서 마신다. 대부분의 지자체에서 공급하는 수돗물이 1톤(1000L)에 700~800원 정도 하는 데 비해, 생수는 0.5L에 500원 이상으로 상대적으로 천 배 이상의 매우 비싼 값을 주고도 사 먹고 있는 현실이다.

    이러한 시절에 산중 약수는 생수 이상의 좋은 수질로서 약수터를 찾는 모든 사람들에게 무상으로 보시하고 있다. 적어도 수백 년에서 지금까지 감로수(甘露水) 같은 무한한 청수공양(淸水供養)을 베풀어 왔다. 산중의 감로수 같은 청정한 물에 대해 고마움을 알고, 다 함께 즐기면서 더불어 자연의 무한한 혜택에 고마움을 알고 깨끗하게 관리하여 지켜갔으면 한다.

2. 한국의 주요 산중 약수(山中藥水)

우리나라의 어느 지역이든 주위에는 산(山)이 있고, 산중에는 괜찮은 약수(藥水)가 많다. 지난 30여 년 동안 전국의 산중 약수들을 답사하여 지난 2011년부터 지금까지 「차인(茶人)」지 '목우차문화칼럼'에 수십여 곳의 산중 약수를 소개하였다. 지난 수십여 년에 걸친 답사이므로 답사 일정상 수년 이상의 시간적인 변화에 대해서는 이해해주기 바라며, 여기에서는 그중에서 찻물로 사용하기에 적당한 대표적인 약수 23여 곳을 정리하여 소개하고자 한다. 본서에 소개하는 23곳의 약수는 다음과 같다.

1. 평창 오대산 우통수, 2. 순천 선암사약수, 3. 강진 백련사 약수, 4. 제주도 절물 약수, 5. 가지산 약수, 6. 자재암 원효샘, 7. 제주 약천사 약천, 8. 고성 옥천사 옥천, 8. 영천 백흥암 약수, 9. 봉화 현불사 약수, 10. 평창 상원사 지혜수, 11. 경주 황룡골 약수, 12. 경주 순금사 호랑이 샘물(虎巖泉), 13. 춘천 청평사 약수, 14. 밀양 여여정사 약수, 15. 산청 유의태 약수, 16. 양산 통도사 안양암 영천약수, 17. 양평 수종사약수, 18. 구례 천은사 감로천, 19. 산청 율곡사약수, 20. 합천 해인사 고불암 약수, 21. 서울 봉은사 날물곳 약수, 22. 사천 다솔사 봉명약수, 23. 진안 섬진강발원지 데미샘 등이다.

1) 평창 오대산 우통수(于筒水)

오대산 월정사는 항시 언제 가봐도 청정한 기운이 가득 찬 곳이다. 하늘로 곧게 뻗은 전나무숲이 좋고, 월정사에서 상원사로 가는 계곡도 좋다. 수년 전부터 '선재길'이라 하여 산중을 이어 탐방할 수 있게 한 것도 오랜만에 자연 속에서 숲길 명상을 할 수 있어 또한 좋다.

우리나라 최고의 역사서인 『삼국유사』에 보면, 신라시대 효명(孝明)태자와 보천(寶川)태자가 오대산에서 수행하면서 계곡물을 길어다 차를 마셨다는 이야기가 있다. 적어도 천 년 이상의 차 역사가 이어져 오고 있다는 사실이 경이롭다. 10여 년 전 상원사에서 천일기도를 한 스님 말에 의하면, 중대에서 적멸보궁에 이르는 참배 길과 기도가 천 년 이상 이어져 왔다는 이야기를 듣고 놀랐던 적이 있었다. 그것은 6·25 전쟁 중에도 멈추지 않았다고 한다.

오랜만에 찾은 오대산이지만, 역시나 나를 실망시키지 않았다. 늘 푸른 전나무숲과 시원한 계곡물, 그리고, 월정사에서 상원사로 계곡 따라가는 선재길이 좋았다.

상원사에서 하루를 묵으며, 오대명수로 차를 마시니 정신이 맑아진다. 상원사에는 선방이 있어 많은 스님이 선망하는 수행처이다. 청정하고, 올곧은 기운이 가득 찬 곳이기에 인기가 많은 것 같다.

오대산 우통수는 적어도 수십 년 전까지만 해도 한강의 발원지로 문화적인 상징성이 많은 곳이다. 조선시대 500년간 우통수는 한강의 발원지로 인식되어 왔기 때문이다. 오늘날에도 오대산 입구에 물 박물관이 설립되어 우통수의 문화적 가치를 잘 활용하고 있다.

오대산 우통수로 가는 길은 일반인들이 가기 힘든 곳에 있다. 상원사에서 땀 듬뿍 흘리며 산길로 1시간 정도를 걸어가야 하기 때문이다. 지금은 우통수를 찾기보다는 서대 수정암을 찾아가다 보면, 암자 바로 못 미쳐 길가에 우통수가 위치한다. 상원사에서 우통수로 가는 길은 나무숲 사이의 산길이어서 그야말로 자연 그대로의 숲속에서 삼림욕을 할 수 있는 청정한 곳이다. 가는 길이 험해서 그렇지 한 번쯤은 큰맘 먹고 가볼 만한 곳이다. 더욱 우통수도 있고 오대산 오대

중이 하나인 서대의 조용하면서도 시원한 풍광을 온전히 느낄 수 있는 곳이기 때문이다.

오대산 서대의 수정암은 스님 한 분이 수행하는, 너와 지붕의 작은 암자이다. 보통 한두 철 지내며 수행을 하다가 간다고 하며, 내가 방문했을 때도 처음에는 비어 있었고, 그다음에 갔을 적에는 한 분이 수행하시고 있었다. 수정암에 사셨다는 스님의 말씀에 의하면, 수정암과 몇십 미터 떨어져 있는 우통수도 좋지만, 수정암 안의 샘물이 더 좋다고 하셨다. 자주 갈 수 없는 곳이기에 두 군데의 물을 떠서 마셔보니 물맛이 달고 시원했다. 두 군데 물 모두 산중수이기에 큰 차이는 없는 것 같지만, 그래도 계속 사용하는 수정암물이 더 시원하고 맑은 것 같았다.

우대산 우통수의 수질은 매우 맑고 시원하다. 산중 깊은 곳에 있어서 우선 사람 발길이 드물어 전혀 오염되지 않았고, 오대산자락의 깊은 산중 꼭대기에서 흘러 나와서인지 주위의 청정한 자연처럼 수질 또한 매우 맑고, 물맛 또한 시원하다. 그 점은 다음 표에 나타난 바와 같이 수질조사 결과에서도 잘 드러나고 있다.

우통수의 pH는 6.2로 약산성에 가까우나, 수중의 용존산소도 9.4mg/L 이상으로 풍부한 편이며, 수중에 녹아있는 고형물질도 각각 37.5mg/L로 비교적 적은 것으로 나타났다. 경도는 15mg/L 정도로 칼슘이온이 4.5mg/L이고, 규산성분이 11.29mg/L로서 비교적 높게 나타나고 있다. 아마도 산마루의 정상 부근에 위치하여 이물질의 유입이 적어서 물이 맑고, 물맛 또한 좋은 것으로 확인되고 있다. 물론 다른 유기물 오염도 거의 없고, 농약, 그리고, 중금속 등 다른 오염물질들도 없는 맑고 깨끗한 물로 나타났다. 다만 인적이 드물어 일부 등산객들이 이용하여 물이 정체될 가능성이 높으므로 정기적인 관리

오대산 우통수

가 필요할 것으로 판단된다.

또한 우통수에 대해 물맛 기준으로 평가해 본 결과, 장군수의 O Index(맛있는 물 지표)는 16.92로서 매우 맛있는 물로 나타나고 있다.

표 1. 오대산 우통수의 현장 수질분석 결과

약수명	온도(℃)	pH	DO (mg/L)	전기전도도 (μS/cm)	TDS (mg/L)
먹는 물 수질 기준	−	4.5~9.5	−	−	−
오대산 우통수	10.5	6.2	9.4	31.5	37.5

표 2. 오대산 우통수의 수질분석 결과(심미적 영향물질 1)

약수명	심미적 영향물질에 관한 기준				
	경도 (mg/L)	과망간산칼륨 소비량 (mg/L)	냄새	맛	구리 (mg/L)
먹는 물 수질 기준	300mg/L	10mg/L	냄새가 없을 것	맛이 없을 것	1mg/L
오대산 우통수	15.0	1.7	없음	없음	불검출

표 3. 오대산 우통수의 수질분석 결과(심미적 영향물질 2)

약수명	심미적 영향물질에 관한 기준					
	증발 잔류물 (mg/L)	철 (mg/L)	망간 (mg/L)	탁도 (NTU)	황산이온 (mg/L)	알루미늄 (mg/L)
먹는 물 수질 기준	500mg/L	0.3mg/L	0.3mg/L	0.5NTU	200mg/L	0.2mg/L
오대산 우통수	42	불검출	불검출	0.26	불검출	0.02

표 4. 오대산 우통수의 수질분석 결과(물맛 기준)

약수명	물맛 기준					총유기탄 소(TOC) (mg/L)
	나트륨이 온(Na) (mg/L)	칼슘이온 (Ca) (mg/L)	마그네슘 이온(Mg) (mg/L)	칼륨이온 (K) (mg/L)	규산(SiO2) (mg/L)	
오대산 우통수	0.626	4.505	1.004	1.191	11.29	1.07

표 5. 오대산 우통수의 물맛 평가

약수명	O Index(맛있는 물)	K Index(건강한 물)	비고
물맛 기준	2 이상	5.2 이상	–
오대산 우통수	16.92	3.96	맛있는 물

역사적으로 보면 우통수에 대한 기록들이 많다. 물을 마실 때 그 근원을 생각하라는 음수사원(飲水思源)이란 말이 있듯이 조선조 많은 선비와 문인들이 우통수에 대해 이야기를 하였다.

그러기에 가끔은 삶이 외롭거나 힘들 때 한 번은 꼭 찾아가 한마음 잡고 오고 싶은 곳이 오대산 월정사이다. 월정사 입구의 전나무숲을 거닐며, 계곡 따라 상원사로 가는 선재길도 걸어보고, 조금은 여유가 있다면 우통수에 올라 천년의 역사와 신비를 지닌 물을 한번 마셔보면 좋을 것 같다.

더욱 옛 효명, 보천 두 태자처럼 그 물을 길어다 차 한잔 한다면, 그야말로 천년의 신비를 지닌 차 맛이 오늘에도 온전히 이어질 것 같다.

2) 순천 선암사 약수

선암사(仙巖寺)는 우리나라에서 숨겨져 있는 보물 같은 절이다. 한 국불교를 대표하는 조계종과 태고종이 분쟁 중인 사찰이어서 오랫동 안 개발이 되지 않아 옛 사찰의 원형을 그대로 간직한 몇 안 되는 곳 이기 때문이다. 정말 옛 절다운 고즈넉한 분위기를 즐기고 싶다면, 언제든 조용히 가볼 만한 사찰이다. 계룡산의 갑사와 동학사처럼, 조 계산을 경계로 하여 서쪽은 송광사가 있고, 동쪽엔 선암사가 있다. 시간적 여유가 있다면, 송광사에 들러 산행을 하고 선암사를 가거나, 선암사를 보고 송광사로 가는 것도 좋은 것 같다.

작년 2월 중순경 선암사 매화를 구경하러 갔더니 매화는 일러 아 직 활짝 피지 않았다. 그렇지만, 일주문 앞의 차밭과 대웅전 뒤의 차 밭을 보고 늘 푸른 녹차가 늦겨울까지 지내고 있음을 보고 마음 깊이 푸르름이 솟아났다. 경내를 둘러보며, 약수터의 물맛을 보니, 녹차의 푸르름과 백매(白梅)의 맑음을 간직한 것 같아 좋았다. 더불어 산책길 을 돌아오며 순천시에서 운영하는 야생차 체험관에 들러 마셨던 녹 차의 상큼함이 아직도 생각난다.

선암사 주차장에 차를 세우고, 매표소를 지나 계곡 따라 절로 가는 길이 그윽하다. 20~30분간 조용한 산길을 걸으며 마음을 추스를 때 가 되면, 차 체험관으로 가는 길이 보인다. 목이 마르고 힘들면 잠시 들러가는 것도 좋지만, 우선은 절에 들러보고 내려오며 보는 것이 좋 다. 차 체험관을 지나 잠시 거닐다 보면 승선교가 나타난다. 말 그대 로 선계에 들어가는 느낌이고, 바로 위에 승선루가 있다. 승선루를 지나면, 오른편에 차밭이 보이고, 고풍스러운 일주문을 들어서면 왼편에 목을 축일 수 있는 약수가 나타난다. 약수를 마시고 대웅전에 들러 참배하고 천연기념물로 지정된 선암사 선암매(仙巖梅)를 보러 갔더니 선암매는 한두 송이만 꽃망울을 피웠을 뿐, 만발하기에는 아직 일렀다. 안타까움 속에 계속 올라가 봤더니 절 뒤편에 큰 차밭이 있었다. 희고 붉은 매화는 아직 일러 피지 않았지만, 한겨울을 지낸 찻잎은 당당하게 푸르른 잎을 드러내고 있었다. 그 예전 지허스님이 한국 녹차의 자부심을 드러냈듯이 선암사 차밭은 그 전통을 이어가고 있음을 알 수가 있었다. 절을 둘러보고 돌아오며 차 체험관으로 오는 길은 대나무와 편백나무 숲으로 이루어져 삼림욕을 하며 천천히 음미하며 걸어가는 것이 참 좋다.

선암사의 약수는 절 안에 두 곳이 있다. 입구 쪽과 적묵당 앞의 수구가 두 곳이 있으며, 조계산의 너른 품 안처럼 사람들의 몸과 맘을 편안하게 해주는 것 같다. 차 체험관에도 두세 군데의 약수가 있다. 체험관 위쪽의 숲속에서 나오는 약수와 체험관 안의 장군수이다. 체험관 위의 약수는 예전에는 사용하였지만, 지금은 사용하지 않아서 방치되어 있다. 그리고, 차 체험관에서는 지하수를 취수하여 이용하고 있고, 체험관 안에 있는 장군수는 돌 수각으로 잘 정리되어 이용하고 있다.

선암사 약수의 수질은 선암사 녹차밭처럼, 백매처럼 맑고 맛있는 물로 나타나고 있다. 조계산의 여유 있는 산자락처럼 물맛 또한 푸근하고, 시원한 것으로 나타나고 있다.

선암사 약수의 pH는 6.9~8.4로서 중성에서 대체로 약 알칼리성으로 나타내고 있다. 차체험관의 지하수의 경우 지질층을 통과한 영향으로 다소간 고형물질과 이온성 물질의 함유량이 높은 편이나, 선암

선암사 약수

사 약수와 장군수의 경우에는 비교적 고형물질의 함유량도 적고, 용존산소도 풍부하며, 경도 또한 8.2~31mg/L 정도로 단물인 것으로 나타났다. 이 밖에 조계산의 청정한 산중에 위치하여 유기물 오염도 거의 없고, 농약, 그리고, 중금속 등 다른 오염물질들도 없는 맑고 깨끗한 물로 나타났다.

또한 선암사 약수와 차체험관의 두 곳 약수에 대해 물맛 기준으로 평가해본 결과, 장군수의 O Index(맛있는 물 지표)는 4.1~7.8로 모두 맛있는 물로 나타나고 있다.

표 1. 선암사 약수의 현장 수질분석 결과

약수명	온도(℃)	pH	DO (mg/L)	전기전도도 (μS/cm)	TDS (mg/L)
먹는 물 수질 기준	–	4.5~9.5	–	–	–
선암사 약수	15.9	8.1	11.1	20.0	24.4
차체험관 지하수	18.5	8.4	5.8	197.5	240.9
차체험관 장군수	17.3	6.9	8.7	24.0	29.3

표 2. 선암사 약수의 수질분석 결과(심미적 영향물질 1)

약수명	심미적 영향물질에 관한 기준				
	경도 (mg/L)	과망간산칼륨 소비량 (mg/L)	냄새	맛	구리 (mg/L)
먹는 물 수질 기준	300mg/L	10mg/L	냄새가 없을 것	맛이 없을 것	1mg/L
선암사 약수	8.2	1.3	없음	없음	불검출
차체험관 지하수	31.0	0.6	없음	없음	불검출
차체험관 장군수	15.4	1.0	없음	없음	불검출

표 3. 선암사 약수의 수질분석 결과(심미적 영향물질 2)

약수명	심미적 영향물질에 관한 기준					
	증발 잔류물(mg/L)	철 (mg/L)	망간 (mg/L)	탁도 (NTU)	황산이온 (mg/L)	알루미늄 (mg/L)
먹는 물 수질 기준	500mg/L	0.3mg/L	0.3mg/L	0.5NTU	200mg/L	0.2mg/L
선암사 약수	20.0	불검출	불검출	0.27	3.0	불검출
차체험관 지하수	58.0	불검출	불검출	0.28	7.0	0.02
차체험관 장군수	30.0	0.08	0.005	2.00	3.0	0.18

표 4. 선암사 약수의 수질분석 결과(물맛 기준)

약수명	물맛 기준					총유기탄소(TOC)(mg/L)
	나트륨이온(Na)(mg/L)	칼슘이온(Ca)(mg/L)	마그네슘이온(Mg)(mg/L)	칼륨이온(K)(mg/L)	규산(SiO2)(mg/L)	
선암사 약수	0.8	2.1	0.4	0.5	11.2	0.81
차체험관 지하수	9.0	9.2	0.5	0.7	24.2	0.25
차체험관 장군수	1.1	3.4	0.6	0.9	23.6	0.60

표 5. 선암사 약수의 물맛 평가

약수명	O Index(맛있는 물)	K Index(건강한 물)	비고
물맛 기준	2 이상	5.2 이상	–
선암사 약수	4.1	1.4	맛있는 물
차체험관 지하수	4.6	1.4	맛있는 물
차체험관 장군수	7.8	2.4	맛있는 물

　봄이 되면 어디로든 떠나고 싶은 계절이다. 그럴 때 마음 내어 가볼 만한 곳이 선암사이다. 옛 절의 고요함 속에서 시원한 약수를 마시고, 햇 녹차의 싱그러움을 만끽할 수 있는 소중한 곳이기 때문이다. 올해에도 봄 소풍 삼아 신록이 우거진 선암사에 가 선암사 약수로 우린 맑은 녹차 한 잔을 맛보려 한다.

3) 강진 백련사 약수

해마다 이즈음이면 동백꽃 만발한 강진의 백련사가 그립다. 천연기념물 제151호로 지정된 수백 년 이상 된 백련사 동백나무숲이 만들어 내는 동백꽃의 향연이 참으로 장엄하고 찬란하다. 한여름 늘 푸른 동백나무의 푸른 숲도 좋지만, 한겨울 푸르른 잎 속에서 피어나는 빨간 동백꽃의 선연한 빛이 참으로 아름답다. 어찌 보면 한겨울을 인내한 마음의 정화가 붉은 꽃으로 드러나는 것 같다. 더욱 동백꽃이 후드득후드득 떨어진 숲길을 걷다 보면 세상일 다 잊고 한없이 걷고만 싶다. 그런 멋진 곳이 강진의 백련사(白蓮社)이다. 푸른 동백 숲속에 한 떨기 흰 연꽃처럼 피어나는 천년고찰의 고즈넉함과 아마도 그만큼의 차 이야기가 묻혀있을 법한 한국 차의 성지이기도 하다. 한국차의 역사가 동백꽃처럼 피어나는 그곳에서 차 한 잔을 마시면 그보다 더 좋은 일은 없을 것 같다.

20년 전인 1995년에 학생들과 졸업여행을 하면서 남도(南道)를 순례한 적이 있다. 백련사와 다산초당을 들러서 광주비엔날레를 보고 변산반도, 그리고, 대전엑스포행사장을 둘러보고 왔었다. 그때 현 해인사 주지이신 혜일스님이 주지로 계셔서 절에서 묵게 해 주셨고, 같이 갔던 많은 학생이 백련사에서의 하룻밤을 잊지 못해 다시 가고 싶다고 이야기하였다. 학생들 눈에도 수백 년 이상 된 동백나무숲과 천년고찰에서 마시는 차 한 잔이 가지고 있는 깊이감과 저 멀리 바라다보이는 남해 바다가 참 좋았던 것 같다.

백련사와 다산초당은 하나가 된 이웃인 것 같다. 마치 아암 혜장선사와 다산 정약용 선생의 교류처럼 말이다. 백련사에서 다산초당으로 가는 길은 그야말로 백 년의 찻길이고, 천년의 역사길로 되살려져

백련사 선방약수

야 한다. 항시 눈 밝은 사람들의 만남은 천년의 역사 속에 뚜렷이 새겨질 것이기 때문이다. 승속(僧俗)과 종교를 초월해서 이루어진 두 사람의 아름다운 만남은 한국 차의 새로운 태동이기도 하다. 적어도 오늘날과 같은 한국차의 부흥이 일어난 것은 혜장스님과 다산선생, 그리고 초의선사와 추사 선생 같은 멋진 만남이 있었기 때문이다. 그런 측면에서 백련사는 천년의 역사로 새롭게 새겨지고, 천년의 차와 함께 또한 백련사에는 좋은 물이 있음을 알아야 한다.

'만덕산 백련사(萬德山 白蓮社)'의 약수는 여러 곳이 있다. 많은 덕을 가지고 있다는 만덕산(萬德山)이라는 이름처럼 만덕산 백련사는 많은 이야기가 있는 것 같다. 반도의 끝자락의 토층에서 우러나오는 물들이 그야말로 산의 정기를 품은 약수라는 생각이 들게 된다. 적어도 수백 년의 수령을 가진 상록수림이 있는 뒷산에서 흘러내린 물들을 모아 백련사의 큰 절과 상록수림을 지나 위편에 있는 선방약수, 그리고, 선방 위편의 계곡에 있는 산중 약수 등이 있다. 큰 절의 약수는 예전에 백련사 주지이신 여연스님이 절 뒤편 산중의 물길을 정리하여 새롭게 만들었다 한다. 그때 여연스님이 한 바가지 떠 준 물이 시원하고 달았다.

절 마당의 수곽에 흐르는 물은 토층으로 이루어진 만덕산 자락을 흘러내린 물을 물길을 이어 찾아오는 사람들이 쉽게 마실 수 있도록 하였다. 그렇기에 더욱 감로수(甘露水)임이 틀림없다. 더욱이 차를 즐기시는 여연스님의 입맛과 안목을 갖추었기에 단아하고 고졸하기도 하다.

백련사 왼편으로 동백나무숲을 지나 수백 미터를 오르다 보면 선방이 있고, 선방 뒤편에 잘 정리된 샘물이 선방약수이다. 선방 앞에서 멀리 바라보이는 남해의 전경도 좋고, 무엇보다 만덕산의 푸근한 품과 수백 년 된 동백나무의 정기가 또한 편안하고 깊은 맛을 느끼게 한다.

선방을 지나 옆 계곡을 따라 올라가다 보면 계곡 옆에 작은 샘물이 있고 그곳이 바로 산중 약수이다. 사람들이 잘 찾지 않는 곳이고, 산중에 있다 보니 잘 알려져 있지는 않지만, 그러기에 물은 더 맑고 그윽하다고 할 수가 있다.

물맛이 좋으면 차맛이 더욱 좋다고, 차와 물은 하나이다. 더욱 우려 주는 사람과 마시는 사람이 모두 차를 즐기는 사람이라면, 그 차맛이야 말로 최상이 아닐까 한다. 오랜만에 여연스님이 우려주는 차맛이 더욱 그윽하고 깊었다. 한 여름 속에서 맑은 맛과 익어가는 계절의 차맛이 잘 어우러져 오랜만에 녹차의 싱그러운 맛을 가득 느낄 수 있었다.

백련사 약수의 특성은 만덕산 토층을 우러나오는 물이기에 우선 맑고 시원하다. 백련사 약수의 수질은 표에서 보듯이 백련사 약수의 pH는 6.4이고, 선방약수와 산중 약수의 pH는 6.4와 6.0으로 나타났다. 특히 산중 약수와 선방약수, 그리고, 백련약수 모두가 순수상태에 가까운 경도 7.6에서 19.0mg/L 정도로 모두 매우 연한 단물로 나타났으며, 냄새나 맛 등도 없는 깨끗한 물로 판명됐다. 전체적으로 보아 가장 높은 곳에 위치한 산중 약수보다 낮은 곳에 위치한 선방약수와 백련약수의 성분들이 다소 높게 나타나고 있다. 이 점은 물맛 기준에서도 산중 약수에 비해 선방약수와 백련약수가 이온성 물질이 다소 높은 것으로 나타나고 있다. 이것은 상류 지역에 위치한 산중 약수보다 선방약수와 백련약수는 지층을 통과하며 여러 광물질을 포함하여 약간 높게 나타나는 것으로 판단된다. 그렇지만 두 약수 모두 우리나라의 오염되지 않은 산수들이 그렇듯이 수질이 맑고 깨끗하여 찻물로 사용하기에 매우 좋은 것으로 나타나고 있다.

표 1. 백련사 약수의 현장 수질분석 결과

약수명	온도(℃)	pH	DO (mg/L)	전기전도도 (μS/cm)	TDS (mg/L)
먹는 물 수질 기준	–	4.5~9.5	–	–	–
백련약수	15.5	6.4	7.63	63.5	36.8
선방약수	17.6	6.4	6.77	53.0	24.8
산중 약수	17.6	6.0	7.24	12.5	16.5

표 2. 백련사 약수의 수질분석 결과(심미적 영향물질 1)

약수명	심미적 영향물질에 관한 기준				
	경도 (mg/L)	과망간산칼륨 소비량 (mg/L)	냄새	맛	구리 (mg/L)
먹는 물 수질 기준	300mg/L	10mg/L	냄새가 없을 것	맛이 없을 것	1mg/L
백련약수	19.0	0.6	없음	없음	불검출
선방약수	12.4	0.9	없음	없음	불검출
산중 약수	7.6	0.8	없음	없음	불검출

표 3. 백련사 약수의 수질분석 결과(심미적 영향물질 2)

약수명	심미적 영향물질에 관한 기준					
	증발 잔류물(mg/L)	철 (mg/L)	망간 (mg/L)	탁도 (NTU)	황산이온 (mg/L)	알루미늄 (mg/L)
먹는 물 수질 기준	500mg/L	0.3mg/L	0.3mg/L	0.5NTU	200mg/L	0.2mg/L
백련약수	48.0	불검출	불검출	0.22	3.0	불검출
선방약수	42.0	불검출	불검출	0.14	2.0	불검출
산중 약수	26.0	불검출	불검출	0.07	3.0	0.02

표 4. 백련사 약수의 수질분석 결과(물맛 기준)

약수명	물맛 기준					총유기탄소(TOC) (mg/L)
	나트륨이온(Na) (mg/L)	칼슘이온 (Ca) (mg/L)	마그네슘이온(Mg) (mg/L)	칼륨이온 (K) (mg/L)	규산(SiO2) (mg/L)	
백련약수	2.405	6.271	0.908	0.914	22.22	0.35
선방약수	1.601	3.975	0.519	0.198	15.69	0.46
산중 약수	1.072	0.925	0.801	불검출	4.62	0.52

표 5. 백련사 약수의 물맛 평가

약수명	O Index(맛있는 물)	K Index(건강한 물)	비고
물맛 기준	2 이상	5.2 이상	–
백련약수	7.52	4.18	맛있는 물
선방약수	7.88	2.58	맛있는 물
산중 약수	1.46	−0.01	–

백련사는 불교중흥의 결사로 유명한 사찰이었다. 그러듯이 오늘날 한국차의 새로운 중심으로서 한국차의 발전이 기대되는 곳이다. 차인이라면 백련사를 자주 찾아서 우리 시대 소중한 유산을 지켜가는 데 동참해야 할 것 같다.

4) 제주도 절물 약수

북반부에서 여름이면 모든 곳이 다 무덥기에 산과 바다로 피서를 가게 된다. 그렇지만 겨울이 되면 따뜻한 남쪽 나라가 그리워지게 된다. 우리가 잘 아는 미국 하와이의 성수기는 여름철이 아니라, 겨울철이 더 붐빈다고 한다. 여름에는 모든 곳이 뜨겁지만, 겨울에도 따뜻한 지역이 하와이여서 많은 미국 사람들이 즐겨 찾는다고 한다. 요즘 우리나라에서도 겨울이면 남쪽으로 휴가를 가는 사람이 많다. 여유 있는 사람은 괌이나 사이판 등으로도 가지만, 국내에서 사철 휴가지로 각광받고 있는 곳이 바로 제주도이다.

제주도는 그야말로 봄·여름·가을·겨울이 좋은 곳으로서 차 문화와 관련된 유적도 많고, 자연환경도 좋아 누구든 가고 싶은 곳이기도 하다. 차와 관련하여 한라산을 배경으로 늘 푸르른 차밭도 좋고, 대정

절물 약수

　의 추사선생 유적지를 둘러보는 것도 좋고, 바삐 돌아다니다가 잠시 쉬고 싶으면 오설록 티뮤지엄 들러 차 한잔하는 것도 좋은 일이라고 본다. 그리고 가끔은 제주도를 대표하는 오름에 올라 오름의 부드러운 곡선과 기상을 느껴보는 일도 좋은 일이다. 섬이기에 바다로 둘러싸인 곳곳에 드러난 해변도 좋고, 곳곳에 좋은 약수터가 있다. 또한 조용히 생각하며 거닐 수 있는 숲길이 있는 곳으로 추천할 만한 곳이 비자림과 사려니 숲길, 그리고, 절물 자연휴양림 등이 있다.

　그중에서도 절물휴양림은 완만한 능선과 숲길이 좋아서 시간 내서라도 찾아가 볼 만하다. 우거진 숲길을 거닐며 삼림욕도 하고, 중간에 절물 약수터가 있어 제주도의 청정한 물을 마실 수 있기 때문이다. 제주도다운 자연과 잘 정리된 숲길, 그리고 절과 절 옆에 있는 절물 약수터를 마시면 제주의 자연과 청정함을 가득 안고 올 것 같다.

절물휴양림은 공항에서도 멀지 않기에 공항에서 내려 한번 들러보고 하루 일정을 시작해도 좋은 곳이다. 휴양림 입구에 돌하르방이 반기고 가운데 삼나무 숲길을 따라 10여 분 정도 가면, 약수암이 나타나고, 왼쪽으로 절물 약수터가 있다. 이름 그대로 옛날부터 절 옆에 약수물이 있다고 하여 절물 약수라 불렀다고 한다. 약수터로 가기 전에 울창한 자연림으로 둘러싸인 절물오름이라는 오름으로 가는 길이 있어 오름 트레킹이나 삼림욕도 즐길 수 있다.

절물 약수터는 제주도 약수물의 특성을 잘 간직한 맑은 물이다. 숲에 둘러싸여 푸른색 이끼가 연중 끼어 있고, 현무암 사이에서 나오는 물이 고여 있다. 약수는 절물오름의 큰 봉우리인 큰 대나오름 기슭에서 자연적으로 용출되어 나오는 물이다. 절물 약수터 왼쪽에는 현무암으로 이루어진 큰 돌 수조에서 두 줄기로 물이 나와 받아 마시기도 좋다.

물을 한 바가지 받아 마시면 청량한 기운이 들고 왠지 몸이 가벼워지는 것 같다. 잠시 앞으로 눈을 돌리면 「생이소리질」이라는 이해인 수녀가 쓴 시가 있고, 둘레길이 있어 시간이 나는 사람은 둘러 보고 와도 좋은 것 같다. 돌아오며 살펴보니 약수암에서는 다도예절 수강생을 모집한다는 공고문이 붙어 있어 아마도 절물 약수로 차를 우려 마실 것 같다는 생각이 들었고, 그 차맛 또한 맑고 좋을 것 같다.

수질 전문가로서 제주도는 우리나라의 물을 대표하는 곳이라고 본다. 금수강산(錦繡江山)이라는 말이 있듯이 우리나라는 수질 면에서도 복 받은 나라라고 생각한다. 최근 주요 하천들이 오염되어 옛날의 청정함을 잃었지만, 그래도 기본적으로 보면 우리나라의 물은 맑고 깨끗하다. 일부 영월지역 일부 등의 석회암 지역을 제외하면, 육지는 화강암으로 이루어진 암반이나 지층을 통과하기에 물 자체가 맑고 달다. 그리고, '백두에서 한라'라는 말이 있듯이 반도가 시작하는 백두산과 마지막으로 용트림하며, 솟아오른 한라산 지역은 화산이 폭발하여 만든 현무암층으로 이루어졌기에 이물질이 용출되지 않는 순수상태를 나타내고 있다.

작년 가을 삼사 일간 제주도의 약수를 중점적으로 조사하였었다. 제주도의 물은 빗물이 한라산 정상으로부터 그대로 침투되어 지하수로 되고, 그중에 일부는 중산간 지대에서 용출되고, 해수면 부근에서 다시 용출되는 특성이 있다. 전반적으로 제주도지역의 물은 빗물이 현무암을 통과한 물이기에 빗물과 같은 순수상태의 단물이다. 그러기에 제주도 물로 차를 마시면, 차 성분이 그대로 우러나 차맛을 그대로 우릴 수 있다는 장점이 있다.

절물 약수의 기본적인 수질은 다음 표와 같다. 절물 약수의 수질은 매우 맑고, 수량도 적정해서 좋다. 절물 약수의 pH는 7.4로 중성에서 약 알칼리성이다. 절물 약수는 수중의 용존산소도 10.13mg/L 이상으로 많은 편이며, 경도는 29mg/L 정도로 칼슘이온 6mg/L이고, 규산성분이 34.65mg/L로 다소 많이 나타나고 있다. 기타 유기물 오염이나, 농약, 그리고, 중금속 등 다른 오염물질들도 없는 맑은 물로 나타나고 있다.

표 1. 절물 약수의 현장 수질분석 결과

약수명	온도(℃)	pH	DO (mg/L)	전기전도도 (μS/cm)	TDS (mg/L)
먹는 물 수질 기준	–	4.5~9.5	–	–	–
절물 약수	13.3	7.4	10.13	99.5	52.7

표 2. 절물 약수의 수질분석 결과(심미적 영향물질 1)

약수명	심미적 영향물질에 관한 기준				
	경도 (mg/L)	과망간산칼륨 소비량 (mg/L)	냄새	맛	구리 (mg/L)
먹는 물 수질 기준	300mg/L	10mg/L	냄새가 없을 것	맛이 없을 것	1mg/L
절물 약수	29.0	0.5	없음	없음	불검출

표 3. 절물 약수의 수질분석 결과(심미적 영향물질 2)

약수명	심미적 영향물질에 관한 기준					
	증발 잔류물(mg/L)	철 (mg/L)	망간 (mg/L)	탁도 (NTU)	황산이온 (mg/L)	알루미늄 (mg/L)
먹는 물 수질 기준	500mg/L	0.3mg/L	0.3mg/L	0.5NTU	200mg/L	0.2mg/L
절물 약수	52	불검출	불검출	0.07	3.0	불검출

표 4. 절물 약수의 수질분석 결과(물맛 기준)

약수명	물맛 기준					총유기탄소 (TOC) (mg/L)
	나트륨이온 (Na) (mg/L)	칼슘이온 (Ca) (mg/L)	마그네슘이온(Mg) (mg/L)	칼륨이온(K) (mg/L)	규산(SiO2) (mg/L)	
절물 약수	2.9	6.0	2.8	3.0	34.65	0.22

표 5. 절물 약수의 물맛 평가

약수명	O Index(맛있는 물)	K Index(건강한 물)	비고
물맛 기준	2 이상	5.2 이상	–
절물 약수	7.53	3.48	맛있는 물

제주도에 가면, 이제는 제주도 곳곳에서 나오는 샘물들을 한번 마시고 오는 것도 좋을 것 같다. 제주의 청정한 자연과 바람 속에서 자연 그대로의 특성을 간직한 맑은 물을 마시고 오면 생활의 활력소가

될 것 같다. 더불어 모름지기 차인이라면, 제주의 맑은 물로 제주의 늘 푸른 녹차(제주 약수와 제주 녹차)를 마시는 것도 또 다른 즐거움이 될 것 같다.

5) 울주 가지산 약수

산이 좋다는 건 숲이 있고 계곡이 있고, 그 속에 좋은 물이 있다는 것이다. 우리나라는 예로부터 좋은 산과 물이 있어서 옛 선인들도 산수(山水)를 즐겨왔다. 백두산에서 한라산에 이르기까지 높고 푸른 산 중에는 하늘에서 내린 맑은 물을 그대로 간직하고 있는 좋은 나라이다. 그러기에 지금도 조금만 관심을 가진다면, 우리 주위의 산중에는 찻물로 활용할 수 있는 좋은 물들이 곳곳에 가득 있다.

그와 같은 좋은 산중의 하나가 바로 가지산(加智山: 1,241m)이다. 가지산은 경상북도 청도군 운문면과 경상남도 밀양시 산내면, 울산광역시 울주군 상북면의 경계를 이루는 산이다. 가지산, 운문산, 신불산, 영취산, 천황산 등 이른바 영남 알프스로 불리는 산 중에서 가장 높은 산이며, 산림청이 선정한 남한 100대 명산(名山)에 속하는 명산이기도 하다. 또한 1979년 자연공원법에 따라 경상남도 가지산 도립공원으로 지정되어 있기도 하다.

가지산 도립공원은 낙동정맥과 영남알프스의 큰 줄기로서 해발 1,000m 이상의 산지를 이루고 있으며, 사면이 가파르고 험하다. 봄에는 진달래와 철쭉들이, 가을에는 억새와 단풍 등으로 멋진 풍광들이 펼쳐지는 아름다운 산이기도 하다. 경상남도 도립공원위원회의 위원으로서 가지산과 이어져 있는 재약산과 신불산, 그리고, 통도사가 있는 영축산 일원을 연이어서 서너 번 답사해 본 적이 있다. 재약

가지산 약수

산의 얼음골 기슭의 수백 년 이상 된 진달래는 범접하기 어려운 아름다움이 있고, 사자평과 산들늪으로 이어지는 억새밭은 그 모습 그대로 정겨운 느낌이 가득하다. 그런데 일행들이 많다고, 등산로도 아닌 지역을 이리저리 다니거나, 억새밭을 방석 삼아 수십 명의 사람들이 음식물을 먹으며, 훼손시키고 있었다. 있는 그대로 보고 즐겨도 기쁘고, 즐거운 일이건만, 일반 시정에서나 하는 행동을 산에 와서도 하는지 참으로 안타까운 일이다.

　이어져 있는 능선을 타고 오다 보니 파헤쳐진 임도 사이로 이미 많이 훼손되어 있었고, 사람들이 다닌 길 위의 등산로가 이미 수십 센티 이상으로 내려앉는 등 여러 곳이 파괴되어 가고 있었다. 요즘 같은 시기에 신록이 무르익어가고 갖가지 꽃들이 피어나는 등 산의 기상과 아름다움을 충분히 느끼게 해주기도 하였지만, 일부 몰지각한 등산객들에 의한 환경 훼손도 많아져 참으로 안타까웠다. 현명한 국민이라면 앞으로는 선조들로부터 아름다운 산하(山河)를 잘 물려받았듯이 그 이상으로 잘 보존하여 후손들에게 물려줄 책임이 있다고 본다. 자연을 자연대로 즐길 줄 안다면, 후손들에게 떳떳하게 물려줄 유산으로서의 자연을 잘 보존시켜 줘야 하기 때문이다. 정말 우리만이 보고 갈 것이 아니라면, 이제부터라도 주위의 산도 소중하게 지켜줘 가야 할 것 같다.

　가지산 약수는 가지산 기슭에 있는 석남사(石南寺)를 거쳐 배내골이라 부르는 계곡으로 넘어가는 고개의 우측에 작은 주차장이 있고, 산위의 계곡에서 내려오는 물을 작은 관으로 물을 끌어다 사용하고 있다. 깊은 산중의 계곡물을 끌어오기 때문에 연중 물의 양도 일정하고, 물줄기도 시원하게 잘 뿜어져 나오고 있다. 수년 전 아는 차인이 추천하기에 수질조사를 해보니 매우 좋았다. 가지산 자락의 물들이 여러 곳에서 나오지만, 무엇보다 자주 다니는 곳이고, 물을 받기도 쉬워서 이곳을 지날 때마다 물통으로 받아다가 찻물로 사용하고 있다. 이미 여러 곳의 음식점에서도 이 물을 받아다가 찾아오는 손님들에게 제공하는 등 많은 사람들이 이용하고 있기도 하다.

　가지산 일대의 지질은 중생대 백악기의 운문사 유문 암질암류인 석영 안산암으로 이루어져 있다고 한다. 그래서인지 가지산수의 물은 맑고 깨끗하다. 사람들이 접근하지 않은 오염되지 않은 산의 계곡 깊은 곳에서부터 내려오기 때문에 빗물 그대로의 성분과 일부 지층의 성분들이 녹아 있다고 볼 수가 있다.

지난 몇 년간 조사한 결과 우리나라 산의 약수는 대부분이 농약 등 유해한 무기물과 유기물들이 없으며, 일부 대장균 등 미생물에 의한 오염 가능성은 있으나, pH가 평균 pH 6.48, 용존산소량이 평균 9.19mg/L로 대부분 청정한 상태인 것으로 나타나고 있다. 또한 무기물 농도를 상대적으로 확인할 수 있는 경도는 평균 16.53mg/L로 나타났듯이 대부분 연수(보통 경도 75mg/L 이하를 연수로 봄)인 것으로 조사되고 있다. 우리나라 산중 약수들은 많은 경우 해당 산의 지질학적 영향을 받지만, 대부분은 빗물 상태 그대로의 순수한 상태를 나타내고 있다는 사실을 알 수가 있다.

가지산 약수도 일부 대장균이 검출되어 미생물에 의한 오염 가능성은 있으나, pH가 6.26으로서 중성상태에서 다소 낮은 편이며, 용존산소량은 16.84mg/L로서 일반 산수의 용존산소 평균농도인 9.19mg/L보다 과포화된 것으로 나타나고 있는데, 이것은 계곡에 고인 물이 급경사지를 내려오는 동안 대기 중의 산소가 녹아 들어간 영향인 것으로 보인다. 이 밖에 전기전도도도 28 uS/cm이고, 총용존고형물(TDS)도 33.5mg/L로서 대부분 오염되지 않은 순수한 상태인 것으로 나타나고 있다. 무기물 농도를 상대적으로 확인할 수 있는 경도 또한 10.0mg/L로 매우 연한 단물인 것으로 조사되었다.

물맛 지수도 맛있는 물지수인 O-Index가 6.4이고, 건강한 물지수인 K-Index가 2.55로서 맛있는 물로 나타났다.

표 1. 가지산 약수의 현장 수질분석 결과

약수명	온도(℃)	pH	DO (mg/L)	전기전도도 (μS/cm)	TDS (mg/L)
먹는 물 수질 기준	–	4.5~9.5	–	–	–
가지산 약수	12.0	6.26	16.84	28.0	33.5

표 2. 가지산 약수의 수질분석 결과(심미적 영향물질 1)

| 약수명 | 심미적 영향물질에 관한 기준 | | | | |
	경도 (mg/L)	과망간산칼륨 소비량 (mg/L)	냄새	맛	구리 (mg/L)
먹는 물 수질 기준	300mg/L	10mg/L	냄새가 없을 것	맛이 없을 것	1mg/L
가지산 약수	10.0	0.6	없음	없음	불검출

표 3. 가지산 약수의 수질분석 결과(심미적 영향물질 2)

| 약수명 | 심미적 영향물질에 관한 기준 | | | | | |
	증발 잔류물(mg/L)	철 (mg/L)	망간 (mg/L)	탁도 (NTU)	황산이온 (mg/L)	알루미늄 (mg/L)
먹는 물 수질 기준	500mg/L	0.3mg/L	0.3mg/L	0.5NTU	200mg/L	0.2mg/L
가지산 약수	33.5	불검출	불검출	0.12	2.0	불검출

표 4. 가지산 약수의 수질분석 결과(물맛 기준)

| 약수명 | 물맛 기준 | | | | | 총유기탄소(TOC) (mg/L) |
	나트륨이온(Na) (mg/L)	칼슘이온 (Ca) (mg/L)	마그네슘이온(Mg) (mg/L)	칼륨이온 (K) (mg/L)	규산(SiO2) (mg/L)	
가지산 약수	0.775	3.228	0.473	0.475	12.12	0.51

표 5. 가지산 약수의 물맛 평가

약수명	O Index(맛있는 물)	K Index(건강한 물)	비고
물맛 기준	2 이상	5.2 이상	–
가지산 약수	6.40	2.55	맛있는 물

　기본적으로 우리나라 산중 물은 일부 지층의 영향 및 오염 여부에 따라 다소간의 차이는 있겠지만, 많은 경우 빗물 그대로의 순수한 상태를 유지하고 있다고 볼 수가 있다. 더욱 우리나라의 경우에는 영월이나 일부 석회암 지층의 경우를 제외하고는 대부분이 화강암으로 이루어져 석영질과 모래층을 통과하기 때문에 수질이 맑고 깨끗하다. 그리고, 제주도나 백두산과 같은 화산지역은 현무암으로 이루어져 있기에 용암이 굳어 무기질화되어 물 이외의 이물질이 용출되지 않기 때문에 수질 자체가 매우 맑고 청정하다. 그러기에 차인들이라면 주위의 산중의 약수를 가져다가 찻물로 이용하면 차의 맛과 향을 온전하게 우려낼 수가 있다고 본다.

　서서히 더워지기 시작하는 계절, 산과 계곡들을 찾아 저마다의 찻물을 길어다가 차 한 잔을 즐기는 여유가 있기를 바란다.

6) 제주 약천사(藥泉寺) 약천(藥泉)

　지난 여름방학 동안 유럽의 세계문화유산으로 지정된 주요 지역들을 답사하고 왔다. 그때 유럽의 약수와 사람들이 마시는 생수를 맛보면서 그 물들을 이용하여 차를 마셔보았다. 안타깝게도 유럽은 많은 지역의 물이 칼슘이 매우 많은 센물(경수)이었고, 몇 개 지역을 제외하고는 영 차 맛이 제대로 우러나지 않는다는 사실을 확인하였다. 차향

약천사 굴법당 약수

과 맛이 감쇄하여 전반적으로 밋밋하였다. 귀국한 후 차맛을 다시 확인하기 위해 우리의 샘물로 차를 마셔보니 차맛과 향이 온전하게 나타났다. 실제로 우리나라의 경우에는 일부 석회암 지역을 제외하고는 센물이 드물고, 대부분 수돗물이나 생수들이 단물 상태로서 정말로 혜택받은 나라임을 확실하게 확인하게 되었다.

특히 우리나라에서 가장 많이 판매되는 생수인 삼다수와 백산수는 한라산과 백두산의 화산암층에서 나오는 청정한 물로서 생수로 사용하기에 매우 좋다. 무엇보다 단물이고, 이물질이 거의 없어서 차맛을 그대로 우려내 주기 때문이다.

그런 의미에서 우리나라에서도 제주도는 물에 관한 한 정말로 혜택받은 천혜의 수원지이다. 제주도 물은 대부분 그 근원이 화산 폭발 시 1,200도 이상 되는 마그마가 굳어서 한라산 현무암층을 흘러나온 물이다. 그러기에 자연의 빗물이 그대로 지하에 침투되어 다른 이물질도 유입되지 않았기에 물 자체의 청정함을 온전하게 가지고 있다. 많은 경우 제주도의 물은 자연적으로 용출되는 중산간 지역과 해안 지역의 약수터들이 예로부터 많이 이용됐다. 다만 최근에는 많은 약수터가 관리상의 문제점으로 잘 이용되지 못하고 있었다. 앞으로는 제주도의 청정한 수자원을 보전하기 위해서 제주도 당국이나 도민들은 농약 사용 등을 자제하고, 제주의 청정한 수자원을 깨끗하게 지켜가기 위해 노력하여야 할 것 같다.

이번에 소개하는 약천사(藥泉寺)는 제주도 중문단지 옆에 위치하여 이름 그대로 약수가 나오는 절이라는 약천(藥泉)에서 유래하였다고 한다.

약천사의 원 약수는 바닷가 쪽 입구의 연못 가운데에서 용출된 샘이고, 현 수곽수는 지하 209m의 지하수를 뽑아 사용하고 있다. 약천사 주지를 지내셨던 성원스님의 말에 의하면, 6년간 커피포트를 사용해도 석회 등이 끼지 않은 단물로서 약 알칼리수이고 건강에도 좋고, 차를 타 마시면 부드럽다고 하였다. 그리하여 다른 물로는 차맛이 없어서 차를 못 마신다고 하였다.

원래 약천사는 약수암으로, 동네 사람들의 샘물이었고, 동네의 소와 말들이 물을 찾아 먹으러 오던 곳이었다. 나중에 큰 절을 지으며, 약천사를 창건하신 혜인스님께서 약천사(藥泉寺)라 하셨다고 한다.

제주도의 샘물이 그렇듯이 제주도는 화산섬이어서 다공성의 투수성이 높은 현무암층에 비가 내리면 곧바로 지하로 침투되어 지하수가 되었다가 용출되는데, 약천사도 그렇다. 예로부터 많이 사용했던 해안가 부근의 자연 샘물들이 최근에는 오염되어 먹을 수 없게 되는 것이 안타깝다. 그 어느 곳이건 간에 청정지역은 청정하게 유지하고자 하는 노력이 있어야 함을 알게 된다.

제주도 여행 중 갈 만한 곳이 여러 군데 있겠지만, 그래도 한 번쯤은 들러 볼 만한 곳이 약천사이다. 동양 최대의 법당이라 할 만큼 큰 법당과 굴법당을 참배해 보고, 큰 법당 양쪽에 놓인 수각이나, 굴법당 입구에 있는 수조에서 나오는 물을 한 바가지 먹으며 제주 남쪽 바다를 바라보며 시원함을 느껴보는 것도 좋을 듯하다. 더욱 여유가 된다면, 약수를 한 통 길어다 찻물로 차를 달여 마신다면, 그보다 좋은 일은 없을 것 같다.

오랜만에 약천사에 들러 삼여다실(三餘茶室)에서 차 한 잔을 마시니 그 맛이 참으로 달았다. 삼여자(三餘子)는 해인사 지족암에 계셨던 일타큰스님의 자호로 시간에 여유가 있고, 하는 일에 여유가 있고, 생각에 여유가 있어 스스로 호를 삼여자로 하셨다고 한다. 나중에 약천사의 법당 위쪽에 요사채를 지어 주석하시면서 삼여다실(三餘茶室)이라 하셨다고 한다. 그런 연유에선지 약천사에서는 '좋게 생각하고, 말하고, 일하자'는 '삼호(三好) 운동'을 펼치고 있다. '좋은 게 좋다'는 말처럼, 매일매일을 좋은 시절이라 생각하고 살면, 우리 주위에도 좋은 일들이 저절로 생겨날 것 같다.

약천사 약천수의 수질은 맑고 순수한 제주도 물의 특성을 잘 간직하고 있다. 그 점은 다음 표에 나타난 바와 같이 수질조사 결과에서도 잘 드러나고 있다.

약천수의 pH는 7.0으로 중성으로 나타내고 있다. 약천수는 수중의 용존산소도 10.8mg/L 이상으로 풍부한 편이며, 수중에 녹아 있는 이온성 물질이나 고형물질도 각각 35.5mg/L, 43.3mg/L로 비교적 적은 것으로 나타났다. 경도는 17mg/L 정도로서 칼슘이온이 4.5mg/L이고, 규산성분이 34.8mg/L로 많이 나타나고 있다. 아마도 인근의 지질특성상 규소성분들이 많이 용출되어 물맛이 맑고 좋은 것으로 확인되고 있다. 기타 유기물 오염도 거의 없고, 농약, 그리고, 중금속 등 다른 오염물질들도 없는 맑고 깨끗한 물로 나타났다.

약천수에 대해 물맛 기준으로 평가해본 결과, 약천수의 O Index(맛있는 물 지표)는 14.7로 매우 맛있는 물로 나타나고 있다.

표 1. 약천사 약천수의 현장 수질분석 결과

약수명	온도(℃)	pH	DO (mg/L)	전기전도도 (μS/cm)	TDS (mg/L)
먹는 물 수질 기준	–	4.5~9.5	–	–	–
약천사 약천수	13.7	7.0	10.8	35.5	43.3

표 2. 약천사 약천수의 수질분석 결과(심미적 영향물질 1)

약수명	심미적 영향물질에 관한 기준				
	경도 (mg/L)	과망간산칼륨 소비량 (mg/L)	냄새	맛	구리 (mg/L)
먹는 물 수질 기준	300mg/L	10mg/L	냄새가 없을 것	맛이 없을 것	1mg/L
약천사 약천수	17.0	0.9	없음	없음	불검출

표 3. 약천사 약천수의 수질분석 결과(심미적 영향물질 2)

약수명	심미적 영향물질에 관한 기준					
	증발 잔류물(mg/L)	철(mg/L)	망간(mg/L)	탁도(NTU)	황산이온(mg/L)	알루미늄(mg/L)
먹는 물 수질 기준	500mg/L	0.3mg/L	0.3mg/L	0.5NTU	200mg/L	0.2mg/L
약천사 약천수	33	불검출	불검출	0.38	2.0	0.03

표 4. 약천사 약천수의 수질분석 결과(물맛 기준)

약수명	물맛 기준					총유기탄소(TOC)(mg/L)
	나트륨이온(Na)(mg/L)	칼슘이온(Ca)(mg/L)	마그네슘이온(Mg)(mg/L)	칼륨이온(K)(mg/L)	규산(SiO2)(mg/L)	
약천사 약천수	2.3	4.5	0.7	0.5	34.8	0.22

표 5. 약천사 약천수의 물맛 평가

약수명	O Index(맛있는 물)	K Index(건강한 물)	비고
물맛 기준	2 이상	5.2 이상	–
약천사 약천수	14.7	2.5	맛있는 물

요즈음 갈수록 세상 살기가 어렵다는 이야기를 많이 듣게 된다. 우리가 혼자 살 수 없다면, 같이 살며 좋은 관계로 만들어 가야 한다.

그런 의미에서 제주의 청정한 약수물로 차를 마시며, 일타스님의 삼여(三餘)를 음미하고, 더불어 좋게 생각하고, 말하고, 일하자는 삼호(三好) 운동을 통해 우리 사회가 보다 건강해지기를 바라게 된다.

7) 고성 옥천사(蓮華山 玉泉寺) 옥천(玉泉)

연화산 옥천사는 경남에서도 남쪽에 있어 자주 갈 수는 없었지만, 약수조사와 경상남도 도립공원 답사로 최근에 몇 번 가보게 되었다. 아직 개발이 덜 된 지역이어서 그런지 고즈넉한 분위기가 있어 좋았다. 절 입구에 청남 오제봉 선생이 쓴 '연화산 옥천사(蓮華山 玉泉寺)'라는 현판이 또한 반가웠다. 한국의 대표적 차인이셨던 효당 선생과 청남 선생은 해인사 환경스님의 제자셨다. 효당스님은 차로, 청남 선생은 글씨로 저마다 한 경지를 이루어 놓고 가셨기에 그분들의 유품을 만난다는 것 자체가 매우 의미 있고 반가운 일이다. 그렇듯이 유서 깊은 절을 가게 되면, 역사와 문화, 그리고, 자연을 접할 수가 있어 좋다.

지난해에 경상남도 도립공원 위원으로 마침 구역조정에 관한 현안이 있어서 경남에서 가지산과 연화산 두 곳뿐인 도립공원 지역을 유심히 살펴보게 되었다. 영남 알프스의 일원인 가지산은 산세가 센 남성적 이미지라면, 연화산은 수수한 새색시같이 아담하고 편안한 산이다. 그렇지만, 적송, 상수리나무, 전나무, 편백나무 등이 군락을 이루며, 식생이 다양하고 잘 보전되어 2002년 산림청이 지정한 한국의 100대 명산에도 이름이 올리어져 있다. 여러 봉우리가 잘 어우러져 마치 반쯤 핀 연꽃을 닮았다 하여 연화산(해발 528m)이라 하였고, 연화산은 옥녀봉, 선도봉, 망선봉 등 세 봉우리로 이루어져 있으며, 연꽃의 중심에 천년고찰인 옥천사가 자리 잡고 있다. 산중에 들어서면 소나무, 참나무들이 빽빽하게 우거져 하늘을 볼 수 없을 정도로 숲이 울창하다. 무엇보다 숲이 울창하기에 그 가운데서 나오는 물맛이 더 뛰어나고 깨끗한지도 모른다. 옥같이 맑은 샘물인 '옥천(玉泉)'이 있다

옥천사 약수

하여 예로부터 절의 이름을 옥천사(玉泉寺)라 불렀다고 한다.

옥천사는 통일신라 문무왕 16년(676년)에 의상대사가 창건하였다고
전하며, 고려시대인 1208년 진각국사가 중창하였다고 한다. 임진왜
란 이전까지만 해도 여섯 번의 중창이 있었으며, 정유재란(1597년) 때
소실되었다. 1640년에 중창이 있었으며, 1745년대에는 대웅전이 중
창되었고, 1754년에 적묵당과 탐진당이 건립되었다. 1764년에 자방
루가 중건되어 오늘날에 이르고 있다. 지금은 쌍계사의 말사지만 당
시에는 화엄종찰로 지정된 화엄 10대 사찰 중의 하나였으며, 백련암,
청연암, 연대암 등의 부속암자들이 위치한다.

지난 1983년 9월 29일(경남 고시 제157호) 도립공원으로 지정된 연화
산 전역은 울창한 숲과 계곡으로 형성되어 10여 개의 산봉우리가 겹
쳐서 높이 솟아 우뚝하여 심산유곡의 형상을 이루고 청류옥수가 사
시사철 흘러내리는 연화팔경의 절경지 등이 자연경관이 아름답기로

유명하다.

옥천사(玉泉寺)가 창건된 이후 수많은 사람이 절 안의 우물인 옥천수를 마셨을 것 같다. 특히 옥천사의 옥천(玉泉)은 아무리 가물어도 마르지 않고, 예로부터 각종 병을 고치는 감로수로도 유명했으며, 1980년대 자연보전협회가 선정한 한국 100대 명수로 뽑히기도 했다. 연화산내 옥천은 암수 2개의 샘이 있으며, 연화산 중에 수샘이 있고, 옥천사의 옥천(玉泉)은 암샘으로 대웅전 우측의 팔상전 옆에 옥천수각(玉泉水閣)을 설치하여 잘 관리되고 있다. 옥천은 대웅전 옆에 위치해서 절 뒤의 울창한 전나무숲을 통해 끊임없이 솟아오르고 있다. 절에서 옥천을 보호하기 위하여 화강암으로 옥천주위에 옥천각을 세우고 샘터를 만들었다. 옥천의 샘물은 창건 이전부터 연화산 중에서 나오는 천연의 샘으로 '서출동류(서쪽에서 솟아 동쪽으로 흐름)' 한다고 하여 옥수(玉水)로 널리 알려졌다. 전설에 의하면, 사찰 창건 때부터 샘에서는 매일 일정량의 공양미가 흘러나왔다고 하는데, 그 후 한 스님이 더 많은 공양미를 얻기 위해 바위를 깨뜨렸다고 한다. 그때부터 공양미와 옥수는 중단되었고, 다시 노전스님의 기도로 옥수가 솟아났다고 하며, 오늘날에 이르기까지 연화산의 정기를 받은 청정한 약수로서 널리 알려져 있다.

연화산 옥천사의 샘물로는 옥천 이외에도 두세 곳의 좋은 샘물이 있다. 취향전 뒤편의 샘물과 경내의 약수터 등이 있다. 이 샘물들도 연화산 기슭에서 내려오는 물이기에 그 수원은 비슷하다고 볼 수가 있다.

옥천사 옥천의 수질은 모두 청정하고 옥수처럼 맑다. 수온도 차갑고, 수소이온농도(pH)가 7.1 정도로 중성상태이며, 수중의 용존산소도 7.83mg/L로 맑고 시원한 것으로 나타났다. 납이나 비소 등 유해한 중금속은 검출되지 않았으며, 질산성질소는 0.1mg/L이고, 경도는 26.0mg/L로 매우 연한 단물인 것으로 나타났다. 이 밖에 수중의 광물질 성분도 칼슘(Ca)이 7.5mg/L, 규산(SiO₂)이 29.26mg/L, 마그네슘(Mg)이온이 1.9mg/L 정도로 물맛 평가지표인 오 인덱스(O-index)가 19.63이고, 케이 인덱스(K-index)가 5.97로 맛있고 건강한 물(tasty and healthy)로 나타났다.

취향전 뒤편의 물과 약수터의 물 또한 비슷한 수질 특성을 가지고 있는 것으로 보아 연화산 지역의 샘물은 물맛도 좋고, 맑고 깨끗한 것으로 확인되고 있다.

표 1. 옥천사 옥천의 현장 수질분석 결과

약수명	온도(℃)	pH	DO (mg/L)	전기전도도 (μS/cm)	TDS (mg/L)
먹는 물 수질 기준	–	4.5~9.5	–	–	–
옥천사 옥천	20.1	7.1	7.83	59.0	34.0

표 2. 옥천사 옥천의 수질분석 결과(심미적 영향물질 1)

약수명	심미적 영향물질에 관한 기준				
	경도 (mg/L)	과망간산칼륨 소비량 (mg/L)	냄새	맛	구리 (mg/L)
먹는 물 수질 기준	300mg/L	10mg/L	냄새가 없을 것	맛이 없을 것	1mg/L
옥천사 옥천	26.0	0.3	없음	없음	불검출

표 3. 옥천사 옥천의 수질분석 결과(심미적 영향물질 2)

약수명	심미적 영향물질에 관한 기준					
	증발 잔류물(mg/L)	철(mg/L)	망간(mg/L)	탁도(NTU)	황산이온(mg/L)	알루미늄(mg/L)
먹는 물 수질 기준	500mg/L	0.3mg/L	0.3mg/L	0.5NTU	200mg/L	0.2mg/L
옥천사 옥천	50.0	불검출	불검출	0.18	불검출	불검출

표 4. 옥천사 옥천의 수질분석 결과(물맛 기준)

약수명	물맛 기준					총유기탄소(TOC)(mg/L)
	나트륨이온(Na)(mg/L)	칼슘이온(Ca)(mg/L)	마그네슘이온(Mg)(mg/L)	칼륨이온(K)(mg/L)	규산(SiO_2)(mg/L)	
옥천사 옥천	1.773	7.513	1.889	0.302	29.26	0.32

표 5. 옥천사 옥천의 물맛 평가

약수명	O Index(맛있는 물)	K Index(건강한 물)	비고
물맛 기준	2 이상	5.2 이상	-
옥천사 옥천	19.63	5.97	맛있고 건강한 물

가을이 깊어가는 시절, 차 마시기 좋은 계절에는 가끔은 연화산 옥천사 같은 고찰을 찾아 고즈넉한 가을을 느끼면서 옥천의 맑은 물로 차를 마시면 그 맛 또한 일품일 것 같다. 저마다 생수통을 하나씩 갖고 가서 옥천 같은 청정한 물로 차를 달여 깊어가는 계절의 맛을 같이 하면 차맛이 더욱 그윽할 것 같다.

8) 영천 백흥암 약수

팔공산은 대구 주위의 큰 산으로 넉넉한 품과 여유가 있는 산이다. 부산의 어느 차인은 팔공산 백흥암 약수를 떠다가 마신다고 하였다. 모처럼 시간을 내어 팔공산 은해사와 백흥암을 찾았다. 팔공산 은해사는 해인사 지족암의 일타스님께서 은해사를 맡으신 후 최근 새롭게 떠오르고 있는 사찰이다. 일타스님께서 돌아가시기 몇 달 전에 직접 지족암에서 하루를 묵으며, 새벽에 일타스님과 차를 마시며 차담을 나눈 적이 있었다. 큰스님이면서도 격의가 없으셨고, 큰 병중에 계시면서도 전혀 힘들어하지 않으셨다. 긴 인생에 비교해 짧은 시간이었지만, 차 한 잔을 마시며 큰스님의 감화를 느낄 수 있는 소중한 시간이었다. 그렇듯이 은해사 곳곳에는 일타스님의 흔적들이 남아있어 반가웠다.

백흥암은 은해사의 산내 암자로서 소박한 운치와 예스러움이 있는 암자이다. 지금은 비구니선원으로 비구니스님들이 수행하는 곳이기에 평상시엔 가보기가 어려운 곳이고, 다만 일 년에 두 번 초파일과 백중날에만 개방되는 곳이다.

큰절인 은해사를 지나 좁은 산길을 올라가다 보면 백흥암이 나온다. 차를 이용하면 십여 분 걸리는 길이지만, 걸어서 한 시간 정도 조용히 산보하듯 거닐다 보면 오른편에 백흥암(百興庵)이 나타난다. 백(百) 가지가 흥(興)한다는 말처럼 서서히 옛 절의 명성을 살려갈 것 같은 기대가 되는 사찰이다.

백흥암은 신라말 경문왕 때 혜철(惠哲)스님에 의해 창건되어 주위에 잣나무가 많아 잣나무가 아름다운 절이라 하여 창건 당시에는 백지사(栢旨寺) 또는 송지사(松旨寺)라 했다고 한다. 요즘은 잣나무보다 소

백흥암 약수

나무가, 그리고 활엽수로 서서히 변화해 가고 있다.

정면에 보이는 보화루(寶華樓)는 영조 시대에 중건했다고 하며, 고풍스러운 옛 맛이 살아있다. 보화루에는 부처님의 높고 깊은 마음이 산처럼 높고, 바다처럼 깊다는 뜻의 '산해숭심(山海崇深)'이라는 추사 현판이 걸려있다. 그 안쪽에 있는 극락전에는 아미타삼존불(중앙에 아미타불과 좌우에 관세음보살과 대세지보살)을 모신 극락전과 수미단이 보물 제790호와 제486호로 지정되어 있다. 특히 수미단의 나무로 조각된 봉황, 공작, 학, 어린아이 등 여러 조각물이 섬세하고 아름답다. 또한 백흥암은 조선 12대 왕인 인종대왕의 태실을 모신 왕실의 수호사찰이기도 하다. 고풍스러운 옛 맛과 정갈함이 살아있는 수행도량이어서 그런지 선농일치(禪農一致)의 정신이 살아있어 쌀을 제외한 모든 채소를 직접 길러 먹는다고 한다. 정갈한 장독대와 도량의 청결함이 또한 사람들의 마음을 잘 가다듬어 주는 것 같다.

백흥암의 약수는 인근 산중의 약수를 모아 끌어와서 사용한다고 원주스님께서 이야기해 주셨다. 대부분의 약수가 그렇지만, 산중의 오염되지 않은 곳의 수원(水源)을 이용한다는 점이고, 항시 이용해야 하고, 또한 관리가 잘 되어야 한다는 점에서 공통점이 있다. 수원 자체가 오염되지 않았어도 사용하지 않거나, 제대로 관리되지 않으면, 수질이 오염되거나, 지저분해져서 약수 역할을 담당하기가 어려운 것 같다. 그런 면에서 백흥암의 약수는 산중의 수원지와 그것을 가져와 큰 수곽을 만들어 쉽게 이용할 수 있도록 하였고, 항시 청결하게 잘 관리되고 있어 좋았다.

많은 경우 해당 지역의 수질은 지역의 지질구조와 깊은 관련이 있다. 은해사의 경우 지하수를 수원으로 하기에 다소간 경도가 높은 것으로 나타났으나, 백흥암 약수의 경우에는 산 상류 지역의 수원을 이용해서인지 수질이 맑고 좋다.

백흥암 약수의 수질은 모두 청정하고 옥수처럼 맑다. 수온도 차갑고, 수소이온농도(pH)가 7.32로 중성상태에서 약 알칼리상태이며, 수중의 용존산소도 8.04mg/L로 적당하며, 납이나 비소 등 유해한 중금속은 검출되지 않았으며, 총용존고형물도 29.4mg/L, 경도는 12.0mg/L로 매우 연한 단물인 것으로 나타났다. 이 밖에 수중의 광물질 성분도 칼슘(Ca)이 4.2mg/L, 규산(SiO2)이 26.95mg/L, 마그네슘(Mg)이온이 0.3mg/L 정도로 물맛 평가지표인 오 인덱스(O-index)가 93.52이고, 케이 인덱스(K-index)가 1.85로서 맛있는 물로 나타났다.

표 1. 백흥암 약수의 현장 수질분석 결과

약수명	온도(℃)	pH	DO (mg/L)	전기전도도 (μS/cm)	TDS (mg/L)
먹는 물 수질 기준	–	4.5~9.5	–	–	–
백흥암 약수	19.3	7.32	8.04	58.0	29.4

표 2. 백흥암 약수의 수질분석 결과(심미적 영향물질 1)

약수명	심미적 영향물질에 관한 기준				
	경도 (mg/L)	과망간산칼륨 소비량 (mg/L)	냄새	맛	구리 (mg/L)
먹는 물 수질 기준	300mg/L	10mg/L	냄새가 없을 것	맛이 없을 것	1mg/L
백흥암 약수	12.0	0.8	없음	없음	불검출

표 3. 백흥암 약수의 수질분석 결과(심미적 영향물질 2)

약수명	심미적 영향물질에 관한 기준					
	증발 잔류물(mg/L)	철 (mg/L)	망간 (mg/L)	탁도 (NTU)	황산이온 (mg/L)	알루미늄 (mg/L)
먹는 물 수질 기준	500mg/L	0.3mg/L	0.3mg/L	0.5NTU	200mg/L	0.2mg/L
백흥암 약수	33.0	불검출	불검출	0.07	불검출	불검출

표 4. 백흥암 약수의 수질분석 결과(물맛 기준)

약수명	물맛 기준					총유기탄소(TOC) (mg/L)
	나트륨이온(Na) (mg/L)	칼슘이온 (Ca) (mg/L)	마그네슘이온(Mg) (mg/L)	칼륨이온 (K) (mg/L)	규산(SiO2) (mg/L)	
백흥암 약수	2.713	4.206	0.339	0.548	26.95	0.59

표 5. 백흥암 약수의 물맛 평가

약수명	O Index(맛있는 물)	K Index(건강한 물)	비고
물맛 기준	2 이상	5.2 이상	-
백흥암 약수	93.52	1.85	맛있는 물

백흥암은 팔공산 은해사의 산내 암자이지만, 그 규모고 크고, 잘 관리되고 있다. 그만큼 새롭게 흥하리라는 기대가 든다. 더욱 맑은 백흥암 약수를 마시며 청정한 도를 닦는 수행도량이기에 덕 높은 스님들이 많이 나와 세상의 빛이 되리라는 기대가 든다.

오늘 백흥암 약수로 맑은 차 한 잔을 우려 마시며, 우리 차인들도 세상을 맑게 하는 선다일여(禪茶一如)의 새 경지를 열어 가기를 바라게 된다.

9) 봉화 현불사 약수(現佛寺 藥水)

경북 봉화의 깊은 곳에 있는 태백산 현불사(現佛寺)는 뜨거운 여름 시원한 바람 쐬러 한번 들러볼 만한 곳이다. 1980년 설송(雪松)스님에 의해 창건되어 역사는 미미하지만, 청정한 계곡에서 나오는 여러 곳의 약수터가 있어 좋다. 깊은 계곡 따라 산세도 좋고, 정말 물도 좋은 곳에 터를 잘 잡았다는 생각이 든다.

부산에 사는 차인 한 사람이 자기는 현불사 물을 떠다마신다고 하기에 오랜만에 태백산 가는 길에 가보았다. 정말 산 깊고 물 깊은 곳에 현불사가 있었다. 산이 깊은 만큼 청정함도 깊고, 속세의 번뇌조차 사라지는 그곳에 정말 맑고 시원한 물이 있었다. 한여름 낮에는 햇빛으로 무더워도, 그늘진 숲속으로 들어가면 시원한 바람이 일어나고, 계곡 속에 발을 담그면 온몸이 저리는 참 시원한 곳이다.

전해 듣기로는 맨 위의 탑 물은 심장에 좋고, 중간법당 물은 몸에 좋고, 보현각 물은 온몸에 다 좋다고 한다. 그리하여 부산, 대구 등 전국에서 많은 사람이 와서 떠간다고 한다. 물맛 또한 담백하면서 청량하고, 찻물로 사용하기 좋다고 하였다.

현불사 가는 길은 멀고 깊다. 내륙에 숨어있는 오지여서 그런지 서울이나, 남쪽에서 가는 사람에겐 더 멀기만 하다. 그렇지만 봉화 가는 길에 한번은 들러 청정한 산과 시원한 계곡의 기운을 느끼고 온다면, 충분히 보상받을 만한 곳이다.

현불사가 위치한 백천계곡은 천연기념물 제74호로 지정된 열목어의 최남단 서식지이기도 한 청정한 지역이다. 입구에서부터 현불사라는 큰 석비가 있고, 곳곳에 위로 솟는 소나무가 씩씩하게 주위를 장엄하고 있다.

절 입구의 주차장에 차를 세우고 바라보면, 오른편에 보현각에서 내려오는 현불사 약수터가 있다. 큰 사각 돌 수조에 철관으로 내리는 물이 맑고 시원하다. 약수를 한 모금 마시니 무더위가 한순간에 사라지고, 온몸이 시원해지면서 마음까지 청정해진다. 정말 산중수로 매우 시원하고 먹을 만하다. 깊은 계곡 열목어가 사는 청정한 지역의 시원한 청정수로서 가히 떠다마실 만하다.

소나무로 둘러싸인 산길을 올라가다 보면, 왼편에 철제로 덮인 사각형의 수조가 있다. 관음수(觀音水)라 하여 5월 5일 단오절에 아픈 사람들을 위한 기도를 주관하는 곳이라고 한다.

한참을 올라가다 보면, 연못과 법당이 보이고, 마당 왼편에 관세음보살상이 보인다. 정병을 들고 계신 관세음보살께서 세상 사람을 위해 나누어주시는 것처럼 돌 수조에서 약수가 나온다. 약왕수(藥王水)

현불사 약수

라 하고, 위장병에 좋다고 한다.

그리고, 법당 뒤편으로 올라가면, 피부병에 좋다는 호국정이 있고, 그 위로 심장병에 좋다는 심장수(心臟水)가 있다.

깊은 숲으로 둘러싸인 맑은 계곡이 이어지다 보니 곳곳에 좋은 물이 나오고, 약수터를 만들어 사람들에게 정말 무량한 복을 끊임없이 나눠주는 것 같다.

어찌 보면 절 입구로부터 약수 기행을 한다 생각하고 돌아오다 보면, 온몸의 병은 사라지고, 정신마저 청정해져서 속세의 묵은 때를 벗기고, 그 시원함만으로도 마치 신선이 된 듯한 기분이 드는 곳이다.

현불사 약수의 수질은 열목어가 사는 청정한 계곡처럼 맑고 시원하다. 현불사 약수의 pH는 7.1~7.4로 중성에서 약 알칼리성으로 나타내고 있다. 상류 지역에 있는 약왕수보다 하류지역에 위치한 현불사 약수가 고형물질과 이온성물질 등의 함유량이 약간 높은 편이다. 그렇지만, 두 지역 모두 청정한 지역에 위치하여 비교적 고형물질의 함유량도 적고, 용존산소도 풍부하고, 유기물 오염도 거의 없으며, 농약, 그리고, 중금속 등 다른 오염물질들도 없는 맑고 깨끗한 물로 나타났다. 경도 또한 6.0~20mg/L 정도로서 모두 단물인 것으로 나타났다.

또한 현불사 약수와 약왕수의 두 곳 약수에 대해 물맛 기준으로 평가해본 결과, 약왕수의 O Index(맛있는 물 지표)는 25로 매우 맛있는 물로 나타났고, 현불사 약수는 O Index(맛있는 물 지표)는 3.6, K Index(건강한 물 지표)는 5.4로 맛있고 건강한 물로 나타났다.

표 1. 현불사 약수의 현장 수질분석 결과

약수명	온도(℃)	pH	DO (mg/L)	전기전도도 (μS/cm)	TDS (mg/L)
먹는 물 수질 기준	–	4.5~9.5	–	–	–
현불사 약수	13.3	7.1	11.3	26.0	31.7
현불사 약왕수	13.2	7.4	11.2	17.0	20.7

표 2. 현불사 약수의 수질분석 결과(심미적 영향물질 1)

약수명	심미적 영향물질에 관한 기준				
	경도 (mg/L)	과망간산칼륨 소비량 (mg/L)	냄새	맛	구리 (mg/L)
먹는 물 수질 기준	300mg/L	10mg/L	냄새가 없을 것	맛이 없을 것	1mg/L
현불사 약수	20.0	0.9	없음	없음	불검출
현불사 약왕수	6.0	0.6	없음	없음	불검출

표 3. 현불사 약수의 수질분석 결과(심미적 영향물질 2)

약수명	심미적 영향물질에 관한 기준					
	증발 잔류물(mg/L)	철(mg/L)	망간(mg/L)	탁도(NTU)	황산이온(mg/L)	알루미늄(mg/L)
먹는 물 수질 기준	500mg/L	0.3mg/L	0.3mg/L	0.5NTU	200mg/L	0.2mg/L
현불사 약수	35.0	불검출	불검출	0.1	3.0	불검출
현불사 약왕수	15.0	불검출	불검출	0.2	0.0	불검출

표 4. 현불사 약수의 수질분석 결과(물맛 기준)

약수명	물맛 기준					총유기탄소(TOC)(mg/L)
	나트륨이온(Na)(mg/L)	칼슘이온(Ca)(mg/L)	마그네슘이온(Mg)(mg/L)	칼륨이온(K)(mg/L)	규산(SiO_2)(mg/L)	
현불사 약수	0.4	5.8	0.9	0.5	11.3	0.36
현불사 약왕수	0.9	1.2	불검출	0.2	23.6	0.26

표 5. 현불사 약수의 물맛 평가

약수명	O Index(맛있는 물)	K Index(건강한 물)	비고
물맛 기준	2 이상	5.2 이상	-
현불사 약수	3.6	5.4	맛있고 건강한 물
현불사 약왕수	25.0	0.4	맛있는 물

깊은 계곡에 둘러싸인 현불사에 들러 약수를 먹고 내려오면서 바로 지금 부처라는 현불사(現佛寺)의 의미를 생각해 다시금 보게 된다.

무엇보다 무더운 여름 시원함이 가득찬 곳이어서 좋았다. 모름지기 피서란 물 맑고 청정한 곳에서 시원한 물 한 사발 들이켜고, 더불어서 그 물로 차 한 잔 마신다면 그야말로 한여름의 훌륭한 피서법이 아닐까 한다.

올여름 봉화주위를 지나간다면, 현불사에 들러 약수 기행을 통해 몸도 마음도 청정하게 하는 것도 참 좋을 것 같다.

10) 평창 상원사 지혜수

연말연시를 맞아 한 해를 돌아보며 새해를 맞이하기 적정한 장소가 있다면 나는 오대산 상원사에 갈 것이다. 드라마 도깨비 촬영지로 유명한 월정사 전나무 길도 좋고, 계곡 따라 10㎞를 가다 보면 깊고 깊은 내 마음의 심연에 다다르는 것 같은 청정한 곳이다. 적멸보궁으로 올라가는 여유로운 터에 한국전쟁 중에도 절을 불태우려는 군인들에 맞서 묵묵히 가부좌하고 앉아 돌아가신 한암(漢巖)스님의 올곧은 정기가 서린 곳이기도 하다.

지난달 한암스님과 탄허스님을 기리는 학술대회가 열려 탄허스님을 학문적으로 연구하는 탄허학에 대한 열띤 토론이 있는 매우 의미 깊은 날이었다. 돌아가신 지 30여 년이 지났음에도 불구하고, 70, 80이 넘은 나이 드신 분부터 젊은 학생에 이르기까지 스님의 큰 덕이 미치지 않은 곳이 없음을 알게 되었다.

오대산 상원사는 오대산 산중 깊은 곳에 있어서 청정한 환경과 함께 유서 깊은 역사를 간직하고 있는 고찰이다. 국보 36호로 지정된 상원사 동종의 비천상(飛天像)을 바라보면 하늘로 자유롭게 날아오르는 단아한 모습이 천상의 선녀 같고, 시공을 초월하여 천상의 아름다움을 오늘에 보여주고 있는 것 같아 좋다. 지금도 동종 옆에 조용히 앉아 있으면 우주 삼라만상의 진리가 그대로 드러날 것 같다.

상원사는 신라 성덕왕 4년인 705년에 보천과 효명 두 태자가 창건하였다고 한다. 『삼국유사(三國遺事)』에 의하면, 날마다 이른 아침에 계곡의 물을 길어다 차를 달여 일만 진신의 문수보살에게 공양하였다

상원사 지혜수

는 기록이 전하고 있는 차문화의 성지이기도 하다. 통일신라시대 문수보살에게 차를 공양하였다는 사실은 우리나라 대표적인 헌다례(獻茶禮)로 매우 의미 있는 일이기도 하다. 이러한 훌륭한 역사와 전통을 이어 오대산 문화축전에서는 차공양과 차문화 행사, 오대산 물 축제 등이 이어지고 있다는 사실 또한 매우 바람직하다.

약수와 관련하여 보면, 신라시대 보천·효명태자가 문수보살에게 계곡물로 차공양을 올렸다는 기록과 함께, 상원사 입구로 올라가다 보면 오른편에 관대걸이가 있다. 이것은 세조와 관련 있는 전설 중 하나이다. 세조가 상원사에서 있을 적에 오대천의 맑은 물이 너무 좋아서 혼자 목욕을 하고 있었는데, 그때 지나가던 한 동자승에게 등을 밀어달라 부탁하였다고 한다. 목욕을 마친 세조는 동자승에게 "어디 가든지 임금의 옥체를 씻었다고 말하지 말라."고 하니, 동자승이 미소를 지으며 "어디 가든지 문수보살을 친견했다고 하지 마시오." 하고는 홀연히 사라져 버렸다. 세조가 놀라 주위를 살피니 동자승은 간 곳이 없고, 자기 몸의 종기가 씻은 듯이 나았다고 한다. 문수보살의 가피로 괴질을 치료한 세조는 크게 감격하여 화공을 불러 그때 만난 동자의 모습을 그리고 목각상을 조각하게 하니 이 목각상이 바로 오늘날 법당에 모신 상원사의 문수동자상이며, 목욕할 때 관대를 걸어 두었던 그곳이 지금의 관대걸이라고 한다. 재미있게도 속리산 복천암과 오대산 계곡수가 우리나라를 대표하는 삼대 명수 중 두 곳이 세조와 관련이 있다.

오대산에는 '오대명수(五臺名水)'라 하여 상원사 지혜수, 중대 옥계수, 동대 청계수, 남대 총명수, 북대 감로수, 서대 우통수 등의 명수가 있다. 그중에서도 상원사 지혜수는 문수보살의 지혜가 가득 찬 맑은 물이다. 상원사 지혜수는 중대로 올라가는 왼쪽 계곡물을 수원으로 하고 있다. 상원사 내 수각에 쓰인 모든 물의 근원은 하나라는 일원각(一源閣)이라는 현판의 의미가 새롭게 새겨지는 것 같다. 오대산 계곡은 청정한 지역의 청정한 수원으로 빗물 그 자체의 순수함을 잘 간직하고 있다.

상원사 약수는 상류 계곡에서 끌어다 사용하는 지혜수와 선방 뒤 산중에서 나오는 선방약수 두 가지가 있다. 선방약수는 상원사 청량선원 내에 있어 선방스님들이 사용하고 있다. 대체로 상원사 사찰약수의 수질은 청정한 오대산 약수의 기본적인 특성을 잘 나타낸다고 볼 수가 있다. 상원사 지혜수와 선방약수의 pH는 7.7과 7.1로 대체로 중성상태이고, 수중의 용존산소도 10.6mg/L와 9.0mg/L로 비교적 풍부한 편이며, 수중에 녹아 있는 총용존고형물질(TDS)도 각각 26.0mg/L와 26.6mg/L로 비교적 적은 것으로 나타났다. 경도 또한 14.0mg/L와 10.0mg/L 정도로 매우 단물이고, 칼슘이온이 3.58mg/L 와 3.11mg/L이고, 이산화규소는 11.52mg/L와 11.30mg/L로 나타나고 있다. 기타 유기물 오염도 거의 없고, 농약, 중금속 등 다른 오염물질들도 없는 매우 맑고 깨끗한 물로 나타났다. 북대 감로수 등과 같이 수원이 오염되지 않은 청정한 산중에 있어서 그런지 자연 그대로의 순수한 상태로서 물맛 또한 매우 맑고 좋은 것으로 확인되고 있다.

상원사 지혜수와 선방약수를 물맛 기준으로 평가해본 결과, O Index(맛있는 물 지표)는 각각 3.85와 5.30이고, K Index(건강한 물)도 2.78과 5.47로 두 곳 모두 물맛이 좋은 물로 나타나고 있다.

표 1. 상원사 사찰약수의 현장 수질분석 결과

약수명	온도(℃)	pH	DO (mg/L)	탁도 (NTU)	전기전도도 (µS/cm)	TDS (mg/L)
먹는 물 수질 기준	–	4.5~9.5	–	–	–	–
상원사 지혜수	12.4	7.7	10.6	0.10	30.8	26.0
상원사 선방약수	15.9	7.1	9.0	0.09	34.1	26.6

표 2. 상원사 사찰약수의 수질분석 결과(심미적 영향물질 1)

| 약수명 | 심미적 영향물질에 관한 기준 | | | | |
	경도 (mg/L)	과망간산칼륨 소비량 (mg/L)	냄새	맛	구리 (mg/L)
먹는 물 수질 기준	300mg/L	10mg/L	냄새가 없을 것	맛이 없을 것	1mg/L
상원사 지혜수	14.0	0.8	없음	없음	불검출
상원사 선방약수	10.0	0.4	없음	없음	불검출

표 3. 상원사 사찰약수의 수질분석 결과(심미적 영향물질 2)

약수명	심미적 영향물질에 관한 기준				
	증발 잔류물 (mg/L)	철 (mg/L)	망간 (mg/L)	황산이온 (mg/L)	알루미늄 (mg/L)
먹는 물 수질 기준	500mg/L	0.3mg/L	0.3mg/L	200mg/L	0.2mg/L
상원사 지혜수	35.0	불검출	0.005	3.0	불검출
상원사 선방약수	26.0	불검출	0.005	2.0	불검출

표 4. 상원사 사찰약수의 수질분석 결과(물맛 기준)

약수명	물맛 기준					총유기탄소(TOC) (mg/L)
	나트륨이온(Na) (mg/L)	칼슘이온 (Ca) (mg/L)	마그네슘이온(Mg) (mg/L)	칼륨이온 (K) (mg/L)	이산화규소(SiO2) (mg/L)	
상원사 지혜수	0.917	3.575	1.040	0.453	11.52	0.52
상원사 선방약수	0.734	3.107	0.800	0.439	11.30	0.36

표 5. 상원사 사찰약수의 물맛 평가

약수명	O Index(맛있는 물)	K Index(건강한 물)	비고
물맛 기준	2 이상	5.2 이상	-
상원사 지혜수	3.85	2.78	맛있는 물
상원사 선방약수	5.30	2.47	맛있는 물

　새해 새바람으로 또 한 해를 맞이하고자 한다면, 맑고 청정한 도량인 상원사에 가서 상원사 지혜수를 한 모금 마시고 오면 왠지 일이 잘 풀릴 것 같다. 무엇보다 상원사의 청정한 기운을 가득 담아오면 일 년이 청량하고 지혜롭게 시작될 것 같다. 더욱이 맑은 물로 우리는 차 한 잔은 그야말로 청정 감로다(甘露茶)일 것 같다.

　새해 차인 가족 여러분들 모두에게 상원사 지혜수 같은 청정한 약수 한 잔을 올리며, 맑고 지혜로운 한 해가 되기를 기원한다.

11) 경주 황룡골 약수

경주의 깊은 골짜기인 황룡골은 말 그대로 황룡(黃龍)이 살았다는 이야기가 전해지고 있고, 옛 황용사지의 묻혀 있는 풍광이 아름답고 고즈넉한 곳이다. 지금은 경주시의 상수원인 덕동호의 상류 지역으로 또한 국립공원에 포함되어 청정한 환경이 유지되고 있는 몇 안 되는 곳이기도 하다.

지금은 한국수력원자력 본사가 오면서 감포로 가는 도로가 불국사 밑으로 새로 만들어졌지만, 예전처럼 덕동호를 따라가는 옛길이 더욱 운치 있고 멋스럽다. 시내에서 일이십 분만 벗어나 아름답고 청정한 길을 따라가다 보면 정말 옛이야기들이 나올 것만 같은 깊고 맑은 골짜기이다.

경주시 상수원인 덕동호의 아름다운 풍광도 좋고, 덕동호반 따라 잘 보호되고 있는 숲 또한 한없이 편안하다. 그 너머로 함월산 기림사로 연결되어 경주의 숨어있는 차의 성지로 자리매김해 가고 있다.

차를 좋아하는 차인이라면 잘 알겠지만, 예전에는 도시마다 괜찮은 전통찻집들이 있었다. 지금은 선고 차인들이 돌아가셔서인지 아니면 커피의 영향인지 좋은 찻집들이 하나둘 사라지고 있어 안타깝다. 그래도 경주 보문호반 옆에 경주를 대표하는 아사가가 있어 차인들에게 많은 위안이 되고 있다. 역사와 문화가 있는 곳엔 전통적인 찻집이 있고 아름다운 전통을 이어가면 더 좋을 것 같다.

황룡골 약수를 알게 된 건 아사가에서 가끔 차를 마시며 아사가 김이정 관장께 확인해 봤더니 아사가 차관에서는 황룡골 물을 길어다 사용한다고 하였다.

사실 좋은 차와 좋은 물은 궁합이 잘 맞아야 한다. 10여 년 전에

황룡골 관음사 약수

김포 한재당에 헌다하러 왔던 중국 차박물관장 일행이 용정차와 함께 호포천 물을 같이 가져와서 차를 우려 헌다하고 간 적이 있다. 그때 왜 호포천 물을 가져왔냐고 물었더니 용정차는 호포천 물로 우려야 제맛을 낸다고 하였다. 그렇듯이 예로부터 차를 좋아하는 사람은 기본적으로 물에 대한 감별력도 예민한 것 같다. 김이정 관장도 물의 중요성을 알고 번거롭고 힘들지만 황룡골 물을 길어다 찻물로 사용하고 있다. 그때 2L 페트병에 한 통 얻어다 일부 항목을 분석했다가 지난봄에 마침 생각나서 김이정 관장과 함께 현장답사도 하고 물을 취수해서 분석해 보았다.

황룡골은 보문단지 지나서 감포 가는 옛길을 가다가 덕동호를 지나서 황룡골휴게소가 보이면, 왼쪽으로 들어가면 황룡골과 관음사가 보인다. 거기에서 계속 더 올라가면 황룡사가 나온다. 그리고 황룡사계곡 건너 조금 올라가면 옛날 신라 때 고찰이었던 황룡사지가 나온다. 최근 복원조사가 진행 중인데 의외로 터도 넓고 양명한 곳이다. 황룡사지를 지나 계곡 따라 올라가다 보면 황룡골 사람들이 사용하는 마을 상수도인 계곡물이 있다. 사람이 살지 않고 찾아오지 않는 깊은 계곡물이기에 말 그대로 청정하고 물도 맑고 좋다. 중간에 통으로 물을 받는 곳이 있어 그곳에서 현장측정을 하고, 물을 받고 내려왔다.

도시의 경우 시에서 공급하는 수돗물을 이용하나, 지방의 산간지역이나 농촌지역은 간이상수도라 부르는 마을 상수도를 사용한다. 대부분의 마을 상수도는 마을 산중의 계곡물을 수원으로 하기에 수원 자체는 좋으나, 일부 지역의 경우 동물 등의 분비물로 인한 대장균 오염이 있거나, 아주 드물지만, 비소 등 중금속이 검출되기도 하지만, 대부분은 수질적으로 안전한 편이다.

황룡골의 경우에도 계곡 자체의 오염원도 없고, 수원관리도 잘 되어 있었고, 수질적으로 매우 좋았다. 내려오면서 김 관장이 관음사 약수는 수원이 다르니 같이 조사해 보자고 해서 관음사 약수도 같이 채수하여 분석하였다.

황룡골 약수는 사람 발길 끊긴 깊은 산중의 계곡에서 나오는 물이기에 수질 또한 좋고, 물맛 또한 시원하고 맑다. 약수의 중성 여부를 나타내는 수소이온농도(pH)도 8.2로 약 알칼리 상태이고, 수중에 녹아 있는 용존산소(DO)도 11.1~11.5mg/L로 풍부한 편이며, 구리나 비소 등 중금속류도 검출되지 않았고, 기타 인공합성물질 등 유해물질들도 검출되지 않는 깨끗한 물로 나타났다. 전반적으로 유기물과 무기물, 인공화합물질도 없는 맑은 물로 나타났다. 경도는 11.0~15.0mg/L로 매우 단물로 나타났고, 총고형물은 비교적 낮은 44~49mg/L이고, 유기물 오염지표인 과망간산칼륨도 0.7~0.9mg/L,

총유기탄소량(TOC)도 0.55~0.96mg/L로 매우 낮아 유기물로 인한 오염도 없는 깨끗한 물로 나타났다.

황룡골 약수와 관음사 약수의 물맛 평가를 살펴보면, 맛있는 물 지수인 O Index는 5.09와 4.09, 건강한 물 지수인 K Index는 −4.76과 −2.57로 나타났으며, 두 곳 모두 맛있는 물로 나타났다.

표 1. 황룡골 약수 현장 수질분석 결과

약수명	온도(℃)	pH	DO (mg/L)	탁도 (NTU)	전기전도도 (μS/cm)	TDS (mg/L)
먹는 물 수질 기준	−	4.5~9.5	−	−	−	−
황룡골 약수	7.0	8.22	11.18	0.6	70.5	44.85
관음사 약수	7.1	8.21	11.51	0.6	75.7	49.40

표 2. 황룡골 약수의 수질분석 결과(심미적 영향물질 1)

| 약수명 | 심미적 영향물질에 관한 기준 | | | | |
	경도 (mg/L)	과망간산칼륨 소비량 (mg/L)	냄새	맛	구리 (mg/L)
먹는 물 수질 기준	300mg/L	10mg/L	냄새가 없을 것	맛이 없을 것	1mg/L
황룡골 약수	11.0	0.9	없음	없음	불검출
관음사 약수	15.0	0.7	없음	없음	불검출

표 3. 황룡골 약수의 수질분석 결과(심미적 영향물질 2)

| 약수명 | 심미적 영향물질에 관한 기준 | | | | |
	증발 잔류물 (mg/L)	철 (mg/L)	망간 (mg/L)	황산이온 (mg/L)	알루미늄 (mg/L)
먹는 물 수질 기준	500mg/L	0.3mg/L	0.3mg/L	200mg/L	0.2mg/L
황룡골 약수	72.0	불검출	불검출	3.0	불검출
관음사 약수	66.0	불검출	불검출	4.0	불검출

표 4. 황룡골 약수의 수질분석 결과(물맛 기준)

약수명	물맛 기준					총유기탄소(TOC) (mg/L)
	나트륨이온(Na) (mg/L)	칼슘이온 (Ca) (mg/L)	마그네슘이온(Mg) (mg/L)	칼륨이온 (K) (mg/L)	이산화규소(SiO2) (mg/L)	
황룡골 약수	8.0	2.2	1.1	0.9	17.78	0.96
관음사 약수	7.	4.3	1.7	3.6	15.40	0.55

표 5. 황룡골 약수의 물맛 평가

약수명	O Index(맛있는 물)	K Index(건강한 물)	비고
물맛 기준	2 이상	5.2 이상	–
황룡골 약수	5.09	−4.76	맛있는 물
관음사 약수	4.09	−2.57	맛있는 물

* 기타 중금속류, 농약 등 합성화합물질은 불검출됨.

경주는 신라 천년의 역사를 잘 간직하고 있어서 오늘날에도 가볼 만한 곳이다. 특히 우리나라 차 역사에서 허왕후의 가야차에 이어서 인도에서 온 광유성인이 세웠다는 기림사는 급수봉다(汲水奉茶)와 오종수(五種水)라는 구체적인 차 기록과 벽화가 전해지고 있으며, 충담 스님의 삼화령 미륵보살께 헌다했다는 『삼국유사』의 기록 등 훌륭한 역사적 전통들이 있다. 이와 같은 역사와 전통을 뒤이어서 현재 많은 사람이 신라차의 아름다운 전통을 복원하고자 노력하고 있다.

또한 황룡골 깊은 곳에서는 어찌 보면 차문화 공동체라는 아름다운 한 지붕 세 가족이 있다. 전 경주상공회의소 회장인 김은호 회장과 아사가 김이정 관장. 그리고, 매죽헌 강 선생 남매가 차 공동체 생활을 하면서 차를 즐기고 있다. 아침에 일어나면 아침을 같이 하고, 월·화요일은 강 선생 남매가 차 당번이 되고, 수·목요일은 아사가 김 관장, 금·토요일은 김은호 회장이 돌아가며 차를 마시고, 오후에는 각자 생활을 한다고 한다. 매일매일 차를 마시며, 맑은 정신으로 각자의 생활에 충실한 모습이 아름답고 부럽기만 하다.

옛 말씀대로 아는 것보다 좋아하는 것, 좋아하는 것보다 즐기는 삶이 바람직하고, 차를 생활 속에서 즐기는 모습이야말로 우리 차인들이 실천해 가야 할 일이기 때문이다.

지금부터라도 황룡골과 같은 깊이 있는 차 바람이 우리나라 곳곳에 퍼져서 한국차의 훌륭한 전통들이 곳곳에서 자리 잡히기를 고대하게된다.

12) 경주 순금사(舜琴寺) 호랑이 샘물(虎巖泉)

순금사(舜琴寺)를 생각하면, "해가 뜨면 들에 나가 일하고, 해가 지면 집에 돌아와 쉬고, 목마르면 우물 파서 물 마시고, 임금의 힘이 나에게 무슨 소용 있으랴.(日出而作 日入而息. 鑿井而飮 帝力何有於我哉)"라는 「격양가(擊壤歌)」가 생각난다.

중국의 태평시대를 이야기하라면 요순(堯舜)시대를 이야기한다. 요임금과 순임금은 태평성대의 대명사로 어려운 시기에도 백성들이 편하게 일하고 먹고 잘 지낸 대표적인 시대이기도 하다. 그처럼 순금사는 순임금의 태평성대를 바라는 편안한 우리 시대 가고 싶은 절 중하나이다.

나라가 힘들고 어려울수록 사람들은 편안하고 행복한 삶을 바라게 된다. 공단 위의 산중에 위치해서 공단 속의 쉼터 같은 치유 공간, 공원 같은 청량한 정기와 편안함을 간직하고 있는 절이 바로 순금사이다.

순금사(舜琴寺)는 신라시대 왜구로부터 나라를 지키기 위한 관문산

순금사 호랑이 샘물

성(사적 48호)이 설치되었을 때부터 암자로 있었고, 현재 우(禹) 씨들이 사는 우박마을도 300년 이상 집성촌으로 살아왔다고 한다. 샘이 있는 계곡인 천곡(泉谷)이라는 이름처럼 샘이 있어서 왜구들의 침입을 막기 위한 산성(山城)이 있었고, 신라시대 노천 철광산이 있는 야철지(冶鐵址)여서 오늘날에도 하늘에서 보면 달천 부근이 붉은빛으로 존재하고 있다.

현재 주지스님이신 초안(超眼)스님께서는 20대 후반인 80년대 중반에 이곳에 들어왔다고 한다. 예전의 순금사는 소나무가 많았는데 벌목하고 밤나무단지가 되었다가 소 떼를 기르는 목장이 되었고, 최근에는 공장 지역으로 변해왔다. 스님께서 처음 들어와 살던 시절에는 길도 없어서 걸어 다녔다고 한다. 처음에 학비를 벌러 왔다가 눌러앉아 살게 되었고, 마을의 노인네들이 돌을 갖다가 축대를 쌓고 30여 년 전에 현재의 법당을 지었다고 한다.

우룡스님, 성타스님, 성공스님 등 큰스님을 모셔서 법문을 하였고, 범어사 소임 8년과 중국유학 3년을 갔다 온 후 10년 동안 불사에 매진하고 있으며, 올해에는 마무리작업에 매진하고 계시다. 좋은 절에 좋은 스님이 계셔야 더 절 맛이 난다고 주지스님께서는 크고 작은 절 일들을 직접 하시며 그야말로 선농일치(禪農一致)의 실천적 삶을 살고 계시다. 무엇보다 스님은 전통 불사의 중요성을 아시고 외국에서 수입하는 목재를 사용하기보다는 강원도의 육송을 직접 구해다 보관해 놓고 제대로 된 불사를 위해 노력하고 계시다. 또한 스님께서는 차를 즐기시기에 10여 년 이상 자연 건조된 목재로 차인들을 위한 찻상과 차합 등을 만들어 보급하고 계시기도 하다.

20여 년 전에 선화를 그리시는 일장스님께서 잠시 머무를 적에 한 번 다녀갔던 적이 있었다. 또한 시절 인연이 닿아선지 부산분원의 최순애 원장께서 순금사 약수를 조사해 달라고 해서 가보게 되었다.

순금사 호랑이 샘물은 통도사 자장암 뒤의 바위에서 나오는 감로수처럼 대웅전 법당 뒤의 바위에서 나오는 석간수이다. 신라시대 왜구의 침입을 막기 위해 만든 사적 48호인 관문산성 내 유일한 우물이었다고 한다. 주지스님께서 40년 전 절에 들어가서 마을 노인네들이 기도해서 아들을 낳아서 물탱크를 시주하였다고 한다. 마을 노인들의 말씀에 의하면, 옛날부터 물이 좋아 눈병과 피부병이 나았다고 한다. 마을의 일반 지하수와 달리 호랑이굴에서 나오는 석간수여서 그런지 물맛이 달고 참 맛있다고 한다.

아무리 가물어도 끊이지 않고 나와서 30년 전에 법당 왼편에 7~8톤 정도의 물탱크를 묻어두고 용수로 사용하고, 유사시를 대비해서 연못 옆에 100톤으로 물탱크를 만들어서 사용하고 있다. 일제 강점기까지 호랑이가 살았고, 지금도 절 뒤의 큰 바위에 호랑이굴이 있다고 한다. 그리하여 주지스님과 불국사 학장으로 계시는 덕민큰스님께서 '호랑이굴에서 나오는 샘물'이라 하여 약수 이름을 '호암천(虎巖泉)', 또는 '호암약수(虎巖藥水)'라 지으셨다. 우리말로 '호랑이 샘물'이라는 그 이름처럼 맑고 씩씩한 것 같다.

마침 시간을 내서 주지스님과 함께 법당 뒷산을 가보기로 하였다. 산행을 하다 보니 법당 뒤 전체가 화강암으로 이루어진 큰 바위였고, 그 이름을 호랑이 바위라 하였다. 중간에 미륵바위라 부르는 독특한 모양의 바위가 있고, 좀 더 가다 보면 스님께서 나한 바위라 부르는 두 연인이 마주 보고 있는 듯한 바위가 있다. 마주 보는 틈 사이에 포토라인이라 할 수 있는 사진 찍기 좋은 곳이다. 어찌 보면 연리지처럼 두 바위가 연결되어 연인바위라 불리는 것도 좋을 것 같다. 두 바위가 법당을 호위하는 것 같고, 그 아래로 돌아가면 샘물이 나오는 큰 바위 사이에 혼자 좌정하기 하기 좋은 공간이 있고, 그 너머에 호랑이굴이 있다. 그리고, 그 아래에 호랑이 샘물이 있다. 호랑이 바위에 호랑이굴이 있고 그 아래 샘물이 나와 호랑이 샘물이라 부르는 재미있는 이야깃거리를 만들어 주고 있다. 전설이 사라진 시대 아름다운 스토리텔링이 생겨나서 더욱 좋은 것 같고, 새로운 좋은 샘물을 알게 되어 반가웠다.

순금사의 호랑이 샘물(虎巖泉)은 오염원이 없는 산 정상 부근의 큰 바위에서 나오는 석간수여서 물맛을 보니 시원하고 찰지게 맛있는 것 같다. 기본적으로 석간수에서 나오는 물이기에 시원하고 맑고 달다. 그렇듯이 순금사 호랑이 샘물의 수질 또한 맑고 깨끗하다. 약수의 중성 여부를 나타내는 수소이온농도(pH)도 6.94로 중성상태이고, 수중에 녹아 있는 용존산소(DO)도 10.21mg/L로 풍부한 편이며, 구리나 철, 기타 인공합성물질 등 유해물질들도 검출되지 않는 깨끗한 물로 나타났다. 전반적으로 유기물과 무기물, 인공화합물질도 없는 맑은 물로 나타났다. 경도는 18.0mg/L로 매우 단물로 나타났고, 총고형물은 66.30mg/L, 유기물 오염지표인 과망간산칼륨도 0.6mg/L, 총유기탄소량(TOC)도 0.61mg/L로 매우 낮아 유기물로 인한 오염도 없는 깨끗한 물로 나타났다.

공단지역 때문에 혹시나 다른 오염물질이 검출될지도 모른다고 걱정할 수도 있지만, 순금사 약수는 공단지역의 상류에 있고, 석간수가 나오는 바위 위로는 그 어떤 시설물도 없고, 사람들도 다니지 않기 때문에 근원적으로 오염원도 없는 청정한 지역이다. 그와 같은 결과는 수질분석 결과에도 잘 드러나고 있다.

또한 호랑이 샘물의 물맛 평가로 살펴보면, 맛있는 물 지수인 O Index는 7.93, 건강한 물 지수인 K Index는 -8.39인데, 특히 약수 중 석간수에서 나오는 규소함량이 높은 영향으로 맛있는 물로 나타났다.

표 1. 순금사 호랑이 샘물 현장 수질분석 결과

약수명	온도(℃)	pH	DO (mg/L)	탁도 (NTU)	전기전도도 (μS/cm)	TDS (mg/L)
먹는 물 수질 기준	-	4.5~9.5	-	-	-	-
순금사 호랑이 샘물	9.7	6.94	10.21	0.6	101.4	66.30

표 2. 순금사 호랑이 샘물의 수질분석 결과(심미적 영향물질 1)

약수명	심미적 영향물질에 관한 기준				
	경도 (mg/L)	과망간산칼륨 소비량 (mg/L)	냄새	맛	구리 (mg/L)
먹는 물 수질 기준	300mg/L	10mg/L	냄새가 없을 것	맛이 없을 것	1mg/L
순금사 호랑이 샘물	18.0	0.8	없음	없음	불검출

표 3. 순금사 호랑이 샘물의 수질분석 결과(심미적 영향물질 2)

약수명	심미적 영향물질에 관한 기준				
	증발 잔류물 (mg/L)	철 (mg/L)	망간 (mg/L)	황산이온 (mg/L)	알루미늄 (mg/L)
먹는 물 수질 기준	500mg/L	0.3mg/L	0.3mg/L	200mg/L	0.2mg/L
순금사 호랑이 샘물	73.0	불검출	불검출	3.0	0.07

표 4. 순금사 호랑이 샘물의 수질분석 결과(물맛 기준)

약수명	물맛 기준					총유기탄 소량(TOC) (mg/L)
	나트륨이온(Na) (mg/L)	칼슘이온 (Ca) (mg/L)	마그네슘 이온(Mg) (mg/L)	칼륨이온 (K) (mg/L)	이산화규 소(SiO2) (mg/L)	
순금사 호랑이 샘물	13.9	3.7	1.5	2.2	29.77	0.91

표 5. 순금사 호랑이 샘물의 물맛 평가

약수명	O Index(맛있는 물)	K Index(건강한 물)	비고
물맛 기준	2 이상	5.2 이상	-
순금사 호랑이 샘물	7.93	-8.39	맛있는 물

* 기타 중금속류, 농약 등 합성화합물질은 불검출됨.

　　순금산 순금사(舜琴山 舜琴寺)는 순임금의 태평성대처럼 초안 주지 스님의 편안함과 법당 앞에서 바라다보이는 앞산의 활수함처럼 맑은 물이 끊임없이 나오는 청정한 도량이다. 요즘같이 힘들고 어려운 시기일수록 사람들은 편안한 곳을 찾아 마음의 평안을 찾고 싶어 한다. 공장지역 위의 공원 같은 순금사에 가서 끊임없이 샘솟는 시원한 호랑이 샘물을 마시며 맘속의 온갖 걱정을 떨쳐버리고 편안하고 활기차게 살아가면 좋을 것 같다. 더욱 그물로 차를 끓여 마시면 그동안 쌓인 울분과 노고들이 눈 녹듯이 깨끗이 사라질 것 같다. 더욱 호랑이굴에서 나오는 호랑이 샘물을 마시면 호랑이처럼 기운이 나서 활기찬 하루를 보낼 것 같다.

무엇보다 '명산(名山)엔 명찰(名札)이 있고 명수(名水)가 있다'고 좋은 산엔 좋은 절이 있고 좋은 약수가 있다. 순금사도 공단 위 시원한 곳에 자리 잡았고 명찰로 거듭나기 위한 불사가 마무리 작업 중이다. 산자수명(山紫水明)한 순금산 순금사는 이제 공단 속 좋은 약수를 간직한 좋은 절로 거듭나리라는 기대가 든다.

13) 춘천 청평사 약수(淸平寺 藥水)

이름만으로도 가보고 싶은 사찰이 청평사(淸平寺)가 아닐까 한다. 왠지 절 이름 그대로 맑은 곳이고, 고려시대 차문화와 선원문화, 도인문화가 잘 어우러진 대표적인 곳이기도 하다.

고려 초 백암선원에서 출발한 청평사는 고려중기 당대 최고의 권문세도가였던 이자현(李資賢, 1061~1125) 선생이 청평골에 들어와 참선과 수도를 하며 차를 즐긴 곳이기도 하다. 조선시대에는 매월당 김시습(梅月堂 金時習, 1435~1493) 선생이 청평사 남쪽 골짜기에 있는 세향원(細香院)에 머물렀다고 하며, 고려시대와 조선시대 도인들의 거점으로 각광받기도 하였다. 매월당은 다음과 같은 '청평사 세향원 남쪽 창에서 쓰다'라는 시를 남기기도 했다.

네모난 못엔 천길 산봉우리 비추고
절벽엔 만길 물 휘날리며 떨어지네.
이것이야말로 청평산 선경의 운치이나니
어찌 시끄럽게 지난 행적을 묻는가.

(方塘倒揷千層岫 絕壁奔飛萬丈淙 此是淸平仙境趣 何須喇喇問前蹤)

대학시설 서울에서 춘천으로 가는 기차를 타고 소양강댐에서 배를 타고 가본 적이 있다. 그리고, 춘천 가는 길에 두세 번 들러 청평사계곡의 산수를 즐기고 온 적이 있다. 남도에서는 먼 곳이지만, 청평사계곡도 좋고, 소양호의 푸른 물 구경도 하고, 70년대 이후 잘 복원된 사찰경계를 구경하고 오는 기쁨이 있어 가볼 만한 곳이라고 본다.

요즘은 도로가 연결되어 차로도 갈 수가 있지만, 소양강댐에서 배를 타고 선착장에 내려 청평사로 가는 길이 보다 여유롭고 아름답다. 우거진 숲길 속의 청평사계곡 따라 몇 킬로를 올라가다 보면 공주와 상사뱀의 전설이 있는 동상이 있고, 주변에 아홉 소나무가 있다 하여 구송폭포(九松瀑布)가 있고, 이자현 선생이 만들었다는 고려시대 연못인 영지(影池)가 있다. 그야말로 천년고찰다운 역사와 전설, 그리고 풍광이 잘 어우러져 있다.

청평사(清平寺)는 특히 고려시대 권문세가의 촉망받던 후계자인 청평거사 이자현 선생이 평생 동안 차를 즐기며 생활했던 곳이기도 하다. 젊은 시절 아내를 잃고 청평사에 들어와 자연 속에서 덧없는 삶을 차(茶)와 선(禪)으로 즐겼다. 수많은 친구가 찾아와 차를 마시며 법을 논하기도 하였다. 예종이 조서를 내려 연속으로 만나기를 청하였으나, 다시는 도성문을 밟지 않겠다고 하였으니 명을 받들 수 없다고 사양하였다. 다시 동생인 자덕을 보내 세 번씩이나 불러서 사양하지 못하고 차를 마시며 이야기를 나누었다. 예종이 수양의 요체를 물으니 '수양하는 데는 욕심을 버리는 것보다 더 좋은 방법이 없다.'라고 하였다고 한다. 왕이 감복하여 차탕관(茶湯罐)과 차약(茶藥)을 내리고 다시 산에 돌아가게 했다고 한다. 나이 65세에 세상을 떠나자, 말 그대로 삶의 진정한 즐거움을 즐기는 사람이라는 '진락공(眞樂公)'이라는 시호를 내렸다.

청평사 장수샘

청정한 곳에 맑은 물이 있듯이 차를 즐기는 청평거사 이자현 선생
과 매월당 김시습 선생 등이 살았던 곳이니만큼 좋은 약수가 없을 리
없다. 청평산 청평사에도 지하수와 법당 옆 약수, 그리고 절 입구에
위치한 장수샘 세 군데가 있다. 절에서 식수로 사용하는 지하수와 법
당옆 약수는 토층수이고, 장수샘은 석간수이다. 그래서 청평사 약수
세 곳의 수질적 특성은 다소 차이가 있다.

지하수로 사용하는 식수의 수질이 지질 영향을 받아서 다른 두 곳
보다 용존성 물질 등이 약간 높게 나타나고 있고, 법당 옆 약수가 상
류에 위치해서 가장 적게 나타나고 있다. 전반적으로 세 곳의 약수
모두 오염되지 않은 산중에서 나오는 청정한 물이어서 수질적 특성
은 매우 맑고 좋은 것으로 나타나고 있다.

청평사 약수의 수질 특성을 살펴보면, 지하수인 식수의 pH는 7.77

이고, 법당 옆 약수는 6.43, 장수샘은 7.0으로 장수샘은 중성상태이고, 법당 옆 생수는 토양 영향으로 다소 낮게 나타났고, 반면에 지하수인 식수는 중성상태보다 약간 높게 나타났다.

수중의 용존산소도 7.68mg/L과 8.75mg/L고, 9.19mg/L로 비교적 풍부한 편이며, 수중에 녹아 있는 고형물질도 지하수로 사용하는 식수는 175.7mg/L로 산중수를 사용하는 수각수보다 높게 나오고 있다. 경도는 또한 식수가 33.0mg/L로 수각수 14.0mg/L과 20.0mg/L보다 다소 높게 나오고 있다. 두 약수 모두 매우 단물이고, 아무래도 지하수를 사용하는 식수가 지층 성분이 용출되어 수각수보다 전체적으로 높게 나오고 있다. 청평사 약수 또한 산중의 청정지역에 위치해서 기타 유기물 오염도 거의 없고, 농약, 그리고, 중금속 등 다른 오염물질들도 없는 매우 맑고 깨끗한 물로 나타났다.

또한 청평사 약수에 대해 물맛 기준으로 평가해본 결과, 지하수를 사용하는 식수의 O Index(맛있는 물)는 7.21이고, K Index(건강한 물)는 10.80으로 건강하고 맛있는 물로 나타났고, 산중수를 사용하는 법당약수의 O Index(맛있는 물)는 6.02이고, K Index(건강한 물)는 3.16으로 맛있는 물로 나타났다. 장수샘의 O Index(맛있는 물)는 6.06이고, K Index(건강한 물)는 5.53으로서 말 그대로 건강하고 맛있는 물로 나타났다.

표 1. 청평사 약수의 현장 수질분석 결과

약수명	온도(℃)	pH	DO (mg/L)	탁도 (NTU)	전기전도도 (μS/cm)	TDS (mg/L)
먹는 물 수질 기준	–	4.5~9.5	–	–	–	–
청평사 식수	15.9	7.77	9.19	0.08	72.5	88.45
법당약수	16.8	6.43	8.55	0.10	28.0	34.16
장수샘	18.1	7.00	7.78	0.35	46.5	56.73

표 2. 청평사 약수의 수질분석 결과(심미적 영향물질 1)

약수명	심미적 영향물질에 관한 기준				
	경도 (mg/L)	과망간산칼륨 소비량 (mg/L)	냄새	맛	구리 (mg/L)
먹는 물 수질 기준	300mg/L	10mg/L	냄새가 없을 것	맛이 없을 것	1mg/L
청평사 식수	33.0	0.5	없음	없음	불검출
법당약수	14.0	0.8	없음	없음	불검출
장수샘	20.0	0.8	없음	없음	불검출

표 3. 청평사 약수의 수질분석 결과(심미적 영향물질 2)

약수명	심미적 영향물질에 관한 기준				
	증발 잔류물 (mg/L)	철 (mg/L)	망간 (mg/L)	황산이온 (mg/L)	알루미늄 (mg/L)
먹는 물 수질 기준	500mg/L	0.3mg/L	0.3mg/L	200mg/L	0.2mg/L
청평사 식수	50.0	불검출	불검출	5.0	불검출
법당약수	26.0	불검출	불검출	4.0	불검출
장수샘	30.0	불검출	불검출	4.0	0.02

표 4. 청평사 약수의 수질분석 결과(물맛 기준)

약수명	물맛 기준					총유기탄소(TOC) (mg/L)
	나트륨이온(Na) (mg/L)	칼슘이온 (Ca) (mg/L)	마그네슘이온(Mg) (mg/L)	칼륨이온 (K) (mg/L)	이산화규소(SiO2) (mg/L)	
청평사 식수	1.5	12.1	0.5	0.6	26.93	0.16
법당약수	1.2	4.2	0.5	0.5	22.40	0.35
장수샘	1.0	6.4	0.6	0.9	20.58	0.32

표 5. 청평사 약수의 물맛 평가

약수명	O Index(맛있는 물)	K Index(건강한 물)	비고
물맛 기준	2 이상	5.2 이상	-
청평사 식수	7.21	10.80	맛있고 건강한 물
법당약수	6.02	3.16	맛있는 물
장수샘	6.06	5.53	맛있고 건강한 물

청평사를 돌아보면서, 고려시대 이자현 선생과 조선시대 매월당 김시습 선생은 청평사에서 무엇을 하였을까 생각해본다. 산자수명한 곳에서 세월만 보내는 것이 아니라, 청평사와 주위의 아름다운 산수만큼 청정한 약수로 차를 달여 마시며, 더 좋은 세상을 바라면서 스스로의 마음을 다스리며 청복(淸福)을 누렸을 것 같다.

무엇보다 세상과 타협하며 부귀영화를 뿌리치고 호젓한 산중에서 맑은 약수를 떠다가 차 한 잔을 마시며 당당하게 청복을 누리다 간 존경해야 할 우리 역사상의 진정한 차인이었던 것 같다.

코로나로 나라 안팎으로 어려운 시기에 고려 5백 년 차문화의 중요한 현장으로 한 번쯤은 찾아가서 두 분 선고 차인들의 청정한 삶을 되돌아보면 좋을 것 같다.

14) 밀양 여여정사 약수

밀양에는 가볼 만한 곳이 여러 군데가 있다. 산 좋고 물이 좋아 영남알프스의 일원인 표충사가 있는 재약산이 있고, 그 너머에는 호박소와 얼음골이 있다. 밀양의 남쪽 삼랑진에는 만어사 경석과 산업화 시대 선진지 견학지였던 삼랑진 양수발전소가 있고, 그 주위에 여여정사가 있다.

여여정사(如如精舍)는 현 범어사 방장스님이신 정여스님께서 지난 30여 년간 불사를 하고 있으며, 삼랑진 양수발전소가 있는 안태호 상류 지역의 깊은 산중에 위치한다. 지난 30년간 틈틈이 진행되어온 불사가 마무리되고 조만간 새롭게 드러날 절이다. 수행승으로서 선방의 중요성을 아시고, 절을 짓기도 힘든데 선방을 개설하여 21세기 수행도량으로 만들고자 노력하고 있다.

여여정사는 대구-대동간 고속도로를 타고, 삼랑진 IC에서 내려 20여 분간 산길을 올라가다 보면 삼랑진 양수발전소가 나오고, 하부댐인 안태호를 끼고 오르다 보면 산 높은 곳에 여여정사가 있다. 여여(如如)란 본래 그러한 것으로 변함없는 진리의 세계를 이야기하듯이 산 높은 안락한 곳에 위치해서 온 세상을 둘러보는 맛이 있다. 특히 여여정사 높은 곳에 새로이 불사가 마무리되는 선방 위에서 바라보면 겹겹이 싸인 산봉우리 사이로 낙동강이 보인다. 시원하고 활수한 마음으로 그야말로 여여한 분위기가 가득 느껴진다. 삼랑진 벚꽃이 필 적이나, 가을철 단풍이 물들 때 여여정사에 가서 동굴법당도 둘러보고, 법당 입구에 수각에서 나오는 청정한 산중 약수를 마시고 오면 금상첨화일 것 같다. 절 분위기가 조주선사의 차나 마시고 가라는 끽다거(喫茶去) 공안을 생각나게 한다.

알다시피 정여스님은 수행도 열심히 하시지만, 시민단체 활동과 차와 관련된 다양한 활동들도 왕성하게 하고 있다. 특히 차를 즐기시며 차와 관련된 글과 글씨와 그림들도 많이 드러내 놓고 계시기도 하다. 개인적으로는 범어사 소임 볼 적에 공사석에서 몇 번 뵈었고, 몇 년 전 오대산 상원사에 약수 조사하러 갔을 적에 선방에 계시면서 주지스님 방에서 같이 차담을 나눴던 적이 있다. 그때 여여정사 말씀을 하셨고, 상원사 물로 마셨던 차도 맛있었지만, 여여정사 물로 마시는 차 맛도 좋을 것 같아서 한번 가보고자 하는 생각이 들었다.

여여정사 약수는 산 정상지대에서 나오는 산물을 물탱크에 저장해서 끌어다 사용하는 산중 약수와 공양간과 동굴법당에서 사용하는 지하수가 있다. 두 약수 모두 오염되지 않은 청정한 지역의 물이어서 수질 자체가 맑고 깨끗하다. 정여스님 말씀에 의하면, 산 정상부에서 나오는 물이어서 오랫동안 놔둬도 물이끼가 끼지 않고 물이 매우 맑다고 하셨다. 조사차 갔을 적에 절에서 일하시는 처사분도 같은 이야기를 하셨고, 직접 물맛을 보니 맑고 달았다. 같이 갔던 대학원생도 물이 가볍고 맑은 것 같다고 하였다.

여여정사 약수에 대한 수질적 특성을 더 구체적으로 살펴보면 다음 표와 같다. 전체적으로 여여정사 약수는 매우 맑고 달다. 육우의 『다경(茶經)』에도 찻물로는 산수(山水)가 좋다는 말을 하였듯이 여여정사의 약수를 보면 확인할 수가 있을 것 같다. 또한 초의선사가 지은 『다신전(茶神傳)』에 나오는 '산 정상부의 물은 맑고 가볍고, 산 아래 샘물은 맑고 무겁다(山頂泉淸而輕 山下泉淸而重)'는 말을 수질분석을 통해서 실제로 확인해 볼 수가 있다.

약수의 중성 여부를 나타내는 수소이온농도(pH)도 석간수와 계곡수 모두 7.91로서 중성 상태보다 약간 높은 알칼리상태이고, 수중에

여여정사 약수

녹아 있는 용존산소(DO)도 8.02mg/L로 비교적 풍부한 편이며, 구리나 비소 등 중금속류도 검출되지 않았고, 기타 인공합성물질 등 유해물질들도 검출되지 않는 등 전반적으로 유기물과 무기물, 그리고 인공화합물질도 거의 없는 맑고 깨끗한 물로 나타났다.

여여정사 약수의 경도 또한 7.0mg/L로 빗물과 거의 같을 정도의 매우 부드러운 단물(軟水)로 나타났고, 총고형물은 비교적 낮은 21.45mg/L이고, 유기물 오염지표인 과망간산칼륨 소비량도 1.2mg/L, 총유기탄소량(TOC)도 0.82mg/L로 매우 낮아 유기물로 인한 오염도 없는 청정한 물로 나타났다.

또한 여여정사 약수의 물맛 평가를 살펴보면, 맛있는 물 지수인 O

Index는 11.88, 건강한 물 지수인 K Index는 0.93으로 맛있는 물로 나타났다.

표 1. 여여정사 약수 현장 수질분석 결과

약수명	온도(℃)	pH	DO (mg/L)	탁도 (NTU)	전기전도도 (μS/cm)	TDS (mg/L)
먹는 물 수질 기준	–	4.5~9.5	–	–	–	–
여여정사 약수	18.5	7.91	8.02	1.43	26.5	21.45

표 2. 여여정사 약수의 수질분석 결과(심미적 영향물질 1)

약수명	심미적 영향물질에 관한 기준				
	경도 (mg/L)	과망간산칼륨 소비량 (mg/L)	냄새	맛	구리 (mg/L)
먹는 물 수질 기준	300mg/L	10mg/L	냄새가 없을 것	맛이 없을 것	1mg/L
여여정사 약수	7.0	1.2	없음	없음	불검출

표 3. 여여정사 약수의 수질분석 결과(심미적 영향물질 2)

약수명	심미적 영향물질에 관한 기준				
	증발 잔류물 (mg/L)	철 (mg/L)	망간 (mg/L)	황산이온 (mg/L)	알루미늄 (mg/L)
먹는 물 수질 기준	500mg/L	0.3mg/L	0.3mg/L	200mg/L	0.2mg/L
여여정사 약수	34.0	0.07	불검출	1.43	불검출

표 4. 여여정사 약수의 수질분석 결과(물맛 기준)

약수명	물맛 기준					총유기탄소(TOC) (mg/L)
	나트륨이온(Na) (mg/L)	칼슘이온 (Ca) (mg/L)	마그네슘이온(Mg) (mg/L)	칼륨이온 (K) (mg/L)	이산화규소(SiO2) (mg/L)	
여여정사 약수	1.0	1.8	0.3	0.1	25.42	0.82

표 5. 여여정사 약수의 물맛 평가

약수명	O Index(맛있는 물)	K Index(건강한 물)	비고
물맛 기준	2 이상	5.2 이상	-
여여정사 약수	11.88	0.93	맛있는 물

* 기타 중금속류, 농약 등 합성화합물질은 불검출됨.

계절이 깊어가는 시절에 차를 몰고 드라이브를 하고 삼랑진 양수발전소의 안태호를 지나 여여정사에 들러 약수를 한 통 떠와서 차를 우려 마셔보았다. 물이 맑고 달아서인지 차의 향과 맛이 온전하게 드러나면서 자연의 청아한 기운이 전해지는 것 같아 좋았다. 정말 오랜만에 자연의 시원한 맑은 기운을 가득 안는 것 같아 온몸이 상쾌해졌다. 역시 좋은 차에는 좋은 물이 중요함을 알게 되었다.

우리는 행복하고 안락한 삶을 원한다. 현실에서 부족한 점들을 자연 속에서, 그리고 자신이 믿는 종교를 통해서 보충해가기도 한다. 행여나 마음이 울적하고 외로울 때는 한 번쯤은 산길을 드라이브하면서 깊은 산중에서 나오는 맑은 물을 마시고, 그 물로 차를 달여 마시면 마음의 평안과 행복을 찾을 것 같다. 여여정사는 그와 같은 청량한 기운을 주는 곳이고, 여여정사의 맑은 물은 우리에게 변함없는 산중의 시원함과 그윽함을 안겨줄 것 같다. 더욱 여여정사의 맑은 물로 차를 마시면 그 즐거움이 주위에 있는 모두에게 전해질 것 같다.

15) 산청 유의태 약수

우리나라 남도의 산(山)하면 대표적으로 생각나는 곳 중 하나가 지리산(智異山)이다. 남한에서 가장 높은 산이고, 산의 경계도 넓기에 예로부터 많은 사람의 사랑을 받는 산이다. 지리산의 동쪽에 있는 산청

유의태 약수

(山淸)은 지리산 정기를 받아선지 이름 자체가 산처럼 맑은 곳이다. 대학 시절 산이 좋아 구례 노고단에서 천왕봉에 이르는 지리산 종주를 몇 번 해본 적 있다. 처음에는 앞사람 발꿈치만 바라보고 가다가 두세 번 가본 뒤엔 주위 경치를 둘러보게 되었다. 무척 지리해서 지리산인가 하는 생각도 들었지만, 장시간의 산행 후에 정상인 천왕봉에서 바라다보이는 남도의 들녘이 참 평안해서 좋았다. 그때 하산길에 산청을 여러 번 지나쳤지만 둘러볼 기회가 없다가 다시 가보게 되었다.

　지리산은 다른 곳보다도 산청을 중심으로 한 지리산 동편에 약초가 많다고 한다. 그런 이유에서 동의보감촌이 들어선 이유가 있는 것 같다. 산청에 있는 동의보감촌 주변의 왕산, 필봉 등에는 우리나라의 대표적인 의학자 허준 선생이 젊어서 공부했다는 전설이 있고, 허준 선생의 스승인 유의태 선생이 그 물로 약을 달였다는 유의태 약수터가 있다. 산청에서 약초 캐는 사람 말에 의하면, 유의태 약수터는 아무리 가뭄이 와도 물이 마르는 적이 없다고 한다. 요즈음은 숲이 우거지고 약초가 남획되어서 그런지 그런 약초들이 잘 보이지 않지만, 약수터 주변에는 지취, 하수오, 신선초 등이 지천으로 많았다고 한다. 그래서인지 예로부터 약초 캐는 사람들이 많았고, 외지에서 병을 얻어 왔다가 눌러앉아 사는 사람들도 많다고 한다.

작년 말에 영산강 발원지 답사를 갔다 시간이 늦어 들러보지 못했는데 마침 부산대 국제차산업전공에 입학한 박사과정 학생이 산청에 살고 있어서 연말 시간을 내어 같이 가보게 되었다. 산청군에서 한방테마파크인 산청 동의보감촌을 잘 조성해두어서 이른 점심을 먹고 차를 타고 가다가 내린 눈이 얼어있어서 중간에 차를 세워두고 걸어가게 되었다.

오랜만에 눈 덮인 둘레길 왕복 5㎞를 거닐며 몸도 마음도 건강해지는 기분이 들었다. 동의보감촌 주차장에 차를 두고 3㎞ 정도를 가면 유의태 약수터에 도달하게 되는데, 그때 마시는 물맛을 그야말로 약수이고, 겨울임에도 물이 마시기에 적당하고, 시원하였다. 누이도 좋고 매부도 좋다고 건강한 산행과 맑은 물은 그야말로 건강을 위한 보약이고, 그 자체로 감로수인 것 같다. 좋은 약수는 대부분 여름엔 시원하고, 겨울엔 따뜻하여 마시기에 좋다. 유의태 약수도 겨울철 영하에 가까운 날씨인데 약수는 12도 정도로 비교적 따뜻해서 마시기에 좋았고, 무엇보다 물이 맑고 맛이 있었다.

유의태 약수에 대한 수질적 특성을 보다 구체적으로 살펴보면 다음 표와 같다. 전체적으로 유의태 약수는 매우 맑으면서 마시기 적당하고 달다. 또한 수질분석 및 물맛 평가를 해본 결과 물맛도 좋고, 건강한 물인 것으로 판명되었다. 특히 몸에 좋은 미네랄들이 적절히 있고, 조화로운 것으로 나타났다. 어찌 보면 좋은 물은 산에 사는 사람들이 자주 하는 말처럼 산삼 같은 약초들이 녹아있는 물이라고 말이다.

유의태 약수의 수질은 약수의 산성 여부를 나타내는 수소이온농도 (pH)도 7.66으로 중성 상태보다 약간 높은 약 알칼리 상태이고, 수중에 녹아 있는 용존산소(DO)는 산중 깊은 곳에서 나와 정체되어서 그런지 2.91mg/L로 비교적 낮게 나타났다. 오염되지 않은 청정한 지역이어서 구리나 비소 등 중금속류도 검출되지 않았으며, 기타 인공합성화학물질 등 유해물질들도 검출되지 않았다. 유의태 약수의 경도 또한 28.0mg/L로 매우 부드러운 단물(軟水)로 나타났고, 총고형물은 48.75mg/L로 비교적 낮은 편이고, 유기물 오염지표인 과망간산칼륨 소비량도 0.2mg/L, 총유기탄소량(TOC)도 0.18mg/L로 매우 낮아 유기물로 인한 오염도 거의 없는 깨끗한 물로 나타났다. 전반적으로 유기물과 무기물, 인공합성 화합물질도 거의 없는 맑고 깨끗한 물로 나타났다.

또한 유의태 약수의 물맛 평가를 살펴보면, 맛있는 물 지수인 O Index는 8.04, 건강한 물 지수인 K Index는 5.99로 나타났으며, 맛있고 건강한 물로 나타났다.

유의태 약수는 이화학적 수질조사 결과에서 보듯이 오염되지 않은 산중 약수로 매우 맑고 깨끗하고, 약수 중에 여러 미네랄 성분들도 적절하게 있어 물맛도 좋고, 건강한 것으로 나타났다. 많은 사람이 왜 산청 깊은 곳의 유의태 약수를 찾아 수백 년간 마셔 왔는지를 확인할 수가 있다.

표 1. 유의태 약수 현장 수질분석 결과

약수명	온도(℃)	pH	DO (mg/L)	탁도 (NTU)	전기전도도 (µS/cm)	TDS (mg/L)
먹는 물 수질 기준	–	4.5~9.5	–	–	–	–
유의태 약수	13.1	7.66	2.91	0.10	75.2	48.75

표 2. 유의태 약수의 수질분석 결과(심미적 영향물질 1)

| 약수명 | 심미적 영향물질에 관한 기준 | | | | |
	경도 (mg/L)	과망간산칼륨 소비량 (mg/L)	냄새	맛	구리 (mg/L)
먹는 물 수질 기준	300mg/L	10mg/L	냄새가 없을 것	맛이 없을 것	1mg/L
유의태 약수	28.0	0.2	없음	없음	불검출

표 3. 유의태 약수의 수질분석 결과(심미적 영향물질 2)

| 약수명 | 심미적 영향물질에 관한 기준 | | | | |
	증발 잔류물 (mg/L)	철 (mg/L)	망간 (mg/L)	황산이온 (mg/L)	알루미늄 (mg/L)
먹는 물 수질 기준	500mg/L	0.3mg/L	0.3mg/L	200mg/L	0.2mg/L
유의태 약수	40.0	불검출	불검출	2.36	불검출

표 4. 유의태 약수의 수질분석 결과(물맛 기준)

| 약수명 | 물맛 기준 | | | | | 총유기탄소(TOC) (mg/L) |
	나트륨이온(Na) (mg/L)	칼슘이온 (Ca) (mg/L)	마그네슘이온(Mg) (mg/L)	칼륨이온 (K) (mg/L)	이산화규소(SiO2) (mg/L)	
유의태 약수	3.3	8.9	0.8	0.4	16.39	0.18

표 5. 유의태 약수의 물맛 평가

약수명	O Index(맛있는 물)	K Index(건강한 물)	비고
물맛 기준	2 이상	5.2 이상	-
유의태 약수	8.04	5.99	맛있고 건강한 물

* 기타 중금속류, 농약 등 합성화합물질은 불검출됨.

사람들이 나이가 들면서 다들 걱정하는 것은 건강문제인 것 같다. 건강을 유지하는 가장 좋은 일은 공기 좋은 곳에서 산천경개를 보면서 걷는 일인 것 같다. 산청 동의보감촌을 찾아 자연식을 먹고, 몇 킬로미터 산행하면서 유의태 약수터에 가서 약수를 마신다면 그 자체로 보약을 먹는 것일 것 같다. 특히 산청은 말 그대로 청정한 곳이고, 차인들에겐 우리나라 찻사발 도예가로 유명한 산청요 민영기 선생과 최근엔 아름다운 백자다관을 만들고 있는 심곡요 안주현 선생이 있기에 한번 들러 약수도 마시고, 맑은 공기도 쐬고, 차도구도 보면 좋은 것 같다.

나부터라도 올봄에는 다시 한 번 유의태 약수터를 찾아 몸과 맘의 건강을 찾아보고 싶다. 시간이 없다면, 차를 가지고 입구까지 가서 300m 정도만 올라가면 약수터가 있으니 감로수 같은 약수도 마시고, 여유 있게 약수 한 통이라도 길어다가 맑은 차를 우려 마시면 그야말로 차맛도 좋고, 건강도 챙기며 금상첨화일 것 같다.

16) 양산 통도사 안양암 '영천약수(靈泉藥水)'

안양암의 '영천약수(靈泉藥水)'는 영축산 줄기가 용트림하여 솟아오른 산중에서 나오는 물로 말 그대로 맑고 신령스러운 물이다. 안양암(安養菴)이라는 말 자체가 아미타 부처님이 계시는 서방정토인 부처님

나라이듯이 큰절의 서쪽에서 큰절을 바라보며 위치한 평온한 암자이다. 감원이신 무애스님 또한 이웃집 아저씨처럼 사람의 마음을 편안하게 해주는 곳이다. 지금은 암자 뒤 주차장에 차를 세우고 돌아 들어가나, 큰절 계곡에서 올라가는 길이 더 그윽한 맛이 있어 좋다.

영천약수는 암자 뒤편에 있는 주차장의 오른편 산기슭에 있는데, 오른편에 수도꼭지로 만들어 놓은 영천약수를 마시면 시원한 물맛이 참 좋다. 잠시 목을 축이고 뒤를 돌아 바라다보면, 영축산 줄기가 웅장하고 아름답다. 장밭들의 너른 품과 비로암 극락암을 품은 산줄기가 쭉 이어져서 영축산의 기상을 한눈에 느낄 수 있게 해준다.

안양암 감원이신 무애스님에 의하면, 안양암 물도 예전에는 암자 뒤에 우물이 있었으나 물의 양이 너무 적었다고 한다. 그래서 암자 뒷산의 물을 나무통을 파서 강철관을 묻어 끌어다가 먹었다고 한다. 30여 년 전부터 관이 막혀 물이 나오지 않아 PVC관을 묻어 사용하고 있다고 한다. 이러한 영천약수는 영축산 줄기에서 내려오는 물줄기가 사명암과 백련암을 거쳐 흘러나오는 산중수이다.

통도사의 앞산에는 물이 나오는 곳이 많다. 통도사 암자 중에서도 사명암과 옥련암, 서운암의 남쪽에는 물이 많은 편이나 북쪽은 물이 많이 나오지 않는다고 한다. 스님께서는 영축산의 수맥이 끊어지지 않도록 산 뒤의 도로 등을 낼 때도 너무 깎지 않도록 했다고 한다. 물이 나오는 구멍은 수맥을 다치지 않도록 연결해 주어야 하고, 물은 흘러가야 한다는 수류거(水流去)의 지혜를 가르쳐주신다.

안양암의 영천약수를 보면, 정토경의 보지관(寶池觀)에 나오는 '팔공덕수(八功德水)' 이야기가 생각난다. 서방정토에 있다는 물로, 물이 가져야 할 여덟 가지 덕목을 말한다. 즉 '가볍고(輕), 맑고(淸), 시원하고(冷), 부드럽고(軟), 맛있고(美), 냄새가 없으며(不臭), 마시기 적당하고(調

안양암 영천약수

適), 마신 후 탈이 없어야 한다(無患).'는 것이다.

　방장이신 성파 큰스님의 말씀대로 영축산의 큰 줄기에서 내려오는 물이 곳곳에 집결하여 솟아오르는 좋은 물들이 많이 있다. 그래서 그런지 안양암 영천약수 또한 수중의 용존산소도 풍부하고, 물 자체도 순수상태로 맑다. 특히 규산성분이 풍부해서 물맛이 맑고 달다.

　안양암 영천약수의 수질을 살펴보면, pH는 6.7로 다소 중성에서 산성상태에 가까우나, 총 고형물질이 25.35mg/L 정도로 낮은 편이고, 유기물 오염도 거의 없는 빗물과 비슷한 상태이다. 산중 물중에서도 오염되지 않은 순수상태의 물이고, 경도도 6.0mg/L로 매우 단물이다. 더욱 영축산줄기의 수정광산을 통과해서인지 상대적으로 이산화규소(SiO₂) 성분이 많아서 맛있는 물을 나타내는 O Index가 122로 매우 높아서 물맛이 매우 시원하고 좋은 물로 나타난다.

　서방정토에 있는 물처럼 안양암 영천약수는 말 그대로 신령스러운 물로 깊은 청량함을 간직하고 있다. 통도사에 왔다면, 모름지기 잠시 틈을 내어 안양암에 들러 영천약수의 청정한 맛을 음미하고 가는 것도 좋을 것 같다.

표 1. 안양암 영천약수의 현장 수질분석 결과

약수명	온도(℃)	pH	DO (mg/L)	탁도 (NTU)	전기전도도 (μS/cm)	TDS (mg/L)
먹는 물 수질 기준	–	4.5~9.5	–	–	–	–
안양암 영천약수	15.55	6.64	9.25	0.47	32.20	25.35

표 2. 안양암 영천약수의 수질분석 결과(심미적 영향물질 1)

약수명	심미적 영향물질에 관한 기준				
	경도 (mg/L)	과망간산칼륨 소비량 (mg/L)	냄새	맛	구리 (mg/L)
먹는 물 수질 기준	300mg/L	10mg/L	냄새가 없을 것	맛이 없을 것	1mg/L
안양암 영천약수	6.0	1.5	없음	없음	불검출

표 3. 안양암 영천약수의 수질분석 결과(심미적 영향물질 2)

약수명	심미적 영향물질에 관한 기준					
	증발 잔류물(mg/L)	철 (mg/L)	망간 (mg/L)	탁도 (NTU)	황산이온 (mg/L)	알루미늄 (mg/L)
먹는 물 수질 기준	500mg/L	0.3mg/L	0.3mg/L	0.5NTU	200mg/L	0.2mg/L
안양암 영천약수	10.0	불검출	0.007	0.47	불검출	0.04

표 4. 안양암 영천약수의 수질분석 결과(물맛 기준)

약수명	물맛 기준					총유기탄소(TOC) (mg/L)
	나트륨이온(Na) (mg/L)	칼슘이온 (Ca) (mg/L)	마그네슘이온(Mg) (mg/L)	칼륨이온 (K) (mg/L)	이산화규소(SiO2) (mg/L)	
안양암 영천약수	1.4	1.4	0.2	1.0	22.03	1.52

표 5. 안양암 영천약수의 물맛 평가

약수명	O Index(맛있는 물)	K Index(건강한 물)	비고
물맛 기준	2 이상	5.2 이상	–
안양암 영천약수	122.15	0.18	맛있는 물

17) 양평 수종사 약수(水鐘寺 藥水)

서울 떠난 지 어언 30여 년이 되어가는 마당에 가끔 생각나는 곳들이 있다. 북한강과 남한강의 물길 따라 양평가도와 대성리, 청평, 가평으로 이어지는 북한강과 남한강의 물길이다. 그중에서도 수종사(水鐘寺)는 북한강과 남한강이 만나는 양수리 팔당호의 넓은 호수를 바라본다는 점에서 항시 가보고 싶은 곳이다. 오랜만에 춘천을 거쳐 남에서 북쪽으로의 여행을 가보았다. 한여름 연꽃이 피어나는 계절, 수종사를 오르며, 한강을 바라보는 맛이 참으로 좋다. 풍광도 좋지만, 무엇보다 수려한 경관 속에서 차 한 잔을 마실 수 있는 공간이 있다는 사실이 또한 좋은 일이다.

남한강과 북한강이 만나는 팔당호를 바라보며 수종사 찻집에서 차를 마시면, 온 시름이 다 흘러갈 것 같다. 양수리가 시원하게 내려다보이는 수종사에서는 절에 온 사람들을 위해 무료찻집을 운영하고 있다. 산중의 맑은 샘물로 저마다 차를 마시며, 한때를 한가로이 즐길 수 있도록 배려해주고 있다. 차를 즐기는 차인이건, 지나가는 등산객이건 간에 양수리를 바라보며, 차 한 잔을 즐길 수 있다는 사실이 참으로 멋진 일이다. 아마도 우리나라의 몇 안 되는 멋진 찻집이라고 본다. 정말로 가까이 있다면 자주 가고픈 멋진 곳으로서 최근에는 명승 109호로 지정되었다. 수종사는 조선시대 세조 때 창건되었다고 한다. 세조가 양수리를 지날 때 종소리를 듣고 절을 지었다는 이야기가 전해져 온다. 마치 비 내리는 산중의 물소리가 종소리처럼 들려오는 것 같다. 조선 초기 세조만큼 많은 이야기를 남기고 있는 왕도 드문 것 같다. 특히 약수와 관련하여 세조는 많은 이야기가 전해져 온다. 속리산 복천암과 오대산 상원사도 그렇다. 아마도 말년에 도진 피부병으로 인해 전국의 산 좋고 물 좋은 곳들을 찾아 심신의 허약함을 다스렸던 것 같다.

잠시 오백 년 전의 세월로 돌아가, 세조가 들었던 종소리를 따라가듯 큰 도로에서 산중도로를 따라 산 중턱쯤 오르다 보면, '운길산 수종사(雲吉山 水鐘寺)'라 쓰인 일주문이 보이고, 불이문을 지나 돌계단을 따라가다 고개를 들어보면 전각이 보인다. 그곳이 바로 '삼정헌(三鼎軒)'이라는 현판이 걸려있는 찻집이다. 오전 9시부터 오후 6시까지 차를 마실 수 있는데, 다만 예불시간인 10시 30분부터 11시 30분까지는 다실 문을 닫고 있다. 찻집 안에는 대여섯 개의 다기 세트가 놓여있는 차탁들이 있고, 제각기 앉아서 차를 즐기고 가게 되어 있다. 사진 촬영이 금지되었으나, 종무소의 허락하에 사진 몇 장을 찍었다. 수종사 찻집은 가히 남한 제일의 풍광이 있는 찻집이고, 더욱 수종사에서 나는 산중의 물로 차를 마시니 차맛이 더욱 맑고 그윽했다. 마침 여름비가 내려 시원하니 한여름의 청한(淸閑)을 누리는 것 같아 또한 좋았다.

수종사의 샘물은 옛말에는 약사전 아래의 바위틈에서 나오는 물이 있었다고 하는데 불사를 하는 과정에서 물길을 잃어버려 수량이 적

수종사 약수

어져서 지금은 부처님 전에 올리는 감로수로 사용하고, 절 안의 물은 산중의 지하수를 뽑아 사용한다고 하였다. 그 점은 안타까운 일이지만, 수종사 감로수는 산중 바위틈에서 나오는 석간수이다. 그래도 위안이 되는 것은 대부분 지역은 같은 암반층이어서 비슷한 수질 특성을 나타낸다는 점이다. 비록 물길이 끊어져 사용할 수 없지만, 주위의 수맥들이 모여 지하수를 이룬 물을 끌어다 사용하기 때문에 수질적으로 보면 비슷하다고 할 수가 있다. 그리하여 약수전 아래의 감로수 물과 식수로 사용하는 지하수 물 두 곳을 채취하여 조사하였다.

사실 수돗물을 이용하는 도시인들 입장에서 보면, 좀 부족한 산중의 물도 찻물로 사용하면 바람직할 때가 많다. 대부분의 산수는 아직 오염되지 않은 산속의 상류 지역에 있는 외국의 경우에는 석회암 등 광물질 성분이 많이 용출되어 직접 음용으로 마시기에 부적절하나, 우리나라의 경우에는 석회암 지층이 있는 영월 등 일부 지역을 제외하고는 대부분 수질 자체가 깨끗하고, 산수 대부분이 단물이기 때문이다. 수종사의 샘물도 산중에 걸러나오는 물이어서 맑고 깨끗하다.

수종사 약수의 수질은 표에서 보듯이 감로수의 pH는 7.14이고, 수곽수는 7.24로 나타났다. 특히 석간수인 감로수가 순수상태에 가까운 경도 12mg/L 정도이고, 지하수인 수곽수는 30mg/L로 둘 다 연한 단물로 나타났으며, 총용존고형물(TDS) 농도도 수각수가 30.4mg/L, 석간수가 17.3mg/L로 나타났으며, 기타 냄새나 맛, 그리고 인공합성화합물질 등도 없는 깨끗한 물로 판명됐다. 물맛 기준으로 볼 때, 석간수에 비해 감로수의 이온성 물질이 더 적은 것으로 나타났으며, 감로수와 석간수 모두 큰 차이는 없는 것으로 나타나고 있다. 다만, 석간수인 감로수보다 지하수인 수곽수가 아무래도 지층을 통과하며 여러 광물질을 포함하여 다소간 많이 나타나는 것으로 판단되고 있다. 그렇지만 두 약수 모두 우리나라의 오염되지 않은 산수들이 그렇듯이 수질이 맑고 깨끗한 것으로 나타나고 있다.

표 1. 수종사 약수 현장 수질분석 결과

약수명	온도(℃)	pH	DO (mg/L)	탁도 (NTU)	전기전도도 (μS/cm)	TDS (mg/L)
먹는 물 수질 기준	–	4.5~9.5	–	–	–	–
수곽수(지하수)	19.3	7.24	7.74	0.45	59.00	30.4
감로수(석간수)	15.5	7.14	8.01	3.06	20.50	17.3

표 2. 수종사 약수의 수질분석 결과(심미적 영향물질 1)

약수명	심미적 영향물질에 관한 기준				
	경도 (mg/L)	과망간산칼륨 소비량 (mg/L)	냄새	맛	구리 (mg/L)
먹는 물 수질 기준	300mg/L	10mg/L	냄새가 없을 것	맛이 없을 것	1mg/L
수곽수(지하수)	30.0	0.9	없음	없음	불검출
감로수(석간수)	12.0	1.2	없음	없음	불검출

표 3. 수종사 약수의 수질분석 결과(심미적 영향물질 2)

약수명	심미적 영향물질에 관한 기준				
	증발 잔류물 (mg/L)	철 (mg/L)	망간 (mg/L)	황산이온 (mg/L)	알루미늄 (mg/L)
먹는 물 수질 기준	500mg/L	0.3mg/L	0.3mg/L	200mg/L	0.2mg/L
수곽수(지하수)	49.0	불검출	불검출	3.0	불검출
감로수(석간수)	43.0	0.05	불검출	불검출	0.09

표 4. 수종사 약수의 수질분석 결과(물맛 기준)

약수명	물맛 기준					총유기탄소(TOC) (mg/L)
	나트륨이온(Na) (mg/L)	칼슘이온 (Ca) (mg/L)	마그네슘이온(Mg) (mg/L)	칼륨이온 (K) (mg/L)	이산화규소(SiO2) (mg/L)	
수곽수(지하수)	0.208	4.873	4.699	1.195	7.47	0.34
감로수(석간수)	0.283	2.635	1.811	0.414	5.72	0.47

표 5. 수종사 약수의 물맛 평가

약수명	O Index(맛있는 물)	K Index(건강한 물)	비고
물맛 기준	2 이상	5.2 이상	-
수곽수(지하수)	1.76	4.84	-
감로수(석간수)	4.69	2.39	맛있는 물

* 기타 중금속류, 농약 등 합성화합물질은 불검출됨.

약사전 아래 '이곳에 오른 사람은 마음이 넓다.'라는 말이 쓰여 있다. 그러나 수종사 찻집에서 맑은 차 한 잔을 마시고 나니 또 다른 생각이 든다. '이곳에서 차를 마신 사람의 마음은 맑고 밝다.'라고.

새해 새롭게 시작하는 계절에 수종사 찻집에 가서 저마다 맑은 차 한 잔 마시며, 세상을 맑고 밝게 했으면 한다.

18) 구례 천은사 감로천(甘露泉)

지리산은 넓고 광활하다. 경상도와 전라도를 아우르고, 구례, 하동, 산청, 함양, 남원에 이르기까지 여러 곳에 걸쳐있다. 삼국사기에 경덕왕 때 김대렴이 중국에 사신으로 갔다가 차 씨앗을 가져와 지리산기슭에 심었다는 우리나라 차의 시배지로 상징성도 있다. 이번에 소개하는 지리산 천은사 감로천은 지리산 서쪽의 구례에서 남원으로 넘어가는 길목에 있는 천년고찰이다. 예전에는 화엄사를 거쳐 노고단으로 올라가는 등산로를 이용하여 지리산 종주를 시작했지만, 천은사에서 노고단을 거쳐 남원으로 가는 군사용 도로가 지방도로로 이용되면서 차량을 통해 노고단을 올라가고 있다. 예전에 비해 쉽게 가는 반면, 고즈넉한 분위기는 사라져 가는 것 같아 안타깝기만 하다.

천은사(泉隱寺)는 화엄사·쌍계사와 함께 지리산 3대 사찰의 하나로서, 828년(흥덕왕 3년) 덕운(德雲)스님이 창건하였으며, 앞뜰에 있는 샘물을 마시면 정신이 맑아진다고 하여 감로사(甘露寺)라 하였다고 한다. 지금은 말 그대로 샘이 숨어있는 사찰로 사찰 입구에 감로천(甘露泉)이라 부르는 석조를 설치하여 절을 찾는 사람들에게 맑은 물을 공급해 주고 있다.

예로부터 절 이름에 '천(泉)' 자와 '용(龍)' 자가 있는 사찰들은 대부분

천은사 감로천 약수

좋은 물들이 있다. 그래서인지 천은사 감로천도 샘물과 관련된 전설이 있다.

조선시대 중건 당시 감로사의 샘가에는 큰 구렁이가 자주 나타나서 한 스님이 구렁이를 잡아 죽였더니 그 뒤로부터는 샘이 솟아나지 않았고, 샘이 숨었다 해서 천은사(泉隱寺)로 개명하였다 한다.

절 이름을 바꾼 뒤에도 원인 모를 화재가 자주 일어나는 등 재화가 끊이지 않자 주민들은 절의 수기(水氣)를 지켜 주는 뱀을 죽였기 때문이라며 두려워하였다고 한다. 그때 조선 4대 명필의 한 사람인 이광사(李匡師)가 '지리산 천은사(智異山 泉隱寺)'라는 물 흐르듯 수기(水氣)를 불어넣은 수체(水體) 글씨를 써서 현판으로 일주문에 걸게 한 뒤로는 다시 화재가 일어나지 않았다고 한다. 오늘날에도 새벽녘의 고요할 적에 일주문에서 귀를 기울이면 현판 글씨에서 물소리가 들린다고 전해져 온다.

　천은사는 개인적으로 대학 시절 지리산산행을 할 때 한두 번 가보았다가 수년 전부터 지리산국립공원 답사일정으로 여러 번 가보게 되었다. 노고단으로 올라가는 지방도를 가다 보면 왼편으로 들어가면 천은사 주차장이 있고, 이광사선생의 수기(水氣)어린 현판을 지나보면 수홍문(垂虹門)과 계곡이 잘 어우러져 멋스러운 풍광이 아름답게 펼쳐진다.

　천은사는 그동안 관람료 문제로 여러 가지 갈등이 쌓여왔다. 많은 사람이 등산을 하지만 산을 가는 주요 등산로의 대부분이 사찰로 가는 길이고, 그곳이 국공유지(國公有地)가 아니라, 사찰소유의 사유지(私有地)로 사찰 땅을 함부로 침범하고 이용하고 있음을 잘 모르고 있다. 그냥 조용히 등산만 하는 것이 아니라, 대소변뿐만이 아니라, 쓰레기도 버리고, 불법 취사와 고성방가 등 사찰의 수행환경을 파괴하고 있다는 사실이다. 그런데도 그동안 정부에서는 탐방객들과 사찰 측의 문제로 방관하다가 작년에 사찰 측과 지자체, 그리고 환경부 등의 노력으로 원만히 해결되어 다행이다.

　수홍문(垂虹門)을 지나면 수각 안에 감로천(甘露泉)이라는 쓰인 석조가 있다. 말 그대로 숨겨진 샘물이 드러나는 것 같다. 특히 천은사 감로천은 절에 오는 관람객이 안전하게 마실 수 있도록 상시 살균처리시설을 설치하여 제공해주고 있다. 대부분 산중 약수의 원수 자체는 깨끗해서 다른 오염물질에 대한 우려가 적으나, 산중동물이나, 탐방객들의 이용으로 대장균에 오염된 경우가 많은데, 천은사 감로천은 살균시설을 설치하여 잘 관리되고 있는 것은 매우 바람직하다.

　천은사 감로천 약수는 오염되지 않은 청정한 지리산 중에서 나오는 청정한 물이어서 그런지 더욱 맑은 것 같다. 그렇듯이 물맛도 맑고 시원하고, 수질 또한 맑고 깨끗하다. 약수의 pH는 7.0으로 중성 상태로 나타나고 있다. 수중의 용존산소도 7.92mg/L로 비교적 풍부하고, 수중에 녹아 있는 고형물질도 27.0mg/L로 비교적 적은 것으로 나타났다. 경도는 12.0mg/L 정도로 매우 단물이고, 칼슘이온이 2.628mg/L이고, 규산성분이 10.34mg/L로 나타나고 있다. 전체적으로 청정한 지역이어서 그런지 물맛 또한 맑고 좋은 것으로 확인되고 있다. 기타 유기물 오염도 거의 없고, 농약, 그리고, 중금속 등 다른 오염물질들도 없는 맑고 깨끗한 물로 나타났다.

천은사 약수에 대해 물맛 기준으로 평가해본 결과, 약수의 O Index(맛있는 물 지표)는 3.45이고, K Index(건강한 물)도 1.82로서 물맛이 좋은 물로 나타나고 있다.

표 1. 천은사 감로천 약수의 현장 수질분석 결과

약수명	온도(℃)	pH	DO (mg/L)	전기전도도 (µS/cm)	TDS (mg/L)
먹는 물 수질 기준	-	4.5~9.5	-	-	-
천은사 감로천 약수	21.4	7.0	7.92	35.0	18.2

표 2. 천은사 감로천 약수의 수질분석 결과(심미적 영향물질 1)

약수명	심미적 영향물질에 관한 기준				
	경도 (mg/L)	과망간산칼륨 소비량 (mg/L)	냄새	맛	구리 (mg/L)
먹는 물 수질 기준	300mg/L	10mg/L	냄새가 없을 것	맛이 없을 것	1mg/L
천은사 감로천 약수	12.0	1.2	없음	없음	불검출

표 3. 천은사 감로천 약수의 수질분석 결과(심미적 영향물질 2)

약수명	심미적 영향물질에 관한 기준					
	증발 잔류물(mg/L)	철(mg/L)	망간(mg/L)	탁도(NTU)	황산이온(mg/L)	알루미늄(mg/L)
먹는 물 수질 기준	500mg/L	0.3mg/L	0.3mg/L	0.5NTU	200mg/L	0.2mg/L
천은사 감로천 약수	29.0	불검출	불검출	0.11	3.0	불검출

표 4. 천은사 감로천 약수의 수질분석 결과(물맛 기준)

약수명	물맛 기준					총유기탄소(TOC)(mg/L)
	나트륨이온(Na)(mg/L)	칼슘이온(Ca)(mg/L)	마그네슘이온(Mg)(mg/L)	칼륨이온(K)(mg/L)	규산(SiO2)(mg/L)	
천은사 감로천 약수	0.923	2.628	0.982	0.476	10.64	0.89

표 5. 천은사 감로천 약수의 물맛 평가

약수명	O Index(맛있는 물)	K Index(건강한 물)	비고
물맛 기준	2 이상	5.2 이상	-
천은사 감로천 약수	3.45	1.82	맛있는 물

새해를 맞아 한 번쯤은 높은 곳에 올라 일 년을 설계해 보는 것도 바람직한 일이다. 높은 곳에 오르면 멀리 바라볼 수 있다고 지리산 노고단에 올라가 먼 미래를 바라보는 것도 필요할 것 같다.

10여 년 전 전통사찰 가치평가를 수행하면서 천은사 요사채에서 하루 묵으며, 저녁식사 후 감로천을 찾아 맑은 물을 가득 마시고, 눈앞의 호수를 바라다본 적이 있다. 아무것도 없는 조용한 순간에 오직 물소리만이 들리고 수면 위로 반짝이는 저녁 햇살이 많은 옛 전설들을 이야기해 주는 것 같아 두 손 모으고 바라다본 적이 있었다. 그

리고 감로천 물을 떠다가 차를 마시며 스쳐 가는 바람 소리를 들으니
천년 전의 그윽한 소리를 듣고 맛을 음미하는 것 같아 천년의 물과
차가 지금 내 몸속으로 들어오는 것 같아 좋았다.

가끔 마음 다스리고 한 해를 바라보고 무언가 시작하고 싶다면, 노
고단 오르는 길목에 숨어있는 사찰처럼 조용한 천은사를 찾아 천년
고찰의 고즈넉함과 숨어있는 감로천의 청정한 소리를 들으며, 맑은
물 한잔을 마시면 왠지 심신이 정화되고 한 해가 더 맑고 밝아질 것
같다.

19) 산청 율곡사 약수

산청군 신등면에 있는 율곡사는 신라시대 원효대사가 창건하였다
고 한다. 보물 두 점과 재미있는 전설이 전해지는 작지만 아담한 절
이다. 율곡사 남쪽 4㎞ 떨어진 곳에 의상대사가 세운 정취암이 있는
데 원효대사(617~686)와 의상대사(625~702)는 가끔 서로 왕래하면서
점심 공양을 나눴다. 1,400여 년 전 고인(高人)들의 만남이 전설로 전
해지고 있어 아름답다. 마치 조선 말기 강진에 유배간 다산 정약용
(1762~1836) 선생이 다산초당에서 백련암에 있는 아암 혜장(1772~1811)
선사와 같이 의미 있는 교류인 것 같아 지금에 보기에도 아름다운 것
같다.

율곡사에는 두 개의 보물이 지정되어 있는데, 율곡사 대웅전과 괘
불탱이다. 목침으로 지었다는 대웅전은 보물 제374호로 지정되어 있
는데, 대웅전과 관련된 전설이 전해지고 있다. 옛날에 법당을 짓다가
중간에 어떤 이유에서 공사를 중단해야만 했는데, 그 어떤 목수도 절
집을 짓겠다고 나서는 사람이 없던 때 목공(木工) 한 명이 스스로 찾

율곡사 약수

아와 절을 짓겠다고 했다. 그렇게 공사는 다시 진행됐는데 문제는 그 목공이 세 달이 다 되도록 목침만 만들고 있었다. 보다 못한 스님이 목침 하나를 숨겨 놓았다. 그리고 어느 날 목침을 다 만든 목공이 목침의 개수를 세어 보았는데 목침 하나가 비었다. 이에 목공은 아무 말 없이 장비를 챙겨 절을 나서려 했다. 놀란 스님이 숨긴 목침을 내놓으며 사죄했다. 이에 목공이 다시 일을 시작해 그때부터 며칠 사이에 절집 공사를 마무리했다고 한다.

이와 함께 율곡사에는 또 다른 전설 하나가 전해진다. 율곡사 오른쪽 산봉우리 밑에 수십 길이나 되는 암벽바위인 새신바위에 원효대사께서 지형을 살펴본 뒤 율곡사의 자리를 잡았다고 한다. 절집을 다 짓고 법당 안에 그림을 그려야 했는데, 이때 원효대사는 앞으로 7일

동안 절대로 아무도 법당 안을 봐서는 안 된다고 하면서 화공을 법당 안으로 들어가게 했다. 작업은 진행됐고 6일이 지났다. 그리고 마지막 날 궁금증을 참지 못한 스님이 문틈으로 법당 안을 보고 말았다. 법당 안에서는 한 마리 새가 붓을 물고 그림을 그리고 있었다. 새는 누군가 훔쳐보고 있다는 것을 알고 물고 있는 붓을 놓고 날아갔고, 그 새가 날아가 앉은 곳이 지금의 새신바위라 한다. 지금도 법당의 천장 아래 벽에 산수화 그림은 미완성으로 남아있다.

천년고찰은 오래된 건조물과 고풍스러운 아름다운 전설과 만남이 있어서인 것 같다. 나 자신도 처음 가본 사찰이지만, 왠지 마음이 편안하고 시원한 느낌이 들었다. 요즘의 입지조건으로 보아도 뒷산을 배경으로 좌우측에 능선이 둘러있고, 앞은 툭 터져 있어 풍수적으로도 길지임을 알 수가 있었다. 더욱 율곡사를 관리하시는 스님이 입구 사이사이에 차나무를 심어 놓아서 왠지 모르게 정감이 들었다. 또한 묻혀있던 보물처럼 율곡사 인근에 사는 박사과정 학생이 한번 가보자 해서 들렀는데 의외로 율곡사약수는 산 정상부에 위치한 산중수를 끌어와서 사용하는 데 물맛이 좋고, 맑았다.

율곡사 약수에 대한 수질적 특성을 보다 구체적으로 살펴보면 다음 표와 같다. 전체적으로 율곡사약수는 매우 맑고 시원하고, 물맛도 좋았다.

약수의 산성인지 알칼리성인지를 나타내는 수소이온농도(pH)도 7.17로 중성 상태에 가까운 약 알칼리성 상태이고, 수중에 녹아 있는 용존산소(DO)는 산중 깊은 곳에서 나와서 그런지 3.85mg/L로 낮게 나타났다. 오염되지 않은 청정한 지역이어서 구리나 비소 등 중금속류도 검출되지 않았으며, 기타 인공합성 화학물질 등 유해물질들도 검출되지 않았다. 율곡사 약수의 경도 또한 15.0mg/L로 매우 부드러운 단물(軟水)로 나타났고, 총고형물은 18.2mg/L로 비교적 낮은 편이고, 유기물 오염지표인 과망간산칼륨 소비량도 1.0mg/L, 총유기탄소량(TOC)도 0.40mg/L로 매우 낮아 유기물로 인한 오염도 거의 없는 깨끗한 물로 나타났다. 전반적으로 유기물과 무기물, 그리고 인공합성 화합물질도 거의 없는 맑고 순수한 물로 나타났다.

또한 율곡사 약수의 물맛 평가를 살펴보면, 맛있는 물 지수인 O Index는 5.23, 건강한 물 지수인 K Index는 -0.55로 나타났으며, 맛있는 물로 나타났다.

율곡사 약수는 수질조사 결과에서 보듯이 오염되지 않은 산중 약수로 매우 맑고 깨끗하고, 물맛도 좋은 것으로 나타났다. 시중에 판매되는 유명 생수에 뒤지지 않는 수질과 물맛이어서 찻물로 사용하기에 매우 좋은 것으로 판단된다.

표 1. 율곡사 약수 현장 수질분석 결과

약수명	온도(℃)	pH	DO (mg/L)	탁도 (NTU)	전기전도도 (μS/cm)	TDS (mg/L)
먹는 물 수질 기준	–	4.5~9.5	–	–	–	–
율곡사 약수	3.4	7.17	3.85	0.13	27.8	18.2

표 2. 율곡사 약수의 수질분석 결과(심미적 영향물질 1)

| 약수명 | 심미적 영향물질에 관한 기준 | | | | |
	경도 (mg/L)	과망간산칼륨 소비량 (mg/L)	냄새	맛	구리 (mg/L)
먹는 물 수질 기준	300mg/L	10mg/L	냄새가 없을 것	맛이 없을 것	1mg/L
율곡사 약수	15.0	1.0	없음	없음	불검출

표 3. 율곡사 약수의 수질분석 결과(심미적 영향물질 2)

약수명	심미적 영향물질에 관한 기준				
	증발 잔류물 (mg/L)	철 (mg/L)	망간 (mg/L)	황산이온 (mg/L)	알루미늄 (mg/L)
먹는 물 수질 기준	500mg/L	0.3mg/L	0.3mg/L	200mg/L	0.2mg/L
율곡사 약수	17.0	불검출	불검출	2.05	불검출

표 4. 율곡사 약수의 수질분석 결과(물맛 기준)

약수명	물맛 기준					총유기탄소(TOC) (mg/L)
	나트륨이온(Na) (mg/L)	칼슘이온 (Ca) (mg/L)	마그네슘이온(Mg) (mg/L)	칼륨이온 (K) (mg/L)	이산화규소(SiO_2) (mg/L)	
율곡사 약수	2.47	1.60	0.44	0.21	11.23	0.40

표 5. 율곡사 약수의 물맛 평가

약수명	O Index(맛있는 물)	K Index(건강한 물)	비고
물맛 기준	2 이상	5.2 이상	–
율곡사 약수	5.23	−0.55	맛있는 물

* 기타 중금속류, 농약 등 유해물질은 불검출됨.

산 좋고 물 좋은 산청(山淸)은 그야말로 살기 좋은 곳 중 하나인 것 같다. 가볼 만한 곳도 여러 곳이 있어 좋은 것 같다. 진주의 어느 차인은 지리산 하동보다 산청의 차가 더 좋다는 이야기를 하는데 차맛을 보니 그야말로 진차(眞茶)라는 생각이 들게 된다. 차문화와 관련되어 보면 산청하면 떠올리게 되는 것은 산청요 민영기 선생이다. 찻사발의 대가로 산청에서 육십여 년을 묵묵히 정진하며 한국을 대표하는 찻사발을 만들고 있다. 20여 년 전 산청요를 방문하여 일본에서 전시하는 도도야 사발을 본 적이 있다. 형태도, 질감도 좋은 사찰이었다. 밤하늘의 별을 보듯 손안에 안기는 맛이 참 좋았다. 차인이라면 산청요 찻사발로 말차 한잔을 마셔보는 것도 좋을 것 같다. 요즘엔 아들과 같이 작업하며 작업장 옆에 전시실과 카페도 있어 한번 들러볼 만하다.

그리고 그 건너편에 정갈한 백자 차도구를 하는 심곡요 안주현 선생이 푸른 홍차라는 카페와 작업장이 있다. 부부가 공동으로 작업하는데 백자의 정갈함과 색감이 좋다.

그리고 인근에 있는 산청의 남사마을에는 한국 화가인 이호신 선생의 작업장과 카페가 있다. 현대 진경산수의 진수를 보여주며, 요즘은 차에 관한 그림도 많이 그리고 있다. 차문화가 종합문화라면, 산청과 같이 청정한 지역에서 자연과 함께 다양한 사람들이 모여 차문화를 일구어가는 것도 중요할 것 같다. 그런 면에서 21세기 산청의 차문화가 새롭게 부흥하기를 기대해 보게 된다.

20) 합천 해인사 고불암 약수(古佛庵 藥水)

멀고 가까운 거리를 떠나 항시 가보고 싶은 사찰 중 하나가 합천에 있는 가야산 해인사(海印寺)이다. 얼마 전에 후배 교수가 가야산국립공원 관리계획을 맡아 자문을 해 달라 해서 해인사에 다시 가보게 되었다. 공적인 출장이지만, 그래도 항시 가보고 싶은 곳이었기에 기꺼이 가게 되었다.

요즘엔 국립공원 입구부터 홍류동 계곡을 따라 걷는 소리길이 아름답고 깊이가 있어 좋았다. 천 수백 년 전 고운 최치원 선생이 걸었던 길이고, 계곡마다 맑은 물로 차를 달여 마시면 더 좋을 것 같아 그야말로 금상첨화의 일이었다.

가야산 큰절인 해인사 넘어 깊고 높은 산중에 있는 암자가 고불암(

古佛庵)이다. 대부분의 사람은 가야산에 와도 해인사 큰 절과 그 주위의 암자들을 보고 가는 경우가 많다. 큰절이 가지고 있는 상징성도 있지만, 그 능선 넘어 높은 곳에 있는 고불암은 말 그대로 옛 부처가 도를 닦고 있는 암자이다.

고불암은 해인사 버스정류장을 지나 마장마을로 올라가는 길을 따라 차를 타고 10여 분 올라가다 보면 현대식 건물로 지어진 요양원이 보이고, 더 위로 올라가면 고불암이 있다. 예전에 고불암 주지이신 심우스님께서 꼭 한번 찾아와서 고불암 약수를 조사해 달라 하셔서 마침 해인사 가는 길에 들러보았다.

고불암에 가면 왠지 '차나 마시고 가라'는 '끽다거(喫茶去)' 공안으로 유명한 중국의 대표적 선사인 조주(趙州, 778~897)스님이 생각된다. 조주스님은 120세까지 장수하셔서 조주 고불(趙州 古佛)이라는 별칭이 있을 정도로 유명한 차인이기도 하다. 그러기에 고불암은 조주스님의 끽다거 공안이 생각나게 하고, 고불암의 맑은 약수는 차를 생각나게 한다. 주지스님과 고불암의 맑은 약수로 우린 차를 마시니 그 향과 맛이 더욱 좋다고 참 맑고 깊다는 느낌이 들었다.

고불암도 그렇지만, 가야산 해인사 일원에는 묻힌 보석처럼 좋은 약수들이 여러 곳이 있다. 큰절의 어수정과 장군수도 좋고, 약수암 약수도 좋고, 계곡에서 떨어지는 물들도 좋다. 우리나라 사찰 중 속리산 법주사나 영축산 통도사, 그리고, 오대산 월정사는 산중에 좋은 약수터들이 많고, 수질 또한 매우 맑고 좋다.

아마도 해인사에서 차를 좋아하는 스님들이 많이 나온 것도 물이 좋아 차맛을 온전하게 드러내기 때문인 것 같다. 현재 우리나라 사찰 최초로 다주(茶主)라는 소임이 있고, 그러기에 우리나라 선다일미(禪茶一味)의 본향(本鄕)이라는 생각이 들게 된다.

고불암 약수

　　고불암 약수에 대한 수질적 특성을 더 구체적으로 살펴보면 다음
표와 같다. 전체적으로 고불암 약수도 해인사 약수 전체와 마찬가지
로 오염원이 없는 가야산 깊은 산중에서 나오는 물이기에 수질 또한
좋고, 물맛 또한 시원하고 맑다.

　　약수의 중성 여부를 나타내는 수소이온농도(pH)도 7.14로 중성
인 7.0보다 약간 높은 상태이고, 수중에 녹아 있는 용존산소(DO)도
10.04mg/L로 비교적 풍부한 편이며, 구리나 비소 등 중금속류도 검
출되지 않았고, 기타 인공합성물질 등 유해물질들도 검출되지 않는
깨끗한 물로 나타났다. 전반적으로 유기물과 무기물, 그리고 인공화
합물질도 없는 깨끗한 물로 나타났다.

　　경도는 26.0mg/L로서 단물로 나타났고, 총고형물은 비교적 낮은
45.5mg/L이고, 유기물 오염지표인 과망간산칼륨 소비량도 0.5mg/L,

총유기탄소량(TOC)도 0.23mg/L로 매우 낮아 유기물로 인한 오염도 없는 맑은 물로 나타났다.

또한 고불암 약수의 물맛 평가를 살펴보면, 맛있는 물 지수인 O Index는 8.58, 건강한 물 지수인 K Index는 -2.39로 나타났고, 고불암 약수는 맛있는 물로 나타났다.

표 1. 고불암 약수 현장 수질분석 결과

약수명	온도(℃)	pH	DO (mg/L)	탁도 (NTU)	전기전도도 (μS/cm)	TDS (mg/L)
먹는 물 수질 기준	–	4.5~9.5	–	–	–	–
고불암 약수	13.5	7.14	10.04	0.7	70.1	45.5

표 2. 고불암 약수의 수질분석 결과(심미적 영향물질 1)

약수명	심미적 영향물질에 관한 기준				
	경도 (mg/L)	과망간산칼륨 소비량 (mg/L)	냄새	맛	구리 (mg/L)
먹는 물 수질 기준	300mg/L	10mg/L	냄새가 없을 것	맛이 없을 것	1mg/L
고불암 약수	26.0	0.5	없음	없음	불검출

표 3. 고불암 약수의 수질분석 결과(심미적 영향물질 2)

약수명	심미적 영향물질에 관한 기준				
	증발 잔류물 (mg/L)	철 (mg/L)	망간 (mg/L)	황산이온 (mg/L)	알루미늄 (mg/L)
먹는 물 수질 기준	500mg/L	0.3mg/L	0.3mg/L	200mg/L	0.2mg/L
고불암 약수	40.8	불검출	불검출	2.0	불검출

표 4. 고불암 약수의 수질분석 결과(물맛 기준)

약수명	물맛 기준					총유기탄소(TOC) (mg/L)
	나트륨이온(Na) (mg/L)	칼슘이온(Ca) (mg/L)	마그네슘이온(Mg) (mg/L)	칼륨이온(K) (mg/L)	이산화규소(SiO2) (mg/L)	
고불암 약수	3.9	1.0	1.5	7.5	21.53	0.23

표 5. 고불암 약수의 물맛 평가

약수명	O Index(맛있는 물)	K Index(건강한 물)	비고
물맛 기준	2 이상	5.2 이상	–
고불암 약수	8.58	−2.39	맛있는 물

* 기타 중금속류, 농약 등 합성화합물질은 불검출됨.

가야산 숲을 거닐다 보면 산중의 자연물들이 옛 부처님 같다는 생각이 든다. 옛날이나 지금이나 산은 그대로 있고, 그 깊은 곳에 옛 부처를 온전히 간직한 곳이 고불암인 것 같다. 그 깊은 곳에서 나오는 맑은 약수야말로 자연의 정기이고, 부처님의 청정한 법문인 것 같고, 그 물로 차를 달여 마시면 조주스님이 다시 태어나 우리에게 '차 마시고 가라(喫茶去)'고 거듭 이야기하실 것 같다.

오랜만에 가야산 중의 청정한 물로 맑은 차를 우려먹고 나니 몸 안에 향기가 가득해진 것 같다. 가야산은 그처럼 우리에게 수천 년 동안 청정한 무량 감로수를 전해주는 것 같다.

그러기에 '좋은 산에 좋은 물이 있고 좋은 차가 있다(名山名水名茶)'는 옛 선인들의 말이 생각나며 언제든 다시 찾아가고 싶다.

햇차가 나오는 시절 모두 건강하기를 바라며, 차인 모두에게 고불암 약수로 맑은 차 한잔을 올리고 싶다. 그러면 우리 모두 조주 고불(趙州 古佛)이라는 조주스님의 차맛을 알게 될 것 같다.

21) 서울 봉은사(奉恩寺) 날물곳 약수

서울 도심에 그것도 가장 번화한 강남의 중심 지역에 봉은사(奉恩寺)가 있다. 도심 속의 공원으로 서울시민들에게는 정말 치유의 공간이기도 하다.

1970년대 초반까지 봉은사 다래헌에는 법정스님이 계시면서 사회활동도 하시고, 판전 아래쪽에 있는 약수를 떠다가 차를 마셨다. 나도 1970년대 중반에 봉은사에 가면 법당에 참배하고 오면서 약수 한잔을 마시고 왔다. 시원하고 달았던 것 같다.

봉은사를 갈 때마다 코엑스와 한전(지금은 현대자동차) 부지를 보면, 1970년 「대한불교」에 실렸던 '침묵은 범죄다—봉은사가 팔린다'라는 법정스님의 칼럼이 생각난다. 여기서 법정스님은 현재 수용하는 삼보정재(三寶淨財)가 선사들의 피눈물 나는 이면의 역사가 있었기에 가능했고, 그렇기에 지금의 우리는 정재를 수호할 의무는 있어도 팔 권리는 없다고 지적하고 있다. 안타깝게도 당시 현재의 봉은사 땅보다 몇 배 더 많은 봉은사 토지가 정부사업이라는 미명 아래 수용되었다. 지금의 경기고등학교와 코엑스, 그리고 한전부지(현 현대자동차 부지)가 말이다. 그래도 지금의 봉은사라도 남아 도심 속 공원으로서 자연과 문화가 어우러지는 아름다운 모습을 유지하고 있음은 그나마 다행스러운 일이다.

봉은사는 794년 신라시대 연회(緣會)국사가 창건하였고, 조선시대 문정왕후의 발원과 보우대사(1509~1565)의 정신이 살아있는 도심 속 천년고찰이다. 보우대사는 선교양종을 부활하고, 승과고시를 실시하여 서산대사와 사명대사 같은 고승을 배출하였다.

오늘날에도 주지이신 원명스님께서는 불교계의 대표적인 차인으로

봉은사 날물곳 약수

서 봉은사를 차문화의 성지로 만들어 가고자 노력하고 계시다. 대부분의 스님이나 신자들이 차를 즐기시지만, 원명스님께서는 출가 이후 10대 후반에 하동 쌍계사에 계시면서 접했던 차를 꾸준히 즐기시면서 차인들과 차 관련 행사 등에 큰 관심을 갖고 많은 지원과 격려를 아끼지 않으신다. 가끔 스님을 뵐 때마다 차인으로서의 스님의 모습에 큰 감명을 받게 된다.

매년 6월경에 코엑스에서 티월드 행사가 개최될 때마다 행사에 참가한 사람들로부터 봉은사 주지스님과 스님 일행이 다녀갔다는 이야기를 듣는다. 차도 사주시고, 차도구 등을 구입해서 나눠주시는 등 차 관련자와 차인들을 격려해 주시는 것 같아 고마운 일이다.

국제행사에 참석하기 위해 인터콘티넨탈호텔에 묵었던 영국 총리가 창밖으로 보이는 봉은사를 보고 일정에 없던 봉은사를 방문하여 주지스님과 차담을 나누고 갔다는 이야기처럼 봉은사는 오늘날 도심 속 천년고찰로서의 소중한 역할을 잘 담당하고 있다. 우리나라의 수도이면서도 외국인들에게 누구나 보는 현대식 건물과 커피만을 대접할 것이 아니라, 고풍스러운 한옥에서 전통차를 대접하는 것이야말로 한국임을 드러내는 멋진 일이 아닌가 한다. 21세기 서울에서 봉은사는 그와 같은 소중한 역할을 하기 위해 노력하고 있어 반가운 일이다.

강남 개발이 한참이던 40년 전의 봉은사는 지금 주차장으로 사용하는 윗부분에 작은 연못이 있었고, 샘물이 있었다. 그곳을 조금 돌아가면 법정스님이 계시는 다래헌(茶來軒)이 있었다. 한여름에 연못에 연꽃이 피면, 연꽃을 바라보며, 작은 바가지로 물 한잔을 마시면 참 시원했던 것 같다. 지금은 주차장에서 미륵대불이 있는 곳으로 올라가다 보면, 왼쪽으로 주지스님이 계시는 다래헌(茶來軒)이 있고, 그 앞에 날물곳 약수라 하여 수각을 만들어 잘 이용할 수 있게 만들어 놨다. 40여 년이 지난 일이지만, 차를 즐기시면 '맑고 향기롭게'를 주장하셨던 법정스님의 차향기가 지금의 주지스님인 원명스님으로 이어지는 것 같아 또한 의미 있는 일인 것 같다.

요즘도 봉은사에 갈 때마다, 날물곳 약수터에 들러 약수 한잔을 마시고, 바로 위에 있는 미륵부처님을 참배하고, 추사 김정희 선생의 마지막 작품으로 대표작이라는 고졸하고 어눌한 판전(板殿) 글씨를 유심히 바라본다. 그리고 나서 다래헌에 들러 원명주지스님께 인사드리면서 차 한 잔을 마시고 나면 적어도 '문자향 서권기(文字香 書卷氣)'라는 추사의 글씨가 초의선사와 즐겼던 수백 년의 차 향기가 어우러져 전해지는 것 같다.

봉은사 약수인 날물곳 약수는 수도산이라는 작은 산중의 빗물이 모여 흘러나오는 물이다. 미륵대불을 조성할 때, 그 밑에서 물이 솟아

나서 관으로 연결하여 사용하고 있다고 한다. 서울 중심부에 있지만, 빗물이 고여 지층을 통과하여 나오는 물이어서 물이 맑고 깨끗하다.

물의 산성 여부를 나타내는 pH도 7.76으로 약 알칼리 쪽에 가깝고, 유기물 지표인 과망간산칼륨 소비량과 총유기탄소량(TOC)도 0.6mg/L과 0.38mg/L로 매우 낮고, 물의 세기를 나타내는 경도도 26.0mg/L로 단물인 것으로 나타나고 있다. 기타 유기합성화합물이나 중금속 등 무기물질 등도 나타나지 않았다. 작은 유역이지만 봉은사와 경기 고등학교로 이어지는 수도산 지역 위에는 오염원들이 없어서 그렇게 나타난 것으로 판단되고, 다만 지층 성분상 일부 미네랄이나 이온성 물질들이 용출되어 총고형물과 전기전도도는 200mg/L와 300µS/cm로 다소 높게 나타났다.

물맛 평가로 살펴보면, 물맛을 나타내는 O-index는 1.22이고, 물의 건강성 여부를 나타내는 K-index는 10.37로 건강한 물로 나타났다. 이것은 칼슘이온 등 미네랄 성분이 다소 많은 영향으로 판단된다.

표 1. 봉은사 현장 수질분석 결과

약수명	온도(℃)	pH	DO (mg/L)	탁도 (NTU)	전기전도도 (µS/cm)	TDS (mg/L)
먹는 물 수질 기준	–	4.5~9.5	–	–	–	–
봉은사 약수	9.8	7.76	10.98	0.5	308.3	200.02

표 2. 봉은사 약수의 수질분석 결과(심미적 영향물질 1)

약수명	심미적 영향물질에 관한 기준				
	경도 (mg/L)	과망간산칼륨 소비량 (mg/L)	냄새	맛	구리 (mg/L)
먹는 물 수질 기준	300mg/L	10mg/L	냄새가 없을 것	맛이 없을 것	1mg/L
봉은사 약수	26.0	0.6	없음	없음	불검출

표 3. 봉은사 약수의 수질분석 결과(심미적 영향물질 2)

약수명	심미적 영향물질에 관한 기				
	증발 잔류물 (mg/L)	철 (mg/L)	망간 (mg/L)	황산이온 (mg/L)	알루미늄 (mg/L)
먹는 물 수질 기준	500mg/L	0.3mg/L	0.3mg/L	200mg/L	0.2mg/L
봉은사 약수	85.0	불검출	불검출	4.2	불검출

표 4. 봉은사 약수의 수질분석 결과(물맛 기준)

약수명	물맛 기준					총유기탄소(TOC) (mg/L)
	나트륨이온(Na) (mg/L)	칼슘이온 (Ca) (mg/L)	마그네슘이온(Mg) (mg/L)	칼륨이온 (K) (mg/L)	이산화규소(SiO2) (mg/L)	
봉은사 약수	18.2	26.2	8.4	4.7	30.38	0.38

표 5. 봉은사 약수의 물맛 평가

약수명	O Index(맛있는 물)	K Index(건강한 물)	비고
물맛 기준	2 이상	5.2 이상	-
봉은사 약수	1.22	10.37	건강한 물

* 기타 중금속류, 농약 등 합성화합물질은 불검출됨.

현대식 건물만 있는 줄지어져 서 있는 강남의 한복판에 전통한옥으로 우뚝 존재하고 있는 봉은사는 이제 서울 지역 차문화의 성지로서 큰 도약을 하려 하고 있다. 원명주지스님께서도 큰 뜻을 가지고 계시고, 차연구소도 만들고, 차 행사도 치르고, 차 단체를 만들어 차문화를 확산시키는 등 지속적인 활동을 추진해 가고 있기에 나름대로 도심 속 사찰로서 불교계를 대표하는 차문화 활동이 기대되고 있다.

역사와 문화, 그런 전통은 하루아침 이루어지는 것이 아니라, 말 그대로 수많은 선인들의 노고의 결과물들이 쌓여온 것이다. 천년고찰 봉은사 또한 지난 천 수백 년간 그 역사와 문화가 쌓여왔고 이제는 이 시대에 맞는 창조적 발현이 필요한 것이라고 본다. 그 점에서 봉은사는 역사와 문화, 그리고 전통이라는 훌륭한 기반이 있고 이제 우리 시대 차문화의 성지로서 발돋움할 일만 남아있다고 본다.

아무쪼록 봉은사가 천년의 차향을 이어가는 21세기 대표적인 차문화의 성지가 되기를 바라게 된다.

22) 봉명산 다솔사 봉명약수(鳳鳴藥水)

가고 싶은 곳이 어디 한두 곳이겠는가마는 차인이라면 선배 차인을 추모도 하고, 천년고찰도 보고, 차와 약수가 있는 다솔사를 찾아가 보는 것도 좋을 것 같다.

다솔사(多率寺)는 경남 사천의 봉황이 우는 산속에 다소곳이 위치한 고찰이다. 신라시대 지증왕 4년(503년)에 연기조사(緣起祖師)가 창건하였다고 하며, 의상대사와 도선국사 등이 중건하였고, 일제시대 만해 한용운(韓龍雲)스님이 머물러 수도하던 곳이며, 소설가 김동리(金東里)가 등신불(等身佛)을 쓴 곳이기도 하다. 무엇보다 20세기 한국 차문화를 부흥시킨 효당 최범술(曉堂 崔凡述, 1904~1979)스님이 주석하며 한국 차의 우수함을 널리 알린 곳이기도 하다. 지금도 절 주위에서 재배되

다솔사 봉명산 약수

는 차밭에 있고, 효당스님이 만든 죽로차(竹露茶)는 '반야로(般若露)'라는 이름으로 전해지고 있다.

차인들에게 효당(曉堂)스님은 스님이자, 독립운동가로서, 그리고, 제헌의원을 지낸 정치인이기도 하지만, 한국 차문화의 문맹기에 한국의 다도를 저술하여 한국차를 부흥시킨 대표적인 차인이기도 하다. 효당스님은 또한 교육자로서 고성 옥천사 사답 13만 5천 평을 부산대 설립기금으로 희사해 줄 것을 요청해 오늘날의 부산대 설립에 크게 기여하였다. 부산대 교수의 한 사람으로서 효당스님과 불교계에게 큰 빚을 졌다는 고마움이 새겨진다. 어찌 보면 늦게나마 부산대 산업대학원에 국제차산업문화전공(國際茶産業文化專攻)을 개설하여 한국 차문화의 발전을 위해 노력하겠다는 것도 효당스님의 뜻에 이바지하는 의미도 있을 것 같다.

오늘날 다솔사에 가보면, 법당 뒤편으로 차밭이 있는데, 효당스님은 직접 차밭을 가꾸어서 '반야로'라는 정제증차를 만들었으며, 한국 다도의 입문서인 '한국의 다도'를 집필하여 20세기 한국의 다도를 복원하고 부흥하는데 적극 기여하기도 했다.

다산선생과 초의선사를 이어서 20세기 한국 차문화를 부흥하는 데 기여한 선배차인들의 선도자적 업적을 우리는 기억해야 한다면, 그 대표적인 차인 중 한 사람이 효당스님이시다.

다솔사는 바로 효당스님이 조실로 계시면서 한국 차문화의 큰 틀을 다진 곳이기에 차인이라면 한 번쯤은 가봐야 할 곳이고, 효당스님이 마셨다는 '반야로(般若露)' 차의 참맛을 느끼고 오면 그야말로 금상첨화라고 생각된다.

어느 선서화 전시회에서 효당스님이 쓰신 글씨를 본 적이 있다. '다도무문(茶道無門)'이라는 글 내용도 좋았지만, 엑기스만 남은 글씨가 그야말로 담백한 차를 마신 것 같아 좋았다.

절로 가는 길 우측에 봉명산 약수터가 있고, 절로 가는 아담한 길이 좋았다. 법당에 참배하고 법당 뒤편에 놓인 차밭이 보이고 봉일암으로 가는 미륵보살상 부근에 작은 약수가 나오는 것이 반가워서 물맛을 보니 시원하고 달았다. 법당 뒤에 차밭의 푸르름이 한국차의 아름다움을 드러내는 것 같아 더욱 좋았다. 다만 안타까운 건 법당 앞에 효당스님의 유품들을 전시해 놓은 차전시관이 있는데 더 체계적으로 잘 관리되면 더 좋을 것 같다는 생각이 들었다.

봉명사 다솔사 약수는 왠지 산속에 숨어있는 봉황이 마시는 물 같다. 다솔사 약수는 절 안의 세 군데와 절 입구의 한군데 총 네 군데의 약수를 조사하였다. 먼저 절 안에 있는 약수로서 공양간 식수는 지하수를 사용하지만, 절 안에 있는 법당 옆 요사채 부근의 약수(요사채 약수)와 차밭을 지나 암자로 가는 길의 미륵보살상 부근의 약수(미륵대성

약수), 그리고, 절 입구에 있는 봉명산 약수는 산중에서 나오는 토층수이다. 공양간 식수는 지하수를 취수해서 토양층 중 성분이 일부 용출되어 경도와 고형물 함량이 높게 나타나지만, 나머지 산중 약수는 모두 경도와 고형물 함량이 매우 낮은 순수상태의 물에 가까운 것으로 나타나고 있다.

다솔사 공양간 식수의 pH는 8.4로서 약 알카리성이나, 산중 약수는 6.7에서 7.1로 중성에 가까운 것으로 나타났고, 수중의 용존산소는 공양간 식수가 8.4mg/L 정도이고, 산중 약수는 10.4mg/L~10.9mg/L로 산중 약수가 다소 높게 나타났다.

수중에 녹아있는 총고형물질(TDS)도 공양간 식수가 197.6mg/L로 높은 편이고, 산중 약수는 29.0mg/L~30.5mg/L로 산중 약수는 낮은 것으로 나타났다. 경도 또한 공양간 식수가 50.0mg/L로 높은 편이고, 산중 약수는 6.0mg/L~8.0mg/L로 나타났는데, 다솔사 약수 모두 단물이나, 산중 약수는 특히 매우 단물상태로 나타났다. 칼슘이온은 공양간 식수가 18.3mg/L로 높은 편이고, 산중 약수는 1.2mg/L~2.0mg/L로 산중 약수는 비교적 낮게 나타났다. 이산화규소는 22.13mg/L~28.41로 비슷하게 나타났다. 기타 유기물 오염도 거의 없고, 농약, 그리고, 중금속 등 다른 오염물질들도 없는 매우 맑고 깨끗한 물로 나타났다. 다솔사 약수의 수질은 공양간 식수는 지하수여서 다소간 높게 나타났고, 나머지 산중 약수는 수원이 오염되지 않은 청정한 산중에 위치해 있어서 그런지 자연 그대로의 순수한 상태로서 물맛 또한 매우 맑고 좋은 것으로 확인되고 있다.

다솔사 약수에 대해 물맛 기준으로 평가해본 결과, O Index(맛있는 물 지표)는 4.38~266.22이고, K Index(건강한 물)는 0.16~15.08로서 큰 차이가 나타났으며, 공양간 식수는 맛있고 건강한 물이고, 다른 산중 약수는 순수상태로 맑은 맛있는 물로 나타났다.

표 1. 다솔사 약수의 현장 수질분석 결과

약수명	온도(℃)	pH	DO (mg/L)	탁도 (NTU)	전기전도도 (μS/cm)	TDS (mg/L)
먹는 물 수질 기준	-	4.5~9.5	-	-	-	-
공양간 식수	18.1	8.4	8.4	0.12	162.0	197.6
요사채 약수	17.2	7.1	10.5	0.90	24.0	29.3
미륵대성 약수	15.9	6.7	10.9	0.40	24.0	29.0
봉명산 약수	17.1	6.9	10.4	0.23	25.0	30.5

표 2. 다솔사 약수의 수질분석 결과(심미적 영향물질 1)

약수명	심미적 영향물질에 관한 기준				
	경도 (mg/L)	과망간산칼륨 소비량 (mg/L)	냄새	맛	구리 (mg/L)
먹는 물 수질 기준	300mg/L	10mg/L	냄새가 없을 것	맛이 없을 것	1mg/L
공양간 식수	50.0	0.9	없음	없음	불검출
요사채 약수	8.0	1.2	없음	없음	불검출
미륵대성 약수	6.0	0.9	없음	없음	불검출
봉명산 약수	6.0	0.8	없음	없음	불검출

표 3. 다솔사 약수의 수질분석 결과(심미적 영향물질 2)

약수명	심미적 영향물질에 관한 기준				
	증발 잔류물 (mg/L)	철 (mg/L)	망간 (mg/L)	황산이온 (mg/L)	알루미늄 (mg/L)
먹는 물 수질 기준	500mg/L	0.3mg/L	0.3mg/L	200mg/L	0.2mg/L
공양간 식수	78.0	불검출	불검출	8.0	불검출
요사채 약수	16.0	불검출	불검출	불검출	0.11
미륵대성 약수	12.0	불검출	불검출	불검출	0.04
봉명산 약수	12.0	불검출	불검출	불검출	0.02

표 4. 다솔사 약수의 수질분석 결과(물맛 기준)

| 약수명 | 물맛 기준 | | | | | 총유기탄소(TOC) (mg/L) |
	나트륨이온(Na) (mg/L)	칼슘이온 (Ca) (mg/L)	마그네슘이온(Mg) (mg/L)	칼륨이온 (K) (mg/L)	이산화규소(SiO2) (mg/L)	
공양간 식수	3.7	18.3	1.3	0.3	22.13	0.39
요사채 약수	1.2	2.0	0.2	0.1	23.63	0.43
미륵대성 약수	1.2	1.2	불검출	0.5	28.41	0.22
봉명산 약수	1.3	1.3	0.1	0.5	24.82	0.24

표 5. 다솔사 약수의 물맛 평가

약수명	O Index(맛있는 물)	K Index(건강한 물)	비고
물맛 기준	2 이상	5.2 이상	-
공양간 식수	4.38	15.08	맛있고 건강한 물
요사채 약수	128.63	0.96	맛있는 물
미륵대성 약수	30.11	0.16	맛있는 물
봉명산 약수	266.22	0.17	맛있는 물

　　다솔사는 해마다 차를 만들고, 차 축제를 여는 등 우리 시대 차문화의 성지로서의 충실한 역할을 담당하고 있다. 오랜만에 가보고 싶었던 다솔사에서 약수 조사를 하면서 주지스님과 차 한 잔을 마시고, 다솔사의 차향을 듬뿍 느끼고 싶어서 하룻밤을 묵고 왔다. 새벽 일찍 일어나 아침 햇살에 선명하게 드러나는 찻잎들을 보면서 한국 차의 푸르름이 21세기에 다시 태동하기를 고대하게 된다. 그리고 절 방 안에서 다솔사 약수를 길어다 차를 마시며, 여러 차인들에게도 차 한 잔을 올린다. 그러면 맑은 차향 속에 우리 모두의 바람대로 숨어있는 봉황이 날아오르듯 언제든 한국차가 힘차게 도약하리라는 생각이 들게 된다.

23) 섬진강 발원지 '데미샘'

섬진강(蟾津江)은 전라북도 진안군 백운면의 팔공산 자락의 옥녀봉 아래 데미샘이 발원지로서 물이 청정해서 재첩과 은어 등이 유명하다. 길이는 223km로 소백산맥과 노령산맥 사이를 굽이쳐 흐르면서, 보성강과 여러 지류와 합쳐 남해의 광양만으로 흘러든다. 대한민국 5대강 중 수질이 가장 깨끗한 강으로 알려져 있다.

섬진강은 데미샘에서 남해의 광양만까지 223km를 흘러가는 호남지방의 옥토를 가꾸는 젖줄로, 데미샘은 전국에서 네 번째로 긴 섬진강의 발원지로서의 상징성을 지니고 있다.

섬진강을 현지에서 부르던 옛 이름은 모래내, 두치 등으로 모래사장이 넓게 발달하여 불린 이름이었다고 한다. 고려 우왕 때 왜구가 침략하였다가 수만 마리의 두꺼비가 한꺼번에 울어서 놀라 물러났다는 전설에서 '섬진(蟾津, 두꺼비 나루)'이라는 이름이 유래가 되었고, 이것이 강 이름으로 굳어졌다고 한다.

섬진강의 시작인 데미샘의 데미는 봉우리를 뜻하는 '더미'에서 왔다고 한다. 주민들은 샘 동쪽에 솟은 작은 봉우리를 천상데미라 부르는데, 이는 섬진강에서 천상으로 올라가는 봉우리라는 뜻으로 데미샘을 풀이하면, 천상봉에 있는 옹달샘, 즉 '천상샘'이라는 말이다.

가을이 깊어가는 계절에 선선한 바람을 맞으며, 데미샘으로 오르는 길이 한가롭고 시원하다.

데미샘 자연휴양림 입구에서 계곡 따라 가다가 갈림길에서 오른쪽으로 계속 20분 정도 오르다 보면 위쪽에 정자가 보인다. 데미샘은 바로 정자 오른쪽에 있다. 샘 옆에 정자가 있어 오가는 사람들이 쉬기도 좋고, 데미샘의 맑은 물을 마시며 잠시 주위 풍광을 바라보기에

섬진강 발원지 데미샘

도 좋은 것 같다. 우거진 숲속에 숨겨져 있는 보물처럼 정자 옆 숲속에서 물이 흘러와 샘물을 만들어 오가는 사람들의 안식처가 되고 있다.

섬진강 데미샘에 대한 수질 특성을 구체적으로 살펴보면 다음 표와 같다.

전체적으로 섬진강 발원지인 데미샘은 산봉우리 꼭대기 부근에 있는 최상류부여서 그런지 물이 매우 맑고 시원하다. 물이 산성인지 알칼리성인지를 나타내는 수소이온농도(pH)도 7.28로서 중성 상태에 가까운 약 알칼리성 상태이고, 수중에 녹아있는 용존산소(DO)는 산중 깊은 곳에서 계속 흘러 나와서 그런지 비교적 많은 10.63mg/L로 나타났다. 더욱 오염되지 않은 산속의 청정한 지역이어서 구리나 비소 등 중금속류도 검출되지 않았으며, 기타 인공합성화학물질 등 유해물질들도 전혀 검출되지 않았다.

데미샘의 경도 또한 10.0mg/L로 거의 순수와 비슷한 매우 부드러운 단물(軟水)로 나타났고, 총용존고형물(TDS)도 20.8mg/L로 비교적 낮은 편이고, 유기물 오염지표인 총유기탄소량(TOC)도 0.57mg/L로 매우 낮아 유기물로 인한 오염도 거의 없는 매우 깨끗한 물로 나타났다. 전반적으로 산중 깊은 곳에 있는 섬진강의 발원지답게 청정한 환경 속에서 유기물과 무기물, 그리고 인공합성 화합물질도 거의 없는 맑고 깨끗한 거의 빗물과 비슷한 물로 나타났다.

일반적으로 찻물로 좋은 물은 경도가 낮은 단물이어서, 고형물 함량도 적은 물이 좋다. 차 속의 유용한 성분들이 온전히 드러난다는 점에서 특히 그렇다. 그 점에서 데미샘의 물은 산중 깊은 곳에서 나오는 섬진강 발원지의 물이어서 그런지 참 맑고 시원하고 청정하다.

또한 섬진강 데미샘의 물맛 평가를 살펴보면, 미네랄 함량이 적어서 맛있는 물 지수인 O Index는 1.96, 건강한 물 지수인 K Index는 -0.96으로 나타났는데, 물맛 지수는 다소 낮으나, 물맛은 비교적 좋은 것으로 나타났다.

결론적으로 섬진강 데미샘의 물은 거의 빗물과 같은 순수상태의 맑은 물로서 이 물로서 차를 우리면 차맛을 온전하게 우려낼 것으로 판단된다. 산중의 가장 높은 곳의 발원지에서 샘 솟듯이 나오는 물이기에 그야말로 그 물로 차를 달여 마신다면, 그 의미가 남다르고, 더욱 깊을 것 같다.

표 1. 섬진강 데미샘 현장 수질분석 결과

약수명	온도(℃)	pH	DO (mg/L)	탁도 (NTU)	전기전도도 (μS/cm)	TDS (mg/L)
먹는 물 수질 기준	–	4.5~9.5	–	–	–	–
섬진강 데미샘	13.0	7.28	10.63	0.20	31.7	20.8

표 2. 섬진강 데미샘의 수질분석 결과(심미적 영향물질 1)

약수명	심미적 영향물질에 관한 기준				
	경도 (mg/L)	총유기탄소량(TOC) (mg/L)	냄새	맛	구리 (mg/L)
먹는 물 수질 기준	300mg/L	10mg/L	냄새가 없을 것	맛이 없을 것	1mg/L
섬진강 데미샘	10.0	0.57	없음	없음	불검출

표 3. 섬진강 데미샘의 수질분석 결과(심미적 영향물질 2)

약수명	심미적 영향물질에 관한 기준				
	증발 잔류물 (mg/L)	철 (mg/L)	망간 (mg/L)	황산이온 (mg/L)	알루미늄 (mg/L)
먹는 물 수질 기준	500mg/L	0.3mg/L	0.3mg/L	200mg/L	0.2mg/L
섬진강 데미샘	31.0	불검출	불검출	4.0	불검출

표 4. 섬진강 데미샘의 수질분석 결과(물맛 기준)

약수명	물맛 기준				
	나트륨이온 (Na) (mg/L)	칼슘이온(Ca) (mg/L)	마그네슘이온(Mg) (mg/L)	칼륨이온(K) (mg/L)	이산화규소 (SiO2) (mg/L)
섬진강 데미샘	1.9	0.7	0.5	2.1	6.01

표 5. 섬진강 데미샘의 물맛 평가

약수명	O Index(맛있는 물)	K Index(건강한 물)	비고
물맛 기준	2 이상	5.2 이상	–
섬진강 데미샘	1.96	−0.95	–

* 기타 중금속류, 농약 등 유해물질은 불검출됨.

깊어가는 계절에 한번은 그 근원을 생각해 보며, 조용히 사색의 시간을 갖고 싶으면, 전북 진안에 있는 데미샘 자연휴양림으로 가서 오랜만에 자연의 청정한 기운도 맛보고, 데미샘 정자에 앉아 시원한 샘물을 마시면 고민도 사라질 것 같다.

더욱 분위기 있는 정자에서 데미샘물로 차 한잔을 우려 마신다면 그야말로 천상의 찻자리가 될 것 같고, 그 맛은 더욱 그윽할 것 같다.

3. 한국의 12대 약수(藥水)

일 년 열두 달, 한 달에 한 번씩 전국의 중요 약수 중 한 번은 찾아가서 볼 만한 약수를 추천해보자고 하여 지난 30여 년간 답사한 지역 중에서 수질과 수량, 그리고 지역의 차문화와 환경조건 등을 고려하여 '한국의 12대 약수'라 하여 조사한 지역 중 대표적인 약수를 선정하였다.

선정된 12대 약수는 1. **지리산 칠불사 유천**, 2. **오대산 북대 감로수**, 3. **속리산 상고암약수**, 4. **한라산 존자암 약수**, 5. **두륜산 일지암 유천**, 6. **가야산 해인사 어수정**, 7. **금정산 대성암 약수**, 8. **함월산 기림사 약수**, 9. **영축산 백련암 백련옥수**, 10. **가지산 보림사 약수**, 11. **금강산 건봉사 장군수**, 12. **용구산 용흥사 약수**이다.

가능한 한 앞에서 본인들이 언급하였던 찻물수질 기준(Tea Water Standard, TWS)에 의거하여 경도 30mg/L와 총고형물(TDS) 50mg/L 범위에 있는 우리나라 산중 약수들을 선정하였다. 선정된 약수의 수질 특성을 정리하면 다음 표와 같다.

12대 약수로 선정된 약수들을 보면, 기본적으로 수소이온농도가 평균 7.0으로 중성 전후이며, 경도(Hardness)가 평균 10.28mg/L로 기본적으로 20mg/L 이하로 매우 연한 단물이고, 수중의 이온성 물질의 총합인 총용존고형물(TDS) 함량도 평균 29.14mg/L로 매우 적으며, 과망간산칼륨(KMnO₄) 소비량도 평균 0.78mg/L로 매우 순수하고, 청정한 물이다.

무엇보다 양이온 2가 금속이온인 칼슘과 마그네슘 등에 의한 경도 물질과 수중의 이온성 물질의 총합인 총고형물 농도가 적을수록 차 성분을 온전하게 우러나오게 하므로 대부분이 순수상태의 수질 특성을 간직한 물로 차를 우리기에 적합한 물이다.

표 1. 한국 12대 약수의 수질 특성

약수명	pH	DO (mg/L)	과망간 산칼륨 소비량 (mg/L)	경도 (mg/L)	TDS (mg/L)	물맛평가	
						O-in-dex	K-in-dex
먹는 물 수질 기준	4.5~9.5	−	10.0	300.0	−	2.0	5.2
칠불사 유천	6.70	8.50	0.5	10.0	19.10	64.36	0.73
북대 감로수	7.41	12.31	불검출	8.0	25.35	5.27	1.58
상고암 약수	6.10	9.00	불검출	8.0	33.00	3.59	1.21
존자암 약수	7.61	9.68	0.6	11.0	28.60	23.50	−0.80
일지암 유천	6.20	6.80	0.5	7.0	23.00	25.79	−0.88
해인사 어수정	7.42	5.37	0.65	8.0	22.50	26.05	0.80
대성암 약수	7.34	9.59	2.8	7.0	27.95	5.59	−2.02
기림사 약수(오종수)	7.35	8.48	1.1	14.0	32.10	5.40	1.72
백련암 백련옥수	6.92	8.59	1.0	9.0	33.48	145.11	0.73
보림사 약수	6.34	8.45	0.9	9.2	15.70	16.62	1.11
건봉사 장군수	7.00	10.80	0.9	17.0	43.30	14.70	2.50
용흥사 약수	7.56	6.59	0.4	15.2	45.50	8.42	1.58
전체 범위 (전체 평균)	6.10~7.61 (7.00)	5.37~12.31 (8.68)	불검출~2.8 (0.78)	7.0~17.0 (10.28)	19.1~45.50 (29.13)	3.59~145.11 (28.70)	1.08~5.44 (0.69)

12대 약수에 대한 구체적인 내용은 다음과 같다.(이하 12대 약수는 「차인」지 등에 게재한 글을 재정리한 것이므로 답사 일정상 수년 이상의 시간적인 변화에 대해서는 이해해주기 바람.)

1) 지리산 칠불사(七佛寺) 유천수

작년 말에 김해 장군차 학술대회를 주관하면서 한국 차문화의 역사에서 가야 차문화의 역사적 의미와 가치에 대해 살펴본 적이 있다.

일연스님의 『삼국유사(三國遺事)』와 이능화의 『조선불교통사』 등에 나타난 가락국의 건국설화에 의하면, 수로왕의 왕비인 허왕옥이 인도에서 전래할 적에 차를 가지고 왔으며, 가락국의 제례 시 차를 올렸다는 기록이 전해진다. 그와 같은 사실들이 인정된다면, 적어도 한국 차문화의 역사는 이천년의 역사를 가지게 된다.

이번에 소개하는 칠불사(七佛寺)의 창건설화도 가락국의 건국설화와 관련이 있다. 칠불사라는 절 이름에서 보듯이 허왕후의 오빠인 장유화상과 일곱 아들이 수도하여 일곱 부처가 되었고, 그 깊은 곳에서는 가야 이천년의 차문화가 숨겨져 있는 곳이기 때문이다. 더욱 한국차의 중흥기에 초의선사(艸衣禪師, 1786~1866)께서 칠불사에 머무시면서 『다신전(茶神傳)』 초고를 저술했다는 내용이 전해지고 있다. 오늘날에도 천년의 차향이 피어나는 하동에서 일곱 부처를 모신 칠불사는 법향(法香)과 차향(茶香)이 잘 어우러지는 차의 본향으로서의 충실한 역할을 담당하고 있다.

그러기에 더욱 5월이면 늘 푸른 하동의 녹차밭이 가보고 싶다. 푸른 녹차밭과 섬진강 강 길 따라 이천년의 전설이 흐르는 곳이기에 더욱 가보고 싶은 곳이다. 십여 년 전 통광스님이 계실 적에 한두 번 찾아간 적이 있고, 지난 몇 년 동안 칠불사에서 거행되는 칠불사 선차 학술대회는 12회째 진행되어왔는데, 2022년부터 부산대학교와 서울 동국대, 그리고, 경주 와이즈캠퍼스와 공동주관하고 있다. 주임교수로서 학술대회에 참가해서 칠불사 물과 갓 나온 하동녹차를 직접 마

칠불사 유천수

서보니 차와 물이 잘 어우러져 맑고 좋았다. 맑고 그윽한 깊은 산속
의 숲 내음 같은 청향(淸香)이 정말 좋았던 것 같다.

언제나 찾아가는 하동에서 구례로 섬진강변을 따라가다가 화개장
에서 쌍계사로 가는 산기슭에는 우리의 자랑인 녹차밭이 있다. 칠불
사는 쌍계사를 지나 산중으로 올라가다 보면, 산 중턱쯤에 있다. 일
곱 부처님이 나타났다는 칠불(七佛)의 전설과 아자방(亞字房)이라고 한
번 불을 때면 오랫동안 따뜻하다는 온돌 이야기가 있어서 더욱 가볼
만한 곳이다.

우리나라 대부분의 산중 약수는 일부 석회암 지역을 제외하고는 경
도가 높지 않은 단물인 경우가 많다. 칠불사 인근에 사는 붓당골 김
종열 사장은 스스로 만든 차와 다원주위 바위 밑에서 나오는 물로 차
를 마신다고 한다. 산중의 물이 매우 단물이어서 차맛을 잘 우려낸다
고 한다. 지난 9월 말 경주에서 열린 '경주 세계차문화축제'에서도 붓

당골 차와 지리산 중의 물을 가지고 와서 차를 우렸는데, 물맛과 차맛이 잘 어우러져서 참 좋았다. 예전에 중국 차 박물관의 왕관장 일행이 김포에 있는 한재 이목선생을 모신 한재당(寒齋堂)에 와서 용정차와 호포천 물이 잘 맞는다고 하면서 용정차를 직접 가져온 호포천 물로 차를 달여 헌다례를 올린 적이 있다. 중국차인들이 차를 많이 가져오는 것을 봤지만, 물도 같이 가져와서 차를 우려내는 것이 매우 인상 깊었었다. 우리나라나 중국이나, 신토불이(身土不二)라는 말이 있듯이 차와 그 차에 어울리는 물이 있는 것 같다.

칠불사(七佛寺) 사찰약수는 청정한 지리산 중의 물로 유천수와 선원, 그리고, 공양간에서 사용하는 약수가 있다. 선방약수는 상원사 청량선원 내에 있어 선방스님들이 사용하고 있다. 대체로 칠불사 사찰약수의 수질은 청정한 지리산 중 약수의 기본적인 특성을 잘 드러낸다고 볼 수가 있다. 칠불사 유천수와 선원약수의 pH는 6.7과 6.5로서 대체로 중성 상태인 pH 7.0보다 다소 낮은 상태이고, 수중의 용존산소는 8.5mg/L와 8.7mg/L로 비교적 충분한 편이며, 수중에 녹아 있는 총고형물질(TDS)도 각각 19.1mg/L와 15.1mg/L로 비교적 적은 것으로 나타났다. 경도 또한 10.0mg/L와 11.0mg/L 정도로 거의 순수상태로 매우 연한 단물이고, 칼슘이온이 1.2mg/L와 2.6mg/L이고, 이산화규소는 12.43mg/L와 14.67mg/L로 나타나고 있다. 기타 유기물 오염도 거의 없고, 농약, 그리고, 중금속 등 다른 오염물질들도 없는 매우 맑고 깨끗한 물로 나타났다. 수원이 오염되지 않은 청정한 지리산 중에 있어서 그런지 자연 그대로의 순수한 상태로서 물맛 또한 매우 맑고 좋은 것으로 확인되고 있다.

칠불사의 유천수와 선원약수에 대해 물맛 기준으로 평가해본 결과, O Index(맛있는 물 지표)는 각각 64.36과 21.03이고, K Index(건강한 물)

도 0.73과 2.02로서 두 곳 모두 수질적으로 매우 순수한 상태이고, 특히 이산화규소 성분이 상대적으로 많아서 물맛이 좋은 물로 나타나고 있다.

표 1. 칠불사 사찰약수의 현장 수질분석 결과

약수명	온도(℃)	pH	DO (mg/L)	탁도 (NTU)	전기 전도도 (μS/cm)	TDS (mg/L)
먹는 물 수질 기준	–	4.5~9.5	–	–	–	–
칠불사 유천수	15.7	6.7	8.5	0.16	26.0	19.1
칠불사 선원약수	15.8	6.5	8.7	0.10	23.0	15.1

표 2. 칠불사 사찰약수의 수질분석 결과(심미적 영향물질 1)

약수명	심미적 영향물질에 관한 기준				
	경도 (mg/L)	과망간산칼륨 소비량 (mg/L)	냄새	맛	구리 (mg/L)
먹는 물 수질 기준	300mg/L	10mg/L	냄새가 없을 것	맛이 없을 것	1mg/L
칠불사 유천수	10.0	0.5	없음	없음	불검출
칠불사 선원약수	11.0	0.0	없음	없음	불검출

표 3. 칠불사 사찰약수의 수질분석 결과(심미적 영향물질 2)

약수명	심미적 영향물질에 관한 기준				
	증발 잔류물 (mg/L)	철 (mg/L)	망간 (mg/L)	황산이온 (mg/L)	알루미늄 (mg/L)
먹는 물 수질 기준	500mg/L	0.3mg/L	0.3mg/L	200mg/L	0.2mg/L
칠불사 유천수	18.0	불검출	불검출	불검출	불검출
칠불사 선원약수	18.0	불검출	불검출	불검출	불검출

표 4. 칠불사 사찰약수의 수질분석 결과(물맛 기준)

약수명	물맛 기준					총유기탄소(TOC) (mg/L)
	나트륨이온(Na) (mg/L)	칼슘이온 (Ca) (mg/L)	마그네슘이온(Mg) (mg/L)	칼륨이온 (K) (mg/L)	이산화규소(SiO2) (mg/L)	
칠불사 유천수	0.554	1.213	0.219	0.453	12.43	0.31
칠불사 선원약수	0.734	2.659	0.850	0.541	14.67	0.29

표 5. 칠불사 사찰약수의 물맛 평가

약수명	O Index(맛있는 물)	K Index(건강한 물)	비고
물맛 기준	2 이상	5.2 이상	–
칠불사 유천수	64.36	0.73	맛있는 물
칠불사 선원약수	21.03	2.02	맛있는 물

5월 하동 차밭에 찻잎이 무르익어가는 시절에 칠불사에 가보게 되면, 유천수의 맑고 순수한 물맛도 보고, 더불어 그 물을 떠다가 차를 마신다면, 햇차의 그윽한 향이 온몸과 맘에 가득할 것 같다. 무엇보다 하동녹차와 지리산 중에서 나오는 맑고 순수한 물이 잘 어울려서 청아한 법향(法香)과 다향(茶香)이 주위에 가득 퍼질 것 같다. 그렇듯이 이 천년 가야차의 전설과 차의 본향인 하동의 차향(茶香)이 어우러져 21세기 한국차의 고향으로 새롭게 발돋움하리라 기대된다.

2) 오대산 북대 감로수(北臺 甘露水)

명산(名山)과 명찰(名刹) 중에서도 역사적으로나 자연환경 면에서 소중한 지역이 바로 오대산 월정사(五臺山 月精寺)이다. 마음 달이 떠 있는 것 같은 달의 정령이 모인 아름다운 곳이다. 지난 7월 몇 년 만에 상원사에서 일주일간 머물며 오대산 약수터를 살펴보았다. 정말 청

오대산 북대 전경

정한 곳에서 맑고 푸른 공기 마시며, 그야말로 감로수 같은 청정한 물들을 마실 수 있어 좋았다.

『삼국유사』에 보천(寶川)과 효명(孝明) 두 왕자가 오대산 계곡물을 길어다 매일 아침 문수보살에게 차공양(茶供養)를 올렸다는 역사적 기록이 있다. 지금으로부터 천 수백 년 전에 차공양을 올렸다는 사실은 오늘날에도 중요한 의미가 있다. 청정 감로수로 차를 달여 올렸다는 기록이 지금까지 천 수백 년 동안 이어져 오는 곳이 오대산이다. 삼세(三世)라는 말이 있듯이 역사와 전통은 이어지고, 새롭게 창조되어 간다.

오대산(五臺山)은 말 그대로 동·서·남·북·중앙의 평평한 산봉우리 5개가 모여 있다 해서 오대산이라 부른다. 월정사 큰 절을 중심으로 월정사 왼편에 있는 남대 지장암으로부터 동대 관음암, 중대 사자암, 서대 수정암, 북대 미륵암으로 이어지는 오대(五臺)가 있고, 그곳에 다섯 개의 암자가 있다. 그리고 오대의 각 암자마다 감로수 같은 청정한 약수가 있다.

남대 지장암의 총명수(聰明水), 동대 관음암의 청계수(淸溪水), 중대 사자암의 옥계수(玉溪水), 서대 수정암의 우통수(于筒水), 북대 미륵암의 감로수(甘露水)의 오대 명수가 있고, 상원사의 지혜수(智慧水)와 적멸보궁의 용안수(龍眼水) 등이 있다. 오대산 자체가 오염되지 않은 청정한 지역이기에 그곳에서 우러나오는 모든 물이 맑고 깨끗하다. 오늘 소개하는 약수는 그중에서도 맑고 청정하고 물맛도 감미로워서 오대산을 대표할 수 있는 사찰약수가 바로 북대 감로수이다.

북대는 일반인들의 차량 출입이 금지된 오대산에서 가장 높은 곳에 있는 암자이다. 상원사 주차장에서 북쪽으로 바라보면 차단시설이 있는 길이 있고, 임도를 통해 5km 정도 험한 산길을 올라가다 보면, 왼편에 북대가 보인다. 7월 초부터 피어나기 시작하는 노루오줌꽃들이 길가와 암자 주위에 곳곳에서 보인다.

북대 감로수는 선방 오른쪽 능선에서 내려오는 샘물을 모아 두 개의 물탱크로 저장하여 물을 이용한다. 1,450m 정상부로부터 내려오는 서너 개의 작은 계곡들이 있고, 그 물들이 모여 용출되는 샘물이 있다. 겨울철에도 얼지 않고, 가물 때도 마르지 않으며, 감로수라는 이름처럼 맑고 달다. 북대에 사셨던 선방스님에 의하면, 추운 겨울에도 마시기 적당하고, 여름에는 시원하고, 연중 마르지 않는다고 한다. 그리하여 다시 찾아와 물맛을 보고 싶다고 할 정도로 북대의 물맛은 달고 맛있다고 한다.

현재 사용하는 감로수 좌우측으로도 작은 계곡이 있고, 물들이 나오는 샘이 있어 나중에 좌우측 계곡의 물길을 이어서 북대를 찾아오는 사람들이 손쉽게 이용할 수 있도록 준비하고 있다.

같이 갔던 집사람이 물을 마셔보고 삼다수보다 맛있다고 하니 북대 덕행스님께서 신도 아들이 매양 삼다수 물통에 들어있는 북대 물을 좋아했는데 어느 날 냉장고에 있는 원래의 삼다수 물을 먹어보고는 물맛이 변한 것 같다고 했다 한다. 그만큼 맑고 시원하고 물맛이 좋은 물이 북대물이라고 말씀하신다.

7월 초 수도권에 폭염 경보가 내린 날 1,300m 해발인 북대에는 여름이 없다고 하지만, 대기 온도는 25도 정도였다. 북대의 시원한 바람을 맞으며, 북대에 올라 현장 측정을 해보니 북대의 감로수 온도는 8.4도로 16도 이상의 차이가 날 정도로 물맛 또한 시원하고 달았다. 그야말로 감로수다운 감미로움과 청정함이 가득하였다.

지금 북대는 불사가 마무리되어 상왕선원(象王禪院)이라는 수행도량으로서 거듭나고 있고, 마음속의 모든 소원 이루어지는 나한도량으로서 재도약하고 있다. 무엇보다 감로수로 우려 마시는 차 한 잔이야말로 천상의 음료인 듯 맑고 감미롭다. 차방에서 덕행스님께서 직접 법제하여 다려 주시는 구상나무 차는 침향 차처럼 은은한 향과 몸을 따뜻하게 하고 몸을 편안하게 해주었다. 북대에 사시는 스님이시기에 무엇보다 북대 감로수에 대한 애정이 남다른 것 같다. 특히 좋은 차는 물이 80%라고 하시며, 북대 감로수로 우려 마시는 차맛이 좋다고 자랑하신다. 그리하여 선물로 가져갔던 차를 우려먹어 봤더니 역시 차맛이 매우 좋았다. 차를 끓여 먹어도 좋고, 그냥 먹어도 좋고, 그야말로 최고의 물이라고 북대 감로수를 마셔본 사람들은 찬탄하고 있다. 그리하여 북대를 갈 때에는 큰 물통을 가져가 감로수를 떠오라고 한다.

북대 감로수의 수질은 감로수라는 말처럼 오대산 약수의 기본적인 특성을 잘 나타낸다고 볼 수가 있다. 북대 감로수의 pH는 7.41로 중성에 가까우며, 수중의 용존산소는 12.3mg/L로 비교적 풍부한 편이다. 수중에 녹아있는 이온성 물질이나 고형물질도 각각 26.5mg/L, 25.3mg/L로 비교적 적은 것으로 나타났다. 경도는 8.0mg/L 정도로서 매우 단물이고, 칼슘이온이 2.13mg/L이고, 이산화규소는 10.0mg/L로 나타나고 있다. 기타 유기물 오염도 거의 없고, 농약, 중금속 등 다른 오염물질들도 없는 매우 맑고 깨끗한 물로 나타났다. 수원이 산 정상부에 위치해서 그런지 자연 그대로의 순수한 상태로서 물맛 또한 매우 맑고 좋은 것으로 확인되고 있다.

북대 감로수를 물맛 기준으로 평가해본 결과, 약수의 O Index(맛있는 물 지표)는 5.27이고, K Index(건강한 물)도 1.58로서 물맛이 좋은 물로 나타나고 있다.

표 1. 오대산 북대 감로수의 현장 수질분석 결과

약수명	온도(℃)	pH	DO (mg/L)	탁도 (NTU)	전기전도도 (μS/cm)	TDS (mg/L)
먹는 물 수질 기준	–	4.5~9.5	–	–	–	–
북대 감로수	8.6	7.41	12.31	0.16	26.50	25.35

표 2. 오대산 북대 감로수의 수질분석 결과(심미적 영향물질 1)

약수명	심미적 영향물질에 관한 기준				
	경도 (mg/L)	과망간산칼륨 소비량 (mg/L)	냄새	맛	구리 (mg/L)
먹는 물 수질 기준	300mg/L	10mg/L	냄새가 없을 것	맛이 없을 것	1mg/L
북대 감로수	8.0	불검출	없음	없음	불검출

표 3. 오대산 북대 감로수의 수질분석 결과(심미적 영향물질 2)

약수명	심미적 영향물질에 관한 기준				
	증발 잔류물 (mg/L)	철 (mg/L)	망간 (mg/L)	황산이온 (mg/L)	알루미늄 (mg/L)
먹는 물 수질 기준	500mg/L	0.3mg/L	0.3mg/L	200mg/L	0.2mg/L
북대 감로수	16.0	불검출	불검출	2.0	불검출

표 4. 오대산 북대 감로수의 수질분석 결과(물맛 기준)

약수명	물맛 기준					총유기탄소(TOC) (mg/L)
	나트륨이온(Na) (mg/L)	칼슘이온 (Ca) (mg/L)	마그네슘이온(Mg) (mg/L)	칼륨이온 (K) (mg/L)	이산화규소(SiO2) (mg/L)	
북대 감로수	0.637	2.132	0.401	0.473	10.04	0.24

표 5. 오대산 북대 감로수의 물맛 평가

약수명	O Index(맛있는 물)	K Index(건강한 물)	비고
물맛 기준	2 이상	5.2 이상	–
북대 감로수	5.27	1.58	맛있는 물

　북대 감로수는 오대산 1,300m 고지에서 나오는 물로 그야말로 청정한 약수이다. 고진감래(苦盡甘來)라는 말이 있듯이 쉽게 갈 수 없는 가장 높은 곳에 있기에 더욱 소중하다. 그렇지만 산 정상부의 청정함 속에서 심신의 건강함을 찾고자 한다면 꼭 시간 내어 가볼 만한 곳이다. 맑고 시원한 감로수도 마셔보고, 여유 있으면 그 물로 차를 달여 마신다면 오대산의 맑은 기운이 온몸에 가득할 것 같다. 아무쪼록 북대 감로수 같은 오대산의 청정함이 온 세상에 가득하기를 기대한다.

3) 속리산 상고암(上庫庵) 약수

가보고 싶은 곳이 한둘이겠냐 마는 그래도 이따금 세상을 벗어나고 싶을 때 찾아가고픈 곳이 바로 속리산(俗離山)이다. 이름 그대로 세속을 떠난 산이어서 그런지 더욱 그윽한 것 같다. 속리산 법주사의 계곡 따라 오리나무숲을 걸어가면, 상고암(上庫庵)으로 오르는 산길이 있다. 산중의 깊고 높은 능선 아래 있는 암자여서 그런지 등산객들이 주로 찾는 곳이지만, 여러 신비를 간직한 곳이다. 그만큼 산중의 바위에서 나오는 약수의 맛이 좋다. 20여 년 전 기림사를 찾았다가 당시 주지였던 종광스님께서 추천해 주신 물이기도 하다. 몇십 년 전 종광스님께서 법주사에 계실 적에 산행 중에 마셨던 그 물맛이 참으로 감미로웠다는 이야기를 하셨다.

산중 깊은 곳의 암자여서 산의 정기를 지닌 맑고 그윽한 분위기가 좋았다. 원래 상고암은 큰 절인 법주사를 지을 때, 목재를 보관하던 곳이었다고 한다. 수십 년 전에 암자에 계셨던 스님이 전국의 약초를 캐다가 암자 주위에 심었다고 한다. 그리하여 암자 주위에 많은 종류의 약초나무들이 자생하고 있다. 지금은 성중스님께서 주석하시면서 찾아오는 손님들을 반기고 계시다. 무엇보다 암자주위의 약초나무들을 따서 전기 포트에 넣어 끓여 마시는 약초차가 생각난다. 맑고 깊은 맛을 무엇으로 표현할지 정말 신선한 충격이었다. 자연이 가진 무한한 능력과 온전한 그대로의 맛을 만끽하는 순간이었다. 아마 내 인생에서 손가락으로 꼽을 수 있는 멋진 차였던 것 같다. 자연의 참맛을 그대로 간직한 맑고 깊은 그 맛이야말로 우리가 자연 속에서 배우고 지켜가야 할 것이 아닌가 하는 생각이 들었다.

어느 절이나 암자이건 그 암자가 위치한 자연의 신비와 전설이 있

상고암 약수

다. 그리고 암자에 얽힌 사람과 자연이 아우러져 내는 이야기들이 있
다. 상고암은 상고암이라는 이야기와 약초, 그리고, 바위틈에서 나오
는 약수, 상고암 초입의 능선 위에 있는 천년송(千年松)이라 부르는 천
년 된 소나무 등 많은 이야기가 있는 것 같다.

　약초차를 마시고, 약수를 채수하고 내려가려는 우리 일행을 성중
스님은 잠시 가볼 데가 있다고 하면서 천년송이 있는 곳으로 데려갔
다. 상고암의 천년송은 말 그대로 천년의 신비를 지닌 듯 우람하고
자연스럽게 우뚝 서 있었다. 스스로를 낮추지도 않고 드러내지도 않
으면서 앞산의 능선과 같은 흐름으로 수백 년을 지켜온 것 같았다.
가히 정이품송에 버금가는 당당한 모습이 또한 깊은 산중의 멋과 아

름다움을 보여주고 있었다. 치료 중인 정이품송과는 달리 깊은 숲속에서 산과 함께하며 늠름하게 서 있는 모습이 참으로 보기가 좋았다. 무엇보다 천년이라는 나이만큼 우람하면서도 세상에 거슬리지 않는 모습이 가히 도인의 경지에 다다른 것 같았다. 지난 천년을 세속에 머무르되, 세상과 휩쓸리지 않고, 앞산의 능선과 벗하며 산 능선과 같은 형태로 닮아가고 있었다. 푸르름 속에 기개가 있고, 자연의 큰 흐름과도 같이하는 순리를 보는 것 같아 더욱 감명 깊었다. 아마 마음속의 나무를 한 그루 고르라 하면 으뜸으로 삼고 싶은 나무로 자리 잡힐 것 같다.

속리산은 예전에 소개했던 복천암 약수와 상환암의 약수, 그리고, 큰절의 감로수 등 많은 샘물이 있다. 예전에 삼타수라 부르는 속리산의 정기가 어린 물들이 지금도 온전하게 여러 곳에서 흘러나오고 있음을 확인할 수가 있다. 한반도의 중앙에서 화강암 바위 사이를 뚫고 나오는 물이기에 물이 맑고 달다. 상고암 물도 화강암 바위에서 나오는 물이기에 물의 양은 풍부하지 않지만, 물은 매우 맑고 달다. 예로부터 암자에서 식수로 사용하기에는 부족함이 없었다고 한다. 지금은 저장 탱크를 만들어 물을 틀 때만 나오게 하고 있다.

상고암 약수의 수질은 또한 매우 좋다. 수질을 말하기에 앞서 그냥 그대로 산 정상 아래의 암자에서 마시는 물맛은 그냥 그대로 청량하고 감미롭다.

표 1. 속리산 상고암 약수의 현장 수질분석 결과

약수명	온도(℃)	pH	DO (mg/L)	탁도 (NTU)	전기전도도 (µS/cm)	TDS (mg/L)
먹는 물 수질 기준	–	4.5~9.5	–	–	–	–
상고암 약수	13.5	6.1	9.0	0.13	28.50	33.0

표 2. 속리산 상고암 약수의 수질분석 결과(심미적 영향물질 1)

약수명	심미적 영향물질에 관한 기준				
	경도 (mg/L)	과망간산칼 륨 소비량 (mg/L)	냄새	맛	구리 (mg/L)
먹는 물 수질 기준	300mg/L	10mg/L	냄새가 없을 것	맛이 없을 것	1mg/L
상고암 약수	8.0	불검출	없음	없음	불검출

표 3. 속리산 상고암 약수의 수질분석 결과(심미적 영향물질 2)

약수명	심미적 영향물질에 관한 기준				
	증발 잔류물 (mg/L)	철 (mg/L)	망간 (mg/L)	황산이온 (mg/L)	알루미늄 (mg/L)
먹는 물 수질 기준	500mg/L	0.3mg/L	0.3mg/L	200mg/L	0.2mg/L
상고암 약수	36.0	불검출	불검출	3.0	0.02

표 4. 속리산 상고암 약수의 수질분석 결과(물맛 기준)

약수명	물맛 기준					총유기탄소 (TOC) (mg/L)
	나트륨이온 (Na) (mg/L)	칼슘이온 (Ca) (mg/L)	마그네슘이 온(Mg) (mg/L)	칼륨이온(K) (mg/L)	이산화규소 (SiO2) (mg/L)	
상고암 약수	0.951	2.039	0.673	0.420	10.71	0.26

표 5. 속리산 상고암 약수의 물맛 평가

약수명	O Index(맛있는 물)	K Index(건강한 물)	비고
물맛 기준	2 이상	5.2 이상	-
상고암 약수	3.59	1.21	맛있는 물

상고암 약수의 기본적인 수질은 표와 같다. 상고암 약수의 pH는 6.1 정도로서 중성보다 낮은 약산성을 나타내고 있다. 일반적으로 화강암에서 나오는 약수는 다소간 규산성분이 용출되어 산도가 내려가

상고암 약수

는 경우가 있다. 속리산 부근의 물도 많은 경우 산도가 중성 이하로 내려가 약산성을 나타내는 경우가 많다. 상고암 약수는 석간수임에도 불구하고, 수중의 용존산소는 9.0mg/L 이상으로 많은 편이며, 경도는 8mg/L 정도로서 칼슘이나 마그네슘, 철분이 거의 없는 순수상태의 물과 비슷했다. 기타 유기물 오염이나, 농약, 중금속 등 다른 오염물질들도 없는 깨끗한 약수였다.

이번 여름 휴가 중에 어디로 갈 것인가 고민하고 있다면, 하루쯤은 시간을 내서 잠시 세속을 떠나 속리산으로 가는 것도 좋을 것 같다. 세속을 떠나 각자의 삶을 돌아보고, 속리산 중에 들어 삼림욕을 즐겨보고, 중간중간 흘러내리는 맑은 물을 마시며, 몸과 마음을 추슬러보는 것도 좋을 듯하다. 시간이 있다면, 천년송이 있는 능선까지 올라 모처럼 산 공기도 흠뻑 마시고, 천년송의 늠름한 기상을 만끽하고 오면 더욱 좋을 것 같다.

4) 제주 영실 존자암 약수(尊者庵 藥水)

코로나 시기여서 주저하다가 오랜만에 제주도를 가보았다. 추사 선생이 유배 시 머물렀던 적거지와 대정향교도 가보고 싶었다. 가는 김에 제주의 차인들이 차를 우릴 때 선호한다는 약수가 있다 해서 조사하러 가보았다. 1,200m 이상의 영실고지에 있는 존자암 약수이다.

제주도는 여자, 돌, 바람이 많다 하여 삼다도(三多島)라 한다. 거기에 하나 덧붙이자면 천연 그대로의 맑은 물이다. 잘 알다시피 제주도는 화산섬이다. 1,200℃ 이상의 마그마가 용출하여 굳은 다공성의 현무암이 주성분이어서 빗물이 그대로 스며들어 풍부한 지하수층을 이루고, 중산간 지역 등 수백 군데에서 자연수로 용출되어 제주도의 수원을 이룬다. 최근의 연구조사에 의하면, 제주도의 샘들이 개발과 오염 등으로 서서히 훼손되어가고 있다. 요즘은 제주도의 청정한 생수라는 이미지와 함께 해가 갈수록 렌터카와 편의점, 쓰레기로 뒤덮여가는 실정이어서 안타깝기만 하다.

추사 선생이 유배지에서 물을 길어 차를 달여 마셨다는 대정향교 옆의 세미물도 시설은 잘 정비되어 있으나, 상류부의 오염으로 인해 샘물로 사용하기에 적합하지 않은 등 많은 좋은 샘물들이 사라져가고 있다. 어찌 보면 제주도의 가장 소중한 자원 중 하나가 순환되는 지하수인데, 축사와 농약, 폐기물 등으로 인해 지하수도 조금씩 오염되어 가고 있다. 눈에 보이지 않는다고 괜찮다는 것은 아니기에 앞으로 제주도의 지하수의 수질 환경을 이제부터라도 제대로 보존해야 할 필요성이 있다고 본다.

사실은 추사 적거지와 세미물 등 제주도의 자연 샘물을 보러 갔다가 오염된 세미물에 실망하고 돌아서다가 제주도의 차인들이 즐겨 찾는다는 영실에 있는 존자암 약수 이야기를 듣고 찾아가 보게 되었다.

대학 시절 한라산을 가고자 준비할 때, 관음사 코스와 영실 코스를 살펴봤고, 영실 근방을 몇 번 찾아가 보았지만, 존자암은 가보지 못해 이번에 찾아가 보게 되었다.

존자암은 영실 1,200m 고지에 있다. 영실 매표소 주차장에 차를 주차하고, 한 30분 정도 잘 정돈된 산길을 오르다 보면 작은 개울물이 흐르는 곳이기에 여름철 신록과 가을철 단풍, 겨울철 설경이 아름다운 곳이다. 계절마다 특색이 있겠지만 시원한 삼림욕 코스로도 추천할 만한 곳이기도 하다. 30분 동안 치유의 고요한 산행을 하다 보면 절이 보이고, 절 입구에 있는 약수터의 약수를 마시면 그야말로 감로수로 그 맛이 정말 시원하고 달다. 무엇보다 1,200m 이상의 자연환경이 좋아서인지 법당 옆 잔디밭에 사슴들이 서너 마리 뛰어놀고 있었다. 자기들 앞마당인 양 한가롭게 노는 걸 바라보면서 청정한 제주의 자연을 다시 음미해보게 된다. 아마도 그와 같은 청정한 곳이기에 제주의 차인들이 최고로 쳐서 주요 차 행사 때마다 길어다가 차를 우리는 것 같다. 왠지 영실 존자암 약수는 말 그대로 청정하고 신성한 것 같다. 오염되지 않은 청정한 자연 속 1,200m 고지에서 그대로 나오는 물이기에 수질 또한 청정한 자연처럼 순수하고 깨끗하다.

존자암 약수의 수질 특성을 살펴봐도 청정한 자연 속에서 우러나오는 맑고 깨끗한 물임을 확실하게 확인해 볼 수가 있다.

존자암 약수의 pH는 7.61로 중성에서 약 알칼리상태로서 중성 상태보다 약간 높게 나타났다.

수중의 용존산소도 9.68mg/L로 비교적 풍부한 편이며, 물의 세기를 나타내는 경도는 11.0mg/L로 매우 부드러운 단물로 나타나고 있다. 하늘에서 내린 빗물이 자연 그대로의 상태로 오염되지 않고 드러나는 물이라고 볼 수가 있다. 그러기에 기타 유기물 오염도 전혀 없고, 농약, 그리고, 중금속 등 다른 인공적인 오염물질들도 없는 매우 맑고 깨끗한 물로 나타났다.

또한 존자암 약수에 대해 물맛 기준으로 평가해본 결과, 맛있는 물을 나타내는 O Index(맛있는 물)는 23.5이고, K Index(건강한 물)는 −0.80으로 맛있는 물로 나타났다.

제주의 차인들이 선택하였듯 존자암 약수는 제주를 대표하는 자연 그대로의 청정함을 간직한 물로, 찻물로 사용하기 매우 좋은 순수한 물로 나타났다.

표 1. 존자암 약수의 현장 수질분석 결과

약수명	온도(℃)	pH	DO (mg/L)	탁도 (NTU)	전기전도도 (μS/cm)	TDS (mg/L)
먹는 물 수질 기준	−	4.5~9.5	−	−	−	−
존자암 약수	13.5	7.61	9.68	0.06	43.9	28.6

표 2. 존자암 약수의 수질분석 결과(심미적 영향물질 1)

약수명	심미적 영향물질에 관한 기준				
	경도 (mg/L)	과망간산칼륨 소비량 (mg/L)	냄새	맛	구리 (mg/L)
먹는 물 수질 기준	300mg/L	10mg/L	냄새가 없을 것	맛이 없을 것	1mg/L
존자암 약수	11.0	0.6	없음	없음	불검출

표 3. 존자암 약수의 수질분석 결과(심미적 영향물질 2)

약수명	심미적 영향물질에 관한 기준				
	증발 잔류물 (mg/L)	철 (mg/L)	망간 (mg/L)	황산이온 (mg/L)	알루미늄 (mg/L)
먹는 물 수질 기준	500mg/L	0.3mg/L	0.3mg/L	200mg/L	0.2mg/L
존자암 약수	40.6	불검출	불검출	불검출	불검출

표 4. 존자암 약수의 수질분석 결과(물맛 기준)

약수명	물맛 기준					총유기탄소(TOC) (mg/L)
	나트륨이온(Na) (mg/L)	칼슘이온 (Ca) (mg/L)	마그네슘이온(Mg) (mg/L)	칼륨이온 (K) (mg/L)	이산화규소(SiO_2) (mg/L)	
존자암 약수	3.8	2.5	1.1	2.4	20.96	0.17

표 5. 존자암 약수의 물맛 평가

약수명	O Index(맛있는 물)	K Index(건강한 물)	비고
물맛 기준	2 이상	5.2 이상	-
존자암 약수	23.5	−0.80	맛있는 물

오늘날의 제주는 이제 21세기 한국 차문화의 고장으로 청정함과 푸르름을 잘 간직하고 있는 대표적인 지역이다.

오설록 다원과 서귀다원 등을 방문할 때마다, "나라마다 독특한 차가 하나씩은 있는데 우리나라에는 내세울 차가 없다. 어떤 희생을 치르더라도 우리의 전통 차문화를 정립하겠다."는 오설록의 창업주인 고 서성환 회장께서 하신 말씀이 가슴에 새겨진다. 아마도 오설록 다원을 제주에 조성한 것도 제주의 청정한 자연 속에서 늘 푸르른 우리나라의 차문화를 열망하셨기에 그 가능성을 보고 투자한 것이 아닐까 한다. 서 회장께서 염원했던 '설록차와 삼다수'는 그야말로 제주도의 청정한 자연성을 드러내는 아름다운 조합이 아닐까 한다.

코로나로 인해 답답한 현실 속에서 그래도 자유롭게 오갈 수 있는 제주는 우리에게 많은 위안을 주고 있는 것 같다.

무엇보다 제주의 청정한 자연 속에서 자라난 제주의 차와 물은 특히 궁합이 잘 맞을 것 같다. 중국사람들이 용정차와 호포천물을 이야기하듯이 말이다. 누구라도 제주에 가면, 이제 제주의 차와 제주의 물로 차를 달여 마시며 청정한 자연의 정기를 가득 담아오면 좋을 것 같다.

그중에서도 영실 깊은 숲속에서 나오는 존자암 약수는 사슴들이 목을 축이는 물처럼 정말 청정하고 순수하다. 그와 같은 청정함 속에서 우러나는 물이기에 수질 또한 맑고 좋다. 제주의 아름답고 순수한 자연에서 나오는 물로 차를 달여 마시면 우리 몸도 마음도 청정해질 것 같다. 그렇듯이 자연의 정기를 담은 제주의 물과 차가 잘 어우러지고, 한국차의 청정함과 푸르름을 간직한 활발한 모습들이 가득하길 바라게 된다.

5) 차의 본향 대흥사 일지암 유천(一枝庵 乳泉)

남도 여행은 항시 즐겁고 신비롭다. 서울에서 주로 자랐기에 40여 년 전인 대학 시절 답사여행 때 처음으로 남도를 가보았다. 그 이후 주로 활동하는 동선이 아니어서 자주는 아니지만, 2~3년에 한 번씩은 가보았다. 무엇보다 같은 나라지만 지방마다 자연과 문화가 다르다는 사실이 반갑다. 주로 소나무와 참나무만을 보다가 소나무만큼이나 큰 수백 년 이상 된 목백일홍이라 부르는 배롱나무 고목들을 보고 남도의 기상과 아름다움을 가득 느꼈다. 남도는 반도의 끝이기에 우리나라에서 가장 먼저 꽃소식을 전하는 곳이기도 하다. 구례의 산

일지암 유천

수유마을과 화엄사와 광양 매화마을의 매화, 백련사의 동백나무, 섬
진강 벚꽃 등 우리의 가슴을 설레게 하는 곳이다. 수년 전 환경부 국
립공원 위원으로서 무등산 국립공원을 답사하였다. 더할 나위 없고,
차별이 없다는 그 이름처럼 무등산의 자연과 문화는 품격이 있었다.
무엇보다 증심사 주위의 차밭과 의재 허백련(毅齋 許百鍊, 1891~1977)
선생이 지내셨던 춘설헌(春雪軒)과 의재미술관이 반가웠다.

　오늘 찾아가고자 하는 곳은 남도의 끝자락에 우뚝 솟은 두륜산(頭
輪山)이다. 차인들이라면 한번은 가봐야 할 마음의 고향 같은 차(茶)의
본향(本鄉)이기도 하다. 우리나라의 차역사에서 다성(茶聖)이라 부르는
초의선사(草衣禪師, 1786~1866)가 주석하셨던 곳이고, 한국 다도의 시작
과 끝인 곳이기도 하다. 초의선사에 의해 중흥된 한국차는 또한 백여
년의 시차를 두고 호남의 의재 허백련 선생과 영남의 효당 최범술(曉

堂 崔凡述, 1904~1979) 선생에 의해 더욱 확산되며, 큰 기틀을 잡았다고 볼 수가 있다. 그와 같은 한국 차문화의 중심이 되는 곳이 해남 두륜산 대흥사이고, 두륜산 중에 숨겨져 있는 보석처럼 일지암(一枝庵)이 있다. 초의선사는 39세 때인 1824년(순조 24)에 일지암을 중건하였고, 1866년(고종 3) 81세로 입적할 때까지 일지암에서 40여 년간을 지냈다고 한다. 선사는 이곳에서 『다신전(茶神傳)』과 『동다송(東茶頌)』을 펴냈고, 다선일미(茶禪一味)의 가풍을 드날리며, 다산 정약용(茶山 丁若鏞, 1762~1836) 선생과 추사 김정희(秋史 金正喜, 1786~1856) 선생, 소치 허련(小痴 許鍊 1809~1892) 등과 교류하며 쇠퇴해가는 차문화의 중흥을 도모하였다. 「한산시(寒山詩)」에 "뱁새는 항상 한 마음으로 살기 때문에 한 나뭇가지에 있어도 늘 편안하다.(常念焦瞭鳥 安身在一枝)"라는 구절과, 장자(莊子)의 「소요유(逍遙遊)」 편의 "뱁새가 숲에 둥지를 틀지만, 나뭇가지 하나면 충분하다.(鷦鷯巢於深林 不過一枝)"라는 구절에서 '일지암(一枝庵)'이라는 이름이 유래한다. 한국차의 한 중심이 되는 곳이 두륜산 대흥사이고, 대흥사의 깊은 곳에 일지암이라는 뜻 그대로 차인으로서 가져야 할 바람직한 마음가짐을 그대로 잘 드러낸 곳이 바로 대흥사 일지암이기 때문이다. 초의선사 사후 일지암이 화재로 소실되었다가, 지난 1979년 차인들에 의해 복원되어 차인들이 꼭 가봐야 할 한국차의 중요한 성지(聖地)로서 지금에 이르고 있다.

한국차의 중흥조인 초의선사는 일지암에서 『다신전』과 『동다송』을 지었으며, 한국차의 부흥을 시도하였다. 그리고 14세기 이탈리아에서 시작된 르네상스(Renaissance)처럼 초의선사는 사그라진 한국차를 부흥시켰으며, 새롭게 정립하였다. 단순한 한국차의 부흥이라기보다는 다산 정약용 선생과 추사 김정희 선생 등과 교유하며, 차를 통한 종합적인 문예부흥을 하였다고 볼 수가 있다. 이 점에서 차를 통한 새로운 한국문화의 전형을 보여주었기에 일지암은 오늘날 한국차와 문화의 큰 중심으로 자리하고 있다.

일지암(一枝庵)이라는 뜻을 살려 띠집으로 지은 일지암 바로 옆에 산중의 토층에서 나오는 '유천(乳泉)'이 있다. 작은 돌석조와 대나무로 이어져 있는 유천은 말 그대로 산의 젖줄처럼 맑고 깨끗하다. 지금의 일지암에는 일지암이란 초가와 자우홍련사(紫芋紅蓮社)라 부르는 정자와 요사채 등이 있으며, 일지암 주위에는 차밭이 조성되어 있다. 일지암 암주이신 법인스님의 허락하에 일지암 유천의 수질조사를 위해 1박 2일간 묵은 적이 있다. 하룻밤을 지내면서 유천으로 달여 마시는 차맛의 싱그러움이 아직도 그윽하게 남아 있다.

산중의 물은 대부분 맑고 가볍고 깨끗하다. 더욱 인적이 드물고, 산중에는 오염원이 없으므로 대부분 그냥 마셔도 뒤탈이 없다.

대흥사 내의 일지암 외 다른 암자들의 샘물들도 좋다. 올해 두륜산 대흥사 지역의 샘물들을 다시 조사하면서 만일암의 만년수(萬年水)와 큰절 표충사 옆 계곡 건너편에 있는 서래수(西來水), 부도전 아래 일주문 밑에 인도에 나무아미타불(南無阿彌陀佛)이라 쓰인 석비 밑에 흐르는 샘물이 참 좋았다. 큰절의 장군샘과 함께 수질도 좋아서 잘 관리하면 대흥사를 대표하는 샘물이 될 것 같다. 그리고 북미륵암의 샘물도 맑고 시원하고, 남암의 샘물도 청정하고 좋다. 깊은 산중의 암자로 가는 길을 통해 만나는 암자 내의 샘물은 주위 환경처럼 맑고 청정하다. 남암의 샘물은 선방스님이 거주하는 수행처인데, 마침 원묵스님이 수행 중이셨는데, 잠시 틈을 내어 샘물을 길어다가 차 한 잔을 마셨다. 무엇보다 맑은 차맛과 샘물을 깨끗하게 관리하고 있어서 더욱 반가웠다. 그리고 남암으로 가는 길에 있는 석간수는 그 맛과 기운이 청정해서 좋았다.

무엇보다 일지암 유천은 복원하면서 상류 계곡물을 끌어다 사용하나, 두륜산 계곡수가 오염되지 않은 순수한 빗물 그대로의 맛과 향을 간직하고 있어서 맑고 깨끗하다. 유천수에 대한 수질조사 결과를 보면, 수중의 용존산소가 6.8mg/L 전후로 수중에 산소가 풍부하고, 외관상으로도 맑고 깨끗하며, pH는 6.2로 약산성이고, 경도는 7mg/L 전후로 매우 연한 단물이고, 총고형물은 23.0mg/L 전후로 매우 맑은 것으로 나타났다. 기타 중금속이나 농약 등 유해물질도 검출되지 않는 등 청정한 것으로 나타났다. 물맛 평가지수로 살펴보면, 맛있는 물 지수(O Index)가 25.79로서 매우 맛있는 물로 나타났다.

표 1. 일지암 유천의 현장 수질분석 결과

약수명	온도(℃)	pH	DO (mg/L)	탁도 (NTU)	전기전도도 (μS/cm)	TDS (mg/L)
먹는 물 수질 기준	–	4.5~9.5	–	–	–	–
일지암 유천	15.9	6.2	6.80	0.13	33.0	23.0

표 2. 일지암 유천의 수질분석 결과(심미적 영향물질 1)

약수명	심미적 영향물질에 관한 기준				
	경도 (mg/L)	과망간산칼륨 소비량 (mg/L)	냄새	맛	구리 (mg/L)
먹는 물 수질 기준	300mg/L	10mg/L	냄새가 없을 것	맛이 없을 것	1mg/L
일지암 유천	7.0	0.5	없음	없음	불검출

표 3. 일지암 유천의 수질분석 결과(심미적 영향물질 2)

약수명	심미적 영향물질에 관한 기준				
	증발 잔류물 (mg/L)	철 (mg/L)	망간 (mg/L)	황산이온 (mg/L)	알루미늄 (mg/L)
먹는 물 수질 기준	500mg/L	0.3mg/L	0.3mg/L	200mg/L	0.2mg/L
일지암 유천	24.0	불검출	불검출	불검출	불검출

표 4. 일지암 유천의 수질분석 결과(물맛 기준)

약수명	물맛 기준					총유기탄소(TOC) (mg/L)
	나트륨이온(Na) (mg/L)	칼슘이온 (Ca) (mg/L)	마그네슘이온(Mg) (mg/L)	칼륨이온 (K) (mg/L)	이산화규소(SiO2) (mg/L)	
일지암 유천	2.357	1.173	0.801	0.528	10.64	0.89

표 5. 일지암 유천의 물맛 평가

약수명	O Index(맛있는 물)	K Index(건강한 물)	비고
물맛 기준	2 이상	5.2 이상	−
일지암 유천	25.79	−0.88	맛있는 물

　과학적으로 봐도 일지암 유천은 오염되지 않은 청정한 찻물이지만, 무엇보다 초의선사의 차맛을 알지 못하는 것이 안타까웠다. 초의선사가 주석하시던 150여 년 전으로 돌아가 초의선사께서 직접 법제한 차로 돌화로를 이용하여 유천물로 달여 마시는 초의선차(草衣禪茶)의 진미를 느낄 수 있을까? 그렇다 하더라도 지금 일지암이 있고, 그 옆에 유천이 흐르니 우리 차인들도 저마다 좋아하는 차를 가져와서 유천 물을 길어다 차를 달여 마신다면, 산중의 젖줄 같은 초의선사의 차맛을 느낄 수 있지 않을까? 한다. 그와 같은 초의선사의 다선일미(茶禪一味)의 세계로 나아가야 할 것 같다.

　초의선사는 『다신전』의 「품천(品泉)」에서 찻물에 대해 다음과 같이 이야기한다.

　차(茶)는 물의 신(神)이요, 물은 차의 몸이니, 진수(眞水)가 아니면 그 신(神)이 나타나지 않고, 정차(精茶)가 아니면 그 몸을 엿볼 수 없다. 산 정수리 샘물은 맑고 가볍고, 산 아래 샘물은 맑고 무거우며, 석간수는 맑고 달며, 모래 속 샘물은 맑고 차가우며, 흙 속 샘물은 묽고 희다. 누른 돌에서 흐르는 물은 좋고, 푸른 돌에서 나오는 물은 쓸 수 없다. 흐르는 물이 고여 있는 물보다 좋고, 음지에서 나오는 물이 양지에서 나오는 물보다 낫다. 진수(眞水)는 맛이 없고, 진수는 향기가 없다.(茶者水之神 水者茶之體 非眞水莫顯其神 非精茶曷窺其體 山頂泉淸而輕 山頂泉淸而輕 山下泉淸而重 石中泉淸而甘 沙中泉淸而冽 土中泉淡而白 流于黃石爲佳 瀉出靑石無用 流動者愈于安靜 負陰者勝于向陽 眞源無味 眞水無香)

　이 말은 오늘날 과학적으로도 검증될 수 있는 타당한 말이다.
　오늘날 한국차의 역사에서 초의선사와 일지암의 상징성과 역사성을 무시할 수는 없다. 초의선사는 『동다송』에서 "예로부터 성현들은 차를 좋아하였네. 차는 군자와 같이 본성이 맑아 삿됨이 없다네(古來聖賢俱愛茶 茶與君子性無邪)."라고 차를 즐기는 모습을 드러냈듯이 차로부터 시작하여 차(茶)는 문화(文化)이고, 정신(精神)이라는 것을 알게 해 준 선각자가 초의선사이다. 한국의 글씨를 이야기할 때, '추사(秋史) 이전에 추사없고, 추사 이후에 추사없다'는 말이 있듯이 한국차를 이야기할 때, '초의(草衣) 이전에 초의없고, 초의 이후에 초의없다'는 말이 있을 수가 있다. 한국의 차인이라면 초의선사의 다선일미(茶禪一味)의 참맛처럼 차와 문화와 정신을 종합적으로 드러내는 삶을 살아가야 한다.
　초의선사가 말하는 진수(眞水)는 유천(乳泉)으로 『동다송(東茶頌)』에서 다음과 같이 말하였다.

차를 딸 때는 오묘함을 다하고, 만드는 데는 정성을 다하고, 진수인 물로
끓여 중정(中正)을 얻어 몸과 정신이 하나가 되면, 다도는 다한다.(采盡其妙
造盡其精 水得其眞 泡得其中 體與神 相和 健與靈 相倂 至此而茶道 盡矣)

그와 같은 초의선사의 차맛, 물맛은 지금 어디에 있을까?
그리하여 올해에도 다시 한번 남도 여행을 찾아 나서고자 한다. 남도
의 깊은 곳에 위치한 일지암에 가서 일지암 유천(一枝庵 乳泉)의 맑은 물로
차를 달여 초의선사께서 담아내는 내 마음의 차맛을 만끽해 볼까 한다.

6) 해인사 어수정 약수(御水井 藥水)

가야산 해인사(伽倻山 海印寺)는 갈 때마다 산도 좋고 계곡도 좋아 고
찰다운 품격이 있는 정말 가보고 싶은 사찰이다. 많은 곳을 가보지만
실제로 보고 나선 실망할 때가 많지만, 해인사는 구불구불 계곡 길을
따라가면서도 참 잘 왔다는 생각이 들게 되고, 산중으로 들어가면서도
왠지 시원하고 활수하다는 느낌이 드는 곳이기도 하다. 국립공원 입
구를 지나 '해인성지(海印聖地)'라 쓴 성철스님의 석비를 보게 되면 정말
신라 천년의 역사와 전설이 많은 것을 이야기해주는 것 같은 성(聖)스
러운 느낌이 든다.
해인사는 개인적으로 사연이 많은 절이기도 하다. 30여 년 전부터
가야산 골프장과 국립공원 내 관통도로 건설 등 무분별한 개발이 진
행되던 시절에 개발을 저지하기 위해 환경전문가로 직간접적으로 활
동했기 때문이다. 그 시절 여러 번을 찾아갔고, 한국을 대표하는 삼

해인사 어수정 숫물

보사찰(三寶寺刹) 중 팔만대장경을 모신 법보사찰(法寶寺刹)의 성지를
보호하고, 자연환경이 양호한 국립공원 지역을 지키기 위해 노력했
다. 장장 20여 년에 걸친 법적 소송 끝에 골프장 건설은 취소됐고, 가
야산국립공원을 관통하는 도로건설사업도 계획단계에서 취소돼서
해인사도 지키고, 가야산도 보존한 우리나라의 대표적인 환경사건이
기도 하다.

　코로나 시기여서 주저하다가 오랜만에 해인사를 찾아가 보았다.
지난 11월 경상대 한국 차문화연구원 세미나에 '신라시대의 찻물'이
라는 주제 발표를 요청받아서 옛 자료들을 정리하다가 해인사 '어수
정(御水井)'에 대한 기록을 보고 현장을 확인해 보고 싶었다. 마침 성보
관장으로 계시는 적광스님의 안내로 신라시대 애장왕(재위 800~809)이
마셨다는 어수정을 포함하여 해인사의 주요 약수터들을 조사해보게

되었다.

예전에는 물을 전공하면서도 해인사의 물에 관한 관심을 두지 못하고 현안인 골프장과 도로현장을 답사하고 바쁘게 왔었다. 20여 년이 지난 지금에 와서 본연의 전공으로 돌아와 가야산 해인사 지역의 약수들을 조사해보니 왜 해인사에서 차를 즐기는 스님들이 많은지를 이해하게 되었다.

'명산(名山)에 명찰(名刹)이 있고, 명수(名水)가 있다.'고 가야산 해인사의 약수는 정말 좋았다. 어수정도 그렇고, 선방스님들이 마신다는 장군수(將軍水)와 함께 각 암자의 물들도 참 좋았다.

지난 8월 여름방학에 해인사 약수들을 조사하고 왔더니 성보박물관장이신 적광스님께서 물 때문에 방장스님께서 보자고 하신다고 해서 다시 찾아가 봤다. 어느 사람이 방장스님을 찾아와서 방장실에서 마시는 장군수가 물이 산성이고, 대장균에 오염돼서 마시면 큰일 난다고 하였다고 한다. 그리하여 정수기를 설치하거나, 생수를 먹으라고 권했다고 한다. 오염되지 않은 깊은 산중 청정한 물보다 생수를 먹으라는 것도 그렇고, 자세한 조사도 안 하고 말하는 것 같아 참으로 안타까웠다. 수질전문가로서 보면, 우선 물의 산성 여부를 나타내는 수소이온농도(pH)는 7.2~7.4로 중성 이상임에도 불구하고, 산성이라 한 것도 그렇고, 또한 일시적으로 대장균이 검출된다고 다 마시면 안 된다고 하는 것은 잘못된 일이다. 정기적인 청소와 소독을 하고 지속적인 관리만 되면 안전하게 마실 수 있기 때문이다. 국립공원 지역 인적 없는 깊은 숲속에서 나오는 샘물이 전염병에 오염될 리 없고, 자연 그대로의 청정한 물을 놔두고 생수로 대신한다는 것 자체도 우스운 일이다. 생수 평가위원으로서 우리나라 어느 생수도 해인사의 깊은 산중보다 청정한 지역에서 나오는 물은 드문 편이기 때문이다.

해인사에는 법당 뒤 신라시대 애장왕이 창건할 때 해인사에 주석하며 마셨다는 어수정 두 곳이 돌 수각으로 잘 정비되어 있다. 장경각을 바라보고 두 곳 중 오른쪽에 있는 물이 숫물이고, 왼쪽에 있는 물이 암물이라 한다. 그리고 장경각 뒤 사람 발길 끊긴 깊은 숲속에 있는 물이 장군수이다. 지금은 어수정은 복원하여 일반 사람들도 마실 수 있게 하고 있으나, 장군수는 방장스님과 선방스님들이 마시고 계시다.

해인사 어수정 약수에 대한 수질적 특성을 좀 더 구체적으로 살펴보면 다음과 같다. 전체적으로 해인사 약수는 오염원이 없는 깊은 산중 계곡에서 나오는 물이기에 수질 또한 좋고, 물맛 또한 시원하고 맑고 맛도 좋다.

어수정 숫물과 암물 모두 약수의 중성 여부를 나타내는 수소이온농도(pH)도 7.4 정도로 중성인 7.0보다 약간 높은 상태이고, 수중에 녹아있는 용존산소(DO)는 어수정의 경우 5.06과 5.68mg/L이고, 구리나 비소 등 중금속류도 검출되지 않았고, 기타 인공합성물질 등 유해물질들도 검출되지 않는 깨끗한 물로 나타났다. 전반적으로 유기물과 무기물, 그리고 인공 화합물질도 없는 맑은 물로 나타났다.

물의 세기를 나타내는 경도의 경우 어수정 숫물은 6.0mg/L이고, 암물은 10.0mg/L, 평균 8.0mg/L로 두 곳 모두 매우 연한 단물로 나타났고, 총고형물은 비교적 낮은 22.8, 22.1mg/L(평균 22.5mg/L)로 비교적 낮은 편이고, 유기물 오염지표인 과망간산칼륨도 0.6과 0.7mg/L(평균 0.65mg/L)로 매우 낮게 나타났다. 총유기탄소량(TOC)도 0.2와 0.3mg/L(평균 0.25mg/L)로 매우 낮아 유기물로 인한 오염도 없는 매우 깨끗한 물로 나타났다.

또한 해인사 약수의 물맛 평가를 살펴보면, 맛있는 물 지수인 O Index는 어수정 약수가 26.0과 26.1(평균 26.05)로 나타났고, 건강한 물 지수인 K Index는 모두 0.8로 나타났으며, 전반적으로 해인사 어수정은 맛있는 물로 나타났다.

표 1. 해인사 약수의 현장 수질분석 결과

약수명	온도(℃)	pH	DO (mg/L)	탁도 (NTU)	전기전도도 (μS/cm)	TDS (mg/L)
먹는 물 수질 기준	–	4.5~9.5	–	–	–	–
어수정 숫물	19.0	7.37	5.06	0.6	35.3	22.8
어수정 암물	18.4	7.46	5.68	0.5	34.3	22.1
평균	18.7	7.42	5.37	0.55	34.8	22.5

표 2. 해인사 약수의 수질분석 결과(심미적 영향물질 1)

약수명	심미적 영향물질에 관한 기준				
	경도 (mg/L)	과망간산칼륨 소비량 (mg/L)	냄새	맛	구리 (mg/L)
먹는 물 수질 기준	300mg/L	10mg/L	냄새가 없을 것	맛이 없을 것	1mg/L
어수정 숫물	6.0	0.6	없음	없음	불검출
어수정 암물	10.0	0.7	없음	없음	불검출
평균	8.0	0.65	없음	없음	불검출

표 3. 해인사 약수의 수질분석 결과(심미적 영향물질 2)

약수명	심미적 영향물질에 관한 기준				
	증발 잔류물 (mg/L)	철 (mg/L)	망간 (mg/L)	황산이온 (mg/L)	알루미늄 (mg/L)
먹는 물 수질 기준	500mg/L	0.3mg/L	0.3mg/L	200mg/L	0.2mg/L
어수정 숫물	28.9	불검출	불검출	불검출	불검출
어수정 암물	28.4	불검출	불검출	불검출	불검출
평균	28.7	불검출	불검출	불검출	불검출

표 4. 해인사 약수의 수질분석 결과(물맛 기준)

| 약수명 | 물맛 기준 | | | | | 총유기탄소(TOC) (mg/L) |
	나트륨이온(Na) (mg/L)	칼슘이온 (Ca) (mg/L)	마그네슘이온(Mg) (mg/L)	칼륨이온 (K) (mg/L)	이산화규소(SiO2) (mg/L)	
어수정 숫물	2.7	3.1	0.5	1.0	8.9	0.2
어수정 암물	2.6	3.1	0.5	1.1	8.8	0.3
평균	2.65	3.1	0.5	1.05	8.85	0.25

표 5. 해인사 약수의 물맛 평가

약수명	O Index(맛있는 물)	K Index(건강한 물)	비고
물맛 기준	2 이상	5.2 이상	−
어수정 숫물	26.0	0.8	맛있는 물
어수정 암물	26.1	0.8	맛있는 물
평균	26.05	0.8	맛있는 물

　가야산 해인사는 언제든 찾아 가 보고 싶은 절 중 하나이다. 더욱 차 좋아하는 스님들도 많고, 요즘에는 계곡 따라 둘레길이 잘 정리되어 있어 한 번쯤은 마음을 정리하고 싶을 때, 아니 마음의 치유가 필요할 때에는 꼭 가볼 만한 곳이다. 더불어 좋은 스님 만나 맑은 차 한 잔 마시면 더할 나위 없이 좋다.

　무엇보다 가야산 깊은 곳에서 나오는 맑은 물들이 곳곳에 있어 참으로 맑고 시원한 곳이다. 그 물로 차를 달여 마시면 차향과 맛이 온전하게 드러날 것 같다. 그러면 신라 천년의 차향(茶香)이 온전히 우러날 것 같다.

7) 금정산 대성암 약수

지난 4월 승설재 김영숙 교수에게서 연락이 왔다. 부산대학교 국제차산업문화전공(석·박사과정) 대학원생들이 해마다 봄철에 제다실습을 하는데 올해는 금정산 대성암에서 전통사찰의 구증구포 제다실습에 동참하자고 말이다. 김해와 하동 차밭으로 가려다가 석박사과정 학생들 20여 명과 금정산 대성암으로 가서 첫날 오전은 찻잎을 따고, 둘째 날은 구증구포 녹차 제다를 하기로 했다.

알다시피 대성암은 범어사 큰절 옆에 딸린 비구니 선방사찰이어서 평상시엔 외부인들의 출입이 차단되어 있다. 그렇지만, 녹차 만드는 계절은 선방이 해제 철이고, 일 년 중에서 차 농사를 짓는 큰 일이라 암자의 신도들과 외부인들이 모여서 찻잎을 따고, 모두 함께 차를 만든다. 차를 만들어 본 차인들은 잘 알겠지만 차를 마시는 것은 예술이고, 즐거움일 수가 있으나, 차를 따고 덖는 일은 그야말로 힘든 노동이다. 첫날은 오전 내내 40여 명이 찻잎을 따도 15kg 정도밖에 못 따고, 차를 덖어 차를 만들고 나면 100g짜리 30여 봉에 지나지 않는다.

그렇지만 차를 만들고 나서 마시는 첫물 차의 맛과 향기는 그야말로 자연의 정기, 그런 푸르름을 마시는 것 같아 그간의 피로감이 모두 사라지게 된다. 제다한 햇차를 마시며 대성암의 도감이신 성공스님께서 "이 한 모금 마시려고 우리가 고생이 참 많습니다." 하면서 웃으신다.

대성암 차밭은 묻힌, 아니 숨겨진 녹차의 보물창고 같다. 많은 차밭들이 도로와 인접해서 차량과 사람들로 인한 직·간접적인 피해가 많은 실정이다. 그렇지만, 대성암 차밭은 숲속에 있으면서도 대밭 등으로 잘 차폐되어 외부의 오염과 냉해로부터 자유롭고, 사람들로부

대성암 약수

터도 벗어나 있다. 역시 중요한 것은 입지도 중요하나, 제대로 된 관리가 무엇보다 중요함을 알게 된다.

성공스님과 차담을 나누며, 바로 위에 있는 금강암에 관한 물 이야기를 하다가 대성암 물도 금강암 위의 산중 바위에서 나오는 석간수를 끌어와 물탱크에 저장해놓고 사용한다고 하였다. 그리고 그 물로 차를 달여 마시면 좋다고 하였다. 그리하여 이왕이면 다홍치마라고 찻잎도 따고 차도 만들며 찻물 조사도 하자고 하여 두 번째 찻잎을 딸 때 대성암 약수 조사를 하게 되었다.

대성암에는 물탱크가 여러 개가 있다. 예전엔 대중스님들이 70여

명이 살아서 많은 물이 필요해서 식수로 사용하는 석간수와 대성암 옆 계곡물을 끌어다 사용하는 계곡수, 비상시에 사용하는 지하수가 있다. 평상시 물을 저장하여 두기 위해서 석간수 물탱크와 계곡수 물탱크 등 서너 개의 물탱크가 있다.

대성암 약수는 식수로 사용하는 석간수(石間水)와 생활용수로 사용하는 계곡수(溪谷水)가 있다. 두 물 모두 비교적 오염원이 없는 산중의 바위틈을 흐르는 물이기에 거의 빗물과 같을 정도로 맑고 깨끗하다. 바위틈에서 나오는 석간수야 맑고 깨끗함을 잘 알고 있었지만, 등산객들이 많이 이용하는 계곡물은 어느 정도 오염이 진행될 수도 있어서 걱정했는데 나름대로 큰절 아래쪽은 접근성이 있지만, 위쪽은 계곡이 좁고 바위들이 많아서 사람들이 접근하지 못해서 수질적으로 직접 확인해 보니 계곡수도 깨끗한 상태를 유지하고 있어서 참 다행스러웠다.

대성암 약수에 대한 수질적 특성을 좀 더 구체적으로 살펴보면 다음 표와 같다. 전체적으로 대성암 약수도 산중의 석간수인 금강암 약수와 마찬가지로 수질 또한 좋고, 물맛 또한 시원하고 맑다.

약수의 중성 여부를 나타내는 수소이온농도(pH)도 석간수와 계곡수 모두 7.34와 7.37로 중성인 7.0보다 약간 높고, 수중에 녹아있는 용존산소(DO)도 9.59와 11.36mg/L로 비교적 풍부한 편이며, 구리나 비소 등 중금속류도 검출되지 않았고, 기타 인공합성물질 등 유해물질들도 검출되지 않는 등 전반적으로 유기물과 무기물, 그리고 인공화합물질도 없는 깨끗한 물로 나타났다. 도심지에서 가까운 산이면서도 시판하는 생수와 비교할 수 있을 정도로 청정한 상태를 유지하고 있다는 사실이 흥미로웠다.

대성암 약수의 경도 또한 석간수와 계곡수가 각 7.0과 3.0mg/L

로 매우 부드러운 빗물과 거의 같을 정도의 단물로 나타났고, 총고
형물은 비교적 낮은 27.95와 18.20mg/L이고, 유기물 오염지표인 과
망간산칼륨 소비량도 2.8과 2.5mg/L, 총유기탄소량(TOC)도 0.74과
0.68mg/L로 매우 낮아 유기물로 인한 오염도 거의 없는 청정한 물로
나타났다.

또한 대성암 약수의 물맛 평가를 살펴보면, 맛있는 물 지수인 O
Index는 석간수는 5.58과 계곡수는 5.36, 건강한 물 지수인 K Index
는 석간수는 −2.02, 계곡수는 −2.37로 두 물 모두 맛있는 물로 나타
났다.

표 1. 대성암 약수 현장 수질분석 결과

약수명	온도(℃)	pH	DO (mg/L)	탁도 (NTU)	전기전도 도 (μS/cm)	TDS (mg/L)
먹는 물 수질 기준	−	4.5~9.5	−	−	−	−
대성암 석간수	12.4	7.34	9.59	0.08	43.1	27.95
대성암 계곡수	10.5	7.37	11.36	0.07	27.6	18.20

표 2. 대성암 약수의 수질분석 결과(심미적 영향물질 1)

약수명	심미적 영향물질에 관한 기준				
	경도 (mg/L)	과망간산칼 륨 소비량 (mg/L)	냄새	맛	구리 (mg/L)
먹는 물 수질 기준	300mg/L	10mg/L	냄새가 없을 것	맛이 없을 것	1mg/L
대성암 석간수	7.0	2.8	없음	없음	불검출
대성암 계곡수	3.0	2.5	없음	없음	불검출

표 3. 대성암 약수의 수질분석 결과(심미적 영향물질 2)

약수명	심미적 영향물질에 관한 기준				
	증발 잔류물 (mg/L)	철 (mg/L)	망간 (mg/L)	황산이온 (mg/L)	알루미늄 (mg/L)
먹는 물 수질 기준	500mg/L	0.3mg/L	0.3mg/L	200mg/L	0.2mg/L
대성암 석간수	37.0	불검출	불검출	불검출	불검출
대성암 계곡수	32.0	불검출	불검출	불검출	불검출

표 4. 대성암 약수의 수질분석 결과(물맛 기준)

약수명	물맛 기준					총유기탄소(TOC) (mg/L)
	나트륨이온(Na) (mg/L)	칼슘이온 (Ca) (mg/L)	마그네슘이온(Mg) (mg/L)	칼륨이온 (K) (mg/L)	이산화규소(SiO2) (mg/L)	
대성암 석간수	3.481	1.012	0.225	0.363	12.56	0.74
대성암 계곡수	3.409	0.590	0.233	0.344	12.64	0.68

표 5. 대성암 약수의 물맛 평가

약수명	O Index(맛있는 물)	K Index(건강한 물)	비고
물맛 기준	2 이상	5.2 이상	–
대성암 석간수	5.588	−2.016	맛있는 물
대성암 계곡수	5.362	−2.376	맛있는 물

* 기타 중금속류, 농약 등 합성화합물질은 불검출됨.

'명산(名山)'에 '명찰(名刹)'이 있고, '명차(名茶)'가 있고, '명수(名水)'가 있다는 말이 있다. 그 말에 어울리는 곳이 바로 범어사 대성암인 것 같다. 부산의 진산인 금정산에, 선찰대본산(禪刹大本山)인 범어사 대성암이 있고, 대성암에서 만든 녹차인 '녹정(綠晶)'과 발효차인 '단하(檀霞)'가 있고, 금정산 바위에서 우러나오는 '대성암 약수'가 있으니 말이다. 그야말로 대성암 차와 대성암 약수는 그야말로 금정산이 주는 자연의 선물인 것 같다.

그러기에 해마다 봄이 되면 대성암에 가보고 싶다. 신록이 돋아나는 푸르름 속에서 청정한 차밭의 찻잎으로 만든 대성암 녹차를 대성암 약수로 우려 마시면 자연의 정기가 몸 안에 가득 찰 것 같다.

8) 함월산 기림사(祇林寺) 약수

한 해를 마무리하면서 차를 즐기는 차인이라면, 숨겨진 진실을 찾아가 보는 것도 좋을 것 같다. 경주의 깊은 곳에서 전해져 오는 한국차의 전래와 전설에 관한 이야기이다.

한국차의 역사에서 사찰의 사적기(事蹟記)나 벽화(壁畫) 등에 나타난 차에 관한 이야기가 전해져오고 있다. 통도사 사적기에는 차를 만드는 다소촌(茶所村), 차를 달여 마시는 샘물인 다천(茶泉) 등이 있다는 사실이고, 이번에 소개하는 기림사 약사전의 벽화에는 기림사의 창건주인 광유성인과 관련하여 차를 공양하는 급수봉다(汲水奉茶)의 헌다벽화(獻茶壁畫)가 있다. 천년고찰의 창건 당시에 차와 관련된 전설을 수백 년 전에 벽화로 그려 지금에까지 전해지고 있다. 그러기에 차인이라면 한번은 기림사에 가서 기림사의 창건 당시 차를 올린 사라수대왕과 광유성인의 아름다운 차공양 이야기를 보면서 우리 모두 마음 가다듬고, 차공양을 올려보는 것도 좋을 것 같다. 더불어 조선 초기 대표적인 차인인 김시습 선생의 사당도 있으므로 참배해 보는 것도 의미 있는 일일 것 같다.

기림사는 신라시대 인도스님인 광유(光有)스님이 임정사(林井寺)로 창건하였는데, 643년에 원효스님이 중창한 뒤 기림사로 이름을 바꾸었다고 한다.

기림사 약수(오종수)

옛날에는 왜구의 침입을 막기 위하여 승병들이 거주하였으며, 지금은 불국사가 본사이지만, 일제시대에는 31 본산의 하나였다고 한다. 처음 창건할 때 숲속의 샘이 있다는 임정사(林井寺)라는 이름처럼 기림사는 예로부터 오종수(五種水)라는 약수가 유명하였다. 그래서인지 기림사 사적기에는 사찰 내의 물을 길어 차를 달여 올렸다는 급수봉다(汲水奉茶)의 헌다풍습이 약사전 내부의 벽화로 전해져 오고 있다. 오종수라는 약수도 중요하지만, 그 약수로 차를 올렸다는 약사전 내부에 그려진 여래헌다도(如來獻茶圖)라는 벽화는 창건 당시부터 전해져 오는 기림사만의 역사이고, 전설이다. 그런 의미에서 기림사가 가지고 있는 창건설화와 약사전의 헌다벽화를 보면, 기림사가 우리나라 차문화의 주요 발상지이고, 삼국사기에 나타난 흥덕왕 때 김대렴이 차 씨앗을 갖다가 지리산기슭에 심었다는 중국 전래설만이 아니라, 인도 전래설의 효시에 관한 추가 연구도 이루어져야 할 것 같다.

10여 년 전 기림사를 참배하면서 전 주지였던 종광스님과 그리고, 지난 7월 현 부주지이신 영송스님과 차담을 나누며, 오종수(五種水)에 대해 여쭤본 적이 있다. 기림사에 존재하는 오종수는 말 그대로 다섯 가지 맛을 내는 물로 유명하다. 오종수는 차를 끓여 마시면 맛이 으뜸이라는 감로수와 그냥 마셔도 마음이 편안하다는 화정수, 기골이 장대해진다는 장군수, 눈이 맑아진다는 명안수, 물빛이 너무 좋아 까마귀가 쪼았다는 오탁수이다. 그러나 일제강점기 때 장군이 태어날까 두려워 물길을 막아버렸다는 장군수를 제외하곤 다른 네 곳의 물이 있었다고 하나, 절 불사 중에 물길이 끊겨 지금은 한 군데서 나오는 물을 마시고 있다는 사실이 안타까울 뿐이다.

물 전문가 입장에서 보면, 어느 지역의 물은 일부 수맥이 다를지라도 대부분 수질적으로 비슷한 경향이 있다. 어느 지역의 지질특성이나 환경이 크게 다르지 않기 때문이다. 그런 측면에서 비록 천년 전의 오종수는 아닐지라도 지금 전해지는 물도 오종수와 같은 특성이 있다고 볼 수가 있다. 그 점에서 현재 사용하는 절 안의 물도 비슷한 기본적 특성을 나타낸다고 볼 수가 있으므로 잘 관리하여 살려갈 필요성이 있다고 본다. 다행스러운 것은 영송 부주지스님께서 기림사의 차문화와 오종수에 관한 관심을 가지고 일부 수맥을 찾고 복원하려 한다는 점이다.

현재 마시고 있는 기림사 오종수 약수의 수질은 오염되지 않은 청정한 함월산 중에서 나오는 청정한 물이어서 그런지 매우 맑다. 그러기에 물맛도 시원하고, 수질 또한 맑고 깨끗하다. 약수의 pH는 7.35으로 중성 상태이다. 수중의 용존산소도 8.48mg/L로 비교적 풍부한 편이며, 수중에 녹아있는 고형물질도 32.1mg/L로 비교적 적다. 경도는 14.0mg/L 정도로 매우 단물이고, 칼슘이온이 3.843mg/L이고, 규산성분이 17.47mg/L로 나타나고 있다.

전체적으로 청정한 지역이고, 천년의 역사와 문화를 간직한 약수여서 그런지 물맛 또한 맑고 좋은 것으로 확인된다. 기타 유기물 오염도 거의 없고, 농약, 그리고, 중금속 등 다른 오염물질들도 없는 매우 맑고 깨끗한 물로 나타났다.

또한 기림사 오종수 약수에 대해 물맛 기준으로 평가해본 결과, 약수의 맛있는 물 지표(O Index)는 5.40이고, 건강한 물 지표(K Index)는 1.72로서 물맛이 좋은 물로 나타나고 있다.

표 1. 기림사 약수의 현장 수질분석 결과

약수명	온도(℃)	pH	DO (mg/L)	탁도 (NTU)	전기전도도 (μS/cm)	TDS (mg/L)
먹는 물 수질 기준	–	4.5~9.5	–	–	–	–
기림사 약수	21.7	7.35	8.48	0.09	56.50	32.1

표 2. 기림사 약수의 수질분석 결과(심미적 영향물질 1)

약수명	심미적 영향물질에 관한 기준				
	경도 (mg/L)	과망간산칼륨 소비량 (mg/L)	냄새	맛	구리 (mg/L)
먹는 물 수질 기준	300mg/L	10mg/L	냄새가 없을 것	맛이 없을 것	1mg/L
기림사 약수	14.0	1.1	없음	없음	불검출

표 3. 기림사 약수의 수질분석 결과(심미적 영향물질 2)

약수명	심미적 영향물질에 관한 기준				
	증발 잔류물 (mg/L)	철 (mg/L)	망간 (mg/L)	황산이온 (mg/L)	알루미늄 (mg/L)
먹는 물 수질 기준	500mg/L	0.3mg/L	0.3mg/L	200mg/L	0.2mg/L
기림사 약수	32.0	불검출	불검출	3.0	불검출

표 4. 기림사 약수의 수질분석 결과(물맛 기준)

약수명	물맛 기준					총유기탄 소(TOC) (mg/L)
	나트륨이 온(Na) (mg/L)	칼슘이온 (Ca) (mg/L)	마그네슘 이온(Mg) (mg/L)	칼륨이온 (K) (mg/L)	이산화규 소(SiO2) (mg/L)	
기림사 약수	2.439	3.843	1.085	0.751	17.47	0.83

표 5. 기림사 약수의 물맛 평가

약수명	O Index(맛있는 물)	K Index(건강한 물)	비고
물맛 기준	2 이상	5.2 이상	-
기림사 약수	5.40	1.72	맛있는 물

오늘날의 기림사는 사적기와 약사전 벽화에 나타난 천년의 역사와 전설을 이어서 21세기 새로운 차문화의 성지로 중흥시키고자 노력하고 있다. 우리 시대 대강백이신 덕민스님께서 주지로 오신 뒤 창건 이후 천 수백 년 동안 묻혀 있던 기림사의 차문화를 부흥시키고자 노력하고 있다. 기림사는 창건당시 임정사(林井寺)였고, 절 내에 오종수(五種水)가 있었다는 사실을 지금도 확인해 볼 수가 있다. 그리고, 그 물을 길어 사라수대왕이 차를 달여 광유성인에게 공양했다는 헌다벽화를 통해 보면, 창건 당시부터 급수봉차(汲水奉茶)의 훌륭한 전통이 있었다는 사실을 알 수가 있다. 또한 신라왕자였던 김교각스님이 차 씨앗을 가져다 중국 구화산의 차문화를 일으켰듯 천년 후인 지금 기

림사에서 김교각스님의 차문화와 차정신을 이어서 절 주위에 차밭을 조성하여 금지차(金地茶)를 만들어 기림사를 찾는 사람들에게 차공양을 나누고 있다.

많은 사람이 경주에 가면 불국사와 석굴암을 주로 찾아가지만, 경주의 숨겨진 보물 같은 사찰이 기림사이다. 석가탑과 다보탑을 품고 있는 불국사, 동해의 일출을 바라다보고 있는 석굴암의 본존불과 보살상을 참배하는 것도 좋지만, 달을 품고 있는 산과 같은 함월산(含月山)의 기림사는 경주의 깊이 있는 멋과 맛을 간직하고 있다. 지금은 한국수력원자력 본사가 있는 불국사 앞 도로를 따라가지만, 예전에는 경주에서 동해를 가고자 하면 보문단지를 지나 덕동호의 구불구불한 길을 통했다. 그러므로 차를 즐기는 차인이라면 천년고도 경주 구경도 하고, 시간적으로 여유가 있다면, 덕동호를 따라 기림사 여행을 해보면 고적한 분위기를 느낄 수 있는 멋스러운 여행이 될 것 같다.

오늘 나는 천년의 역사와 전설을 간직한 기림사를 찾아가 오종수를 마시며 그 물로 달인 금지차를 마시며, 새천년의 우리 차문화를 가득 음미해보고 싶다. 뜻있는 차인이라면 한 번쯤은 기림사를 찾아 청정한 오종수 한 잔을 마셔보고, 약사전의 헌다벽화도 보고, 돌아오는 길에 '기다림(祈茶林)'이라는 찻집에서 오종수로 달인 금지차를 마시고 온다면 천년의 역사와 문화가 지금의 전설로 이어질 것 같다.

* 오종수(五種水): ① 맛이 으뜸이라는 '감로수(甘露水)' ② 그냥 마셔도 마음이 편안하다는 '화정수(華井水)', ③ 기골이 장대해진다는 '장군수(將軍水)', ④ 눈이 맑아진다는 '명안수(明眼水)', ⑤ 물빛이 너무 좋아 까마귀가 쪼았다는 '오탁수(烏啄水)'

9) 백련암 백련옥수(白蓮玉水)

백련암을 갈 때마다 왠지 '나무아미타불 관세음보살(南無阿彌陀佛 觀世音菩薩)'이라는 염불이 저절로 새겨지며, 다음의 게송이 생각난다.

아미타불이 어디 있는가,
마음을 잡아두고 간절히 잊지 마라,
생각하고 생각해서 생각이 없는 곳에 이르면,
육문(六根)에서 항상 금빛 광명이 빛나리라.

백련암은 고려 공민왕 22년(1373년), 월하스님이 창건하고 환성스님과 경허스님, 만해스님과 성철스님 등이 수행한 곳으로서, 큰 법당은 백련사(白蓮舍)라 하여 만일염불회(萬日念佛會)를 열었다고 한다. 이러한 전통은 오늘날에도 이어지고 있다.

현재 백련암(白蓮庵)은 조계종 초대 교육원장과 통도사 주지를 지내신 원산(圓山)스님이 계시는 암자이다. 암자 입구에 들어서면 산정약수라 쓰인 석비와 수도꼭지가 있어 많은 사람이 물을 길어다 먹고 있다고 한다.

잠시 고개 들어보면, 법당과 요사채가 보이고 오른쪽에 우뚝 솟은 은행나무 고목이 있다. 우리의 절집들이 저마다 아름다운 전설을 품고 있듯이, 왠지 덕 높으신 스승이 계실 것만 같다. 오랜만에 원산스님을 뵙고 차 한잔 마시며 백련암의 백련옥수(白蓮玉水)에 대해 여쭈어보았다.

'백련암 백련옥수(白蓮庵 白蓮玉水)'는 백련암에 계시는 원산 큰스님께서 영축산 옥산(玉山)에서 나오는 물이라 하여 백련옥수라 하셨다. '흰

백련암 백련옥수

연꽃처럼, 옥처럼 맑고 깨끗한 물'이라는 뜻이다. 원래는 비로암과 극
락암과 마찬가지로 '산정약수(山精藥水)'라 불렀으나, 이름이 중복되어
새로 백련옥수(白蓮玉水)라 바꾸었다.

　'산정약수(山精藥水)'는 극락암에 주석하시던 경봉 큰스님께서 영축
산 정기를 담은 물이라는 의미로 극락암과 비로암, 백련암의 '3대 산
정약수'가 유명했다. 어찌 보면 큰스님의 법맥을 이어가고 있는 비로
암의 원명 큰스님, 백련암의 원산 큰스님, 그리고 극락암의 명정 큰
스님이 생각난다. 경봉 큰스님의 한국선풍을 이어 세 분의 큰스님들
이 영축산을 지켜가고 있는 것 같다.

　'백련암 백련옥수'는 자연 그대로의 생명수로서 그 청정성 때문에
부산의 삼세한방병원에서 길어다 한약을 달여준다고 하며, 사진작가
로 유명한 주명덕은 오대산 우통수 물과 함께 통도사 백련암, 그리고

운문사 내원암 물이 특히 좋다고 하였단다. 평일임에도 불구하고 부산과 울산의 여러 사람이 와서 백련옥수를 길어가고 있었다.

백련암 백련옥수의 pH는 6.92로서 중성상태로 볼 수 있으며, 수중의 용존산소도 8.59mg/L 정도로 풍부한 편이고, 총 고형물질이 33.48mg/L 정도로 낮은 편이며, 유기물 오염도 거의 없는 청정한 상태의 물이다. 기타 중금속이나 농약 등도 전혀 없는 산중물로 오염되지 않은 순수상태의 물이고, 경도도 9.0mg/L로 매우 단물이다.

또한 '서운암 참샘약수'와 '옥련암 장군수'에서 보듯이 영축산 줄기의 수정광산을 통과해서인지 상대적으로 이산화규소 성분이 26.52mg/L 정도로 많아서 맛있는 물을 나타내는 O Index가 145 정도로 매우 높아 물맛이 매우 좋다.

통도사 산중 암자가 더욱 깊고 높은 것은 암자 곳곳에 역대 조사스님들과 큰스님들이 계시기 때문이다. 창건 이후 끊이지 않고 이어지는 유려한 법맥처럼 산중 깊은 곳의 수맥들이 이어져서 오늘도 맑은 감로수를 전해주고 있다.

지금도 백련암의 백련옥수 또한 영축산 깊은 계곡의 흰 연꽃 같은 청정한 청수를 끊임없이 보시해주고 있다. 이따금 시간 날 때 백련암을 찾아가면, 연꽃이 피어나듯 곳곳에 감로수 같은 그득한 청정수를 맛볼 수 있을 것이다.

표 1. 백련암 백련옥수의 현장 수질분석 결과

약수명	온도(℃)	pH	DO (mg/L)	탁도 (NTU)	전기전도도 (μS/cm)	TDS (mg/L)
먹는 물 수질 기준	–	4.5~9.5	–	–	–	–
백련암 백련옥수	17.85	6.92	8.59	0.11	44.55	33.48

표 2. 백련암 백련옥수의 수질분석 결과(심미적 영향물질 1)

약수명	심미적 영향물질에 관한 기준				
	경도 (mg/L)	과망간산칼륨 소비량 (mg/L)	냄새	맛	구리 (mg/L)
먹는 물 수질 기준	300mg/L	10mg/L	냄새가 없을 것	맛이 없을 것	1mg/L
백련암 백련옥수	9.0	1.0	없음	없음	불검출

표 3. 백련암 백련옥수의 수질분석 결과(심미적 영향물질 2)

약수명	심미적 영향물질에 관한 기준					
	증발 잔류물(mg/L)	철 (mg/L)	망간 (mg/L)	탁도 (NTU)	황산이온 (mg/L)	알루미늄 (mg/L)
먹는 물 수질 기준	500mg/L	0.3mg/L	0.3mg/L	0.5NTU	200mg/L	0.2mg/L
백련암 백련옥수	18.0	불검출	불검출	0.11	불검출	불검출

표4. 백련암 백련옥수의 수질분석 결과(물맛 기준)

약수명	물맛 기준					총유기탄소(TOC) (mg/L)
	나트륨이온(Na) (mg/L)	칼슘이온 (Ca) (mg/L)	마그네슘이온(Mg) (mg/L)	칼륨이온 (K) (mg/L)	이산화규소(SiO2) (mg/L)	
백련암 백련옥수	1.8	2.3	0.2	0.2	26.52	0.65

표5. 백련암 백련옥수의 물맛 평가

약수명	O Index(맛있는 물)	K Index(건강한 물)	비고
물맛 기준	2 이상	5.2 이상	-
백련암 백련옥수	145.11	0.73	맛있는 물

10) 보림사 약수(寶林寺藥水)

장흥 보림사(寶林寺)에 가보셨는지요? 보림사의 비자림과 샘물, 그리고, 청태전을 맛보셨는지요?

추운 겨울에 한 번쯤은 남도의 깊은 곳에 위치한 장흥의 보림사를 찾아가 보는 것도 좋을 것 같다. 20세기 시작된 하동, 보성, 장흥으로 이어지는 남도의 차 바람은 이제 한국차의 미래이기도 하다. 탐진댐을 지나 깊은 비자림 숲속에 안겨있는 장흥 보림사는 정말 보배로운 숲이 숨겨져 있는 곳이다. 그 숲 깊은 곳에서 우러나오는 샘물은 마냥 청정하기만 하다.

오래전 차박람회에서 청태전(靑苔錢)이라 부르는 엽전 모양의 발효차를 맛보고, 그 맛이 향기롭고 좋아 여러 잔을 거듭 마셨던 적이 있다. 장흥 지방은 예로부터 야생차가 자생하는 곳으로서 삼국시대부터 전해오는 청태전이라고 불리는 떡차로 만든 차이다. 예전에 백양사 조실이신 수산스님이 법제한 선차를 마셔보니 그 맛과 향이 독특하고, 속이 편안해서 자주 마셨던 적이 있다. 그 이후 제맛 나는 차를 만난 것 같아 마음이 흡족했다. 최근 장흥군에서도 그동안 사라져버린 옛 선인들이 즐겨왔던 고유발효차인 청태전의 명성을 찾기 위한 노력의 하나로서 '장흥청태전'을 지리적 표시인증과 상표등록하고 품질인증기준을 표준화하는 등 특성화하는 것 또한 바람직하다. 우리

보림사 약수

차의 특성을 살려 독특한 맛과 품격을 살려 차인들에게 제공한다는
것보다 중요한 일이 없기 때문이다. 그 중심에 보림사가 있다. 오랜
만에 전국의 약수 조사를 하면서 보림사를 다시 찾았다. 마침 주지스
님이신 일선스님께서 시간을 내어 직접 차를 내주셨다. 보림사 차밭
에서 만든 선차이기에 옛 보림사의 영광을 마주하는 기분이었고, 남
도의 깊은 곳에서 이미 새로운 변화가 시작됨을 느낄 수가 있었다.

보림사 사적기 등에 의하면, 보림사를 창건한 원표대사는 당나라
때 중국 땅을 밟은 뒤 인도에 가서 『화엄경』 80권을 짊어지고 돌아와
복건성 지제산의 나라암굴에서 수행을 했다고 한다. 그때 지제산에
서 움막을 지은 뒤 나무 열매의 액체를 마시고 수행하였는데, 그 나
무가 바로 차나무였다고 한다. 그 이후 신라로 돌아와 보림사를 창건

하고, 불법을 펼치다가 열반하셨다고 한다. 역사적으로 볼 때, 보림사는 신라시대 구산선문의 하나로서 759년 창건된 고찰로서 선종을 맨 먼저 도입한 사찰이며, 구산선문 중 하나인 가지산파의 근본 도량이기도 하다.

또한 장흥의 청태전은 보림사가 창건된 통일신라시대 때부터 마시던 차로서 세종실록, 동국여지승람 등에 장흥의 차 이야기 또는 청태전 이야기가 전해지고 있다. 특히 장흥은 고려시대 전국 19곳의 다소(茶所) 가운데 13개 소가 이곳에 밀집해 있었을 만큼 차와 샘의 본산이라 할 수 있다. 대부분의 차는 잎을 덖어서 만들지만, 청태전은 시루에 찌고 맷돌에 빻아 틀에 넣어 만들어서 그 생김새가 엽전처럼 생겼다 해서 전차, 돈차로 불렸으며, '청태전'이라는 이름은 고형차를 만들어 처마 밑에 줄줄이 꿰어 널어놓은 모양이 푸른곰팡이가 생긴 것이나, 걸려있는 모습이 장흥 바닷가에서 채취한 김의 일종인 '청태'의 빛깔과 같다 하여 청태전으로 부르게 되었다는 이야기 등이 전해지고 있다. 그러나 오랫동안 그 이름만 전해져 오다가 청태전을 되살리고자 하는 보림사스님과 차인들에 의해 다시 만들어져 최근 많은 각광을 받고 있다.

무엇보다 장흥 보림사는 천년의 역사와 전통이 있는 소중한 곳이다. 청태전이라는 경쟁력 있는 차도 그렇지만, 보림사 비자림숲에서 흘러나오는 보림사 샘물 또한 유명하기 때문이다.

보림사 내 너른 마당 한가운데에 늘 일정한 수량을 유지하는 약수로서 한국자연보호협회가 한국의 명수(名水)로 지정하였으며, 우리나라에서 열 손가락 안에 드는 좋은 물로 지정되기도 한 샘물이기도 하다.

보림사는 역사적으로나, 문화적, 생태적으로 매우 중요한 지역이다. 보림사는 통일신라시대 759년 창건되어 올해로 1255년이 된 고찰로서 사찰 경내에 2개의 국보와 8개의 보물(국보 제44호인 3층 석탑 및 석등, 국보 제117호인 철조비로자나불좌상, 보물 제155호인 동부도, 보물 제156호인 서부도, 보물 제157·158호인 보조선사 창성탑 및 창성탑비) 등 소중한 문화재들도 많이 간직한 문화재의 보고이기도 하다. 이 밖에도 가지산자락의 야생차밭, 비자림, 산림욕장 등 생태적으로 가치가 높은 자연유산을 간직하고 있는 우리 시대의 소중한 복합유산 지역이기도 하다.

또한 보림사는 절 뒤의 산에는 150~300년생 이상 되는 비자나무 600여 그루로 이루어진 천연 비자림숲이 군락을 이루고 있다. 이 숲은 1982년 산림자원 보호림으로 지정되었고, 최근 아름다운 숲 전국대회에서 '아름다운 숲'으로 지정되기도 했다. 특히 비자나무 숲 3만평에 야생 녹차나무가 자생하고 있다. 이곳의 차나무는 원표대사와 도의선사가 당나라에서 40여 년 동안 유학을 마치고 귀국하면서 심었다고 전해지고 있다. 보조선사 창성탑비에 금석문으로 "스님들이 사찰 주변에서 난 찻잎을 채취하여 쪄서 동전 모양으로 말린 뒤 길을 떠나거나 할 때 약용으로 마셨던 차가 있었다. 이 차는 덖어서 만드는 여느 녹차와 달리 푸른 이끼가 낀 것 같다고 해서 '청태전'이라는 이름이 붙었다."고 하며, 녹차는 보통 1~2년이 넘으면 묵은 차가 돼 맛이 떨어지는데, '청태전'은 발효차로 오래 둘수록 깊은 맛이 나고 좋아진다는 점이다.

지금의 보림사는 분명히 21세기 새로운 전환기를 맞이하고 있다. 일선스님께서 주지로 부임하셔서 보림선차의 옛 영광을 되살리고자 노력하고 있고, 장흥군에서도 특화사업의 하나로서 보림사 권역을 치유와 명상단지로 조성해 건강과 활력이 넘치는 곳으로 만드는 데 주력하고 있기 때문이다.

지난여름 방학 기간 중 보림사 약수를 조사하러 갔는데, 바쁘신 와중에서도 차를 대접하며 보림사의 선차를 부흥하기 위한 계획과 의지를 피력하셨다. 그리고, 불사 중에 비자림숲과 차밭에서 나오는 새로운 샘물을 발견했는데, 찻물로 이용하면 좋을 것 같다고 하셨다. 보림사 약수는 샘물의 양도 풍부하고, 수원 자체가 비자림숲과 차밭에서 나오는 물이어서 맑고 깨끗하고 시원하다. 보림사 약수의 수질 또한 매우 양호하다. 보림사 약수의 수질 특성을 살펴보면, pH는 6.34 정도로 약간 산성에 가깝고, 건강상 유해한 무기물과 유기물도 검출되지 않았으며, 경도도 9.2mg/L 정도로 매우 연한 단물로 나타났다. 물맛 기준의 지표인 칼슘(Ca)이온은 1.4-1.9mg/L, 규소(Si)이온은 3.4-3.6mg/L 정도로 나타나 물맛 평가지수인 맛있는 물지수(O Index)가 16.62로서 매우 맛있는 물로 나타나고 있다. 어찌 보면 오염되지 않은 청정지역이어선지 거의 빗물과 같은 맑고 청정한 수질을 나타내고 있다. 물이 맑으니 이 물로 차를 마신다면, 차맛 그대로의 맛을 순일하게 잘 우려낼 것 같다.

표 1. 보림사 약수의 현장 수질분석 결과

약수명	온도(℃)	pH	DO (mg/L)	탁도 (NTU)	전기전도도 (μS/cm)	TDS (mg/L)
먹는 물 수질 기준	−	4.5~9.5	−	−	−	−
보림사 약수	15.90	6.34	8.45	1.01	18.00	15.7

표 2. 보림사 약수의 수질분석 결과(심미적 영향물질 1)

약수명	심미적 영향물질에 관한 기준				
	경도 (mg/L)	과망간산칼륨 소비량 (mg/L)	냄새	맛	구리 (mg/L)
먹는 물 수질 기준	300mg/L	10mg/L	냄새가 없을 것	맛이 없을 것	1mg/L
보림사 약수	9.2	0.9	없음	없음	불검출

표 3. 보림사 약수의 수질분석 결과(심미적 영향물질 2)

약수명	심미적 영향물질에 관한 기준				
	증발 잔류물 (mg/L)	철 (mg/L)	망간 (mg/L)	황산이온 (mg/L)	알루미늄 (mg/L)
먹는 물 수질 기준	500mg/L	0.3mg/L	0.3mg/L	200mg/L	0.2mg/L
보림사 약수	32.0	불검출	불검출	불검출	0.06

표 4. 보림사 약수의 수질분석 결과(물맛 기준)

약수명	물맛 기준					총유기탄소(TOC) (mg/L)
	나트륨이온(Na) (mg/L)	칼슘이온 (Ca) (mg/L)	마그네슘이온(Mg) (mg/L)	칼륨이온 (K) (mg/L)	이산화규소(SiO2) (mg/L)	
보림사 약수	0.924	1.910	0.605	0.374	7.77	0.53

표 5. 보림사 약수의 물맛 평가

약수명	O Index(맛있는 물)	K Index(건강한 물)	비고
물맛 기준	2 이상	5.2 이상	–
보림사 약수	16.62	1.11	맛있는 물

절 뒤편의 비자림숲과 차밭을 가보니, 수백 년 묵은 비자림의 깊이 감도 좋았고, 그 주위에 틈틈이 뿌리를 내려 자라고 있는 차들도 건강해 보였다. 그 틈 사이를 흐르는 물줄기들이 모여 이룬 샘물은 맑

고 청정했다. 아직 공사가 마무리되지 않아서 고인 채로 물을 흐르게 했지만, 차맛을 즐기는 사람이 물맛을 즐기지 않을 수는 없는 일이기에 한 바가지 떠서 마셔보니 적어도 수백 년 이상 된 비자나무와 차나무 뿌리로 걸러 나오는 물맛이 참 시원하고 달다. 보림사 선차와 물맛이 조화롭게 어울리며 우리 시대 소중한 차의 본향이 하나 탄생됨을 알 수가 있었다. 예로부터 호포천과 용정차처럼 좋은 차와 좋은 물은 궁합이 잘 맞는다고 하였다. 보림사의 선차와 보림사의 약수는 그 근원이 같기에 서로 잘 어울리고 조화로운 차맛을 잘 드러낼 것 같다. 아무쪼록 보림사 선차와 약수로 21세기 한국차의 영광이 되살려지기를 고대하게 된다.

11) 건봉사 장군수

금강산은 우리나라 사람이라면 누구든 가보고 싶은 곳 중 하나이다. 건봉사는 금강산자락에 의연하게 있는 잊힌 고찰이다. 이순신 장군의 영화 「명량」을 보면, 싸우는 군사 중에 스님들이 있음을 볼 수가 있다. 스님들도 나라가 위급할 때 모여 승병을 구성하여 싸웠음을 알 수가 있고, 임진왜란 때 승병들이 모여 있던 대표적인 곳이 바로 금강산 건봉사이다. 많은 승병이 모였기에 그만큼 풍부하고 깨끗한 물이 필요했고, 그중에서도 대표적인 승병장이었던 서산대사와 사명대사가 계셨던 곳의 약수들을 장군수(將軍水)라 부르고 있다.

건봉사는 우리나라 동쪽의 가장 높은 곳에 있다. 고성군 거진읍 냉천리에 있는데, 6·25 전쟁이 나기 전까지만 해도 31 본산의 하나였고, 520년에 아도스님이 창건하여 1,500년 이상의 역사를 간직한 유서 깊은 사찰이기도 하다. 만 일 동안 염불하여 극락왕생하였다는 우

건봉사 장군수

리나라 염불만일회가 처음으로 시작된 곳이기도 하다. 도선스님과
나옹스님 등이 중수하였고, 조선시대 세조가 행차하여 자신의 원당
으로 삼은 사찰이기도 하다. 유명한 물을 답사하다 보면 세조대왕 이
야기가 많이 나온다. 오대산 상원사와 속리산 복천암도 그렇듯이 말
이다. 그만큼 활동이 많았던 임금이었고, 본인 스스로가 피부병 등으
로 고생하였기에 아마도 중요한 명수들을 찾아다닌 것이 아닐까 하
는 생각이 든다.

　오랜만에 동해안을 타고 울진, 강릉, 속초를 거쳐 건봉사를 가보았
다. 동해의 시원한 바람과 바다가 마음을 상쾌하게 해주었고, 청정한
도량의 기운이 냉천(冷泉)이라는 동네 이름처럼 뼛속 깊이 저며 왔다.

저녁 늦게 도착하여 날이 어두워지기 시작하였으므로 우선 여장을 풀자마자 장군수를 찾아갔다. 절의 주차장에서 오른편으로 가다 보면, 산 능선 쪽으로 낮은 지대가 있고 산중의 흙 속에서 맑은 물이 콸콸 나온다. 그냥 봐도 금강산자락의 물이 모여 흘러 이곳으로 집중되어 나오고 있음을 알 수가 있었다.

좋은 물의 기본적인 조건을 두 가지이다. 첫째, 수질이 오염되지 않고 맑아야 한다는 점이고, 둘째, 수량이 풍부해서 가물어도 마르지 않는다는 점이다. 그런 면에서 건봉사 장군수는 한눈에 봐도 아무리 가물어도 마르지 않는 청정한 물임을 알 수가 있었다. 한 바가지 떠서 물맛을 보니 그야말로 차가우면서도 맑고 시원했다. 심신의 나른함을 일깨우고 온몸이 정화되는 느낌이 들었다. 정말 오랜만에 청정한 오지에 오염되지 않은 순수한 물을 마시는 느낌이었다. 장군수라 불리는 여러 물 중에서도 정말 수천 명의 승병들이 모여 마실 수 있을 정도의 물이라는 생각이 들었다. 우리나라 동쪽의 최북단의 깊은 곳에 있지만, 그래도 한번은 가서 장군수의 시원함과 활수함을 느끼고 오면 좋을 것 같다. 절에 내려오는 이야기에 의하면, 장군수는 무색, 무미, 무취의 광천약수로 임진왜란 당시 국난극복을 위해 의승병을 일으킨 사명대사께서 전국의 승려들을 건봉사에서 훈련시키면서 이 물로 몸을 씻게 하고, 음용토록 하여 각종 질병을 퇴치했다고 한다.

건봉사 장군수의 수질은 매우 맑고 좋다. 출입이 제한된 휴전선 인근의 군사지역에 있어서인지 우선 사람 발길이 적어 오염되지 않았고, 금강산자락에서 능선 따라 흘러 나와서인지 수질 또한 맑고 청정하고, 물맛 또한 시원하다. 그 점은 다음 표에 나타난 바와 같이 수질조사 결과에서도 잘 드러난다.

장군수의 pH는 7.0으로 중성으로 나타내고 있다. 장군수는 수중

용존산소도 10.8mg/L 이상으로 풍부한 편이며, 수중에 녹아있는 이온성 물질이나 고형물질도 각각 35.5mg/L, 43.3mg/L로 비교적 적은 것으로 나타났다. 경도는 17mg/L 정도로 매우 연한 단물이고, 칼슘이온이 4.5mg/L이고, 규산성분이 34.8mg/L로 많이 나타나고 있다. 아마도 인근의 토양특성상 사토질 성분속의 규소성분들이 많이 용출되어 물맛이 맑고 좋은 것으로 확인되고 있다. 기타 유기물 오염도 거의 없고, 농약, 그리고, 중금속 등 다른 오염물질들도 없는 맑고 깨끗한 물로 나타났다.

장군수에 대해 물맛 기준으로 평가해본 결과, 장군수의 O Index(맛있는 물 지표)는 14.7로 매우 맛있는 물로 나타나고 있다.

표 1. 건봉사 장군수의 현장 수질분석 결과

약수명	온도(℃)	pH	DO (mg/L)	전기전도도 (µS/cm)	TDS (mg/L)
먹는 물 수질 기준	–	4.5~9.5	–	–	–
건봉사 장군수	13.7	7.0	10.8	35.5	43.3

표 2. 건봉사 장군수의 수질분석 결과(심미적 영향물질 1)

약수명	심미적 영향물질에 관한 기준				
	경도 (mg/L)	과망간산칼륨 소비량 (mg/L)	냄새	맛	구리 (mg/L)
먹는 물 수질 기준	300mg/L	10mg/L	냄새가 없을 것	맛이 없을 것	1mg/L
건봉사 장군수	17.0	0.9	없음	없음	불검출

표 3. 건봉사 장군수의 수질분석 결과(심미적 영향물질 2)

약수명	심미적 영향물질에 관한 기준					
	증발 잔류물(mg/L)	철 (mg/L)	망간 (mg/L)	탁도 (NTU)	황산이온 (mg/L)	알루미늄 (mg/L)
먹는 물 수질 기준	500mg/L	0.3mg/L	0.3mg/L	0.5NTU	200mg/L	0.2mg/L
건봉사 장군수	33	불검출	불검출	0.38	2.0	0.03

표 4. 건봉사 장군수의 수질분석 결과(물맛 기준)

약수명	물맛 기준					총유기탄소(TOC) (mg/L)
	나트륨이온(Na) (mg/L)	칼슘이온 (Ca) (mg/L)	마그네슘이온(Mg) (mg/L)	칼륨이온 (K) (mg/L)	규산(SiO2) (mg/L)	
건봉사 장군수	2.3	4.5	0.7	0.5	34.8	0.22

표 5. 건봉사 장군수의 물맛 평가

약수명	O Index(맛있는 물)	K Index(건강한 물)	비고
물맛 기준	2 이상	5.2 이상	–
건봉사 장군수	14.7	2.5	맛있는 물

안타깝게도 금강산을 가보지 못한 사람이기에 금강산의 아름다움을 뭐라 표현할 수는 없지만, 금강산자락의 물을 통해 보면 그만큼 청정하고, 기상이 있으리라는 생각이 들게 된다.

오늘 그 아쉬움을 달래며 건봉사 장군수를 마셔본다. 물맛처럼 시원하게 민족의 염원인 평화통일이 원만하게 이루어지기를 고대하게 된다.

12) 용구산 용흥사(龍興寺) 약수

영산강 발원지인 용소(龍沼) 조사를 갔다가 산 건너편에 용흥사가 있고, 약수가 좋다는 이야기를 들어서 가는 김에 들러보게 되었다. 한 번에 두 곳의 약수를 조사하게 되니 그야말로 일석이조(一石二鳥)라는 생각이 들었다. 일정상 용흥사 주지이신 덕유스님과의 일정을 맞추기 위해 용흥사부터 가기로 했다.

10년 전 담양에 갔다가 용흥사를 들러본 적이 있었다. 그때는 여름철이어서 계곡에 사람들이 붐볐던 것 같다. 늦가을 단풍이 떨어지고 경내 감나무에 붉은 감들이 알알이 달려있어 참 보기가 좋았다. 경내를 둘러보다가 마침 주지스님께서 법당 앞마당에 계시다가 위를 보고 접견실로 오라 해서 법당에 참배하고 들어갔다. 현 조계종 총무원장이신 진우스님께서 손님을 접대하는 차실이라면서 물을 끓여 차를 내주었다. 대부분의 절 객실이 좌식인데, 이곳은 입식으로 의자에 앉아 편히 마실 수 있었고, 용흥사는 백양사 말사여서 고불총림 방장이신 서옹스님이 쓰신 '있는 곳마다 주인공으로 살라'는 '수처작주(隨處作主)' 글씨가 걸려있어 반가웠다. 다실에 걸기 좋은 글씨와 그림인 다서화(茶書畫)로서 서옹스님의 글씨는 정말 좋다. 임제록에 나오는 수처작주의 정신을 잘 구현한 듯한 작품이고, 글씨가 시원하고 걸림 없는 참사람의 모습이 잘 드러나 있기 때문이다.

용흥사는 천년고찰인 만큼 전해지는 이야기가 많다. 백제에 불교를 전했던 간다라 지역에서 온 마라난타스님이 창건했다고 전해진다. 원래 이름은 용처럼 생긴 용구산 용구사(龍龜山 龍龜寺)라 했다가 임진왜란으로 전소된 후 복원하면서 용구산 용흥사(龍興寺)로 바뀌었다고 한다. 오늘날 남아 있는 부도에서 보듯이 용흥사는 7개의 암자

용흥사 약수

에 많은 고승이 주석하며 불법(佛法)을 폈던 호남 제일의 가람이었다고 한다. 조선 후기 임금 영조의 생모인 숙빈 최씨가 이 절에서 기도를 하고 신분이 상승한 뒤 그 은혜를 갚는다며 당우를 더 세우고 산 이름도 바꾸었다. 용흥사는 대가람으로 석가모니불 좌상, 자씨미륵보살 입상, 제화갈라보살 입상, 아미타불 좌상 등 50여 점의 성보(聖寶)가 있었는데 일제가 약탈하고 전쟁으로 소실됐다고 한다.

조선 말 왕실의 비호를 받는 용흥사는 왕조가 기울자 호남 의병의 근거지로 일제에 저항하다 48동의 가람이 일본군에 의해 불탄 것을 모정선사가 1930년부터 10여 년에 걸쳐 11동을 복원했는데 한국전쟁 당시 국군에 의해 다시 전소되었고, 임시 법당과 요사채만 있던 사찰은 현 조계종 총무원장이신 진우스님이 2000년 주지 소임을 맡은 뒤 20여 년에 걸친 불사로 오늘날과 같은 가람을 일신하였다고 한다.

2011년 동국대 불교학술원이 조사하여 공개한 고서와 사료는 초의 스님의 유품을 비롯해『가흥대장경』57권,『사기(私記)』74권 등 용흥사가 소장하고 있는 총 851점 등이 있다. 이 가운데 초의스님 관련 유품은 초의스님의 가사와 낙관, 스님이 책을 보관했던 목함, 친필 수초본, 다구 등을 보관하고 있어서 초의선사 연구에 중요한 자료로 판단된다.

주지스님과 차담을 나누며, 용흥사 약수에 대해 여쭈어봤더니 예전에는 용흥사에서 식수로 계곡물을 먹었는데 우연히 바위틈에서 나오는 석간수를 찾아서 사용하고 있다고 한다. 용흥사는 산 전체가 맥반석 암반이어서 물이 맑아 물을 받아 두세 달 동안 그냥 놔둬도 이끼가 끼지 않고, 차맛이 좋다고 하셨다. 차실에 석간수를 끌어온 수도꼭지가 있어 가져간 수질 측정기로 그 물을 측정해 보았더니 총고형물도 매우 낮은 것으로 보아 물이 맑고 순수함을 확인할 수가 있었다. 주지스님 말씀대로 석회가 없고, 같은 석간수(石間水)여도 맥반석 암반에서 나오는 물이어서 물이 깨끗하게 정화되었음을 확인할 수가 있었다. 마침 용흥사 약수로 물을 끓여 현 조계종 총무원장이신 진우스님께서 선물로 준비했다는 보이 노차를 마셨다. 차맛이 매우 맑고 편안했다.

수질분석을 위해 물을 채수하고자 했더니 스님께서 중대암의 물이 바위틈에서 나오는 석간수여서 연중 마르지 않고 여름철엔 손도 담그지 못할 정도로 시원하고, 겨울철에는 따뜻하다고 그곳 물을 채수하자고 하셔서 그 물도 같이 채수하러 갔다. 스님 말씀대로 중대암 물은 바위틈에서 나오는 석간수로 최근 가물어서 물양은 다소 줄었지만 계속 월류되어 흐르고 있다.

용흥사 약수와 용흥사 중대암 약수의 수질은 두 곳 모두 산 정상부의 수질 특성을 그대로 잘 나타내고 있다. 약수의 중성 여부를 나타내는 수소이온농도(pH)도 용흥사 약수와 중대암 약수 모두 7.56과

7.53으로 중성 상태보다 약간 높은 약 알칼리 상태이고, 수중에 녹아 있는 용존산소(DO)도 6.59와 5.88mg/L로 다소 차이가 나는데 이것은 중대암 약수의 경우 다소 정체된 영향인 것으로 보이며, 구리나 비소 등 중금속류도 검출되지 않았고, 기타 인공 합성화학물질 등 유해물질들도 검출되지 않는 등 전반적으로 유기물과 무기물, 인공 합성화합물질도 거의 없는 맑고 깨끗한 물로 나타났다.

용흥사 약수와 용흥사 중대암 약수의 경도는 15.2와 24.0mg/L로 매우 부드러운 단물(軟水)로 나타났고, 총고형물 또한 비교적 낮은 45.5와 51.1mg/L이고, 유기물 오염지표인 과망간산칼륨 소비량도 0.4와 0.3mg/L, 총유기탄소량(TOC)도 0.3과 0.1mg/L로 매우 낮아 유기물로 인한 오염도 없는 순수상태의 청정한 물로 두 곳의 약수 모두 시판되는 생수보다 맑은 측정치를 나타내고 있다.

또한 용흥사 약수와 용흥사 중대암 약수의 물맛 평가를 살펴보면, 맛있는 물 지수인 O Index는 4.53, 건강한 물 지수인 K Index는 3.08로 나타났으며, 두 곳 모두 맛있는 물로 나타났다.

표 1. 용흥사 약수 현장 수질분석 결과

약수명	온도(℃)	pH	DO (mg/L)	탁도 (NTU)	전기전도도 (μS/cm)	TDS (mg/L)
먹는 물 수질 기준	–	4.59.5	–	–	–	–
용흥사 약수	8.8	7.56	6.59	0.12	69.6	45.5
용흥사 중대암 약수	11.2	7.53	5.88	0.15	79.5	51.1

표 2. 용흥사 약수의 수질분석 결과(심미적 영향물질 1)

약수명	심미적 영향물질에 관한 기준				
	경도 (mg/L)	과망간산칼륨 소비량 (mg/L)	냄새	맛	구리 (mg/L)
먹는 물 수질 기준	300mg/L	10mg/L	냄새가 없을 것	맛이 없을 것	1mg/L
용흥사 약수	15.2	0.4	없음	없음	불검출
용흥사 중대암 약수	24.0	0.3	없음	없음	불검출

표 3. 용흥사 약수의 수질분석 결과(심미적 영향물질 2)

약수명	심미적 영향물질에 관한 기준				
	증발 잔류물 (mg/L)	철 (mg/L)	망간 (mg/L)	황산이온 (mg/L)	알루미늄 (mg/L)
먹는 물 수질 기준	500mg/L	0.3mg/L	0.3mg/L	200mg/L	0.2mg/L
용흥사 약수	35.0	불검출	불검출	2.00	불검출
용흥사 중대암 약수	39.0	0.003	불검출	3.79	불검출

표 4. 용흥사 약수의 수질분석 결과(물맛 기준)

약수명	물맛 기준					총유기탄소(TOC) (mg/L)
	나트륨이온(Na) (mg/L)	칼슘이온 (Ca) (mg/L)	마그네슘이온(Mg) (mg/L)	칼륨이온 (K) (mg/L)	이산화규소(SiO2) (mg/L)	
용흥사 약수	1.4	2.8	0.8	0.5	20.28	0.30
용흥사 중대암 약수	4.9	7.3	1.4	0.6	15.43	0.10

표 5. 용흥사 약수의 물맛 평가

약수명	O Index(맛있는 물)	K Index(건강한 물)	비고
물맛 기준	2 이상	5.2 이상	-
용흥사 약수	8.42	1.58	맛있는 물
용흥사 중대암 약수	4.53	3.08	맛있는 물

* 기타 중금속류, 농약 등 합성화합물질은 불검출됨.

　원래 절 이름에 '용(龍)'자나 '천(泉)'자가 있는 경우에는 좋은 약수가 있는 경우가 많다. 용흥사는 영산강 발원지인 용소와 같이 산중 깊은 곳에 있어 자연 그대로의 순수한 정기를 지닌 맑은 물을 간직하고 있다. 그와 같은 청량한 바람이 용(龍)같이 일어나서 온 세상에 청정한 기운이 가득하길 바라게 된다.

　언제든 남도의 깊은 산중에 있지만, 한번 찾아가 본다면, 그만큼 아름답고 순수한 정기를 가득 담아 올 것 같고, 그물로 차를 달여 마시면 차맛 또한 더욱 좋을 것 같다.

4. 기타 산중약수들

앞 절에서 한국의 명산명수(名山名水)로서 7대 지역의 약수들에 대해 살펴보았고, 한국의 주요 산중약수(山中藥水)로서 23곳의 약수와 우리나라를 대표하는 12대 약수(藥水)들을 소개하였다. 본서에서는 자연공원 지역 내 사찰 약수들을 중심으로 소개한 것은 현재 사용하고 있고, 잘 관리되고 있기 때문이다.

이 밖에도 본서에 소개하지 않은 약수 중에 통도사 옥련암 장군수, 자장암 약수, 비로암 산정약수, 통도사 용유천, 법주사 감로수, 정암사 약수, 오대산 중대 약수, 봉선사 약수, 자재암 원효샘, 쌍계사 약수, 붓당골 약수, 대흥사 만년수와 서래수, 두륜산 오소재 약수, 용문사 약수, 봉영사 약수, 불영사 약수, 석굴암 감로수, 우곡사 약수, 제주 관음사 약수, 범어사 금정암 약수, 김해 서래골약수 등 여러 곳의 약수들이 찻물로 사용하기 좋다고 본다.

문제는 차인으로서 우리 주위의 약수터를 찾아 찻물로 사용하고자 하는 관심과 노력이 필요하다고 본다. 그리고 무엇보다 중요한 것은 좋은 약수는 지금 우리가 잘 사용하여야 하고, 잘 관리되어야 한다. 그런 측면에서 우리 주위의 소중한 약수터들을 제대로 관리하려는 노력이 개인 차원이건, 지자체 차원에서 체계적으로 이루어져야 할 것으로 판단된다.

참고문헌

격월간 「차인」(차인), 목우차문화칼럼 1~82, 2011~2024.7/8

월간 「등불」, 통도사 약수를 찾아서: 차지종가 통도명수(茶之宗家 通度名水) ①~⑫, 2018

이병인·이영경, 『통도사 사찰약수』, 조계종출판사, 2018

이병인 외, 『수질 및 수자원관리』, 대학서림, 1999

『기림사 사적기』

『통도사 사적기』

이규보, 『동국이상국집(東國李相國集)』 권 13

성현, 『용재총화(慵齋叢話)』

최성민, 『샘 샘 생명을 마시러 간다』, 1995, 웅진출판

혜우스님, 『혜우스님의 찻물기행』, 초롱, 2007

한국수자원공사, 『물의 과학』, 1991

민병준, 『한국의 샘물』, 대원사, 2000

최성민, 『우리 샘 맛난 물』, 한겨레신문사, 1993

공승식, 『워터 소믈리에가 알려주는 61가지 물 수첩』, 우등지, 2012

허정, 『약이 되는 물 독이 되는 물』, 중앙일보사, 1992

王秋墨, 『名山名水名茶』, 中國輕工業出版社, 2006

대한불교조계종 환경위원회 사찰상수연구팀, 「사찰상수 수질관리 방안연구」, 2014. 12.

대한불교조계종 환경위원회 사찰약수연구팀, 「사찰약수 수질 특성조사 및 종합 관리 방안연구」, 2016. 12.

가지산도립공원의 자연환경: 통도사지구를 중심으로, 세종출판사, 2014.3.17.

Frits van der Leeden, Fred L. Troise, David Keith Todd, The Water Encyclopedia 2nd ed., Lewis Pub., 1990

이병인 외, 「찻물의 이화학적 수질 특성에 관한 연구」, 한국차학회지 21 ⑵, 2015,
    45-53

이병인 외, 「차㈜문헌에 나타난 약수의 수질 특성에 관한 연구」, 한국차학회지
    23 ⑵, 2017, 31-3

이병인 외, 「국내 차㈜문헌에 나타난 샘물의 물맛평가에 관한 연구」, 한국차학회
    지 23 ⑷, 2017, 27-34

이병인외, 「통도사지역 차샘의 이화학적 수질 특성에 관한 연구」, 한국차학회지
    24 ⑶, 2018, 48-56

이병인외, 「물맛 평가지표를 이용한 우리나라 물의 수질 특성 연구」, 한국차학회
    지, 제21권 제4호, pp. 38-45, 2015.12.31.

이병인 외, 「자연공원 내 주요 음용수의 수질환경평가」, 한국도시환경학회지, 제
    18권 제4호, 2018.12.

이병인 외, 「가야지역 샘물의 수질 특성연구」, 한국차학회지, 제28권 제2호,
    2022.6

권정환, 「고문헌에서 찻물로 이용된 약수의 적합성 연구」, 부산대학교 대학원 석
    사학위논문, 2016

변영순, 「찻물의 문헌고찰과 차의 침출성분에 관한 연구」, 원광대학교 대학원 박
    사학위논문, 2022.6.

전동복, 「문헌을 통한 찻물고찰」, 목포대학교 대학원 석사학위논문, 2007

김은아, 「중국의 찻물평가와 지리배경」, 계명대학교 대학원 석사학위논문, 2011

연구과제

제8장

맺는말

깊은 물은 조용히 흐른다.

(Still waters run deep.)

제8장

맺는말

오늘날 우리나라는 환경오염으로 인해 가정에서도 정수기와 공기 청정기가 필수품이 된 시대를 살고 있다. 먹는 물에 대해서도 수질적 안정성을 추구하며, 물을 선택하는 시대에 우리는 살고 있다. 여러 수질오염 사고로 인하여 수돗물에 대한 불신으로 가정 내에서도 정수기와 생수가 음용수로 사용하고 있다. 그런 면에서 차를 즐기는 차인들은 제대로 된 차맛을 드러내기 위한 노력으로서 찻물 선택에 관한 관심이 높아지고 있다.

본서는 지난 삼십여 년 동안 이백여 곳의 전국의 약수를 찾아 답사한 결과물들을 정리한 것이다. 이 작업은 현재도 사용하고 있고, 역사상 주요 문헌에 기록된 찻물들을 찾아다니는, 과거와 현재, 그리고 미래로 이어지는 시간여행이기도 하였다.

답사 결과 산자수명(山紫水明)이라, '좋은 산(名山)엔 좋은 물(水)이 있다(名山名水)'는 사실을 확인하게 되었다. 아직까지도 차 마시기 좋은 물들이 곳곳에 존재함을 확인하게 되었다.

저마다 건강한 삶을 살고자 한다면, 그리고, 모름지기 차를 즐기는 차인이라면, 자기 지역에서 마시기 좋은 물에 대해 알아야 한다. 그 옛날 육우(陸羽, 733~804) 선생이나 초의(草衣, 1786~1866)선사 등은 유명한 차인이기도 하지만, 유명한 물 전문가이기도 했다.

기본적으로 명수(名水)의 특징은 수원(水源)이 오염되지 않은 지역에 있고, 계절과 가뭄 등에 상관없이 항시 일정량의 물이 흐르고, 대부분 오염되지 않은 단물로서, 수질 또한 매우 양호하다는 사실이다. 그냥 마셔도 좋지만, 그 물로 차를 우려내어 마신다면 그보다 좋을 수가 없다.

오늘날 산중에서 나오는 약수인 산수(山水)를 마신다는 것은 자연의 정기를 마시는 것이고, 산의 정기를 마신다는 것이다. 지구상의 모든 물은 태양의 빛에너지에 의해 증발되고, 대기 중에서 응축되어 빗물로 내리게 된다. 증발된 물은 대부분 순수한 물 상태를 유지하기 때문에 산중에 내린 빗물은 지표면을 흐르며, 일부는 지하로 침투되고, 또 일부는 지표면을 흘러 계곡으로 강으로 흘러들어 최종적으로는 바다로 들어가게 된다.

요즘은 사람이 많이 사는 지역의 경우 대부분 오염되어 맑은 물을 구하기가 힘들지만, 아직 사람 발길이 드문 오염되지 않은 산중에는 순수상태의 오염되지 않은 깨끗한 물들이 많이 존재하고 있다. 특히 우리나라의 경우에는 지질 특성상 일부 영월 등 석회암 지역이나 광산 지역과 일부 지역의 지하수를 제외하고는 맑은 산중 약수(山中藥水)가 많이 있고 그 물맛도 매우 좋다.

우리나라에서 물이 좋은 대표적인 지역은 제주도 지역과 지리산 지역인 하동과 구례 지역, 경남 양산의 영축산 지역, 경남 합천의 가야산 지역, 강원도 평창의 월정산 지역, 충북 보은의 속리산 지역, 전남 해남의 두륜산 지역, 경주 기림사와 남산 등의 물들이 좋다. 이 지역

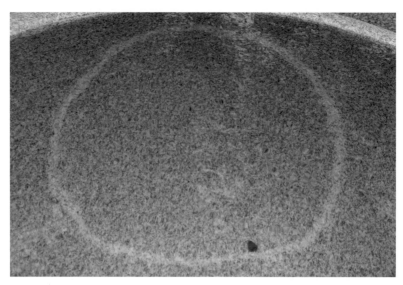

서운암 수조내 일원상

들의 대부분은 차에 관한 이야기가 전해져오고 있거나, 차와 직간접적으로 관련된 지역이기도 하다.

시판되는 생수(生水)의 경우에도 대부분이 오염되지 않은 청정지역의 지하수나 계곡수를 수원으로 하고 있다. 우리나라 생수 중 가장 많이 판매되는 삼다수는 제주도 중산간 지역의 화산암에서 나오는 빗물 그대로의 청정한 물을 수원으로 하고 있고, 외국 생수로 유명한 에비앙도 프랑스 알프스 지역의 오염되지 않은 청정한 지역의 지하수를 그 근원으로 하여 생산되고 있다.

산중의 약수건, 유명 생수건 간에 좋은 물이 있다는 것도 중요하지만, 더욱 중요한 것은 수원(水源)과 샘물 등 약수터에 대한 정기적인 관리와 지속가능한 이용에 있다. 잘 관리되지 않고 제대로 이용하지 않으면, 고인 물이 썩듯 수자원으로서의 가치가 떨어지게 되고, 심한 경우 먹을 수 없는 물로 변화하게 된다.

많은 지역의 일부 약수물의 경우에도 사용하지 않아서 오염되어서 더 이상 식용(食用)으로 사용할 수 없는 경우도 있다. 그러므로 좋은 약수는 평소에 잘 관리하여 제대로 활용하고, 지금뿐만 아니라 우리의 후손들도 온전하게 이용할 수 있도록 관리해야 한다.

몇 년 전 TV에서 인기리에 방영됐던 「꽃보다 할배」의 유럽여행과 대만여행에서 볼 수 있었듯이, 빼어난 경관을 자랑하는 알프스와 대만의 계곡들도 물이 뿌옇게 보였는데, 이는 경도(硬度)가 높아 풍광이 좋은 곳임에도 먹는 물로도 부적합하고 차 마시기에도 좋지 않다.

그런 측면에서 우리나라는 물에 관한 한 일부 지역을 제외하고는 대부분이 음용수(飮用水)로서 부족하지 않은 축복받은 나라 중 하나라고 할 수 있다. 여러 번의 약수 조사에서도 이러한 소중한 사실들을 다시 확인하게 되었다는 점이 매우 반가웠다. 이백여 곳을 답사했는데 이 글에서는 그중에서도 대표적인 곳 몇 군데를 소개하였다. 답사 중 안타까웠던 것은 옛 샘물로 알려진 여러 곳이 무분별한 공사와 관리부실로 인해 사라진 것이다. 참으로 소중한 자산이고, 유산인데 우리들의 무관심 속에서 방치되었다가 사라졌다는 사실이 안타깝기만 했다.

무엇보다 지금도 바로 활용할 수 있는 산중 약수(山中藥水)들이 전국의 곳곳에 있다. 물은 소중한 자원이기도 하지만 순환되기 때문에, 잘 보존하고 적절하게 관리하면 미래에도 지속적으로 이용할 수 있는 지속가능한 자원이다.

오늘날에도 전국의 주요 산중 약수도 또한 그러하다. 이제 우리도 가까운 주위로 눈을 돌려 그 지역에서 나는 샘물을 보존하고 잘 가꾸어서 소중한 자산으로 만들어 가야 한다. 또한 좋은 자원을 잘 활용하고 보존시켜 가야 할 책임이 있다.

서축암 수조 출수부

오늘날 하루 700만 병 이상을 생수를 생산하는 세계적인 생수회사인 에비앙(Évian)은 지난 수십 년 동안 지속적인 수원지 보호와 수질관리를 바탕으로 한 친환경적 생산시스템으로 생수를 생산해 오고 있다. 수원보존(水源保存)을 위하여 자연이 매년 보충하는 것보다 더 많은 수량(水量)을 생산하지 않으려 하고 있으며, 에비앙 레뱅 지역(Évian-les-Bains)의 수원을 보존하고 지속가능한 농업을 장려하기 위해서 1992년 에비앙 광천수 임플루비움 보호협회(the Association for the

Protection of the evian Mineral Water Impluvium, APIEME)를 관련 13개 지방자치단체와 공동으로 창립하여 35㎢의 면적을 보호하여 수자원이 건강하고 지속가능하도록 지역사회와 협력해오고 있다. 또한 수자원 생태계에 대한 지속적인 투자와 수자원관리 및 보호에 대한 과학적 이해를 발전시키기 위해서 자체적으로 수자원 지질학자로 구성된 전담팀을 두어서 수원지와 물순환을 확인하기 위하여 대수층의 지하수 자원이 정기적으로 보충되는지를 정기적으로 확인하고 있으며, 2008년에는 유네스코 파트너로서 람사르 협약으로 에비앙 유역이 국제적으로 중요한 습지로 인정받은 최초의 천연광천수가 되었고, 2014년에는 미래의 수문지질학자들을 양성하기 위하여 수자원 연구소(Water Institute)를 설립하여 지속적인 연구도 수행하고 있으며, 2017년 이후에는 수력발전과 바이오가스에서 나오는 100% 재생에너지(renewable energy)를 사용하는 등 환경보호에도 신경을 쓰고 있다. 에비앙은 천연 미네랄워터로서 자연성과 지속성을 살려가기 위한 지속적인 활동들(sustainability actions)이 진행되고 있다.

또한 세계적인 싱글몰트 위스키(Single malt whisky)를 생산하는 위스키 회사인 스코틀랜드의 '글렌피딕(Glenfiddich)'이라는 회사에서도, 물의 중요성을 인식하고 자사의 위스키를 만드는 데 사용하는 물을 지속적으로 이용하기 위해 수자원이 함양되는 스페이사이드(Speyside) 지역의 상류 지역 수백만 평의 땅을 구입하여 철저하게 관리한다고 한다. 글렌피딕(Glenfiddich)이라는 회사명은 스코틀랜드의 방언인 게일어로 '사슴이 있는 청정한 계곡'을 의미하며, 술을 만드는 증류소 근처의 맑은 피딕(Fiddich)강이 흘러 계곡(Glen)을 형성했다는 의미이다. 깊은 계곡에 사는 사슴과 같은 신비로움과 청정함을 상징하고 있

에비앙 원수인 카샤샘물(Source Cachat)

다. 그리하여 1887년 창립 이후 오늘에 이르기까지 130여 년 동안 오
랜 역사와 전통, 뛰어난 맛이 현재까지 잘 계승되고 있다.

　이와 같은 글렌피딕의 특징은 청정한 수원지관리(水源池管理)로부
터 온다고 볼 수가 있다. 글렌피딕은 전체 위스키 제조과정에 스페이
사이드 지역에 있는 로비듀(Robbie Dhu)의 청정수(淸淨水)만을 사용하
고 있기 때문이다. 창업주인 윌리엄 그랜트(William Grant)는 청정수가
지속가능한 자원임에 주목하여 청정 자연수인 로비듀의 수원지 보호
를 위해 수백만 평의 상류 지역 토지를 매입하여 자연 그대로 보존해
왔다. 이를 통해 글렌피딕은 벤프셔주의 토탄과 스코틀랜드의 화강

자장암 수조 출수부

암 지역에 걸쳐 흐르는 로비듀의 청정수(淸淨水)만을 이용하여 독특한
맛을 내는 고품격의 하이랜드풍의 위스키 원액을 지속적으로 만들어
내고 있다.

　우리나라의 삼다수와 백산수 등을 포함하여 세계 주요 생수(生水)의
대부분은 오염되지 않은 청정지역(淸淨地域)의 지하수(地下水)와 계곡수
(溪谷水)를 수원(水源)으로 하고 있다.

　무엇보다 아직도 우리나라 곳곳의 산중에는 좋은 약수들이 많이 있
다. 특히 그중에서도 '명산(名山)엔 명수(名水)가 있다(名山名水).'고 하듯
이, 주요 산의 정기 어린 순수한 맑은 물들이 도처에 있다. 아직 오염

되지 않은 청정한 지역으로서, 훌륭한 수자원으로서의 가치도 높고 수량도 풍부하므로 잘 관리하여 지속가능한 자원으로 활용하는 것이 바람직하다.

마지막으로 모름지기 차를 즐기는 차인이라면, 모름지기 생활 속에서 차를 즐기며, 중국 서호의 용정차(龍井茶)에 호포천(虎跑泉) 물이 어울리듯이, 멀리 사포성인이 원효스님께 달여 올렸다는 원효방 약수와 차, 다산선생이 즐겼던 다산약천(茶山藥泉)과 차(茶), 그리고 초의선사가 즐겼던 일지암 유천(乳泉)과 선차(禪茶), 그렇듯이 자기가 사는 지역의 주요 약수들을 잘 활용하여 차를 마실 줄 알아야 한다.

무엇보다 평상시 차를 즐기며, 주위의 자연의 산중 약수(山中藥水)를 찾아 차의 맛과 품격을 높여서 차생활을 풍요롭게 하고, 주위의 좋은 물들을 지속적으로 이용하면서 자연적으로 순환하는 훌륭한 수자원을 있는 그대로 보존해 가는 삶의 지혜가 필요할 것 같다.

지금으로부터 5백여 년 전에 우리나라 최고(最古)의 다서(茶書)인 한재 이목(寒齋 李穆, 1471~1498)선생이 쓰신 『다부(茶賦)』의 결론 부문에 나오는 '한재다가(寒齋茶歌)'를 인용하며, 우리 모두 주위의 좋은 약수로 내 마음의 차(吾心之茶)를 즐기기를 바라며, 이 글을 마무리하고자 한다.

"내가 세상에 태어남에, 풍파(風波)가 모질구나.
양생(養生)에 뜻을 둠에 너를 버리고 무엇을 구하리오?
나는 너를 지니고 다니면서 마시고, 너는 나를 따라 노니,
꽃피는 아침, 달뜨는 저녁에, 즐겨서 싫어함이 없도다."

(我生世兮風波惡 如志乎養生 捨汝而何求 我携爾飮 爾從我遊 花朝月暮 樂且無斁)

참고문헌

1. 저서

이병인·이영경, 『통도사 사찰약수』, 조계종출판사, 2018

이병인 외, 『수질 및 수자원관리』, 대학서림, 1999

『기림사 사적기』

『통도사 사적기』

이규보, 『동국이상국집(東國李相國集)』 권 13

성현, 『용재총화(慵齋叢話)』

허준, 『동의보감(東醫寶鑑)』, 탕액편(湯液篇) 수부(水部) 논수품(論水品)

신위, 『경수당 전고(警修堂全藁)』

김명배 역저, 『중국의 다도』, 명문당 1985

류건집, 『한국 차문화사』, 이른아침, 2007

왕총런 지음, 김하림·이상호 옮김, 『중국의 차문화』, 에디터, 2004

치우지핑 지음, 김봉건 옮김, 『그림으로 읽는 육우의 다경: 다경도설』, 이른아침,
    2003

정민·유동훈, 『한국의 다서』, 김영사, 2020

송해경 지음, 『송해경 교수의 알기쉬운 동다송』, 이른아침, 2023

김명배, 『한국의 다시감상』, 대광문화사, 1988

김상현, 『한국의 다시』, 태평양박물관, 1987

신위 저, 권경렬 역, 『다옥에 손님오니 연기가 피어나네』, 너럭바위, 1998

최성민, 『샘 샘 생명을 마시러 간다』, 1995, 웅진출판

혜우스님, 『혜우스님의 찻물기행』, 초롱, 2007

국토교통부, 『국가하천 발원지 조사보고서』, 2020.11

국토교통부, 『한국하천일람』, 2018, 2020.1

한국수자원연구소, 『수자원백서』, 한국수자원공사, 1996.12.

루나 B. 레오폴드, 케네스 S. 데이비스, 『WATER 물의 본질』, 타임 라이프 북스, 1980

K. S. 데이비스, J. A. 데이 저, 소현수 역, 『물—과학의 거울』, 현대과학신서 66, 1976

이태교, 『재미있는 물이야기』, 현암사, 1991

김우택, 『다시 쓰는 물이야기』, 동학사, 1996

한무영 역, 『WHO 음용수 수질 가이드라인』, 대한상하수도학회 수도연구회, 1999

전무식, 『6각수의 수수께끼』, 김영사, 1995

한국수자원공사, 『물의 과학』, 1991

김현원, 『첨단과학으로 밝히는 물의 신비』, 서지원, 2002

손병두(편), 『새로운 식수원 개발—저렴·고품질의 고산계곡수 활용방안—』, 한국경제연구원, 1996

국토개발연구원, 『외국의 간이상수도 사례조사』, 1994. 12.

민병준, 『한국의 샘물』, 대원사, 2000

최성민, 『우리 샘 맛난 물』, 한겨레신문사, 1993

공승식, 『워터 소믈리에가 알려주는 61가지 물 수첩』, 우등지, 2012

허정, 『약이 되는 물 독이 되는 물』, 중앙일보사, 1992

왕총런(王從仁) 지음, 김하림·이상호 옮김, 『중국의 차문화』, 에디터, 2004

王秋墨, 『名山名水名茶』, 中國輕工業出版社, 2006

대한불교조계종총무원사회부, 『사찰오수처리시설의 현장조사 및 오수특성조사에 관한 조사연구』, 2000.12.

대한불교조계종 환경위원회 사찰상수연구팀, 『사찰상수 수질관리 방안연구』, 2014. 12.

대한불교조계종 환경위원회 사찰약수연구팀, 『사찰약수 수질 특성조사 및 종합관리 방안연구』, 2016. 12.

청화(역), 『정토삼부경(淨土三部經)』, 한진출판사, 1982

감사원, 『감사보고서—먹는 물 수질관리 실태—』, 2022.9

환경부, 『상수도 시설기준』, 2010

환경부, 『소규모수도시설 우수 관리모델』, 2011.12.

환경부, 『수돗물 불신해소 및 음용률 향상방안 연구』, 2013.2

환경부, 『환경백서』, 2023

환경부, 『지하수의 수질보전 등에 관한 규칙』 제11조

환경부, 『먹는 물의 수질 기준 및 검사 등에 관한 규칙』 제2조

환경부, 『환경오염공정시험법』, 2010

환경부·국립환경과학원, 『2017 먹는 물 수질 기준 해설서』, 2017.6

한국소비자원 안전감시국 식의약안전팀, 『먹는 샘물 내 미세플라스틱 안전실태 조사』, 2019.12.

『가지산도립공원의 자연환경: 통도사지구를 중심으로』, 세종출판사, 2014.3.17.

Frits van der Leeden, Fred L. Troise, David Keith Todd, *The Water Encyclopedia 2nd ed.*, Lewis Pub., 1990

Luna B. Leopold, Kenneth S. Davis, and the Edotors of TIME—Life Books, WATER, TIME—Life Books, 1966

Nalco Chemical Company, *The Nalco Water Handbook 2nd*, McGraw—Hill, 1988

Deborah Chapman, *Water Quality Assessments*, Chapman & Hall, 1992

Robin Clarke and Jannet King, *The WATER ATLAS*, The New Press, 2004

Peter H. Gleick, *WATER in CRIRSIS*, Oxford University Press, 1993

American Water Works Association, *Water Quality and Treatment 4th ed.*, McGraw—Hill, 1990

Colin Ingram, *The drinking water book: A complete guide to safe drinking water*, Ten Speed Press, 1991

John Cary Steward, *Drinking Water Hazards*, Environgraphics, 1990

Edwin L. Cobb and Mary E. Morgan, *Drinking Water Supplies in Rural America*, US EPA, 1978

Barry Lloyd & Richard Helmer, *Suveillance of Drinking Water Quality in Ru-*

ral Areas, Longman Scientific & Technical, 1991

Max Burns, *Cottage Water System*, Cottage Life BOOK, 1993

US EPA 816-F-09-004(http://www.epa.gov/safewater/contaminants/index.html)

E.J.Martin and E.T.Martin, *Technologies for small water and wastewater systems*, Van Nostrand Reinhold, 1991.

Crites & Tchobanoglous, *Small and decentralized wastewater management systems*, McGraw-Hill, 1988.

R.C.Gumerman, B.E.Burris, S.P.Hansen, *Small water system treatment costs*, Noyes Data Corp., 1986.

US EPA, *Manual of small public water supply systems*, 1991.

2. 논문

이병인 외, 「찻물이 이화학적 수질 특성에 관한 연구」, 한국차학회지 21 ⑵, 2015, 45-53

이병인 외, 「차(茶)문헌에 나타난 약수의 수질 특성에 관한 연구」, 한국차학회지 23 ⑵, 2017, 31-3

이병인 외, 「국내 차(茶)문헌에 나타난 샘물의 물맛평가에 관한 연구」, 한국차학회지 23 ⑷, 2017, 27-34

이병인 외, 「통도사 지역 차샘의 이화학적 수질 특성에 관한 연구」, 한국차학회지 24 ⑶, 2018, 48-56

이병인 외, 「물맛 평가지표를 이용한 우리나라 물의 수질 특성 연구」, 한국차학회지, 제21권 제4호, pp. 38-45, 2015.12.31.

이병인 외, 「자연공원 내 주요 음용수의 수질환경평가」, 한국도시환경학회지, 제18권 제4호, 2018.12.

이병인 외, 「가야지역 샘물의 수질 특성연구」, 한국차학회지, 제28권 제2호, 2022.6

권정환, 「고문헌에서 찻물로 이용된 약수의 적합성 연구」, 부산대학교 대학원 석

사학위논문, 2016

김민재, 「가야 지역 찻물의 이화학적 수질 특성 연구」, 부산대학교 산업대학원 석사학위논문, 2023. 8.

변영순, 「찻물의 문헌고찰과 차의 침출성분에 관한 연구」, 원광대학교 대학원 박사학위논문, 2022.6.

전동복, 「문헌을 통한 찻물고찰」, 목포대학교 대학원 석사학위논문, 2007

김은아, 「중국의 찻물평가와 지리배경」, 계명대학교 대학원 석사학위논문, 2011

손순희, 「가열방법에 따른 찻물의 관능적 평가」, 경북대학교 과학기술대학원 석사학위논문, 2012

국경숙, 「물과 차의 치유적 활용방안 고찰」, 목포대학교 대학원 석사학위논문, 2019

Goodrich, *Safe water from small system: treatment options*, JAWWA, 49–55, 1992.

R. Kent Sorrel, ET AL, *In-Home Treatment Methods for Removing Volitile Organic Chemicals*, Journal AWWA, May 1985, 72–78

Michael Spiro, William E. Price, *Kinetics and equilibria of tea infusion—Part 6: The effects of salts and of pH on the concentrations and partition constants of theaflavins and caffeine in Kapchorua Pekoe fannings*, Food Chemistry, Volume 24, Issue 1, 1987, Pages 51–61

Aurélie Mossion, Martine Potin-Gautier, Sébastien Delerue, Isabelle Le Hécho, Philippe Behra, *Effect of water composition on aluminium, calcium and organic carbon extraction in tea infusions*, Food Chemistry Volume 106, Issue 4, 15 February 2008, Pages 1467–1475

Sihan Deng, Qing-Qing Cao, Yan Zhu, Fang Wang, Jian-Xin Chen, Hao Zhang, Daniel Granato, Xiaohui Liu, Jun-Feng Yin, Yong-Quan Xu, *Effects of natural spring water on the sensory attributes and physicochemical properties of tea infusions*, Food Chemistry, Volume 419, 1 September 2023, 136079

Ershad Sheibani, Abdorreza Mohammadi, *The impacts of water composi-tions on sensory properties of foods and beverages cannot be underesti-mated*, Food Research International, Volume 108, June 2018, Pages 101–110

Melanie Franks, Peter Lawrence, Alireza Abbaspourrad, and Robin Dando, *The Influence of Water Composition on Flavor and Nutrient Extraction in Green and Black Tea*, Nutrients. 2019 Jan; 11(1): 80.

Fuqing Bai, Guijie Chen, Huiliang Niu, Hongliang Zhu, Ying Huang, Ming-ming Zhao, Ruyan Hou, Chuanyi Peng, Hongfang Li, Xiaochun Wan, Hui-mei Cai, *The types of brewing water affect tea infusion flavor by changing the tea mineral dissolution*, Food Chemistry: X Volume 18, 30 June 2023, 100681

3. 잡지

격월간 「차인(차인)」, 목우차문화칼럼 1~82, 2011~2024.7/8

월간 「등불」, 통도사 약수를 찾아서: 차지종가 통도명수(茶之宗家 通度名水) ①~⑫, 2018

한경비지니스, 멋을 아는 신사의 술 글렌피딕 vs 맥캘란, 2014.11.14.

4. 기타

환경부 http://www.me.go.kr/

한국수자원공사(K-water) www.kwater.or.kr/

국가상수도정보시스템 https://www.waternow.go.kr/web/

국가지하수정보센터 https://www.gims.go.kr/waterLaw.do

국가법령정보센터 http://www.law.go.kr/

세계보건기구(WHO) https://www.who.int/en/news-room/fact-sheets/detail/

drinking-water

(미) 환경 보호청(Environmental Protection Agency) http://www.epa.gov/ground-water-and-drinking-water

http://www.glenfiddich.com/www.maltwhisky.co.kr/

제주삼다수 www.jpdc.co.kr/samdasoo/index.htm

농심 백산수 www.baeksansoo.com/

에비앙 https://www.evian.com/en_int/

찾아보기

한국의 찻물

초판 1쇄 인쇄 2024년 8월 25일
초판 1쇄 발행 2024년 8월 31일

저   자   이병인 · 홍성철

펴 낸 이   김환기
펴 낸 곳   도서출판 이른아침
주   소   경기 고양시 덕양구 삼원로 63 고양아크비즈 927호
전   화   031-908-7995
팩   스   070-4758-0887
등   록   2003년 9월 30일 제313-2003-00324호
이 메 일   booksorie@naver.com

ISBN 978-89-6745-160-8 (93810)

* 이 과제는 부산대학교 기본연구지원사업(2년)에 의하여 연구되었음.